读客外国小说文库

读客激发个人成长

自由之地

[英]肯·福莱特 著 刘洋 译

江苏凤凰文艺出版社
JIANGSU PHOENIX LITERATURE AND
ART PUBLISHING, LTD

A PLACE CALLED FREEDOM

KEN FOLLETT

谨以本书纪念约翰·史密斯

目　录

明天会发生什么还是未知，等待他的兴许是贫穷、苦难与危险，但至少不会在矿井下受罪，不会给詹米森家当奴隶。明天，他将是自己的主人。

离开泥泞的前滩步上小船，麦克这才意识到：也许这是他这么多年来最后一次站在英国的土地上——也许这辈子都再没机会。他百感交集：一想到要在异国开始另一种人生，恐惧之中还隐藏着一丝鲁莽的激动。

他发着高烧，身上又脏又臭，衣不遮体，脚戴镣铐，孤苦无援。尽管连直立都困难，他的头脑依旧清醒。他曾经发过誓，再也不受镣铐的束缚。他要反抗，要逃走，宁愿被杀也不想再受这种屈辱。

楔 子

初到格伦高地，我时常摆弄园艺。铁项圈也是在打理园子时发现的。

那时房屋倾颓，园中杂草丛生。一位乖戾老妇栖居于此二十年，却从未粉刷过一星半点。老妇去世，她儿子把房子卖给了我。此人在五十英里外的科克伯恩做丰田汽车总代理，那里是距此处最近的城镇。

可能你会感到奇怪：为什么在前不着村，后不着店的地方买栋破房子？无奈我实在钟情这座山谷。怯生生的小鹿在林中出没，老鹰在山脊筑巢。在园里，我多半时间都倚着铁锹，遥望青绿色的山坡。

不过手头也没闲着。我决定在外屋周围种些灌木。屋子不算光鲜，隔板墙上没有窗户，我想为它添一道绿色的屏障。而在挖沟时，我发现了一个箱子。

箱子不大，约莫一打装的红酒箱大小。样子很朴实：原木材质，用生锈的铁钉钉合而成。我用铁锹把箱子撬开。

里面有两样东西。

一个是本大旧书。这引起了我的好奇：兴许是家传的《圣经》，扉页记载着引人入胜的家族历史，讲述百年前居住于此的人们的生老病死、悲欢离合。然而，结果却令我大失所望。翻开才发现，书页已经腐烂，无法分辨字迹。

另一个是个油布袋。袋子也腐烂了，一碰就破。里面装着个铁环，直径大约十五六公分。铁环锈迹斑斑，油布的包裹使其免受进一步侵蚀。

铁环的做工很糙，兴许是村里铁匠打的。起初我以为是马车或耕犁的部件。可为何要特意用油布包着保存在箱子里？铁环上有个弯折的豁口，我开始怀疑这是为囚犯强制佩戴的项圈。有人用铁匠的工具将其撬开，囚犯卸下项圈，逃之夭夭。

我将它带回家中清理。顽渍难除，我用除锈剂浸泡一整夜，第二天再试。我用碎布擦拭，镌刻的字迹逐渐显现。

那是一串古典的花体字，好一阵我才辨认清楚：

此人乃法伊夫乔治·詹米森爵士之财产

公元1767年

项圈摆在桌上，就在电脑旁边。我把它当作压纸器，时而拿起来在手中把玩，端详上面的铭文。我在想，如果这项圈会说话，它将讲述怎样的故事？

Part 1

苏格兰

1

皑皑白雪为格伦高地的群山戴上了银色的冠冕,树木丛生的山坡上泛着珍珠白,如同绿色丝裙前襟的首饰。山谷深处,一条急流在冰冷的岩石间激越而过。山林间呼啸着的凛冽寒风来自北海深处,夹杂着冰雹和碎雪。

清晨,马拉奇·麦卡什与埃斯特·麦卡什这对双胞胎沿着峡谷东侧山坡上一条曲折的小路步行前往教堂。马拉奇(人们通常唤他"麦克")身着格子斗篷与花呢裤,膝盖以下却裸露着,没穿袜子,一双脚在木底鞋里冻得冰凉。然而他还年轻,血气方刚,对于寒冷毫不在意。

这并非是去教堂最近的一条路,但是这里格伦高地的壮丽景色却总令麦克兴奋不已。高山腹地,幽谷密林,激流荡漾……这处风景对这颗年轻的心而言再熟悉不过了。他见过一对老鹰三次在这里建筑巢穴,哺育幼仔。和老鹰一样,他也在领主的眼皮底下,在富饶的溪流中偷抓过鲑鱼。他也会像山里的野鹿一般,在猎场看守到来时,悄悄躲在林间,一动不动。

当地的领主是哈林姆夫人,一位带着女儿的寡妇。远处山背面的土地归乔治·詹米森爵士所有,那里则是另外一番景象:工程师在山坡上凿出了几个大洞，矿渣堆成的人造小丘使整个山谷变得支离破碎，面目全非；大型马车满载着煤炭，在泥泞的道路上压出一道道深沟；连溪流也被煤尘染黑。这对双胞胎就生活在当地一个名为"霍克"的村庄。村子里，一排低矮的石屋如阶梯般沿山坡向上延伸。

虽是一男一女，但这两个年轻人却长得一般无二。同样是被煤尘染黑的淡黄色头发，同样是引人注目的浅绿色眼睛，同样是肩宽背阔的矮小身材，同样有着粗壮的手臂和双腿。两人同样固执，也同样喜欢争论。

争论是他们的家族传统。双胞胎的父亲是个十足的另类，动辄便与政府、教会之类的权威唱反调。母亲结婚前在哈林姆夫人家帮佣。她同许多佣人一样，对上流社会并不反感。一个寒冷的冬天，矿井因为一次爆炸而关闭了整整一个月。父亲得了"黑痰病"便撒手人寰，这种咳嗽病症夺去了许多矿工的生命。没过几个星期，母亲也染上肺炎，随父亲而去。然而争论声并没有随着父母的离世而消失。周六的夜晚，在维尔斯太太的厅里，激烈的争论仍在继续。那里是霍克村最像酒馆的地方。

筑工与佃农们皆秉承祖义，相信君权神授，所以臣民都必须服从。矿工们接触的则是更为先进的思想。约翰·洛克等一批哲学家认为，只有人民认可的政府才真正掌握权威。麦克很赞同这一理论。

霍克村受过教育的矿工不多，但麦克的母亲却能够阅读，麦克也总是缠着她教自己认字。她无视丈夫的冷嘲热讽，坚持教一双儿女读书认字，丈夫说她这是不自量力。在维尔斯太太的酒吧，人们常常让麦克把《泰晤士报》《爱丁堡商报》，以及像

《苏格兰人》这样的激进政治刊物上的内容读给大家听。这些报刊往往已经过期数周，有些甚至过期数月，然而村子里的男男女女依旧十分热切地听他将一段段演讲实录、抨击评论以及罢工、抗议和暴乱的报道逐字朗读出来。

一个周六的夜晚，在维尔斯酒吧的一场争论过后，麦克写了一封信。

没有一位矿工写过信，而这一封也是经历了众人长时间商讨，字斟句酌而写成的。信是写给卡斯帕·格尔登逊——一位在报刊上撰文讽刺政府的伦敦律师的。大家把信交付给一个名叫戴维·帕奇的独眼小贩去邮寄。至于信到底能不能成功寄到，麦克心里也不能确定。

昨天终于收到了回信，这也是麦克长这么大最激动的一件事。他想，自己的生活会因此发生翻天覆地的变化。这封信也许可以让他重获自由。

打记事起，麦克便一直渴望着自由。儿时的他就十分羡慕戴维·帕奇，羡慕他能走街串巷贩卖刀子、绳索。对于童年的麦克而言，戴维生活中最令人羡慕的，是他可以在日出时才起床，累了就可以睡觉。从七岁开始，每日不到凌晨两点，麦克便被母亲摇醒，下矿井工作十五个小时，下午五点才收工。晚上步履蹒跚地回到家中，粥还没喝完，他便倒在粥碗旁呼呼大睡。

如今，麦克已不再想做个小贩，但他依然渴望着不一样的人生。他梦想着能在格伦这样的谷地里，在一片属于自己的土地上，亲手建造自己的房屋；梦想着可以日出而作，日落而息；梦想着能有一方乐土，那里的鲑鱼不属于领主，而是谁抓到就是谁的，让他可以在阳光明媚的日子里自在地钓鱼。手里的这封信也许就意味着他可以梦想成真。

两人走在阴冷的山坡上，埃斯特道："我还是觉得在教堂读信不合适。"

麦克心中也有顾虑，但却说："有什么不合适的？"

"会惹上麻烦！拉切特肯定火冒三丈。"哈利·拉切特是矿上的监工，替业主管理煤矿。"他没准儿找乔治爵士告状，到时说不定怎么收拾你呢！"

麦克知道她说的有道理，心中也忧虑重重，但他依旧辩驳道："如果瞒着大家，这信就没用了。"

"你可以私下拿给拉切特。也许他会悄悄让你走人，免得惹是非。"

他瞥了埃斯特一眼。看得出，她不是守旧，更不是斗气，而是担心。麦克心中涌起一阵温情。无论最终结果如何，埃斯特都会支持他。

然而，麦克还是固执地摇摇头："这又不是我一个人的事儿。要是大伙儿都知道了，至少还有五个人想走呢。再说，难道就不为子孙后代想想？"

埃斯特瞪了他一眼："也许吧，但你为的不是这个。你是想在教堂当着众人的面揭矿主的短。"

"瞎说！"可麦克转念一想，又乐了，"也许吧。听了这么多说教，让我们恭顺守法，现在才知道，原来在最能救命的一条法律上，大家被他们糊弄了。我当然要站出来公之于众。"

"别让他们抓住你的把柄。"埃斯特担心地说。

麦克试着安慰她："我会恭恭敬敬的，让你都认不出来。"

"恭恭敬敬？"埃斯特质疑道，"我倒要看看。"

"我只想澄清法律是怎么说的，这能有什么错？"

"这是不要命。"

"是啊，没错。可我非得这么做不可。"

两人过了桥，下山回到格伦煤窑。越往山下走，气温越高。不一会儿，那座污河桥边的石铸小教堂便出现在眼前。

教堂边簇立着几处佃农的圆形茅舍。舍内泥地中央点着明火，屋顶有洞孔冒烟。整个冬天，人畜同处一室。矿工住的房舍还要往山谷深处走，就在矿井附近。那里的居住条件稍微好点，尽管也是泥地草顶，但家家有壁炉，有烟囱，门边还有一小扇玻璃窗。矿工们也不用跟牲口挤在一起。尽管如此，佃农们依然觉得自己独立自主，瞧不起那些下煤窑的。

然而，令双胞胎突然定睛驻足的并非那些农舍。一辆封闭式马车停在教堂门前，两匹高头灰马昂首而立。几个身着撑裙、外披皮草的贵妇在牧师的搀扶下走下马车，另一只手还不忘扶住自己时髦的花边帽。

埃斯特拍拍麦克的胳膊，往桥上一指：一匹栗色猎马正从桥上奔过，马上的人在寒风中弓着身子。那正是煤矿的主人、当地的领主乔治·詹米森爵士。

詹米森已有五年没有在当地露面。他住在伦敦，乘船来此要一个星期，坐驿站马车时间要加倍。人们说，他以前也就在爱丁堡开个杂货铺，是个十足的铁公鸡，平时能糊弄就糊弄。后来一位亲戚早逝，膝下无儿无女，名下的城堡和煤矿就都由乔治继承了。乔治以此为基础，建立起庞大的商业帝国，生意触角甚至远及巴巴多斯和弗吉尼亚。如今，他可谓身居显位：男爵，治安官，伦敦沃平区市政官，负责伦敦滨河地带的治安管理。

显然，他是在亲友的陪伴下，来查看自己苏格兰的产业。

"得，这回完了。"埃斯特松了一口气。

"什么意思？"麦克已猜到了几分。

"这回你没法把信公开了。"

"怎么不行？"

"马拉奇·麦卡什，你可别犯傻！"她大叫道，"千万不要当着领主的面这样做！"

"恰恰相反，"麦克固执地说道，"他来了更好！"

2

莉茜·哈林姆拒绝坐马车去教堂。坐马车太傻了。从詹米森堡出来，崎岖不平的路上都是些车辙印，泥泞的凸脊冻得硬邦邦的。一路肯定颠得东倒西歪，马车跑得和走路一样慢，坐车的人一路碰撞挨冻，没准儿还得迟到。莉茜坚持要骑马去教堂。

这种毫无淑女风范的举止让莉茜的母亲很是头疼。"你整天一副男人做派，以后怎么嫁得出去！"哈林姆夫人道。

"我想几时嫁，几时就能嫁。"莉茜答道。这话不假，她身边总不乏追求者。"问题是，相处半个钟头还不惹我烦的男人可不好找。"

"问题是，不容易被你吓跑的男人不好找。"她母亲嘟囔道。

莉茜笑了。母女俩都说到了点子上。男人们对莉茜一见钟情，一旦领教了本尊风范便立马撤退。多年来，她的言谈一直被爱丁堡的上流社会所诟病。第一次舞会上与三位老贵妇交谈时，莉茜直言郡长屁股大，从此落下了坏名声。去年春天，哈林姆夫人把她带到伦敦，让她"初入"伦敦社交界。首秀惨不忍睹：她说话大声，毫不矜持，还公开嘲讽那些试图追求她的公子哥儿，笑话他们举止煞有介事，衣服紧巴巴的。

"怪就怪家里一直没个男人。你太有主意了。"说着，哈林姆夫人上了马车。

莉茜经过詹米森堡冷峻的前门，前往东侧的马厩。三岁时她的父亲就去世了，她对他几乎没什么印象。每次她问起父亲的死因，母亲都含糊其词："肺病。"父亲死后没留下什么遗产。多年来，哈林姆夫人靠着一点点抵押家族产业勉强维持，只盼着莉茜长大成人，嫁给一个有钱的男人，一切难题都会迎刃而解。如今莉茜已年满二十，是时候让她担起人生的使命了。

正因如此，詹米森一家才在多年后重返苏格兰，并将其十英里外的邻居——也就是莉茜母女奉为上宾。詹米森以小儿子杰伊二十一岁生日为名发出邀请，其实是想促成莉茜和大儿子罗伯特的婚事。

哈林姆夫人对此求之不得，因为罗伯特将继承一大笔财产；乔治爵士也支持这桩婚事，他想将哈林姆家的产业归入自家名下。自打到这儿起，罗伯特一直对莉茜多有留意，由此看来，他貌似也乐意。然而他的真实想法总让人捉摸不透。

莉茜见罗伯特站在马厩院子里，等着牵马。罗伯特与城堡大厅里他母亲的肖像有几分神似：庄重，朴素，浅色眼睛，神情坚定。他几乎没什么缺点：样子不丑，不胖不瘦，没体臭，不酗酒，穿着得体。"这可是个理想的丈夫人选。"莉茜自言自语道。如果罗伯特求婚，估计她会欣然接受。莉茜不爱罗伯特，但她清楚知道自己的责任。

莉茜决定逗逗他。"你住在伦敦，真不贴心。"

"不贴心？"罗伯特皱起眉头，"怎么讲？"

"你一走，我们就没邻居了。"罗伯特还是一脸茫然。看来这人没什么幽默感。莉茜解释道："你们走了，附近荒凉一片，要到爱丁堡才见得到人影。"

一个声音在她背后道："除了那一百多户矿工和几个佃农村。"

"你懂我的意思。"莉茜说着转过身。说话的人她不认识。莉茜不改一贯的直率："你是谁？"

"杰伊·詹米森，"说着他鞠了个躬，"罗伯特的弟弟，头脑比哥哥灵光。你怎么忘了？"

"哦！"莉茜的确听说杰伊昨晚到达，但却没认出来。五年前他还一脸青春痘，下巴窜出几根金毛儿。如今他个头猛蹿，人也帅气了。杰伊以前不算聪明，莉茜怀疑他现在也没灵光到哪儿去。"我记得你，"她道，"你一嚣张我就认出来了。"

杰伊笑了，说："要能像您那么谦逊矜持就好了，哈林姆小姐。"

"你好啊，杰伊，"罗伯特道，"欢迎来到詹米森堡。"

杰伊的脸一耷拉："别摆主人架子了，罗伯特。你是大儿子不假，可这里还没归你呢。"

莉茜赶紧插一句："二十一岁生日快乐。"

"谢谢。"

"是今天吗？"

"对。"

罗伯特不耐烦地说道："要和我们一起骑马去教堂吗？"

莉茜觉察到杰伊眼中的憎恨，但他的声音仍然平静："是啊。我已经让他们备马了。"

"那得赶紧出发了，"罗伯特冲着马厩大声道，"动作快点！"

"都备好了，先生。"马夫应道。不一会儿，三匹马被牵着出了马厩：一匹壮实的小黑驹，一匹浅棕母马，还有一匹灰色的骟马。

杰伊道："这些牲口估计是从爱丁堡马贩子那儿租来的吧。"他话中带刺，不过还是直奔灰马，拍拍马脖子，任它蹭蹭自己蓝色的骑行服。莉茜看得出，杰伊喜欢马，跟马相处也自在。

莉茜上了那匹小黑驹，两腿并在一侧，骑着出了院子。兄弟俩紧随其后，杰伊骑灰骟马，罗伯特骑棕母马。大风中莉茜的眼里刮进了雪粒。积雪掩盖了地面上深深浅浅的坑洞，马很容易绊倒，道路因此变得更加危险。莉茜提议道："咱们穿过树林吧，那里有遮挡，路也更好走。"没等两人同意，她便掉头走下大路钻进老林子。

高大的松树下鲜见灌木，溪流与沼泽都已冻结，地面一片灰白。莉茜策马慢行。不一会儿，杰伊的灰马从她身边掠过，他一脸挑衅的笑容，看来是想比试比试。她大喝一声，双腿贴紧马肚，小马就迫不及待地飞奔向前。

他们掠过松林，躲过矮枝，跃过倒桩，踏过溪流，激得水花四溅。杰伊的马身型更大，步子也迈得更远。小马虽然身小腿短，但在这样的地形上跑路却更显灵活。莉茜渐渐赶超，待完全听不到杰伊的马声，她放慢步子，在开阔的空地停了下来。

杰伊很快跟上来，却不见罗伯特的影子。莉茜猜想，罗伯特才不会头脑发热玩这种无聊的比拼。她与杰伊并排前行，顺便喘口气。马儿身上散着热气，骑手也得以取暖。杰伊喘着气道：

"上了直路，我们再比一场。"

"要是叉腿骑，我肯定赢你。"莉茜道。

杰伊有些吃惊。淑女们往往都侧骑，叉腿骑马会被视作不雅。莉茜则不屑理会。每当身边没人，她都像男人一样叉开腿骑。

她用眼角的余光观察杰伊。他母亲阿丽西亚是乔治爵士的第二位夫人，一位金发尤物。杰伊继承了母亲的蓝眼睛和迷人的笑容。莉茜问："你在伦敦做什么？"

"我在步兵卫队三团，"他言语间带着骄傲，又补充道，"最近刚升了上尉。"

"那么，詹米森上尉，你们这些英勇战士都有何重任呢？"莉茜嘲弄道，"伦敦在打仗吗？要浴血杀敌吗？"

"要确保暴民不闹事，事情多着呢。"

莉茜突然想起，儿时的杰伊刻薄霸道，也许当了兵他倒乐此不疲。"那你们如何控制暴民呢？"

"比如将犯人押上绞刑台，确保他们在绞死前不被同伙救走。"

"像真正的苏格兰英雄一样，每天杀英格兰人。"

面对如此嘲弄，杰伊似乎并不介意。"有朝一日，我希望能离开军队，到国外去。"他回答道。

"是吗？为什么？"

"在这个国家，没人拿家里的小儿子当回事。就连仆人在接受命令时都对你冷眼相待。"

"难道出了国就不一样了？"

"在殖民地，一切都大不相同，我在书上读到过。那里的人更自由，更单纯，看人也不会戴着有色眼镜。"

"你打算做什么？"

"我家在巴巴多斯有片甘蔗种植园。二十一岁生日时，希望父亲能把它交给我，算是我应得的那份家产吧。"

莉茜感到深深羡慕。"你真好命，"她说，"我做梦都想去国外，那该有多刺激啊。"

"殖民地的生活可要简陋得多。"他回答，"商店、歌剧、法国时尚等等这些只有在国内才有得享受。"

"我才不稀罕那些东西，"莉茜不屑道，"我讨厌这些衣服。"她身着撑裙，还绑着束腰。"我想像男人那样，穿马裤，穿衬衫，蹬靴子。"

杰伊笑了，说："即使是在巴巴多斯，这也有点太过了。"

莉茜想，如果罗伯特带我去巴巴多斯，我二话不说马上嫁给他。

"还有奴隶帮你操持一切。"杰伊补充道。

他们在小桥上游几米外出了林子。对岸，矿工们正涌入小教堂。

莉茜还惦记着巴巴多斯，说道："养奴隶的感觉肯定怪怪的。把他们当牲口一样随便处置，你就不觉得奇怪？"

杰伊笑着说："一点都不。"

3

　　教堂里座无虚席，相当一部分位子被詹米森家族和他们的宾客所占据，更别提还有女人宽大的裙子以及男人的三角帽和佩剑了。平时参加周末礼拜的矿工和佃农在自己和宾客间空出一圈座位，生怕身上的煤灰和牛粪会弄脏人家的好衣裳。

　　尽管在埃斯特面前豪言壮语，麦克的心中其实还是充满忧虑。矿主可以随便鞭打矿工，而乔治·詹米森爵士是治安官，就是判人绞刑，其他人也不敢有异议。惹怒这样一位有权有势的人，这的确有点不要命。

　　可对的就是对的。麦克和其他矿工都受到了非法的不公待遇。每每想到这里，他都恨不得扯着嗓子大喊。这个消息不能在暗地里传，好像可能有假似的。要做就必须大胆，要么就别干。

　　一时间，麦克犹豫着收手。何苦给自己惹麻烦呢？这时圣歌响起，矿工们唱起和声，激昂的旋律在教堂中回响。麦克听到身后吉米·李高亢的歌声。吉米是村里出了名的好嗓子。歌声让麦克想到格伦高地，想到自由之梦。他坚定了信念，决心按计划行动。

　　约翰·约克神父今年四十岁，头发稀疏，性情温和。见一众贵宾驾到，这位神父话语间显出几分迟疑。今日布道的主题是真相。听麦克读完信后，他又会作何反应？他会本能地站在矿主一边。礼拜结束，兴许还会去詹米森堡用餐。但约克毕竟有神职在身，不管乔治爵士如何威逼，神父都有责任说句公道话，不是吗？

教堂的石墙干干净净。室内当然没有生火。麦克的呼吸在寒冷中凝结。他观察着那些从城堡来的人。多数詹米森家的人他都认识。麦克小的时候，这些人大都就居住在这里。乔治爵士红光满面，大腹便便，十分好认。旁边是他妻子，一身花哨的粉裙子显然是扮嫩过了头。大儿子罗伯特目光冷峻，不苟言笑。二十六岁的他小肚子已微微隆起，逐渐有了父亲的架势。罗伯特旁边坐着个英俊的金发青年，年龄似乎与麦克相仿：他应该就是小儿子杰伊了。麦克六岁那年夏天，每日他都跟杰伊在詹米森堡外的林子里玩耍。两人都以为会一辈子做朋友。然而一入冬，麦克便下了矿井，再也无暇玩耍。

有几位宾客他也认得出：哈林姆夫人和女儿莉茜算是熟面孔了。长久以来，莉茜·哈林姆都是当地人的谈资。人们都说她整日一副男人打扮，还扛着把枪。她把靴子送给赤脚的孩子，还斥责孩子的母亲不好好清理自家门前。麦克已有多年没见过莉茜。哈林姆家有自己的教堂，所以礼拜日他们往往不会来这儿。但每当詹米森家族返回苏格兰，她们便来拜访。麦克记得上一次见到莉茜时她才十五岁，一身淑女打扮，却像个男孩一样朝松鼠丢石子。

麦克的母亲曾在哈林姆家的高地庄园做女仆，婚后也偶尔在周日下午回去看看，会会老友，炫耀自己的一对龙凤胎。每次回来，莉茜就跟麦克和埃斯特打成一片（哈林姆夫人应该不知情）。莉茜是个小滑头，自私蛮横，娇生惯养。小麦克亲她一口，她拽住麦克的头发，揪得他哇哇大哭。莉茜貌似没多大变化：顽皮的小脸，黑色的卷发，深邃的眼睛，不知又在想什么坏主意。她的嘴好像一道粉色的弓箭。麦克望着她，心想，真想再亲她一回呢！念头刚一闪过，莉茜就看到了他。麦克有些难为情。他把目光移开，仿佛怕被莉茜看透心事似的。

布道结束。除了往常的长老会礼拜外，今天还多了一场洗礼：麦克的表姐珍迎来了她的第四个孩子。老大沃利已经下井干活。麦克将行动的时机锁定在施洗仪式期间。时间一点点临近，他腹中翻江倒海。他试着安抚自己：每天在煤矿里都是出生入死，跟个做买卖的胖子对峙有什么可怕的？

珍站在洗礼盆边，一脸疲惫。才三十岁的她已经有了四个子女，下井也干了二十三年，整个人已筋疲力尽。约克神父往婴儿的头上洒了些水。然后珍的丈夫索尔重复那段誓言，和苏格兰所有的矿工一样，让自己的儿子也沦为奴隶。"我就此承诺，此子日后将于乔治·詹米森爵士名下煤矿效力，幼年伊始，直至力竭。"

就是现在！麦克决心已定。

他站起身。

仪式进行至此，本应由监工哈利·拉切特起身上前，将一袋十英镑的"定金"，也就是孩子的卖身钱交给索尔。令麦克意外的是，乔治爵士这次居然亲自出马。

就在起身时，他与麦克四目相对。

一时间，两人在对视中僵持。

乔治爵士走向洗礼台。

麦克走到教堂的中心过道，大声道："这笔定金没有效力。"

乔治爵士半路突然僵住，所有人都盯着麦克。震惊中教堂一片死寂，麦克可以听到自己的心跳声。

"这个仪式完全无效，"麦克喊道，"你们无权把这孩子绑在矿上做苦工，不能拿小孩当奴隶。"

乔治爵士说道："你这个蠢货，赶紧给我闭嘴坐下！"

这种颐指气使让麦克越听越火，所有的疑虑从他脑海中消失了。"该坐下的是你！"他不顾一切地说道。这种强硬令在场的人大吃一惊。麦克指了指约克神父，说："神父，你布道时讲真相。那你敢不敢为真相站出来？"

神父一脸担忧地看着麦克："麦卡什，你想说什么？"

"说奴役！"

"你清楚苏格兰的法律，"约克神父语气平和，"矿工都归矿主所有。在矿上工作满一年零一天，就会失去自由。"

"是啊，"麦克道，"多要命啊，可这就是法律。但我有证据证明，法律可没规定要奴役孩子。"

索尔开口。"麦克，我们需要这笔钱啊！"他抗议道。

"钱你可以留着。你儿子为乔治爵士工作到二十一岁，劳力足可以抵十镑。但是——"麦克提高嗓音，"一旦成年，他就是自由人！"

"你最好把嘴闭上，"乔治爵士威胁道，"你可越说越不要命。"

"但这是真话。"麦克坚持道。

乔治爵士的脸憋得铁青，他可不喜欢这种强硬违抗。"等礼拜结束我再收拾你。"他生气地说道。然后把钱袋交给索尔，然后转头对牧师道："约克神父，请继续。"

麦克觉得不可思议。总不能当什么事都没发生吧？

神父道："让我们齐唱最后一首圣歌。"

乔治爵士回到自己的座位上。麦克依然站在那里，一脸难以置信。

神父道："赞美诗第二首'外邦为何争闹，万民为何谋算虚妄之事'。"

一个声音从麦克身后响起："不——先等等！"

麦克转过身，是吉米·李。他已经逃跑过一次，作为惩罚，他们给吉米套了个铁项圈，上面印着"此人乃法伊夫乔治·詹米森爵士之财产"。麦克心中庆幸：上帝保佑吉米！

"话别说一半，"吉米道，"我下周就年满二十一岁了，我要知道能不能争取自由身！"

吉米的母亲道："大家都想知道。"她年事已高，牙也掉光了。她久经风雨，性格坚强，在村里很有威信。听她一开口，好几个人都随声附和。

"你们不会有什么自由。"乔治爵士咆哮着再次起身。

埃斯特拽拽麦克的袖子，急促地悄声说道："信！快拿信！"

麦克激动得把信的事都忘了。"法律可不是这么说的，乔治爵士。"他大喊着，挥动手上的信。

约克神父问："麦卡什，那是什么？"

"是我咨询的伦敦律师的来信。"

乔治爵士简直要气炸了。麦克庆幸两人之间还隔着几排长椅，不然这位领主非掐死他不可。"你还咨询律师？"他气急败坏地说。这一点似乎最让他来气。

约克神父又问："信上怎么说？"

"我念给大家听。"麦克念道，"'根据英格兰及苏格兰法律，所谓定金仪式一说全无任何依据。'"人群中响起一阵骚动，这与他们的所知所信完全相反。"'成年子女的自由权利不归父母所有，父母因而无权将其出售。父母可强制子女于矿上工作至二十一岁，但——'"他突然故意停顿，然后一板一眼地念道，"'但年满二十一岁后，子女有权选择离开！'"

一时间，所有人都有话要说。百余人高声叫喊发问，坐席中炸开了锅。这里约一半的人自幼便被卖给煤矿，以为自己生来就是当奴隶的命。如今他们突然被告知受了骗，他们当然想知道真相。

麦克举手示意大家安静，场上立刻鸦雀无声。这种号召力连他自己都感到吃惊。"还有一句，'如下法条适用于苏格兰所有成年人士：成年后在煤矿工作满一年零一天者将失去人身自由。'"

人群中有愤怒，有失望。大家意识到这不是什么革命性的变化，多数人还是身不由己，但自己的孩子却有机会逃离苦难。

约克道："麦卡什，让我看看。"

麦克上前把信交给神父。

乔治爵士依旧气得满脸通红，说："这个所谓的律师是什么人？"

麦克答道："他叫卡斯帕·格尔登逊。"

约克道："哦！我听说过他。"

"我也听过，"乔治爵士轻蔑地说道，"一个彻头彻尾的激进分子！他是约翰·威尔克斯①的同伙。"所有人都知道威尔克斯，他是著名的开明领袖，虽然流放巴黎，却不断宣称要回国打倒政府。乔治爵士继续说道："要是格尔登逊落到我手里，肯定会被绞死。写这种信就是叛国！"

一听要绞死人，神父慌忙道："叛国还不至于——"

"你管好天国的事就行了，"乔治爵士厉声道，"叛不叛国，还得我们这些世人说了算。"说着，他一把夺过约克手中的信。

在场信众见他对神父如此出言不逊，都惊得目瞪口呆。所有人一言不发，看神父如何回应。约克直视着詹米森，麦克以为神父一定会反驳他。然而神父的目光还是垂了下来，詹米森一脸得意地坐下，仿佛胜局已定。

约克的懦弱让麦克怒不可遏。教堂本应是道德的权威基准。神父若要看领主的脸色行事，那简直就是形同虚设。麦克毫不掩饰脸上的鄙夷，冷嘲道："这法律还要不要遵守？"

罗伯特·詹米森站起身。他跟父亲一样气急败坏："领主说是什么法，你们就得守什么法！"

"那跟没有法一样！"

"对你们这种人，没有正合适。"罗比特说道，"作为一名矿工，法律跟你有何相干？还写信找律师？！"他从父亲手里拿过信，"我让你找律师——"说着，他将信撕成了两半。

人群中一阵惊呼。矿工们的未来都寄托在那几张信纸上，如今却被人撕成了碎片。

---

① John Wilkes（1725—1797）：英国18世纪政治家、记者，英国激进主义的代表人物。因激进政见言行屡遭当时议会排挤。

罗伯特撕了又撕，将纸屑往空中一撒。片片碎纸如同婚礼上扬洒的彩屑散落在索尔和珍的头上。

麦克犹如痛失亲友般悲愤万分。那封信是他此生最重要的转折点，他本打算告知全村老少，甚至想象着将这个消息带到其他矿区，直至全苏格兰都知晓。然而，一切都在罗伯特手中瞬间化为泡影。

想必是麦克脸上写满了沮丧，罗伯特一脸得意。麦克火冒三丈，他可不会就这么轻易认输。愤怒中，他无所畏惧。这事儿还没完呢，他暗想。信虽然毁了，但法律可没变。"依我看，你是心虚才把信撕掉，"那轻蔑的口吻连麦克自己都觉得意外，"可你毁不掉苏格兰的法律。它书写在更坚韧的地方，不是你能轻易破坏的。"

罗伯特哑口无言，迟疑中不知该如何反驳。片刻后他怒吼道："滚出去！"

麦克看了看约克神父，詹米森父子也在等他表态。没有哪个信徒有权将信众驱逐出教堂。难道神父会委曲求全，任领主的儿子将他的教友赶出去吗？"这里是上帝的厅堂，还是乔治·詹米森爵士的？"麦克质问道。

约克神父辜负了这个决定性的时刻，他一脸羞愧地说道："麦卡什，你还是走吧。"

明知是徒劳，麦克还是按捺不住反讥道："这回总算是领教了什么是真相！谢了，神父，我这辈子都忘不了。"

他转过身去，埃斯特跟他一同起身，沿过道朝外走。吉米·李起身尾随其后，另外又有一两个人站起来，吉米的祖母也坐不住了。零星的散众变为人潮，向教堂外涌去。矿工们携妻带小离开座位，不时听到衣裙和靴子的刮蹭声。没等出教堂大门，麦克就知道，所有的矿工都跟着他一起离开，一种凝聚力和成就感令他热泪盈眶。

众人围着麦克聚集在教堂的院子里。风虽停了，雪片又飘然而至。大片的雪花慵懒地飘在墓碑上。吉米愤愤地说道："他们不该把信撕了！"

很多人发声赞成，其中一个说："我们再寄一封信去！"

麦克道："再寄一封兴许没那么容易。"他心思并不在这些细枝末节上，此时的他大口喘着粗气，既兴奋又疲惫，仿佛刚刚狂奔上格伦高地。

"法律就是法律！"另一个矿工说。

"是是，可领主毕竟是领主。"另一个显然更有顾虑地说。

麦克的头脑逐渐冷静，继而反思起当日的得失。他发动了大家是不假，但光凭这一点并不能改变什么。詹米森父子公然藐视法律。如果他们当真举枪玩硬的，矿工们能怎么办？争取正义的斗争哪次不是徒劳？对领主唯命是从，有朝一日能接替哈利·拉切特做监工岂不更好？

一个身着黑色皮草的娇小身影从教堂里冲出来，如同摆脱束缚的猎鹿犬。那正是莉茜·哈林姆。她直奔麦克而来，人群中立马闪出一条道。

麦克注视着莉茜。沉静时的她已然英俊俏丽，如今满脸义愤，则显得更加光彩照人。莉茜满眼怒火道："你以为你是谁？"

"我是马拉奇·麦卡什——"

"我知道！"她说，"你怎么敢那样跟领主父子说话？！"

"那他们又怎么敢违背法律，奴役大家？"

矿工们低声表示赞成。

莉茜朝四下看看。雪片飘飘洒洒挂在她的大衣上，一粒落在她的鼻头，她不耐烦地用手拭掉。"你们有活儿干，有钱拿，已经够走运的了，"她说道，"你们应该感谢乔治爵士开了这个矿，让你们得以养家糊口。"

麦克反驳道："如果我们真这么走运，他们干吗还颁布法律，禁止我们离开村子找别的工作？"

"因为你是个笨蛋，身在福中不知福！"

麦克发现这架越吵越有意思，不仅仅是因为对手是个美丽的千金大小姐。比起乔治爵士和罗伯特，莉茜更细心，更讲道理。

他压低声音问道："哈林姆小姐，你下过煤矿吗？"

吉米的祖母听了扑哧一笑。

莉茜道："胡说些什么呀！"

"有朝一日你下一趟矿井，就不会说什么走运的风凉话了。"

"我已经受够了你的无礼，真该让你挨几鞭子。"

"挨打估计是免不了了。"话虽如此，可麦克却没当真。长这么大，麦克从未见过矿工遭受鞭打，他父亲却曾亲眼得见。

莉茜的前胸一起一伏，麦克克制着自己不往那里看。莉茜道："你总是这么振振有词。"

"是啊，可你一句也听不进去。"

一只胳膊肘在他侧肋狠狠捅了一下，是埃斯特在提醒他，小心说话，跟权贵斗没有好下场。埃斯特对莉茜说："哈林姆小姐，多谢你的建议，我们会考虑的。"

莉茜趾高气扬地点点头，说："你叫埃斯特，对吧？"

"没错，小姐。"

莉茜转头对麦克道："你该多听听你妹妹的，她可比你识时务多了。"

"今天你就这句说对了。"

埃斯特冲他一龇牙，说："麦克，别嘚瑟了！"

莉茜笑了，一时间卸下了所有的傲慢。她的脸上洋溢着笑容，变得喜悦与亲切，俨然变成了另一个人。"好久没听人说这句话了。"她笑着说，麦克也忍不住一起笑起来。

莉茜转过身，依然咯咯笑个不停。

麦克注视着她回到教堂门前，与刚刚出来的詹米森家人会合。"老天，"他摇摇头，"好一个姑娘。"

4

教堂发生的争执令杰伊气不打一处来。他最讨厌不守本分的人。马拉奇·麦卡什就该一辈子待在地底下挖煤，杰伊·詹米森生来就高人一等，这都是天意，也是律法。质疑自然秩序是大逆不道。那个麦卡什说得理直气壮，好像跟谁都平起平坐似的，不管那人出身有多高贵。

现今在殖民地，奴隶就是奴隶，什么一年零一天，什么工资，根本没那些讲究。在杰伊看来，那才是最理想的状态。不逼就没人做工，强迫也许残忍，但更高效。

从教堂出来，几个佃农向他祝贺生日，但没有一个矿工跟他说话。他们在坟场边聚成一团，小声争论着。好好的生日让这帮人毁了，这让杰伊怒不可遏。

他从雪中快步走到马夫跟前。罗伯特已经等在那里，莉茜还没到。杰伊四下寻觅着。他期待与莉茜一起骑马回去。他问马夫："伊丽莎白小姐呢？"

"在教堂门口，杰伊少爷。"

她正眉飞色舞地跟神父说话。

罗伯特用手指使劲点点杰伊的胸口，说："听好了，杰伊，离伊丽莎白·哈林姆远点，懂吗？”

罗伯特一脸敌意。此时的罗伯特可不好惹，但愤怒和失望给杰伊壮了胆："说什么呢？"

"要娶她的人是我，你没戏。"

"我没想娶她。"

"那就别挑逗她。"

杰伊知道莉茜觉察到他的魅力，跟她逗趣也乐在其中，但从没想过要俘获她的心。杰伊十四岁那年，曾觉得小他一岁的莉茜是世界上最漂亮的女孩。无奈莉茜对他（对任何男孩）全无兴趣，令他十分伤心。但那已是很久以前的事了。父亲想让罗伯特和莉茜成婚，而只要是乔治爵士的意愿，家中任何人都不敢反对，包括杰伊。所以杰伊没想到罗伯特居然会为这点事发牢骚。看来他还没有十足的把握——与父亲一样，罗伯特很少做没把握的事。

难得能给哥哥心中添堵，杰伊很是开心，他说道："你有什么好怕的？"

"你清楚得很。你从小就爱抢我的东西——玩具、衣服，没有你不抢的！"

在长久积聚的怨恨促使下，杰伊破口回击："那是因为你要什么有什么，而我一无所有。"

"胡说八道。"

"总之，哈林姆小姐是家里的贵客，"杰伊的口吻有所冷静，"我总不能冷落人家吧？"

罗伯特的嘴角一横："是不是非要我去告诉父亲？"

正如童年的无数争执，这区区几个字便终结了这场较量。兄弟俩都知道，父亲一定是向着罗伯特的。熟悉的愤恨感直冲杰伊的喉头，他退让了。"好吧，"他承认道，"我尽量不搅你的好事。"

他上马悻悻离开，罗伯特留下陪莉茜回城堡。

詹米森堡由灰石砌成，角上有塔楼，顶上有城垛，同多数苏格兰乡间建筑一样恢宏霸气。城堡是七十年前建的，当时山谷里煤矿初开，领主从中刚赚到第一桶金。

乔治爵士从第一任妻子的表亲手中继承了这份产业。打杰伊记事起，父亲的心里就只有煤矿。他把所有的时间和金钱都花在开掘新矿上，没为城堡做过任何修缮。

杰伊从小在城堡长大，但他对这里没什么好感。底层的房间硕大清冷——门厅、餐厅、起居室、厨房、佣人间围绕中心庭院铺陈开来，院里的喷泉从十月一直冻到次年五月。家里根本没什么热乎气儿。所有的卧室都生着火——反正詹米森煤矿不缺煤，然而却暖和不了那些石砌的厅堂。走廊里寒气逼人，不披件斗篷简直没法去其他房间。

十年前他们举家搬到伦敦，只留下几个家丁亲信料理房子和生意。刚开始他们每年回来，还带着宾客、佣人，从爱丁堡租了车马，雇点农家的媳妇到城堡擦地、生火、倒夜壶。但渐渐地，父亲越来越舍不下伦敦的生意，回来的次数也越来越少。今年旧例重兴，杰伊回来得不情不愿，然而长大成人的莉茜·哈林姆却是个意外的惊喜，不光是因为她让杰伊有了找哥哥碴儿的机会。

他在马厩下了马，拍拍马脖子道："虽比不上赛马，但这牲口很听话。"说着，他把缰绳递给马夫，"我倒是乐意把它收到我的骑兵团。"

马夫面露喜色，说："谢谢您，先生！"

杰伊进了大厅。那里阴森空旷，角落晦暗，连烛光也照不进来。一只猎鹿犬闷声躺在火堆前的皮垫上。杰伊用靴子头踢了踢，让狗腾出地方，他好暖暖脚。

壁炉上方挂着张画像，是父亲的第一任妻子奥利芙——罗伯特的母亲。杰伊对这张画深恶痛绝。瞧瞧她，一副圣人姿态，对所有后来者趾高气扬。奥利芙二十九岁时染热症离世，杰伊的父亲再婚，但他从未忘记过那份初恋。杰伊的母亲阿丽西亚更像是詹米森的情妇，一个没名分没权力的玩物。杰伊觉得自己像个私生子。罗伯特是老大，是继承人，要另眼相看。有时杰伊甚至想问，罗伯特是不是处女无性而育的产物。

他转身背对着画像。男仆端来一杯温热的甜酒，他赶紧抿了几口，希望能缓解胃里的紧绷感。今天，父亲将宣布杰伊的财产份额。

一半是不可能了，甚至连父亲财产的十分之一都是妄想。继承家产的将会是罗伯特，还有那些富矿和商船——反正他已经在打理船只生意了。杰伊的母亲劝杰伊别为了财产而挑起争端，她很清楚，杰伊的父亲是不会妥协的。

罗伯特不光有独子地位，他俨然就是父亲的翻版。杰伊则不然，而正因如此父亲才看不上他。和父亲一样，罗伯特聪明、冷酷、锱铢必较；杰伊则为人随和，挥金如土。父亲最忌讳别人乱花钱，尤其是乱花他的钱。父亲无数次冲着杰伊咆哮："我辛辛苦苦赚来的血汗钱，都被你小子挥霍了！"

再加上数月前杰伊积欠了一笔九百英镑的赌债，更是火上浇油了。他让母亲求父亲为他还债。这不是笔小数目，足够买下詹米森堡了。但这对乔治爵士来说不过是小菜一碟，但他依然暴跳如雷，跟被锯了条腿似的。此后杰伊愈发债台高筑，而他父亲并不知情。

母亲劝他，别跟父亲吵，要点小恩小惠就可以。小儿子往往会去殖民地：父亲很可能将巴巴多斯的甘蔗园连同那里的房产和非奴一起送给他。杰伊和母亲之前都跟父亲提过此事，乔治爵士不置可否，杰伊抱了很大的期望。

几分钟后，父亲也回来了。他跺掉靴子上的雪，马夫帮他摘下斗篷。父亲对马夫交代："给拉切特送个信，派两个人手日夜守在桥上。如果麦卡什试图逃跑，就把他抓起来。"

河上只有一座桥不假，但还有其他的路可以出谷。杰伊问："要是麦卡什翻山出去怎么办？"

"这种天气？让他试试看！一旦发现他逃走，我们就派人在路边守着，让治安官带兵堵在前路。依我看他根本跑不了那么远。"

杰伊觉得不然。这些矿工结实得如铁打一般，麦卡什那家伙更是倔得像头牛。然而，杰伊并未跟父亲争论。

随后到达的是哈林姆夫人。她和女儿都是黑头发，黑眼睛，但她却少了女儿的灵动与活力。哈利姆夫人身宽体胖，一脸横肉。"我帮您拿外套吧，"杰伊说着帮她脱掉厚重的皮草外套，"到火边烤烤吧，您的手很凉。来点热甜酒怎么样？"

"真是个贴心的小伙子！"哈林姆夫人道，"那再好不过。"

其他一起做礼拜的人陆续到达，一个个搓着双手取暖，石板地上留下滴滴融化的雪水。罗伯特缠着莉茜聊个不停，换了一个又一个小话题，仿佛他有个话题清单似的。父亲找亨利·德罗姆聊生意。德罗姆是格拉斯哥的生意人，跟乔治爵士的亡妻奥利芙是亲戚。杰伊的母亲与哈林姆夫人攀谈。神父夫妇没来，兴许还在为教堂发生的骚动闷闷不乐。在场的还有几位宾客，其中多数是亲戚：乔治爵士的姐姐、姐夫，阿丽西亚的弟弟、弟妹，另外还有一两个邻居。多数人仍在谈论马拉奇·麦卡什和他那封该死的信。不一会儿，嘈杂的对话声中响起了莉茜的大嗓门，人们一个个转过身，想听她说些什么。"怎么不行？"她问，"我想亲眼见识见识。"

罗伯特严肃地说："相信我，煤矿可不是姑娘家该去的地方。"

"怎么？"乔治爵士问，"哈林姆小姐难道想下井不成？"

"我想知道那里什么样。"莉茜解释道。

罗伯特说："其他顾虑先不提，穿女装在那种地方可寸步难行。"

"那我就乔装成男人。"莉茜回击道。

乔治爵士笑道："我知道有些姑娘能蒙混过关。但你不然，亲爱的，你太漂亮了，一眼就能识破。"显然，他以为这种奉承十分巧妙，还期待大家都来附和。然而周围的人只是勉强笑笑。

杰伊的母亲用胳膊肘戳了戳丈夫，小声嘀咕了几句。乔治爵士又道："哦，对了！大家的酒杯都斟满了吗？"没等有人应答，他便继续道："大家举杯，祝我的小儿子詹姆斯·詹米森——也就是杰伊二十一岁生日快乐！敬杰伊！"

人们敬了酒，女眷离开，为晚宴做准备。男人们的话题转到生意上。亨利·德罗姆道："美国来的消息令我担忧，我们很可能损失一大笔钱。"

杰伊明白他的意思。英国政府已对若干出口美洲殖民地的商品征税——茶叶、纸张、玻璃、铅、油彩，这可气坏了那些海外殖民者。

乔治爵士愤愤道："他们要军队保护，怕被法国人和印第安人欺负，却不想为此花钱！"

"这帮人是能不花钱就绝不花钱，"德罗姆道，"波士顿镇民大会已经宣布抵制所有英国进口商品。为了省黑布，她们连丧服都快省了！"

罗伯特说："如果其他殖民地效法马萨诸塞州，那我们半数船只都没货运了。"

乔治爵士道："他们简直就是该死的土匪，没一个好东西——尤其是波士顿那些酿朗姆酒的，更是渣滓里的渣滓。"

杰伊没想到父亲的反应会这么激烈：如此大发雷霆，想必是亏了钱。"法律规定他们必须从英国人的种植园购买糖浆，这帮人却偷偷从法国走私，压低价格。"

"弗吉尼亚州更恶劣，"德罗姆道，"那些种烟草的总是欠债不还。"

"可不是嘛，"乔治爵士应道，"我就刚刚遇上一个，好好的莫杰府种植园就这么砸在手里。"

罗伯特道："幸亏运犯人不用交进口关税。"

大家纷纷表示同意。詹米森家族船运生意中利润最为丰厚的当属押运，将囚犯押送到美国。每年，国内的法庭都会将数百个罪犯判到海外服刑，罪名无非是盗窃之类。每运送一个犯人，政府会向运送商支付五英镑。九成的犯人都是乘坐詹米森家族的船只跨洋赴美。然而，政府并不是这单生意唯一的利润来源。

犯人要在殖民地当七年免费劳动力，意味着七年内可以卖了当奴隶——男丁能卖十到十五英镑，女的则卖八九英镑，孩童价格更低。把一百多个犯人肩挨肩地像装鱼一样装进篮子里，每跑一趟船，罗伯特都能创造两千英镑的利润，这相当于整条船的售价。这生意可谓是油水丰厚。

"是啊，"他父亲道，说着喝干了杯中的酒，"可如果殖民地那些人得逞了，连这点都没得赚。"

殖民者一直对此怨声载道，但也没少买囚犯当奴隶——谁让海外缺廉价劳力呢。他们痛恨祖国将这些混混儿扔给他们，怪这些犯人令当地犯罪率激增。

"至少煤矿的收益稳定，"乔治爵士道，"如今也就能指着它赚钱，所以必须把麦卡什摆平。"

一提麦卡什，所有人似乎都有话要说。一时间，人们纷纷交头接耳。乔治爵士却似乎早已厌烦。他转脸冲罗伯特打趣道："那个哈林姆家的姑娘如何，啊？要我说可真是个小可人儿。"

"伊丽莎白很活泼。"罗伯特迟疑道。

"那倒是，"他父亲笑了，"记得八九年前，这附近的狼被我们猎得所剩无几，莉茜坚持要亲自抚养小狼崽儿，经常用绳子拴着两只到处跑。那可真叫稀罕！猎场看守可气坏了，说一旦小狼逃脱，日后遗患无穷。只可惜狼崽儿都死了。"

"这种妻子很可能不是省油灯。"罗伯特说。

"比起倔驴还差得远，"乔治爵士道，"况且再怎么样，做丈夫的总是占得上风。这姑娘还不赖。"说着他压低声音，"她家的房产由哈林姆夫人代管，直到伊丽莎白结婚。妻子的财产归丈夫所有。婚礼当日，哈林姆家的产业也将属于女婿。"

"我知道。"罗伯特说。

杰伊之前并不知晓，但他也不觉得奇怪：没人乐意把大笔家产交到女人手上。

乔治爵士继续道："格伦高地底下估计有一百万吨煤矿——所有的煤层走向都冲着那个方向。这姑娘可真是坐在金山上——哟，话粗了！"说着，他哈哈大笑。

罗伯特还是一贯的严肃："还不能确定她看没看上我。"

"有什么看不上的？你年富力强，很快将富甲一方。将来我过世后，你就是准男爵。她还想要什么？"

"浪漫？"罗伯特答道，言辞间带着鄙夷，仿佛面对异域商人奉上的奇钞怪币。

"哈林姆小姐可玩不起浪漫。"

"难说，"罗伯特道，"打我记事起，哈林姆夫人就一直负债度日。兴许今后也能这么继续维持呢？"

"告诉你个秘密，"乔治爵士朝四下瞅瞅，确定没人听得见，"知道吗，她已经把全部房产抵押出去了。"

"大家都知道。"

"我碰巧还知道，她的债权人已经不想再续约了。"

"她可以从其他债主那里筹钱还债啊。"

"可能吧，但哈林姆夫人并不知道。她的财务顾问也不会告诉她——我已安排妥当。"

杰伊纳闷儿，父亲究竟是怎样威逼利诱，才让哈林姆夫人的顾问就范的。

乔治爵士笑了："所以，罗伯特，这位伊丽莎白小姐根本无法拒绝你。"

亨利·德罗姆抽身来到詹米森家三父子跟前，说道："乔治，晚餐入席前，我有话要问你。在你家公子面前，我就直话直说了。"

"当然。"

"美国那档子事儿可让我吃了不小的苦头——种植园主还不上债，再加上其他麻烦，恐怕我这个季度无法兑现对你的承诺了。"

显然，亨利从乔治爵士那儿借了钱。通常，父亲对债务人丝毫不讲情面：要么还钱，要么坐牢。这次，他却说："我理解，亨利。世道艰难，你有钱再还也不迟。"

杰伊真是大跌眼镜。不过，片刻后他便反应过来为何父亲心软了。德罗姆是罗伯特生母奥利芙的亲戚，父亲看在亡妻的分上才卖他个人情。杰伊实在看不下去，走开了。

女宾们重新登场。杰伊的母亲极力克制着脸上的笑容，内心的秘密呼之欲出。没等杰伊问个究竟，一个牧师打扮的陌生人来到人群中。阿丽西亚上前打了招呼，将陌生人引荐给乔治爵士："这位是切舍尔先生，他代神父出席。"

这个满脸坑疤的年轻人戴着眼镜，头上还顶着老土的卷毛假发。像乔治爵士这样上了年纪的人很多都戴假发，年轻人却不多见，杰伊就从来不戴。"约克神父让我代他致歉。"切舍尔道。

"没关系，没关系。"爵士说着转过身去，他对这种无名的年轻牧师没兴趣。

众人入席。食物的味道中夹杂着旧窗帘厚重的潮气。长桌上菜色丰盛：大块的鹿肉、牛肉、猪肉、一整条烤鲑鱼还有各色馅饼。杰伊一口也吃不下。父亲会把巴巴多斯的产业交给他吗？如果不是，那又会给他些什么？未来的命运即将揭晓，他自然是坐立不安，食之无味。

在某些方面，杰伊对父亲知之甚少。虽然同住在格洛夫纳广场的房子里，乔治爵士多数时间和罗伯特在仓库，而杰伊白天则在步兵团。偶尔在早晚饭时碰到，但乔治爵士往往在书房用餐，一边吃一边看报纸。杰伊揣测不出父亲的心思，一边拨弄着盘中的食物，一边等待。

切舍尔先生则有点上不了台面：打了两三个响嗝儿不说，还洒了酒。杰伊还逮到他死盯着邻座女人的乳沟看。

入席时是下午三点，待到女士们离座回避时，冬日的下午已沉入渐浓的夜色。女士们前脚一走，乔治爵士就欠欠身，放了阵响屁，说："这下好多了！"

佣人端上一瓶波尔图葡萄酒、一桶烟叶和一盒陶土烟斗。牧师往烟斗里塞了点烟叶："容我说一句，詹米森夫人可真是个美人儿，简直没话说！"

他似乎喝多了。不过即便如此，这种话也不能乱说。杰伊站出来维护他的母亲，冷冷地说道："请您别再对詹米森夫人品头论足。"

牧师点着烟斗吸了一口，呛得咳嗽连连。显然他没抽过烟，直呛得满眼是泪，呼哧呼哧咳嗽个不停，震得假发和眼镜都掉了。杰伊一眼就看出，这人根本不是什么牧师。

他哈哈大笑，惹得周围人都一脸好奇地盯着他。显然他们没看出名堂。"看啊，"杰伊道，"难道你们没看出这是谁？"

罗伯特第一个反应过来，说道："老天爷，是哈林姆小姐！"

人们惊讶得一时说不出话。紧接着，乔治爵士哈哈大笑，在座的人见他不当真，也笑着附和。

莉茜喝了口水，又咳嗽了几声。杰伊夸赞她乔装到位：眼镜掩藏了灵动的黑眼睛，两鬓卷曲的假发微微改变了精致的轮廓。白色的亚麻领巾裹住了玉颈，遮住了白皙的肌肤。她把炭灰之类的东西抹在脸上，让两颊显得坑坑洼洼，还在脸上添了几笔毛发，仿佛是初长胡子的年轻人，两三天才刮一次脸。苏格兰冬日的下午，城堡内昏暗的灯光下，无人识破莉茜的伪装。

莉茜停止了咳嗽，乔治爵士道："好吧，你的确有本事假扮男人。但即便如此也不能让你下井。去把其他的女士们请来吧，我们要揭晓杰伊的生日礼物了。"

玩笑中忘却的焦虑此刻又向杰伊袭来。

大家在大厅会合。杰伊的母亲和莉茜笑得合不拢嘴——显然，阿丽西亚也参与策划了这场"阴谋"，所以晚宴前才忍不住偷笑。莉茜的母亲并不知情，看起来冷若冰霜。

乔治爵士带头出了大门。外面天光渐暗，雪也停了。"在这儿，"他说，"这就是你的生日礼物。"

一位马夫站在城堡门前，手里牵着一匹马，杰伊从没见过如此帅气的坐骑。这匹白色的种马也就不过两岁，身形瘦削如阿拉伯马。众目睽睽之下马儿有些受惊，忽地一下朝边上一跃，马夫赶紧拉缰绳。它的眼里燃烧着狂野，杰伊一看就知道，这匹马跑起来一定快如闪电。

欣赏中的杰伊一时间失了神，还是他母亲的声音将他拉回现实。"就这些？"母亲问。

父亲道："阿丽西亚，你可别不知好歹——"

"就这些吗？"她再次问，杰伊眼看着母亲的脸在愤怒中扭曲。

"对。"父亲坦白道。

杰伊万万没想到竟会收获这样的生日礼物而不是巴巴多斯的产业。他直勾勾地看着自己的父母，试图消化眼前的现实，心中的苦涩简直难以言表。

母亲替他说话了。他从未见她如此生气。"他可是你的亲儿子，"阿丽西亚的声音因愤怒颤抖，"如今他二十一岁了，理应得到一份家产自立门户……你用匹马就把他打发了？"

旁观中的宾客们感到又惊讶又奇怪。

乔治爵士满脸通红，他生气地说道："我二十一岁那会儿连双鞋都没人给——"

"哎呀，行了！"杰伊的母亲一脸不屑，"大家都知道你十四岁就没了父亲，在磨坊做工赚钱照顾妹妹。但也不能为了这个让亲生的儿子穷得叮当响吧？"

"穷得叮当响？"他摊开双手，数着城堡以及他们的产业和生活条件，"你管这叫穷得叮当响？"

"他需要自己的一方天地——看在上帝的分上，你就把巴巴多斯的产业给他吧。"

"那是我的！"罗伯特抗议道。

一句话爆开了杰伊的话匣，他终于开口："那片种植园一直管理不善，我想用管理军队的方法经营它，让黑人们更加卖力地工作，改善种植园的效益。"

"你觉得你做得到吗？"父亲问。

杰伊的心简直跳到了嗓子眼：兴许父亲会回心转意。他迫切地答道："做得到！"

"我看够呛。"父亲厉声道。

仿佛有一记猛拳打在杰伊的肚子上。

"无论是经营种植园还是其他生意，你都一无所知，"乔治爵士挖苦道，"依我看你还是待在军队的好，每天被人管着。"

杰伊目瞪口呆。他盯着那匹白色的骏马说道："我这辈子都不会骑它，你把它拉走吧！"

阿丽西亚对乔治爵士道："城堡、煤矿、船只……所有的一切都归罗伯特，难道连种植园也要归他不成？"

"他是长子。"

"杰伊虽小，但也不能把他当空气啊！凭什么好东西全归罗伯特？"

"就凭他母亲。"乔治爵士答道。

阿丽西亚瞪着丈夫，杰伊看到了她眼中的憎恨。我也恨他，杰伊想，我恨这个父亲。

"那你去死吧！"阿丽西亚咒骂道，吓得客人们都喘不过气来，"让你永世不得超生！"说着，她转身进了屋。

5

麦卡什两兄妹挤住在一间四五平方米的单间房里。一侧有壁炉，另一侧两个挂帘的凹位放床。门前泥泞的车道由矿井一路延伸至谷底，与通往教堂、城堡与外面大千世界的道路会合。排屋后的一股山泉就是他们的水源。

回家的路上，麦克一直为教堂发生的事苦恼不已，但一声不吭。埃斯特也是眼泪汪汪，什么也没问。早上出门前煮上的腌肉香飘满屋，令回到家中的麦克直流口水，打起精神。埃斯特往锅里放了些卷心菜丝，麦克到对面维尔斯太太的店里买了一大罐麦芽酒。两个人狼吞虎咽。酒足饭饱的埃斯特打了个饱嗝儿，问："那你打算怎么办？"

麦克叹了口气。如今问到这一步，他只有一个回答："我必须得走。经过这么一遭，这里我是没法儿再待了。我咽不下这口气。这里的年轻人以后一想起我，就会想起詹米森家族有多不可一世。我必须得走。"他极力控制着自己，声音却因激动而不住颤抖。

"我就知道你会这么说，"埃斯特的眼里也泛起了泪花，"你是在跟这里最有权有势的人家作对啊。"

"理亏的可是他们。"

"是不假，但如今这世道讲理是没用的——下辈子吧。"

"如果现在不做，以后也做不成，下半辈子只有后悔的份儿。"

埃斯特伤心地点点头："那是肯定的。可要是他们想拦着你怎么办？"

"怎么拦？"

"在桥上派人把守。"

若不过桥，想出去只有翻山。可翻山太慢，詹米森家很可能派人守在山口外，等着麦克。"他们要在桥上堵，我就游过河去。"麦克说道。

"这会儿的河水冷得像冰，你会冻死的！"

"河宽也就是三十七八米，我一两分钟应该游得过去。"

"要是被抓回来，你就得像吉米·李一样被戴上铁箍。"

麦克一怔。像狗一样戴着项圈过活，哪个矿工都不想受这份屈辱。"我比吉米聪明，"他说，"他缺钱，想去克拉克曼南①的矿井干，结果被矿主举报。"

"麻烦就在这儿。你得吃饭啊。逃跑了你怎么养活自己？除了挖煤你什么都不会。"

麦克虽然有点积蓄，但也维持不了太久。但他已有所考虑。"我去爱丁堡。"他说道。也许他能搭上重型的拉煤马车，不过还是走路安全。"然后在爱丁堡找条船——听说年轻力壮的小伙子很容易在运煤船上找到活儿干。不出三天，我

---

① 苏格兰市镇名。

就能离开苏格兰。出了国他们就抓不着我了——法律只能管国内。"

"船？"埃斯特疑惑道。他们俩谁也没见过真正的船，只在书上看到过。"你坐船去哪儿？"

"可能去伦敦吧，"多数从爱丁堡出发的煤船都驶向伦敦，听说还有去阿姆斯特丹的，"要么就去荷兰，没准儿还能到马萨诸塞州。"

"说得容易，"埃斯特道，"可我们在那儿一个认识的人都没有。"

"哪儿的人还不是吃面包，住房子，白天干活儿，晚上睡觉？"

"也许吧……"她没什么把握地说道。

"反正我不管，"麦克道，"不待在苏格兰，让我去哪儿都行——只要有自由。想想看：生活随心所欲，不被人牵制；工作自主，自由追求更好的收入，更安全、更干净的工作环境；做自己，不做任何人的奴隶……那该有多好啊！"

埃斯特已泪流满面，说道："你什么时候出发？"

"再等一两天，希望詹米森家能放松警惕。周二是我二十二岁生日，如果我周三上了工，做满了成年后的一年零一天，就又得当奴隶了。"

"其实你就是奴隶，不管那封信怎么说。"

"可一想到法律站在我这边，心里就有点底气。虽然道理我不懂，但法律肯定很重要。不管詹米森家的人认不认，法律都能治他们的罪。我就周二晚上走。"

埃斯特小声道："那我怎么办？"

"你不如去给吉米·李帮工。他是个伐木的好手，正缺搬运人手，而安妮——"

"我想跟你走。"埃斯特打断了麦克的话。

这完全出乎麦克的预料："你可从来没说起过！"

埃斯特大声道："你以为我为什么不结婚？要是在这儿嫁了人，生了孩子，我就再也出不去了。"

的确，埃斯特已算是当地数一数二的老姑娘。麦克一直以为是这里没人配得上她，万万没想到她隐忍多年是想逃离这里。"我一点儿也不知道！"

"那时我害怕，现在也是。但是如果你离开，我就跟你走。"

看着她满眼绝望，麦克实在不忍心拒绝，但他还是狠下心："女人当不了水手，我没钱付你的路费，他们也不会让你帮工抵钱。我只能把你留在爱丁堡。"

"你要是走了，我也不留在这儿！"

麦克很爱埃斯特。小时候与玩伴打架、与父母争执，长大了与矿上的头头们理论……每逢与人冲突，他俩总是一条心。即便有时质疑麦克的某些做法，埃斯特也会义无反顾地维护他。麦克多想带她一起离开，但两个人一起逃走实在是难上加难。"你先忍一阵子，"麦克劝道，"到了目的地我就给你写信。一找到工作，我就攒钱寄给你。"

"真的？"

"嗯，一定！"

"啐一口发誓。"

"啐一口发誓？"这还是小时候起誓发愿时玩的把戏。

"我要你跟我发誓！"

显然埃斯特是要来真的。他往掌心啐了一口唾沫，把手伸过木桌，握住埃斯特的粗手。"我发誓一定来接你。"

"谢谢。"她说。

6

按照安排，次日早上要去猎鹿。杰伊决定参加，反正有满腔怒火无处发泄。

他没吃早饭，在兜里塞了许多"威士忌球"——浸过威士忌的燕麦球，然后到屋外看了看天气：天光刚亮，天空灰蒙蒙的，但云很高；今天不下雨——射击的视野会很清晰。

杰伊坐在城堡前的台阶上，把一颗全新的楔形打火石嵌入猎枪的击发装置，用软皮布将其固定。宰几头鹿兴许能让他泄愤，但他更希望干掉的是罗伯特。

杰伊对自己的这把猎枪十分满意。这把前装式燧石枪由邦德街格里芬家族制作，西班牙枪管嵌着银饰，比军队发的"棕贝丝"明火枪厉害得多。他顶上燧石，瞄准草坪对面的一棵树。沿着枪管向前，杰伊想象着一头大个儿的雄鹿正叉开长角出现在视野内。他将靶心瞄在肩膀后的前胸，那正是心脏的位置。画面一转，罗伯特出现在眼前：固执、冷酷的罗伯特，一头黑发，脑满肠肥，贪得无厌。杰伊扣动扳机，燧石与金属碰撞，火花四溅。然而火药池里没装火药，枪管里也没有子弹。

他有条不紊地装好枪，用火药瓶的量具将刚好2.5打兰①黑火药注入枪管，然后从口袋里掏出一颗子弹，用亚麻布包着推进枪管。杰伊打开枪管下的卡槽，松开推弹杆，使劲将子弹球往枪管里顶。子弹球直径达半英寸，百码之外就能让一头成年的雄鹿毙命。一颗子弹就能打碎罗伯特的肋骨，撕裂他的肺叶，打烂他的心脏，几秒钟就能让他没命。

杰伊听到母亲的招呼声："你好啊，杰伊。"

他站起身亲吻问候。母亲昨晚一通咒骂后愤然离场，之后杰伊就没见过她。她看上去落寞而憔悴。杰伊心疼道："昨晚没睡好吧？"

阿丽西亚点点头："的确不好受。"

"可怜的妈妈。"

"我不该那样咒骂你父亲。"

杰伊迟疑道："您肯定……深爱过他。"

她叹了口气道："我也不知道……那时的他帅气又富有，还是个准男爵，我一心想做他的妻子。"

"可现在您却恨他。"

"自从他偏心你哥哥开始。"

杰伊越想越气愤："还以为罗伯特能当个明眼人！"

"他心里肯定一清二楚，可这个年轻人太贪婪，想独占一切。"

"他一向如此。"杰伊想起小时候，罗伯特最喜欢抢杰伊的那份玩具兵和李子布丁。"还记得罗伯特那匹小马罗布·罗伊

---

① 英制重量单位。1打兰=1.77克。

吗？"

"记得，怎么了？"

"收到小马那年他十三岁，我八岁。我一直盼着有匹小马，而且即使在那个年纪，我也骑得比罗伯特好。可他一次也没让我骑过，即便他自己不骑，宁愿让个马夫遛马，也不给我机会，让我只能在一旁看着。"

"可你骑了别的马啊。"

"到了十岁那年，马厩里所有的马我都骑了个遍，包括父亲的猎马。可唯独没骑过罗布·罗伊。"

"我们到路上走走。"阿丽西亚穿着衬毛皮的兜帽大衣，杰伊裹着格子斗篷。母子俩穿过草坪，踩踏着脚下的冻草。

"父亲怎么会变成这样？"杰伊问，"他为什么这么恨我？"

母亲摸摸杰伊的面颊，说道："他并不恨你，但你这么想也情有可原。"

"那他为什么这么对我？"

"你父亲娶奥利芙·德罗姆时还是个穷小子，仅有的财产不过是爱丁堡贫民区的一间街角小铺。如今的詹米森堡在当时归奥利芙的一个远房表亲——威廉·德罗姆所有。威廉是个独居的单身汉，重病时奥利芙在身边照顾他。他为此感恩戴德，甚至修改遗嘱，将所有财产都留给了她。后来，尽管奥利芙尽心照顾，威廉还是一命呜呼。"

杰伊点点头，说："这件事我听过好多回了。"

"重点在于：你父亲因此觉得这里其实是奥利芙的产业，而他自己的整个商业帝国全都是在此基础上建立起来的。更重要的是，煤矿依旧是他效益最好的一桩生意。"

"他说收益稳定，"杰伊突然想起昨日的对话，"船运风险高、变数大，而煤炭则是挖多少有多少。"

"总之，你父亲觉得他所拥有的一切都多亏了奥利芙，认为如果把这些财产分给你，就会对不起她的亡灵。"

杰伊摇了摇头，说："没这么简单。依我看肯定另有隐情。"

"也许吧，反正我知道的都已经告诉你了。"

到了小路尽头，两人默默返回。杰伊甚至怀疑父母是否曾同床共枕——也许有过吧。父亲兴许觉得：无论自己爱她与否，对方都是他的妻子，他有权利用她发泄。这种事越想越不是滋味。

回到城堡入口，母亲道："我琢磨了一整夜，想找到个补偿你的办法，可惜还没想出来。不过你别泄气，总会有办法的。"

母亲一直是杰伊的精神支柱。她敢于同父亲抗衡，逼父亲就范，甚至能说服他替杰伊偿还赌债。不过这次恐怕连母亲也不顶用了。"父亲似乎已经打定主意，一个子儿都不给我。他肯定知道我会作何感想，可还是一意孤行。依我看求情也没用。"

"我没想着求情。"母亲冷冷地说道。

"那要怎样？"

"不知道，不过这事儿还不算完。早啊，哈林姆小姐。"

只见莉茜一身狩猎打扮走下前门台阶，黑皮帽与皮靴的衬托下活像个俏皮的小精灵。她好像很高兴见到杰伊，笑道："早！"

见到莉茜，杰伊也打起了精神，问道："一起打猎去吗？"

"那当然！"

女人打猎不常见，不过也无伤大雅。以杰伊对莉茜的了解，混在男人堆里骑马狩猎，他一点也不意外。"太好了！"杰伊道，"原本是在男人堆里闻臭汗，有了你空气都清新了。"

"那你可要失望了。"

母亲道："我进去了。你们俩玩得尽兴点儿。"

杰伊的母亲一走远，莉茜道："真可惜你的生日搞砸了。"说着，她捏了捏杰伊的胳膊，表示同情，"但愿今早这趟能让你暂时忘掉些烦恼。"

杰伊不禁笑了："我尽量吧。"

莉茜像狐狸一样嗅了嗅空气，说道："好一阵西南风，来得正巧！"

杰伊上次猎到马鹿还是五年前，但他仍记忆犹新。猎手最忌讳无风天，邪风突然一起，把人的味道吹到山那边，很容易惊到鹿群。

猎场看守牵了两只狗绕过城堡一隅，莉茜上前逗狗，杰伊跟在后面，心情畅快了许多。他回头见母亲正站在城堡门前，满脸猜疑地盯着莉茜。

两只狗都是长腿灰毛，人称"高地猎鹿犬"，也有人称之为"爱尔兰猎狼犬"。莉茜蹲下身子挨个儿打招呼，然后问看守："这是布兰吧？"

"是布兰的儿子，伊丽莎白小姐。布兰一年前死了，这是巴斯克尔。"

狗会在狩猎队伍的后方待命，枪一响才放出来，负责追赶和攻击被猎手打伤的鹿。

余下的人也从城堡里出来：罗伯特、乔治爵士以及亨利。杰伊盯着哥哥，而对方却回避了他的目光。父亲生硬地点了点头，仿佛全然忘记了昨晚的事。

看守在城堡东侧架起了靶子——一头用木头和帆布草草拼

凑出的假鹿。猎手们轮流射上几轮，好进入状态。杰伊纳闷：莉茜会使枪吗？男人们都说女人使不了枪——要么因为胳膊没劲儿，举不起来；要么因为天生不嗜血之类的。有机会验证一下也不错。

大家先从五十码外起射。莉茜打头阵，正中肩后的要害。杰伊和乔治爵士与之旗鼓相当。罗伯特和亨利的命中点稍稍靠后，猎物可挣脱一时，却也将在痛苦中徐徐迈向死亡。

第二轮从七十五码外射击。莉茜居然再次命中，杰伊也再次命中。乔治爵士打在鹿头上，亨利击中鹿尾。罗伯特射脱了靶，子弹球打在菜园的石墙上，激起点点火星。

最后一轮距离增加到一百码，这也是武器的射程上限。莉茜连中三次，令所有人大跌眼镜。罗伯特、乔治爵士和亨利都没有命中。杰伊最后一个登场，下定决心不能输给个姑娘家。他有条不紊地调整气息，仔细瞄准。接着，他屏住呼吸，轻轻扣动扳机。子弹打在后腿上。

谁说女人家开不了枪？所有人都甘拜下风。杰伊对此钦佩不已。"要不要加入我们步兵团？"他打趣道，"我手下像你这么厉害的可没几个。"

伙计们牵来了马驹。崎岖不平的道路上，高地马驹比一般的马稳健许多。几个人上了坐骑，策马离开院子。

沿深谷下行，亨利·德罗姆找莉茜搭话。百无聊赖的杰伊又想起父亲的严词拒绝，心中如有溃疡般灼烧。他告诉自己这早在预料之中——父亲偏心罗伯特也不是一天两天了。怪只怪他自己盲目乐观，以为母亲顶着詹米森夫人的头衔，自己名正言顺，这次父亲会公平些。然而，事实却并非如此。

杰伊多希望父亲只有他一个儿子，多希望罗伯特一命呜呼。如果今天罗伯特意外丢了性命，杰伊的所有麻烦都将迎刃而解。

　　要是自己够胆量干掉罗伯特就好了。杰伊摸了摸挎在肩上的枪管。到时候大家一同射击，很难分清究竟是谁的子弹要了他的命，杰伊完全可以将整个事故伪装成意外。即使被人猜到了真相，家里也会想办法息事宁人——没人愿意闹出丑闻。

　　一想到自己对罗伯特起杀心，杰伊就不寒而栗。可要不是父亲故意偏袒，他想，我也不会萌生这种念头。

　　詹米森家族属地同苏格兰多数小户产业类似：山谷内的一小块耕地，由佃农集体耕种，沿袭中世纪的窄条农耕制度，向领主缴纳农产品抵偿租金。多数属地都是山林覆盖，只能用作狩猎打鱼。一些领主试着伐林放羊。指着苏格兰的产业发家并非易事——当然，除非你挖到煤。

　　一行人骑了约三英里路，猎场看守看到半英里外朝南坡上的林中现出一大群雌鹿，约莫有二三十头。大家勒住缰绳，杰伊拿出望远镜。鹿群在猎手们的下风向。由于它们总是背风而行，此刻正面向另一边，望远镜中尽看到雌鹿白花花的后尾。

　　虽说打到雌鹿也能美餐一顿，可若猎到长角的雄鹿，那才叫难得的风光。杰伊观察着鹿群上方的山坡，锁定了期待的目标。他伸手一指说道："快看，两头——不，三头雄鹿，就在雌鹿的上坡方向！"

　　"我看见了，就在第一道山脊处，"莉茜道，"还有一只呢，能看到它的角。"

　　她激动得两腮通红，人显得更俏丽了。这当然是她最喜欢的：置身户外，有马，有狗，又有枪，可以放开手脚，还有几分冒险的意味。看着她，杰伊的脸上不禁现出笑意。他不安地在马鞍上扭动。莉茜的存在足以令他热血沸腾。

他又看了看哥哥。寒风中的马背上，罗伯特一点也不自在。杰伊想，罗伯特肯定宁可待在会计室，点算八十九基尼的季度利息（每年百分之三点五）。莉茜这样的姑娘要是嫁给他，那真是太可惜了。

杰伊转过身，努力把注意力集中在猎物身上。他通过望远镜仔细观察山坡的地形，寻找着接近猎物的理想路线。猎手必须从下风向接近目标，这样身上的气味才不会被嗅到。他们更喜欢从高坡处向下展开攻势。正如先前的打靶演练所示，目标距离在一百码以上时很难命中，五十码则是理想距离。因此，猎鹿的精髓在于潜伏接近，寻找有利位置击中目标。

莉茜已心中有数。"往谷里走约四百米有处洼地。"她愉快地说道。洼地是河流沿山坡下行冲刷所形成的洼陷处，方便猎手爬坡时藏身。"我们可以沿那里上到高垄处，然后逼近猎物。"

乔治爵士表示赞同。他很少任由别人发号施令，除非对方是个漂亮姑娘。

大家回到山腰洼地，留下马匹，然后徒步上行。山坡很陡，坡面泥泞而且碎石密布。一脚下去，不是陷在泥里，就是被石头绊住。不一会儿，亨利和罗伯特就已经气喘吁吁，而莉茜和看守们早已习惯了这种地势，依旧是面不改色。乔治爵士虽然面色通红，气喘吁吁，却也毅力惊人，丝毫没有放慢脚步。杰伊每日在兵团操练，耐力自不必说，不过此时也直喘粗气。

他们翻过山脊，在鹿群觉察不到的背风处一步步从山坡逼近。寒风刺骨，雪片扬洒，寒雾漩腾。没了马匹在胯下暖身，杰伊备感寒冷。精致的小羊皮手套早已湿透，湿气也侵入马靴和他那件昂贵的设得兰①羊毛袜。

猎场的几位看守比较熟悉地形，由他们打前阵。觉得离鹿群越来越近时，几个人朝着坡下缓缓移动。突然，他们屈膝在地，后面的人也纷纷跪倒。杰伊忘记了潮湿与寒冷，狩猎与杀戮的刺激令他热血沸腾。

他决定冒险一探。匍匐中，杰伊扭身往上坡一块岩石后望去。定睛后，四个棕点出现在绿色的山坡上，零星拉成一线。难得碰上四头雄鹿同时出没：一定是碰上了肥嫩的草皮。杰伊透过望远镜观察：最远处的一只角长得最好——虽然看不太清，但怎么说也有十二个叉儿。一阵鸦鸣声响起，杰伊抬起头，见一对乌鸦正在头顶盘旋，仿佛知道不久就能用内脏饱餐一顿。

前方有人咆哮咒骂：罗伯特不小心栽进了泥坑。"蠢货！"杰伊哼了一句。猎狗低吼了一声，看守将手一抬，所有人一动不动，聆听鹿群的蹄声。然而它们没有要跑的意思，不一会儿，猎手们继续匍匐向前。

很快，所有的人都必须肚皮贴地，一点点向前蠕动。一名看守让猎狗趴倒在地，用手巾蒙上狗的眼睛，让它们保持安静。乔治爵士和看守长溜到坡下的一处山垄，小心翼翼抬头观望。当两人返回时，爵士下达命令。

他低声道："四头雄鹿，五把枪。那这回我就不开枪了——除非你们有人瞄不准。"只要他愿意，应酬安排对他来说就是小菜一碟。"亨利，你负责最右面那只。罗伯特，旁边那只交给

---

① 苏格兰旧郡名。

你——它离得最近，最容易瞄准。杰伊，再下来是你。哈林姆小姐，最远也是最好看的那只交给你，你枪法好。都准备好了？那赶紧就位。让哈林姆小姐最先发枪，怎么样？"

猎手们在山坡上四下散开，寻找据点准备瞄准。杰伊跟在莉茜身后。她身穿短夹克和没有裙环的宽松裙子，屁股大大咧咧地扭动着，令杰伊忍不住发笑。没几个女孩子敢在男人面前这么爬来爬去——不过，莉茜可不是一般的女孩儿。

杰伊攀到一处矮灌木丛，远眺过去略显突兀，但更加便于藏身。他朝山下望去，自己的目标就在七十码外——一头茸角初绽的后生。而另外三头正在山坡上信步。他看到其他几位猎手：莉茜埋伏在左侧，乔治爵士和猎场看守们牵着猎狗，还有罗伯特，他在二十五码外的右侧低坡，目标显眼。

弑兄的念头再次闪现，杰伊的心不由得怦怦直跳。他想起该隐与亚伯的故事。我的刑罚太重，过于我所能当的，该隐如是说。此时的我已经忍无可忍，杰伊想。我受够了在长子的阴影下过这种有名无份、无人待见的日子。生在有钱人家，却穷得叮当响，一辈子默默无闻——这种日子实在没法过。

他竭力驱赶这种邪恶的念头，往点火盘里倒了点火药，然后把盖子盖好，最后上膛。到时扳机一扣，燧石打火的同时点火盘盖会自动掀起，点着盘中火药，火焰钻过火门，点燃子弹后方的大剂量火药。

杰伊身子一骨碌，朝山坡瞭望。雄鹿怡然自得地吃着青草。其他的猎手都已就位，只有莉茜还在移动。杰伊瞅准他的目标，徐徐调转枪管直至对准罗伯特后背。

他可以找个借口，说胳膊肘在冰滩上打滑，枪口一晃，不幸意外打在哥哥背上。父亲可能会起疑心，但也没法坐实。看着眼前的独子，难道还不能放下疑心，把原本留给罗伯特的一切归到杰伊名下？

莉茜一开枪，所有人都将一同射击。杰伊知道，鹿的反应慢得出奇。一声枪响过后，鹿群受惊抬头，一时间肯定吓得动弹不得，迟疑个四五下。一头鹿挪了步，剩下的不一会儿也会作鸟兽散群起而逃。鹿蹄踏着草地砰砰作响，留下后面几头死伤的鹿。

杰伊的枪口缓缓调回。他自然不会对自己的兄弟下手——那么做太过残忍，自己下半辈子都会活在愧疚中。

可如果现在不动手，以后难道就不后悔？下次倘若父亲再度偏心，难道他就不会咬牙切齿，捶胸顿足，后悔当初没趁机除掉这个天杀的哥哥？

枪口再次对准罗伯特。

父亲崇尚力量、果断和决心。即便他猜到这一枪并非偶然，也不得不面对现实：杰伊也是个不容小觑的男子汉。

想到这里，杰伊下定决心。他告诉自己，父亲心底里会认可的。谁也别想在乔治爵士头上动土：得罪他，绝对不会有好果子吃。身为伦敦治安官，乔治爵士送上法庭的罪犯有男有女，有老有少。小孩子偷块儿面包都得绞死，罗伯特抢走杰伊的财产，偿命还不是理所应当？

莉茜不慌不忙地瞄准。杰伊尽力稳定气息，然而内心狂跳不止，人也不由得呼呼大喘。他很想瞅瞅莉茜，看看这女人究竟还在迟疑什么。可又怕刚一扭头她就开了枪，结果自己也丧失了机会。他的目光和枪口死死锁定在罗伯特后背，浑身如钢弦一般紧绷，肌肉酸痛不已，然而他一动也不敢动。

不行，他想，我下不了手。我不能杀我哥哥。然而上天为证，我发誓我能行。

莉茜，快点儿开枪！

杰伊眼角的余光看到有什么东西正朝他逼近。还没等他抬头，莉茜的枪声响起。鹿群僵在原地。杰伊的枪对准罗伯特肩胛骨之间的脊柱，他轻轻扣下扳机。一个庞大的身影来到他跟前，父亲的叫喊声在耳边响起。又是两声枪响，这回是罗伯特与亨利。杰伊刚开枪，枪管就被一只靴脚踢飞，子弹徒劳地飞向空中。杰伊在惶恐与愧疚中抬起头，眼前正是怒不可遏的乔治爵士。

"你这个心狠手辣的小畜生！"

7

在户外打猎一整天，莉茜累得昏昏欲睡。晚饭一过，她便称累告退。罗伯特刚好不在屋里，杰伊礼貌地起身，举着蜡烛送她上楼。迈上石阶时杰伊悄声说："你要真想去，我可以带你下矿井。"

莉茜顿时睡意全无，说："真的？"

"当然，我说到做到，"杰伊笑道，"你敢不敢去？"

莉茜喜出望外地说："敢！"这个男人懂得讨她欢心！"什么时候去？"她有些迫不及待。

"就今晚。零点矿工开始作业，一两个钟头后运煤工也要开工。"

"是吗？"莉茜满脸疑惑，"干吗半夜干活儿？"

"他们白天也不歇着。运煤工傍晚才收工。"

"那他们几乎没时间睡觉啊！"

"这样也就没精力干坏事。"

莉茜觉得讽刺。"我从小在附近长大，却从不知他们要一天干到晚。"难道麦卡什说得没错？难道此行会彻底改变她对矿工的认知？

"午夜前做好准备，"杰伊嘱咐道，"你还得打扮成男人——那些衣服还在吗？"

"在。"

"记得走厨房——我会给你留门。我们在马厩院里碰头。到时我会备马。"

"太刺激了！"她欢呼着。

他把蜡烛递给莉茜，悄声道："半夜见！"

莉茜进了卧房。她发现杰伊又打起了精神。早前他们父子俩在山坡上似乎又发生了争执。其他人的心思都在猎鹿上，没人知道缘由。杰伊没打中，乔治爵士脸色煞白。不管事出何因，冲突都在成功的兴奋之下迅速平息。莉茜那一枪干净利落地结果了目标。罗伯特和亨利也让各自的猎物挂了彩。罗伯特追了几码后倒地，扣动了致命的一枪。亨利那头带伤逃脱，猎狗在身后紧追，最终毙命。不过，所有人都心中有数，杰伊在之后也是一声不吭——直到刚才才恢复了平日的神采。

她解下外裙、衬裙，脱了鞋，裹了条毯子坐在火炉前。多有趣的一个人，莉茜暗想。杰伊似乎也喜欢冒险，和她自己一样。他长得也英俊：个头高挑，衣着得体，身手矫健，卷发浓密。真希望午夜能早点到来呀！

叩门声响起，母亲走了进来。莉茜心里犯嘀咕：但愿妈妈不是来促膝长谈的。还不到十一点，时间宽裕得很。

母亲穿了件斗篷——穿梭于詹米森堡阴冷的廊道里，是谁都得多裹几层。褪下斗篷，她的睡衣外还罩着件外褂。她松开莉茜的头发，一绺绺梳理起来。

莉茜放松地闭上眼睛。每次梳头发都让她想起小时候。"答应我，以后别再装扮成男人。"母亲说道。莉茜吃了一惊。仿佛母亲听到了自己与杰伊的对话。看来以后得加倍小心：母亲直觉灵敏，摸得准莉茜何时又想出鬼点子。"你年纪也不小了，以后可别这么胡闹。"她又补充说道。

"乔治爵士倒很欣赏呢！"

"也许吧，但这么闹可嫁不出去。"

"罗伯特貌似想追我。"

"没错——可你也要给人家机会啊！昨天上教堂，你跟杰伊骑马一溜烟儿走了，没等罗伯特；今晚你又趁罗伯特不在屋里的时候告退，他都没机会送你上楼。"

莉茜观察着镜中母亲的脸——熟悉的线条中透着坚定。莉茜深爱着母亲，也希望讨她欢心。然而她也知道，自己无法成为母亲心目中理想的女儿——毕竟天性如此。"对不起，妈妈，"莉茜道，"这些我没想过。"

"你……喜欢罗伯特吗？"

"如果走投无路，我可以嫁给他。"

哈林姆夫人放下梳子，坐到莉茜面前，说道："乖女儿，我们已经走投无路了。"

"可打我记事起，咱们手头不是一直都不宽裕吗？"

"没错。我一直靠四处借钱、抵押地产省吃俭用勉强度日。"

愧疚感再次向莉茜袭来。母亲几乎把所有钱都花在莉茜身上，从不想着自己。"那咱们就继续这样维持。厨子侍餐，共用女佣，这些我都无所谓。我喜欢这里的生活——在格伦高地吹风总好过在邦德街买东买西。"

"可借钱总有个上限。人家已经不想再借钱给我们了。"

"那还有佃农缴的租金。以后就不去伦敦旅行了，连爱丁堡的舞会也可以不出席。除了神父，也没人上门共进晚餐。我们可以像修女一样，一年到头不见客。"

"恐怕连这些也是奢求。他们威胁说要拿哈林姆庄园和家产抵债。"

莉茜大吃一惊，说："那可不行！"

"没办法——抵押就是这么回事。"

"这都是些什么人？"

母亲一脸茫然地说道："借贷的事一直由你父亲的律师替我安排。至于钱是哪里来的，我也不是很清楚。但这都无所谓。关键在于，债主已经来讨债，不还钱，产业就赎不回来了。"

"妈妈……难道我们要无家可归了？"

"亲爱的，如果你嫁给罗伯特，事情就会解决。"

"我明白了。"莉茜语气沉重。

马厩的钟表敲响十一点的钟声。哈林姆夫人站起身，亲吻了女儿道："晚安，亲爱的，好好睡一觉。"

"晚安，妈妈。"

莉茜若有所思地注视着火焰。多年来，她一直都知道，用婚姻拯救家族是她的人生使命。罗伯特貌似也是个不错的选择。然而直到此刻，一切才变得如此真实。莉茜很少未雨绸缪，总是要等火烧眉毛才懂得着急，哈林姆夫人为此不知操了多少心。突然间，婚姻大事迫在眉睫，莉茜感到莫名的恐慌，仿佛吃坏了东西，五脏六腑都在抗议。

可她又能怎么办？不能任由债主将她们母女扫地出门！真若如此她们能怎么办？能去哪儿？怎么过活？一想到母女俩挤住在

爱丁堡冰冷的租屋里，可怜兮兮地写信给远亲求助，靠着刺绣换小钱度日，莉茜就不寒而栗。为今之计只能嫁给有钱而无趣的罗伯特。可她真做得来吗？每到万不得已，非得赶鸭子上架时，她总是在最后一刻改变主意，设法逃避——一枪毙了生病的老狗如此，逛商店买衬裙衣料也是如此。

她把散乱的头发扎好，找出昨日乔装的衣服换上：马裤、马靴、亚麻衬衣、轻巧夹克，戴上一顶男士三角帽，又从烟囱里抓了把煤灰涂在脸上。这次她没戴假发，而是套了双皮手套保暖，也好掩藏起细嫩的双手。一张花格毯搭在肩头，显得肩宽体长。

午夜钟声一响，莉茜举着蜡烛往楼下走去。

她心中打鼓：杰伊会遵守诺言吗？也许突然有事去不了，或者等待时睡过了，那就太可惜了！然而正如杰伊所说，厨房门的确没上锁。莉茜来到马厩，杰伊正守候在那里。他牵着两匹马，正小声念叨着什么，让马儿保持安静。月光下，杰伊的笑容带来一阵喜悦。他默默将那匹小马的缰绳递给莉茜，领她抄后路出了院子，避开主卧室遮挡的车前座位。

上了大路，杰伊亮起一盏灯。两人上马信步前行。杰伊开口道："我还以为你不来了呢。"

"我才以为你睡过了呢。"她回答道。说着，两人都笑了。

两匹马沿着山谷朝矿井骑去。莉茜开门见山问道："下午又跟你父亲吵架了？"

"是啊。"

杰伊不想细说，可莉茜才不管这些继续问："为什么吵架？"

不用看杰伊的表情，莉茜也知道他对此很反感。只听他悠悠答道："还不是老一套——因为我哥哥罗伯特。"

"依我看，他们确实亏待了你。希望这么说能让你好受些。"

"好受多了，谢谢！"杰伊似乎放轻松了。

离矿井越来越近，莉茜的兴奋和好奇也愈发强烈。她想象着矿山的环境，纳闷怎么到了麦卡什嘴里，矿山就成了人间地狱。那里酷热难耐或是天寒地冻？矿工们像困兽一样彼此厮斗不停？那里恶臭蔓延、虫鼠遍地或是阴森死寂？莉茜开始害怕。然而转念一想，无论如何我都要弄清楚——这样麦卡什就不能笑话我一无所知了。

约莫半个钟头后，他们经过一处小型矿山，这里正在找买主。"谁在那儿？"一个声音大叫，然后一个牵着猎狗的看守出现在杰伊的视野范围。原本看守的职责是照看野鹿，防范偷猎者。如今，很多看守在矿上监督，防止有人偷煤。

杰伊拎灯照照来人的面目。

"请原谅，詹米森少爷。"

两个人继续前行。矿井的坑口只有一匹孤马绕着圈转轮子。走近了莉茜才看清，轮上缠着绳子，从矿井里一桶桶打水上来。"矿井里总是有积水，"杰伊解释道，"都是土里渗出来的。"木桶老旧漏水，湿土掺着冰碴儿，整个坑口泥泞不堪。

拴好了马，莉茜和杰伊来到坑口。坑口约莫六英尺见方，陡峻的木质楼梯顺着边上曲折向下延伸，一眼看不到底。

楼梯边没有扶手。

莉茜一时慌了神，怯生生问道："这里有多深？"

"要我没记错的话，二百一十英尺。"

莉茜倒吸一口冷气。如果她现在打退堂鼓，被乔治爵士和罗伯特知道了，肯定会说："我说什么来着，矿井可不是姑娘家去的地方。"她可不想受这种白眼——宁可无依无靠踩楼梯到二百一十英尺的地下，也不能被人瞧不起。

她咬了咬牙说道："那还等什么？走吧。"

杰伊兴许觉察到她的恐惧，但没吭声。他走在前面，打着灯为莉茜照路。莉茜提心吊胆地跟在后面。没走几步，杰伊道："把手搭在我肩上，这样走得稳。"莉茜感激着照做。

他们一路往下走，提水的木桶从井口正中摇摇转转向上，冰冷的水花不时溅在莉茜脸上。她总觉着会脚下一滑，飞速翻滚着一路打翻十多个木桶，最终摔死在井底。

走了一会儿，杰伊停下脚步，让莉茜休息片刻。莉茜一直觉得自己身手矫健，此刻却腰酸腿疼，呼呼带喘。为了掩饰疲惫，她主动跟杰伊搭话："你对煤矿还挺熟悉的——水源、井深，你全都一清二楚。"

"在我家，经常有人聊起这些——家族的大部分收入都来源于煤矿生意。大约在六年前，我跟着监工哈利·拉切特干过一个夏天。我母亲自作主张，让我熟悉家族生意业务，指望着有朝一日父亲会把生意交给我打理。这简直是异想天开。"

莉茜的心里很不是滋味儿。

又走了几分钟，他们来到木梯尽头的平台。那里通向两条隧道。隧道层的下方满是积水。木桶排出一摊积水，然后又很快被隧道里引出的水填满。莉茜注视着一团漆黑的隧道，心中充满着好奇与恐惧。

杰伊先行跨入其中一条隧道，转身将手伸向莉茜。他的手结实又干燥。莉茜进了隧道，杰伊将她的手拉到唇边吻了一下。这种殷勤令莉茜很是开心。

他一路没撒手。莉茜不确定这是何用意，但也没时间细想。她必须集中精神注意脚下。她在厚厚的煤灰土中举步维艰，空气中也充斥着煤灰味。隧道顶很低，多数时候她都得猫着腰。看来今天晚上要不好过了。

莉茜尽量将烦恼抛诸脑后。宽厚的立柱间烛火点点，让她联想起午夜大教堂的礼拜。杰伊介绍："每个矿工负责十二英尺长的工作面，称为'煤间'。两个煤间中留出十六英尺见方的煤柱支撑顶部。"

她这才意识到：头顶上是二百一十英尺的土石，作业者稍有不慎，就可能天崩地陷。她极力压抑内心的恐惧，与杰伊相握的手也不由得一紧。杰伊也以紧握回应。此后，牵手对莉茜而言再也不是无心之举。她对此也并不反感。

第一处煤间没人，可能已经采完。片刻后杰伊在另一个煤间旁停下，一个矿工正在挖煤。莉茜发现，对方并非站立，而是侧身躺下，沿着地线凿。一旁木架上的烛光摇摇晃晃点在下凿的位置。尽管姿势别扭，但他抡起家伙来依旧十分有力。每挥一下，墙上就掉下几粒煤块。整个煤室纵深凿下的能有两三英尺。莉茜没想到，矿工就躺在渗水中作业，水流过煤间的地面，汇入沿隧道凿成的沟渠。冰冷的水流令莉茜不寒而栗，而干活的矿工却脱掉了衬衣和外套，光着脚赤膊上阵，黝黑的肩头汗水晶莹。

隧道内的地势并不平坦，地面时高时低。莉茜猜测路上一定堆着煤。脚下的路面越来越陡，杰伊停下脚步，指了指一位手擎蜡烛的矿工："他在探查沼气。"

莉茜松开他的手在石头上坐下，好伸展伸展后背。

"没事儿吧？"杰伊问道。

"没事。什么是沼气？"

"一种易燃气体。"

"易燃？"

"对。煤矿发生爆炸事故，多数是沼气引发的。"

简直是开玩笑。"如果它易燃易爆，那怎么能用蜡烛呢？"

"沼气无色无味，只有这样才能探查出来。"

只见那矿工徐徐将蜡烛举至洞顶，两眼出神地盯着烛火。

"沼气比空气轻，集中于空气上层，"杰伊接续解释道，"少量沼气会令烛火变蓝。"

"量大会怎样？"

"把我们都炸上天。"

莉茜再也受不了了。她又脏又累，嘴里尽是煤灰，这会儿连小命都可能不保。她让自己保持冷静。来此之前她就知道矿井作业是份危险差事，这会儿必须得挺住。矿工们每晚都下井，撑这一宿又算得了什么？

然而下不为例——她以后再也不想来了。

他们观察了一阵。那矿工每往隧道深处走几步，就举起蜡烛试探一番。莉茜不想面露惧色，故作镇定道："探到沼气后怎么办？怎么排除？"

"把它点着。"

她使劲咽了咽口水。真是越说越要命。

"有专门的矿工负责爆破。这里的爆破工应该是麦卡什，就是那个闹事的小年轻儿。爆破工对沼气了如指掌，老子干完儿子接棒。麦卡什知道该怎么办。"

莉茜恨不得赶紧跑回隧道爬梯出去。要不是怕在杰伊面前露怯难为情，她早拔腿跑了。为了尽快离开这可怕的地方，她指着侧面一条隧道说："那里有什么？"

杰伊再次牵起她的手："过去瞧瞧。"

他们一路走，莉茜一边想，矿上简直安静得出奇。没什么人说话：少数几个矿工有小跟班帮忙，大部分都是独立作业。运煤工还没来。岩墙与脚下厚厚的煤灰盖住了锄头的敲击声，煤块的碎裂声。偶尔有童工在身后关上一扇门。杰伊解释说这些门控制着隧道中的空气流通。

隧道里空无一人。杰伊停下来说："这里似乎已经开采完了。"说着他打灯在空中画了个弧线。微弱的光线闪过阴影边缘老鼠的眼睛。毫无疑问，这些家伙都指着矿工们的残羹剩饭过活。

煤灰到处都是，杰伊跟矿工们一样灰头土脸，滑稽的样子逗得莉茜直乐。

"怎么了？"他问。

"你脸都黑了！"

杰伊笑着用指尖蹭了蹭她的脸颊说："你以为自己还白净吗？"

她肯定自己也是同一副德行。"哦，不！"她笑道。

"可你还是那么美。"杰伊说着吻了莉茜。

惊讶并未使莉茜退缩：她也乐在其中。杰伊的嘴唇坚实而干燥，上唇剃过胡须的地方略微有些刺痒。随后莉茜张口便问："你是为了这个才带我来的？"

"让你反感了？"

文明社会的年轻绅士绝不能亲吻未婚妻以外的女士。莉茜理

068

应反感，她自己心知肚明，但还是乐在其中。她开始感到难为情，说："咱们还是往回走吧。"

"我还能牵你的手吗？"

"可以。"

杰伊似乎对此很满足，领着莉茜沿路返回。不一会儿，之前歇脚的那块石头出现在莉茜眼前。二人停下观看矿工作业。想到刚才的吻，莉茜下身不由得一紧。

这名矿工煤间地脚的煤已经敲得差不多，目前正开凿高处的煤面。和多数矿工一样，他也光着膀子，后背的肌肉随着每一次抢锤隆起抖动。毫无支撑的煤炭失重落下，在地上碎成几块。矿工迅速后闪，新鲜初露的煤面开裂移位，受力改变的同时不时蹦出些碎块。

运煤工擎着蜡烛和木锹陆续到达，也让莉茜经历了当晚最大的触动。

这些人几乎都是妇人和女童。

她从未想过矿工的妻女如何打发时间，也万万没想到她们全天半夜都在地底做工。

运煤工的喧哗声打破了隧道的安静，空气也迅速升温，莉茜只得解开外衣。隧道里十分幽暗，多数人根本没注意到有外人，说起话来也毫无禁忌。当着他们的面，一个上了年纪的男人撞在个女人身上，女人貌似怀有身孕。男人骂骂咧咧："萨尔，别他妈的挡路。"

对方毫不示弱回击："你他妈的才别挡路，不长眼的蔫鸡巴。"

另一个女人道："蔫鸡巴才不是不长眼，人家好歹还有一只哪！"周围人一阵狂笑。

莉茜目瞪口呆。在她生活的世界里，女人们从不大骂"他妈的"。至于"蔫鸡巴"是什么意思，莉茜连想都不敢想。凌晨两点便要起身上工，在地下一干就是十五个钟头，如此境遇下女人们还有说有笑，莉茜实在觉得不可思议。

她觉得奇怪，这里的一切都有血有肉，直击感官：隧道的黑暗，与杰伊牵手，赤膊凿煤的矿工，杰伊的吻，还有女工们的荤笑话……一切都令人不安，但又无比新鲜刺激。她脉搏加快，皮肤发红，心也怦怦直跳。

女工们忙着将碎煤装入大筐，闲谈也逐渐停止。"为什么让女人干这种活儿？"莉茜不可思议地问杰伊。

"矿工的工钱按产煤的重量计算。"他回答道，"如果要花钱雇运煤工，钱就不能到自家手里。所以就动员了家里的妻儿来运，好挣个彻底。"

大筐不一会儿就装满了。莉茜眼见两个女人将大筐抬起，架到另一个女人背上。承重者不由得哼了一声。筐背在背上，由一条绕额的绑带固定，她一步步沿隧道往外走，腰也弯得更低了。莉茜在想，这二百多英尺的楼梯，她是怎么扛上去的？"那筐真有那么重吗？"

她的话被一位矿工听到。"我们管这叫提煤筐，"他对她说道，"一筐能装一百五十磅。想掂量掂量吗，小伙子？"

杰伊果断替莉茜挡下："不用了。"

那个矿工很坚持："要不试上半筐？这个小不点儿就背这种。"

一个身着肥大羊毛裙、裹着头巾的十一二岁姑娘走上前来。

她赤着脚，背上背着半筐煤。

杰伊正要开口拒绝，莉茜抢先一步说："好吧，让我背背试试。"

矿工拦下小姑娘，一个女工卸下煤筐。小姑娘没吭声，但也乐得能休息片刻，在一旁大口喘着气。

"您弯下腰，少爷。"莉茜照做。女人把筐压在莉茜背上。

虽然她有所准备，重量还是大大超出她的预期，她连一秒钟也坚持不住。她膝盖发软，整个人都被压垮了。那个矿工似乎早有预料，他伸手一扶。女工将煤筐卸下，莉茜真切地感受到重负的释去。她腿一软倒在那矿工的怀里，这才恍然大悟：他们早知会这样。

围观的女工们厉声嘲笑着眼前这个"年轻绅士"。莉茜的身子往前栽，被他粗壮的前臂一把揽住。一只长满老茧、粗硬如马掌的手隔着亚麻衬衫使劲压在她的双乳上。只听那矿工惊讶地支吾了一声。那只手捏了捏，仿佛确认一般。莉茜乳房丰满——甚至令她觉得难为情。那只手很快移开。矿工扶她站直，双手扶着莉茜的肩头，满是煤灰的脸上满是诧异。

"哈林姆小姐！"他低声道。

那矿工正是马拉奇·麦卡什。

两个人怔怔地对视了好一阵，耳朵里充斥着女工们的讪笑声。尽管经历了杰伊的"偷袭"，这突然的亲昵仍令她春心荡漾。她看得出，马拉奇与她有同感。一时间，莉茜对他的亲近感胜过了杰伊——尽管杰伊吻了她，还牵了手。一个女工的声音打破了嘈杂："麦克，快瞧瞧这儿！"

一个满脸煤灰的女工正将蜡烛举至洞顶。麦卡什看了看她，又回头看了看莉茜，仿佛意犹未尽心有不甘。他松开莉茜走了过去。

麦卡什瞅了瞅火苗道："真让你说着了，埃斯特。"他转过头，没有理会莉茜和杰伊，而是对女工们道："这里有点沼气。"莉茜恨不得扭头就跑，而麦卡什却镇定自若。"目前还不至于要响警报。咱们再看看不同的方位，看看它扩散到哪儿了。"

在莉茜看来，马拉奇的淡定简直不可思议。这些矿工都是些什么人？虽说世事艰难，他们的意志却坚不可摧。相比之下，她自己简直是娇生惯养，每日浑浑噩噩。

杰伊抓住莉茜的胳膊，低声道："依我看咱们见识够了，不是吗？"

莉茜没反驳。她的好奇心老早就满足了。长时间猫腰躬背令她叫苦不迭。她又累又怕，灰头土脸，只想着赶紧回到地面吹吹凉风。

二人加快脚步朝出口走去。此时矿工们已开始穿梭忙碌，前前后后不时有运煤工的身影。女工们把裙子拉在膝盖以上，蜡烛用牙咬着，背负重担徐徐挪着步子。莉茜见一个男人无所顾忌地往排水沟里撒尿，毫不避讳旁边的妇人和女童。莉茜纳闷：他就不能找个没人的地方吗？然而转念又一想：这里根本毫无避讳可言。

回到洞口的莉茜和杰伊开始向上攀爬。运煤工手脚并用，宛如嗷嗷待哺的幼童——躬着身子尤其如此。工人们步幅稳健，如今已没有人打趣聊天：女人们、孩子们个个因重负而气喘吁吁。莉茜偶尔要停下来喘口气，而运煤工却是一步不停。看着年幼的女童肩负重担与她擦身而过，有人因劳累和疼痛泪水涟涟，莉茜心中羞愧难当。偶尔有孩子放慢脚步或停歇片刻，母亲的打骂声便会接踵而至。莉茜多想上前安慰。当晚的各种体会五味杂陈，最终化为一股愤怒。"我发誓，"她愤然道，"只要我在世一日，自家土地上就决不开矿。"

没等杰伊回应，一阵铃声响起。

"警报，"杰伊道，"肯定是探到沼气了。"

莉茜挣扎着站起身。小腿上刀扎一样疼。她暗下决心，下不为例。

"我背你。"杰伊不容分说将莉茜背起，继续沿阶梯向上。

8

沼气以迅雷不及掩耳之势迅速扩散。

起初烛火只有逼近隧道顶部时才会发蓝。没过几分钟，离天顶还有一英尺的距离便蓝光闪现。麦克不得不停止探查，以防人还没疏散就引起爆炸。

他呼吸短促，但尽力保持着头脑的清醒和镇定。

要在平时，沼气都是徐徐渗出。但这次不同，肯定有异状发生。想必是沼气在开采完毕的封闭区域聚集，旧壁开裂，气体迅速泄漏至施工隧道。

而这里的男女老少都点着蜡烛。

微量沼气遇火没什么关系，少量引火会伤到附近的人，大量积聚则可能引发爆炸，洞毁人亡。

麦克深吸一口气，最紧要的是让大家尽快离开。他拼命地摇动手铃，嘴里大声数着数。数到十二后他停下来，矿工和运煤工们纷纷沿着隧道往井口赶，母亲们敦促着孩子加快脚步。

跟着麦克的两个运煤工留了下来：妹妹埃斯特镇定自若，干活利落；表妹安妮手脚麻利，身体强壮，但时常头脑发热，笨手笨脚的。二人用挖煤铲拼了命在隧道里挖，掘出一条与麦克身形差不多的浅沟。与此同时，麦克跑回自己负责的煤间，取下吊在顶上的一个油布包，撒腿朝隧道口跑去。

麦克的父母去世后，人们都在嘀咕：麦克岁数不大，究竟能不能接他父亲的班当防火员？防火员不但要负责隧道防火，更被视为矿工中的领袖。事实上，麦克自己也没有信心。可防火员是志愿工，危险又没工钱，其他人根本不愿意干。在麦克妥善处理上工后的第一场险情后，质疑声也随即消失。如今，连年长于他的矿工都信得过他，这让他有了些底气，也迫使他在恐惧中必须保持镇定与自信。

他来到隧道口，殿后的几个矿工正沿着阶梯往上爬。现在要把气体排除，唯一的方法就是燃气。麦克必须引火。

偏偏赶上今天出事，也真是倒了大霉。今天是麦克的生日，他已经准备离开。他真希望当初把心一横，周日连夜就走。麦克告诉自己，多等一两天可以让詹米森家放松警惕，以为他打消了逃走的念头。最后的一班岗，还得把脑袋系在裤腰带上，设法保住这个即将甩手的破地方，麦克怎么想怎么来气。

如果沼气没燃尽，矿井就会关闭。以采矿为生的村子遭遇闭矿，就好像务农的地方没了收成，人们会挨饿。麦克忘不了四年前上一次闭矿的情景：之后数周内，村里的老人幼童接连死去，他的父母也没能幸免。母亲过世的第二天，麦克挖到一窝冬眠的兔子，掐死了这些睡梦中的小家伙。有了这些兔肉，他和埃斯特才保住了命。

他站到隧道外的平台上，撕掉包裹外的油皮纸。包裹里有一只大火把，干燥的直柄头上缠着碎布；还有一团线球和一个半月形的烛台。烛台比其他矿工用的略大，镶在木质的基座上，避免倾覆。麦克将火把紧紧卡在烛台上，线绳捆住基座，然后用蜡烛将火把点着。火焰一下子蹿了起来。在平台上点火把很安全，因为沼气比空气轻，不会在矿井底部聚集。而接下来，他必须举着燃烧的火把进入隧道。

麦克躺进井底的排水渠，让头发和衣服在冰冷的渠水中浸透，进一步防止皮肤被火焰灼伤。接着，他快步回到隧道里，解开线球，同时仔细检查地面，清除可能阻挡火把移动的大块碎石与物品。

三人再次会合。麦克借着地上的烛光确认：一切就绪。浅沟已经挖好，埃斯特将一张毛毯放进沟里浸了浸水，然后迅速裹在麦克身上。麦克哆哆嗦嗦躺进浅沟，线绳还攥在手里。安妮跪在他身边，出其不意在他唇上吻了一下，然后用一块厚板连人带沟一起盖住。

时不时有咣当声响起，埃斯特和安妮又往厚板上泼了些水，想让麦克的安全多点保障。有人在板子上轻扣了三下：她们要撤出去了。

麦克数到一百，留时间让姐妹俩离开隧道。

接着，他战战兢兢地拉动线绳，将燃烧的火把拉进充斥着易燃沼气的隧道，拉向自己。

杰伊背着莉茜回到井口，把她放在冰冷的泥地上。

“你没事吧？”他问。

“重见天日真是太好了，”莉茜感恩戴德，“我都不知该怎么谢你，一定累坏了吧？”

杰伊笑道：“你可比一筐煤轻多了。”

他说得仿佛那重量根本不值一提，但离开时颤巍巍的双腿却显出疲态。尽管如此，刚才背莉茜上来时，杰伊丝毫没打过晃。

离破晓还有几个小时，突然下起雪来——不是飘飘洒洒的雪花，而是漫天横飞的冰粒，直刺莉茜的眼睛。最后的几个工人也上来了。莉茜看见周日施洗礼那位年轻的母亲珍。孩子生下才一个多礼拜，这可怜的姑娘却已经回到井下，整筐整筐地运煤。刚生完孩子不是应该好好休养一阵吗？珍把筐里的煤块倾倒在煤堆上，把一只木签交给计数的伙计——可能是用来计算一周薪水的，莉茜想，也许珍急需用钱，耽误不起时间休养。

莉茜目不转睛地盯着珍：她面色忧郁，一手将蜡烛举过头顶在七八十号矿工中穿梭。风雪中珍大喊："沃利！沃利！"似乎是在找孩子。她找到丈夫，焦急中仓促说了几句话。只听她大叫一声，转身回井口沿着阶梯往下跑。

那位丈夫也冲到井边，又返回来在人群中寻找。他显得六神无主，莉茜问："怎么了？"

他用颤抖的声音回答："找不着我家孩子，孩儿他妈怀疑可能还在下面。"

"哦，不！"莉茜朝下边望了一眼，隐约能看到一星火把在井底闪烁，继而又消失在隧道中。

类似的情况麦克处理过三回，但都没有这回令人心惊肉跳。之前气体都是一点点渗出，而不是突然聚集，浓度远没有这么高。麦克的父亲当然处理过大规模泄漏的情况。每逢周六晚上，当他在火炉前擦洗身子时，全身火烧的旧伤清晰可见。

麦克裹在冰水浸湿的毯子里瑟瑟发抖，线绳紧紧缠在手中，一点点将燃烧的火炬拉近。他想到安妮，试着以此平复心中的恐惧。他们俩从小一起长大，青梅竹马。安妮天性狂野，身体结实。私下里她经常亲吻麦克，但当着别人的面这还是第一回。他们探索彼此的身体，教会彼此如何取悦对方。能尝试的他们都尝试过了，就剩下安妮所谓的"造孩儿"，就差那么一点儿……

然而安慰并没有用，恐惧依然笼罩着他。麦克试着想象沼气如何运动、聚集，仿佛冷眼旁观。他所躺的地方处于隧道的低洼处，气体浓度相对较低；然而不点火则永远无法作出准确估计。他惧怕疼痛，也切身体验过烧伤的痛苦。麦克并不怕死，他不怎么信教，但坚信上帝仁慈。但他还不想死：还没见过大世面，到过大地方，干过大事业，早死未免太可惜。长这么大他一直为人做牛做马。麦克暗自发誓，如果今晚能活着出去，一定立马离开这里。我会亲吻安妮，与埃斯特道别。就算詹米森家族不乐意，我也走定了。上帝保佑！

手中的线绳越绕越多，看来已经拉了一半的距离，随时都有可能点火，但也有可能点不着：父亲告诉过麦克，有时候沼气会无故自行消散。

扯线时麦克感到些许阻力，是火把刮擦凹凸不平的岩壁时造成。现在若伸头出去就可以看到。他心想，这会儿肯定点着了吧？

接着有动静传来。

麦克吓了一跳，起先还以为是灵魂出窍，撞见了鬼怪。

回过神来他才意识到，那是惊恐中孩子的哭喊声："人都去哪儿了？"

麦克的心提到了嗓子眼儿。

他立刻明白是怎么回事：小时候在矿井一干就是十五个钟头，中途他经常打瞌睡。这孩子一定是不小心睡着了，没听到警报声，醒来看到身边没人，吓得慌了神。

麦克不用想也知道该怎么做。

他推开板子从沟里爬起来。火把的照射下，他看到孩子从侧道出来，边揉眼睛边哭。是表姐珍的儿子沃利。"麦克舅舅！"孩子高兴地大喊。

麦克一边朝孩子跑去，一边把裹在身上的毛毯取下。沟槽太浅，躺不下两个人，必须赶在点火前试着带孩子出去。他用湿毯子把沃利裹住："沃利，这里有沼气，咱们得赶紧出去！"说着，麦克抱起男孩，夹在腋下往外跑。

眼看着火把越来越近，麦克但盼它再等片刻。只听他大叫："先别！先别！"话音未落，人已跑了过去。

孩子很轻，但弯着腰抱着跑就费事了，况且脚下坑坑洼洼，到处是泥土和厚厚的煤尘，一不小心就得被石块绊住。但麦克并没有放慢脚步，偶有磕绊但好在没有失足。他竖起耳朵，随时准备迎接可能是此生听到的最后声响。

他们在隧道里拐了弯，火光在身后消失。麦克在黑暗中没跑几步便猛地撞了墙，沃利也掉到地上。他咒骂着爬起来。

沃利哭闹起来，麦克循声找到孩子，一手再次将他抱起。他必须放慢脚步，用另一只手摸着岩壁，骂骂咧咧地往前蹭。幸好正前方隧道的入口处出现一点烛光，珍在高喊："沃利！沃利！"

"珍，我找到他了！"麦克叫着跑过去，"赶紧带孩子上去！"

珍迎面朝麦克赶来，全然没理会他的话。

离隧道口的安全地带只有几码远了。

"快回去！"麦克大叫，但珍没有停步。

麦克迎面截住珍，把她揽在身下。

紧接着，爆炸发生了。

瞬间的咝咝声几乎要刺穿鼓膜，震耳欲聋的轰鸣中天摇地动。麦克感觉仿佛有重拳砸在后背上，他脱离了地面，整个人飞了出去，沃利和珍也脱了手。灼人的热气侵袭麦克全身，他以为自己一定会没命。然而他一头栽进冷水中，这才意识到原来是掉进了矿井底部的排水池。

他还活着。

麦克从水里探出头，将眼里进的水甩了甩。

木质的平台与阶梯有多处起火，现场不时被跳跃的火焰照亮。麦克发现了珍，在水里一边扑腾一边咳嗽。他抓住珍，将她托出水面。

珍一边咳水一边大叫："沃利在哪儿？"

可能撞昏了，麦克想。他咬着牙从水池一边游到另一边，直撞到停止运转的水桶链。终于，他看到有什么东西漂在水面，是沃利。麦克把孩子托到台子上，放在珍旁边，自己这才爬上来。

沃利起身吐了几口水。"感谢上帝，"珍抽泣着，"他还活着。"

麦克朝隧道里看去：零星的几团气焰如暴躁的幽灵般跳跃燃烧。"咱们也赶紧上去吧，"麦克道，"可能会发生二次爆炸。"他拉珍和沃利从地上站起，推他们走在自己前面。珍将沃利背在背上——对于每天上上下下十五个小时、背着煤筐往返二十次的女人来说，男孩儿这点重量根本不算什么。

麦克迟疑了一下，回头看了看底层台阶上一簇簇火苗。如果木阶都烧没了，矿井就得停工数周进行重建。他从池中取水浇灭了阶梯上的火苗，这才随珍出了矿井。

　　回到地面的麦克筋疲力尽，头晕目眩。浑身是伤的他立刻被围拢起来，大家纷纷跟他握手，有人拍拍他的后背，还有人祝贺他。人群中分出一条路，让杰伊·詹米森和他的同伴通过。麦克早已认出，所谓的同伴其实是女扮男装的莉茜·哈林姆。"干得好，麦卡什，"杰伊道，"我们家族感谢你的英勇无畏。"

　　你个自以为是的浑蛋！麦克暗骂。

　　莉茜道："难道就没有其他的办法处理吗？"

　　"没有。"杰伊道。

　　"当然有。"麦克愤愤不平。

　　"是吗？"莉茜问，"什么办法？"

　　麦克攒足一口气："如果留有通风井，气体早就排出去了，根本聚集不起来。可通风井都被你们填了！"他又吸了一口气，"跟你们说了多少回了，就是不听！"

　　周围的矿工嘀嘀咕咕，纷纷表示赞同。

　　莉茜回头问杰伊："既然知道，你们为什么无动于衷？"

　　"生意上的事情你不懂——也没懂的必要，"杰伊道，"如果效益相同，谁会愿意多花钱搞个无谓的烧钱工程？肯定会被对手压价。这就是政治经济。"

　　"随你天花乱坠怎么叫，"麦克气呼呼道，"在我们普通人看来，这就是只顾赚钱，不管人死活。"

　　一两个矿工大声附和："就是！说得没错！"

　　"我说，麦卡什，"杰伊抗议道，"你别不知好歹，小心再惹麻烦。"

　　"没我什么事儿，"麦克道，"今天是我二十二岁生日。"他本不想说，可索性一吐为快，"还没做满日子呢——我也不想做满！"人群顿时鸦雀无声，挣脱束缚的兴奋感贯穿麦克全身。"我要走了，詹米森先生，"麦克道，"我不干了，再见！"他没再多言，转身扬长而去。

9

杰伊与莉茜返回詹米森堡,家里只见到八九个仆人生火擦地。莉茜灰头土脸,疲惫不堪。她悄声谢过杰伊,踉踉跄跄上了楼。杰伊吩咐仆人在房间准备浴盆和热水,用浮石洗洗身上的煤灰。

过去的四十八小时真可谓天翻地覆:父亲用芝麻大点儿的所谓"家产"打发了他,母亲对父亲恶言相向,而他自己差点要了亲哥哥的命——然而,这些他都不以为意。躺在浴盆里,杰伊满脑子都是莉茜。那俏皮的面庞隐约浮现在蒸腾的雾气中,那淘气的笑容、挤眉弄眼的神情戏弄着、诱惑着、挑逗着。他依稀记得攀出矿井时那怀中的触感:莉茜娇小纤弱,随着杰伊步步上行,那瘦小的身躯时时刻刻紧贴在他的胸前。她会不会也在想我,杰伊想。莉茜一定也叫了热水泡澡——一身的煤灰,不洗澡根本没法睡。他想象着莉茜在壁炉前裸身打着肥皂泡,真希望能待在她身边,接过她手里的海绵,轻柔抚去她乳房上的煤尘。他越想越兴奋,腾地起身把身体抹干。

杰伊睡意全无,只想找个人聊聊当晚的冒险经历,而莉茜恐怕要睡上好一阵子。他想到母亲,母亲可以信得过。尽管有时她强人所难，逼杰伊做些不情愿做的事，可她永远站在杰伊一边。

他刮了胡子，换上干净衣服来到母亲的房间。正如他所料，母亲还没睡，如今正坐在梳妆台前喝着热巧克力。侍女正帮她梳理头发，她朝杰伊笑了笑。杰伊吻过母亲，然后一屁股坐在椅子上。母亲总那么美，即便清晨初醒，睡眼蒙眬时也不失风韵，而她骨子里却坚强如铁。

母亲吩咐侍女退下。"怎么这么早就起来了？"她问。

"我根本没睡，下矿井来着。"

"跟莉茜·哈林姆一起？"

母亲真是冰雪聪明，杰伊不由得暗叹。她总能一眼看穿杰伊的心思。杰伊倒也毫不避讳，母亲从不责备他。"您怎么猜到的？"

"这有什么难的？她心心念念想去，况且又是个不达目的不罢休的性子。"

"我们没赶对日子，矿上发生了爆炸。"

"老天爷，你们没事吧？"

"没事——"

"我还是让史蒂文森大夫来——"

"行了，妈，别操心了！我和莉茜赶在爆炸前就出来了。只不过我一路抱着她爬上来，膝盖有点发软。"

阿丽西亚这才安了心，问道："莉茜作何感想？"

"发誓说以后决不允许在哈林姆家的地盘开矿。"

阿丽西亚笑了："而煤矿是你父亲的摇钱树。那我就等着看好戏了。按理说，一旦罗伯特娶了她，就有权自作主张。我们走着瞧。依你看来，他们进展如何？"

"反正调情不是罗伯特的长项。"杰伊轻蔑道。

"而你是情场高手，对吧？"阿丽西亚一脸宠溺道。杰伊耸了耸肩膀。

"他也算使上吃奶的力气了。"

"也许到头来人家姑娘不乐意呢。"

"依我看她别无选择。"

母亲敏锐地看着他："难不成你又有新发现？"

"哈林姆夫人抵押续约遇到阻力——都是你父亲在幕后指使。"

"是吗？！这个老狐狸！"

杰伊叹了口气："莉茜是个好姑娘，嫁给罗伯特真是可惜了！"

阿丽西亚一手放在杰伊膝盖上："好儿子，她还没嫁呢。"

"其他人也不是没可能。"

"没准儿是你呢。"

"妈，您真是的！"尽管有那一吻之缘，杰伊可从没想过谈婚论嫁。

"显然你爱上她了。"

"爱？您管这叫爱？"

"当然。一提到她，你两眼放光。只要有她在，你眼中再没有别人。"

阿丽西亚一语命中。在母亲面前，杰伊没有任何秘密可言。"那也不至于要娶她吧？"

"如果你爱她，那就求婚！这样就能成为格伦高地的领主。"

杰伊一笑："罗伯特早就惦记上了。"一想到莉茜可能成为自己的妻子，杰伊不由得心跳加速。他努力把自己拉回现实："我只会落得个穷光蛋。"

"你只是暂时没钱。可要论料理家业，你可比哈林姆夫人强多了——她根本不是做生意的料。她家的地可不小呢——格伦高地绵延十几英里，连克雷吉山和格伦湾都包括在内。你可以圈场放牧、卖鹿肉、建水磨……即便不开矿，收入也足够体面。"

"抵押的事怎么办？"

"要论借债，你年富力强，家道殷实，肯定比个老太婆看着顺眼。续约肯定轻而易举。等时机成熟……"

"怎么样？"

"莉茜平时任性。今天起誓自家永不开矿，明天还不一定唱哪出——没准说鹿也有感情，发誓以后再不打猎；没准儿两个礼拜过去，之前发的誓都被她忘到脑后。要是哪天真开了矿，你的那些债就都能还清了。"

杰伊做怪相道："这种事情我可不打算跟莉茜对着干。"他憧憬着投身巴巴多斯的甘蔗生意，无意留在苏格兰当矿主。然而，他也渴望着莉茜。

母亲冷不丁转了话题："昨天打猎时出什么事了？"

杰伊有些猝不及防，根本无法把谎话说圆。他面红耳赤，支支吾吾，好不容易才开口："我跟父亲又吵了一架。"

"我看也是，瞧你回来时的脸色就知道。可应该不是吵那么简单，你做的事似乎吓了他一跳。究竟是什么？"

他永远也骗不了母亲。"我试图射死罗伯特。"杰伊垂头丧气地答道。

"唉，真糟糕。"阿丽西亚道。

杰伊耷拉着脑袋。图谋不成更令人难为情：如果真要了罗伯特的命，内疚自不必说，可暗地里总还有一分得意；如今事情败露，有的就只有愧疚。

母亲站在他身边，将他的头揽在胸前。"我的小可怜儿，"阿丽西亚道，"你不用太难过。别担心，我们会有办法的。"她一面前后轻轻摇晃，一面抚摸着杰伊的头发，"好了，好了。"

"你怎么能这么任性？"哈林姆夫人一边给莉茜擦背，一边控诉。

"我非要亲眼看看，"莉茜回答道，"也没那么难嘛！"

"我得下手重点儿——这煤灰死活擦不掉。"

莉茜继续道："麦卡什说我不知所谓，我偏不信这个邪。"

"何苦较这个真？"母亲说道，"我问问你，你一个姑娘家的，知道那么多挖煤的事做什么？"

"我最讨厌别人说什么女人不懂政治、不懂经济、不懂这、不懂那——这样他们就可以信口开河。"

哈林姆夫人叹气道："但愿罗伯特受得了你这暴脾气。"

"他要么全盘接受，要么另找别人。"

母亲恼道："孩子，你这样可不行。要多鼓励他。女孩子当然不能太主动，可你也太消极了。答应我，今天见了罗伯特，对他稍微好点。"

"妈妈，您觉得杰伊怎么样？"

夫人笑了："他当然很有魅力——"她突然止住话，紧紧盯着莉茜，"怎么这么问？"

"他在矿上吻了我。"

"不行！"哈林姆夫人豁然起身，浮石猛地往屋里一扔。"不可以，伊丽莎白，我决不允许！"母亲突然一发火，令莉茜猝不及防，"我省吃俭用二十年，不是为了让你长大嫁个一文不名的小白脸！"

"他不是一文不名——"

"怎么不是？！你也见到那天他们父子反目——留给儿子的居然就只有一匹马！莉茜，你千万不能选他！"

哈林姆夫人怒气冲冲，莉茜从没见母亲如此激动，心中百思不得其解。"妈妈，您冷静点，好不好？"说着，莉茜从浴盆中站起，"给我递条毛巾，好吗？"

没想到母亲竟用双手捂脸，泣不成声。莉茜连忙揽住她问："好妈妈，你怎么了？"

"小冤家，还不赶紧把自己裹上！"她抽泣着说道。

她用一条毯子裹住湿漉漉的身体。"您坐下来。"说着扶母亲到椅子跟前。

好一会儿，夫人道："你父亲就是这样的人，简直跟杰伊一模一样。"哈林姆夫人说得近乎咬牙切齿，"他高大英俊，还很有魅力，总喜欢在没人的角落里动手动脚——最要命的是懦弱，懦弱至极。我一时沉迷，尽管知道他只是徒有虚表，可还是头脑发热嫁给了他。不到三年，他便将我的财产挥霍殆尽。又过了一年，他醉酒堕马伤了头，一命呜呼。"

"哦，妈妈……"莉茜实在没想到母亲会如此满含恨意。通常一说起父亲，母亲的口气总是不温不火。她总告诉莉茜：父亲经商不如意，偏又英年早逝，而家产被律师打理得一团糟。父亲去世时莉茜才三岁，对他几乎没什么印象。

"他一直耿耿于怀，怪我没给他生个儿子。"哈林姆夫人继续道，"即便生下儿子还不是和他一样——背信弃义，为所欲为，终要有姑娘为他伤心。但我知道如何避免悲剧。"

莉茜又是一惊：女人真的可以避孕？难道母亲果真背着父亲做这种事？

哈林姆夫人抓住女儿的手："答应我，莉茜，你不能嫁给杰伊！答应我！"

莉茜挣脱母亲的手。她为忤逆母亲而内疚，但还是得实话实说："我做不到，因为我爱他。"

当杰伊离开母亲的房间，压在心头的罪恶感与耻辱似乎有所消减，他突然感到腹中饥饿。于是下楼来到餐厅。父亲和罗伯特一边享用大块的烤火腿和炖甜果，一边与哈利·拉切特说话。作为矿上的监工，拉切特跑来汇报爆炸的情况。父亲瞪着杰伊说："听说你昨晚下井了？"

杰伊顿时没了胃口。"下了，"他道，"那里发生了爆炸。"说着，他自斟一杯啤酒。

"我知道发生了爆炸，"父亲说，"你跟谁去的？"

杰伊饮了几口，坦白道："莉茜·哈林姆。"

罗伯特脸色骤变："该死！你明知道父亲不想让她去。"

一句话激怒了杰伊，他愤愤反驳道："那么爸爸，您打算怎么惩罚我？让我净身出户？这一点你已经做到了。"

父亲摆动着手指威胁道："我警告你，别跟我对着干。"

"您还是操心麦卡什吧，"杰伊试图转移焦点，"他当着所有人的面说今天要离开。"

"不听话的浑小子。"罗伯特道。不知他指的是麦卡什还是杰伊。

哈利·拉切特咳嗽了一声："乔治爵士，还是由麦卡什去吧。这小子活儿干得不赖，却是个惹事精，没了他反倒好。"

"不行，"乔治爵士反驳道，"麦卡什公开和我作对，要是放过他，所有年轻的工人都闹着要走了。"

罗伯特插话："而且不光是我们。那个叫格尔登逊的律师可能写信给苏格兰所有的煤矿，如果年轻的矿工年满二十一岁即可离开，那整个行业都要垮了。"

"就是，"乔治爵士道，"到时候大不列颠还上哪儿要煤去？告诉你，那个卡斯帕·格尔登逊要是哪天因为叛国犯在我手里，我发誓立马绞死他，管他什么违宪不违宪！"

罗伯特又说："况且处置麦卡什也是出于爱国。"

杰伊松了口气：这些人已经把他的事忘在了脑后。他再添一把柴："可又能拿他怎么办？"

"把他关起来。"乔治爵士道。

"不行，"罗伯特道，"等一放出来，他还是会宣称自己是自由身。"

所有人都陷入沉思。

"可以让他挨鞭子。"罗伯特建议。

"这招能行，"爵士道，"按照法律，我有权这么做。"

拉切特一脸不安："已经多年没有矿主打工人了，更何况谁来动手啊？"

罗伯特不耐烦道："那遇上惹事精，我们能怎么办？"

乔治爵士笑了，说道："让他们跑'路子'。"

10

麦克很想立马动身走去爱丁堡，但这并不现实。尽管没干满一整天，他已经筋疲力尽。经历了爆炸，他略觉头重脚轻。得花点时间，好好想想詹米森家会作何反应，这样才好出其不意。

他回到家，脱下一身脏衣服，生了火，然后一头倒在床上。在排水池里泡过之后，身上反而更脏了——他全身湿漉漉沾满了煤灰。不过被子已经脏得不能再脏，多蹭一回也毫无分别。和多数矿工一样，他每周只在周六晚上洗一回澡。

爆炸发生后，其他矿工都已返回工地做事。埃斯特和安妮留在矿井，把麦克凿下的碎煤收了运到地面——埃斯特她绝不会浪费辛苦流下的血汗。

睡意渐浓中，麦克也在纳闷：为什么男人比女人更容易感到疲乏。做煤炭工的都是男人，每天工作十小时，从午夜干到上午十点；运煤工大多是妇女，凌晨两点上工，下午五点回家，工作十五个钟头。她们更不容易：每天沿阶梯上上下下，背上还背着沉甸甸的大煤筐。然而当她们的丈夫踉踉跄跄回到家里倒头大睡时，她们还在继续劳作。有时女人也凿煤，但这种情况不多——毕竟抡起凿子锤子来，她们劲儿不够大，敲得不够狠，扒起煤来也更费劲。

男人们一回家就睡觉，约莫一个小时后醒来。多数人会给妻儿准备晚饭。有些人下午会跑到维尔斯太太的酒吧喝酒，只是可怜了他们的妻子：在井下运煤累了一整天，回到家里没火没吃的，只有个醉鬼男人。矿工们生活艰辛，他们的妻子更不容易。

等麦克从睡梦中醒来，他恍惚记得当日别有意义，却说不清为什么。然后他反应过来：今天正是他离开的日子。

如果他就这个样子逃走，那肯定跑不远——必须先洗洗干净。他把火烧旺，到河边打了几桶水烧热，然后取下挂在后门外的铁皮盆倒入热水，窄小的屋子里顿时热气弥漫。麦克拿着肥皂浸在水中，用硬毛刷擦洗身体。

一股畅快感开始席卷全身：这是他最后一次洗去身上的煤尘，以后再也不用下矿井了。做牛做马的日子已经终结，前方等待他的是爱丁堡，是伦敦，是大千世界，那里鲜有人听说过霍克村煤矿。未来对麦克而言就像一张白纸，他可以在上面尽情书写。

正在这时，安妮进了屋子。

她在门口迟疑了片刻，好像很不安。

麦克笑着伸手把刷子递给她："给我擦擦背好吗？"

安妮上前接过刷子，依旧一脸愁容。

"来吧。"

安妮开始为他擦背。

"人家都说矿工要少洗后背。身子会越洗越虚。"

"我再也不是矿工了。"

"麦克，你别走，"她停手央求道，"别把我一个人留在这儿。"

麦克最怕这个——之前那个吻已经是个信号。他觉得有愧于安妮：尽管很喜欢这个表妹，也很享受去年夏天两人在一起卿卿我我，在周日温暖的午后的草丛中打滚缠绵，但他并不想与安妮长久厮守，更不想一辈子困在霍克村。要怎么向她解释才不至于让她痛苦？安妮眼泪汪汪，显然希望麦克能答应留下来。然而麦克去意已决，他渴望自由，胜过渴望一切。"我必须得走，"他道，"安妮，我舍不得你，但我非走不可。"

"你觉得自己高人一等，是吧？"安妮气呼呼道，"你妈妈就不守本分，你也随她。你觉得我配不上你是不是？想必你这是打算上伦敦，娶个千金小姐！"

麦克的母亲的确不满于现状，但麦克去伦敦绝不是为娶什么千金小姐。他果真比别人强到哪里去了吗？安妮果真配不上他？安妮的话刺中了某个要害，让麦克觉得难为情。"没有人活该当牛做马。"他说道。

安妮跪在浴盆边，一只手放在麦克出露水面的膝盖上："麦克，你不爱我了？"

麦克心中不愿，身体却不由自主地兴奋起来。他多想把安妮揽在怀中好生安抚，但只能硬下心肠："我疼你，安妮，可我从没说过'我爱你'，你对我也是一样。"

安妮的手滑入水中，在他两腿间游离，触到的坚挺令她不禁扬起笑意。

"埃斯特去哪儿了？"他问。

"在珍家逗孩子，得好一阵才回来呢。"

看来是安妮特意安排的，麦克猜测道：不然埃斯特早就跑回家跟他商量对策了。

"留下吧，咱们结婚。"安妮爱抚着道。那种快感简直不可言喻——去年夏天，是麦克教会安妮如何取悦对方，也是他缠着安妮，非让她在他面前取悦自己。麦克越想越兴奋。"我们想做什么都可以，想什么时候就什么时候。"

"要是结了婚，我就一辈子困在这儿了。"话虽如此，他却感到自己的意志渐渐薄弱。

安妮起身脱掉裙子——那是她身上唯一的衣物：内衣只有礼拜天才能穿。她的身体瘦削而结实，双乳纤小扁平，胯下阴发浓密。和麦克一样，安妮的肌肤也因煤灰变得发灰。麦克目瞪口呆地看着安妮迈进浴盆，骑在他双腿上。"现在轮到你帮我洗洗了。"说着她将肥皂递给麦克。

他缓缓在手上搓出泡沫，双手轻放在安妮的乳房上。乳头又小又硬。安妮低沉地呻吟着，抓住麦克的手腕往身下推，推过平坦坚实的小腹，推向下体。沾满泡沫的手指在她腿间游戏，感受着浓密的卷曲与荫蔽下柔软的肌肤。

"说你不走，"安妮央求着，"来吧，到我身子里来。"

麦克知道，如果他此时就范，这辈子也就看到头了。眼前的一切似真又似梦。"不行。"他拒绝道，声音却细如耳语。

安妮越靠越近，伸手将麦克的脸搂在胸口。她将身子越放越低，直到全然压在他身上，性感的嘴唇轻触那肿胀下体露出水面的一端。"答应我。"

呻吟中，麦克放弃了挣扎："我答应你。求你……快……"

可怖的碎裂声中，门豁然敞开。

安妮一声尖叫。

四个男人闯进来，充斥狭小的房间：罗伯特·詹米森，哈利·拉切特，另外还有詹米森家的两个看守。罗伯特戴着佩剑，身上还有两副手枪，其中一个看守带着火枪。

安妮从麦克身上下来，跳出浴盆。茫然与恐惧中，麦克哆哆嗦嗦站起来。

持火枪的看守瞅了瞅安妮，色眯眯道："表兄妹俩挺热乎啊！"麦克认识他，此人名叫马克阿里斯泰；另一个也不陌生，正是恶霸泰纳。

罗伯特冷笑道："你们管这叫表兄妹？依我看这些挖煤的玩乱伦是家常便饭。"

被人硬生生闯进家门，盛怒中麦克忘记了恐惧与疑惑。他强压怒火，挣扎着保持克制。他身处危险境地，而安妮也可能受到牵连。他必须冷静，不能被愤怒冲昏头脑。麦克瞪着罗伯特："我是个自由人，又没犯法。你们凭什么闯进我家？"

马克阿里斯泰依旧死死盯着安妮赤裸的身体，她浑身湿答答冒着热气。"我真有眼福啊。"他厚颜无耻道。

麦克转过头，用低沉的声音道："你敢动她，我就把你的头拧下来！"

看着麦克赤裸的双肩，马克阿里斯泰知道：这人说到做到。他心一虚后退一步——手里还抱着枪。

泰纳比同伴个头大，也更没脑子。他伸出手猛抓安妮湿漉漉的乳房。

麦克二话不说一下子跳出浴盆，死扣住泰纳的腕子。他人还来不及反应，泰纳的手已被麦克强推进火堆。

泰纳挣扎着大叫，但怎么也摆脱不了麦克的掌控。"放开我，"他哀号着，"求求你，行行好！"

麦克一面死不放手，一面大叫道："安妮，快跑！"

安妮抓起裙子夺门而出。

一只枪托重重砸在麦克后脑勺上。

麦克这下火了。安妮已经脱身，他也没什么好怕的了。他松开泰纳，抓着马克阿里斯泰的外套一头撞在对方脸上，撞得马克阿里斯泰鼻子鲜血横流，疼得嗷嗷大叫。麦克突然转身，赤脚猛踢哈利·拉切特的下体，拉切特俯下身子，连连叫喊。

每次麦克打架都是在井下，他早已习惯了在狭窄空间里作战，但此时一人对四人，毕竟寡不敌众。马克阿里斯泰又给了他一枪托，一时间麦克站立不稳，脑子昏昏沉沉。拉切特从身后抓住他，挟制住他的双臂。他刚想摆脱，罗伯特·詹米森那把明晃晃的剑指住了他的咽喉。

片刻后罗伯特下令："把他捆起来。"

他们把赤裸的麦克扔上马背，押回詹米森堡丢进储藏室。他手脚捆着，一丝不挂地躺在石地上打哆嗦。周围尽是滴着血的兽尸——有鹿，有牛，还有猪。他试着挪动身子取暖，可手脚被束缚着，怎么动也暖和不起来。终于，他挣扎着坐起身，后背靠在死鹿的皮毛上。麦克哼了一阵歌儿，给自己打气——从威尔斯太太家周六聚会的歌谣唱到赞美诗，接着又哼了旧英王时的几首抗争小调……能唱的都唱完了，麦克却觉得无比颓丧。

几记枪托让他头痛欲裂，但更让他难过的是这么轻易便落在詹米森家人手里。他真是蠢到家了：拖了这么久还没走，以至于给了敌人还手的机会。就在对方计划着如何打倒他时，他却陶醉在表妹的温柔乡。

揣测对方的阴谋无济于事。即便他不冻死在储藏室，詹米森家也会把他送到爱丁堡，给他安个以下犯上的罪名——如同多数罪名一样，这一项也位于死罪之列。

夜幕降临，门缝里投射的光线逐渐暗淡。马厩里敲响十一点的钟声，找他算账的人来了。这次来了六个，而麦克已无心反抗。

给矿工们打工具的铁匠大卫·塔格特将一个铁项圈套在麦克脖子上，就像吉米·李那个一样。这种耻辱无以复加：它向全世界宣布，戴项圈的人是他人的财产；这个人低人一等，与牲口没什么两样。

他们给麦克松了绑，丢给他几件衣服——一条马裤，磨秃了的法兰绒衬衣，还有一件破破烂烂的马甲。麦克草草换上，还是没暖过来。看守再次捆住他双手，押着他骑上一匹小马。

一行人来到矿上。

再过几分钟，周三午夜的开工时间就到了。马夫正套上新马，准备拉桶提水。麦克心知肚明：看来他是要跑"路子"了。

他哼了一声。这种折磨耻辱至极，令人尊严尽失。此刻若有一碗热粥，一堆旺火，哪怕只是片刻温暖，麦克都愿意付出生命。然而这一整晚他却只能在户外受冻。麦克想过委曲求全，可一想到詹米森一家得意的样子，他便坚定了意志，大吼道："你们没权利这么做！没有权利！"看守们哈哈大笑。

他们把麦克押到井口，就站在牲口日日夜夜、周而复始踩出的圆圈中。麦克挺直腰板，高昂着头，眼泪却近乎夺眶而出。他被拴在马具上，面对着马匹，这样便无法闪躲。马夫一挥鞭子，马儿立马小跑起来。

麦克被迫后退着小跑。

他几乎立马跌倒，马停下脚步。马夫又是一鞭子，麦克勉强及时站起。他开始掌握后退跑的诀窍，一时得意间又滑倒在冰泥中。这一次马没有停步。麦克侧身着地，扭动着身躯想躲开马蹄的踩踏。他在马的身畔坚持了一两秒，终究失去控制，滑入马的身下。马蹄踏在他的腹部，踢打他的大腿，然后才停了步。

他们逼麦克站起，又在马身上抽了几鞭子。肚子上的那一脚实在要命，他左腿无力，却又不得不一瘸一拐地后退奔跑。

麦克咬紧牙关，试图保持节奏。他眼见其他人遭受这种刑罚——吉米·李就是其中之一。他们没被折磨死，但都留下了抹不去的伤疤：吉米·李的左眼就有因马踢留下的伤疤；每每想起受辱的情形，吉米内心便燃起愤怒的火焰。麦克也会挺过去。疼痛、寒冷与挫败感令他几乎麻木，他的大脑一片空白，只想着如何站立不倒，躲过致命的马蹄。

跑着跑着，他渐渐与马有了默契。他们都受人束缚，被迫兜着圈。马夫一挥鞭子，麦克便稍稍加快脚步；他一摔倒，马儿似乎也暂时放慢脚步，让麦克有机会重新站起。

他知道，矿工们已陆续来到山上，准备午夜上工。他们吵吵嚷嚷，跟往常一样打趣逗乐。当在井口看到麦克时，所有人都闭上了嘴。一有人打算停步，看守便掂着手里的火枪，虎视眈眈地盯着他。麦克听到吉米·李的高声抗议，用眼角的余光看到三四个矿工围住吉米，抓着他的胳膊把他拉走，免得他惹祸上身。

渐渐地，麦克失去了时间的概念。运煤工人也陆续抵达，妇女和孩子们叽叽喳喳地上山，然后和男人们一样陷入沉默。麦克听到安妮的哭喊声："天哪，他们让麦克跑'路子'！"詹米森的家丁拦着不许她靠近，但她仍不罢休，"埃斯特到处找你——我这就去叫她。"

　　不一会儿，埃斯特也赶到现场。看守还没来得及阻拦，她便挡住马的去路，将一大罐温热的甜牛奶送到麦克嘴边。他大口饮下这救命的甘露，几乎呛着也不管不顾。没等埃斯特被看守拉走，一大罐牛奶已被麦克喝得干干净净。

　　那一夜简直度秒如年。看守们放下火枪，围坐在马夫取暖的火堆前。作业还在继续：运煤工将成筐的碎煤倒在井口外，然后返回井下，无休无止地重复着。趁着马夫换马的空当，麦克得以有片刻喘息，可替了班的马跑得更快了。

　　一时间，麦克忽然意识到天亮了。再过一两个小时，矿工们将结束工作。可这一个钟头却无比难熬。

　　山坡上来了一匹小马。麦克侧眼见骑手下了马，站在原地盯着他。他一眼便认出了莉茜·哈林姆。她依然穿着做礼拜的那件黑色皮草大衣。难道是来看他笑话的？麦克感觉受了奇耻大辱，真希望她赶紧消失。然而再看一眼，那张灵秀的面孔上看不到嘲讽，而是同情、愤怒以及某种不可名状的情感。

　　另一匹马随后出现，来者正是罗伯特。他低声朝莉茜表达着不满，而莉茜的回应却清晰可闻："这简直是野蛮人的做法！"煎熬中的麦克真是无限感激。莉茜的愤怒给了他莫大的安慰——这些衣冠楚楚的乡绅贵族之中，还有人相信他人不该受此折磨。

　　罗伯特愤然反驳了几句，但麦克没听清。争吵之时，矿工们陆续从井下返回。然而他们并没有回家，而是聚集在井口周围默默地看着。倒完煤的妇女也没有返回井下，而是加入了沉默的人群。

罗伯特下令让马夫勒马。

终于停了下来。麦克想硬撑着站直，然而两腿却不听使唤。他跪倒在地。马夫上前想为他松绑，但罗伯特抬手制止。

他提高嗓门，故意让所有人都听见："麦卡什，你昨天说你离满工还差一天。今天补上了。即便按照你那歪理，你也算是我父亲的财产了。"说着，他转身面对人群。

还没等他张口，吉米·李大声歌唱起来。

他的高音纯净透亮，熟悉的赞美诗响彻山谷。

> 伛偻孤人形影悲，
> 忍痛挨苦泪目催。
> 山路崎岖乱石密，
> 苦难十字身上背。

罗伯特恼羞成怒："闭嘴！"

吉米毫不理会，自顾自唱起第二段。同伴们纷纷加入，甚至有人唱起和声，数百人汇出嘹亮的声浪。

> 寸断肝肠戚无尽，
> 草木皆悲哀叹迟。
> 他日朝阳东山起，
> 便是神迹再现时。

罗伯特无奈转身，蹚着泥路牵了马，抛下义愤填膺的莉茜扬长而去。他骑马下了山，简直火冒三丈，身后矿工们的歌声如惊雷般震动山谷。

　　　　莫怜今时苦无尽，
　　　　凯旋之日尚可谋。
　　　　一朝圣城崛地起，
　　　　炼狱众生皆自由。

11

一觉醒来，杰伊便打定主意向莉茜求婚。

母亲做此提议不过是昨天的事，但这念头却很快在他心中扎了根。一切似乎都水到渠成，甚至是命中注定。

如今，他反倒担心起莉茜的态度。

杰伊相信莉茜的确对他有好感——多数女孩都对他有好感。但莉茜急需经济扶持，而他一文不名。虽然母亲说这些问题都可以解决，然而，兴许莉茜宁愿选择未来更有保障的罗伯特。一想到莉茜可能嫁给罗伯特，杰伊就觉得反胃。

可惜莉茜很早就出了门。杰伊心情迫切，迫切到等不及莉茜返回。他冲到马厩，看到父亲在生日时送他的白马"雪暴"。杰伊本发过誓，这辈子也不会骑它，但他终究抵不住诱惑。他牵着雪暴上了格伦高地，策马走在溪边软嫩的草地上。食言是值得的，杰伊仿佛驾驭着雄鹰，迎风翱翔。

飞驰中的雪暴实力尽显。踱步或慢跑时它有些不知所措，尥蹶子发脾气，略难驾驭。尽管如此，如果驰骋起来快如闪电，小跑耐不住性子也就情有可原了。

回来的路上，杰伊一心只想着莉茜。她一直都与众不同，连儿时也不例外——俏丽、叛逆、令人着迷。如今的她更是举世无双：莉茜的枪法在杰伊结交之人中无出其右，她赢得了赛马，下得了井，扮得了男装，把一桌人骗得团团转——杰伊从没见过这样的姑娘。

当然，莉茜可没那么好拿捏：她任性，有主意，还有点以自我中心。比起多数女性，她更敢于挑战男性权威。然而所有人都会原谅她——谁让她太过光彩照人，小脸儿一扬，一笑一怒间字字与你针锋相对。

回到马厩，杰伊刚好撞上哥哥。只见罗伯特一脸阴沉。气头上的罗伯特张牙舞爪，脸红脖子粗，跟父亲愈发相像。杰伊问："你这是怎么了？"罗伯特把缰绳扔给马夫，话也不说，气呼呼进了屋。

就在杰伊拴马时，莉茜也回来了。她看起来也不高兴，然而脸上的愤怒与眼中的灵动却让她显得愈发迷人。凝望中，杰伊深深为她陶醉。我要定了这个姑娘，他暗下决心：她只能是我的。他当即便准备求婚，可还没开口，莉茜下马便问："我知道不守规矩的人应该受罚，但也不该用酷刑，不是吗？"

在杰伊看来，对犯人用刑天经地义，但在莉茜面前他可不会实说，更何况她还在气头上。"当然。你这是从矿上回来？"

"简直惨不忍睹。我要求罗伯特放人，但他拒绝了。"

她跟罗伯特吵架了。杰伊收敛起得意："这阵势你没见过吧？其实经常有人跑'路子'。"

"我可没见过。真不明白，我怎么会对矿工的苦日子一无所知。想必因为我是女人，大家都护着我，让我远离残酷的现实。"

"罗伯特貌似很生气。"杰伊试探道。

"工人们唱起赞美诗,他想制止却没得逞。"

杰伊暗自得意。看来罗伯特在莉茜面前出了洋相,我的胜算越来越大了。

莉茜将坐骑交给马夫,然后与杰伊结伴进了城堡。罗伯特正在大厅与乔治爵士议事。"真是胆大包天了,"罗伯特道,"无论如何,决不能轻饶了麦卡什。"

莉茜哼了一声,杰伊见表现的机会来了,便对父亲建议道:"依我看还是放了麦卡什吧。"

罗伯特斥道:"你少胡说八道。"

杰伊想起哈利·拉切特的话:"这人不是个省油灯,还是别留下的好。"

"他公开和我们作对,"罗伯特反驳道,"决不能放过他。"

"你没有放过他,"莉茜道,"他明明受了非人的体罚!"

乔治爵士解释道:"伊丽莎白,这不是非人的体罚。你要明白,这些人比我们禁得起操磨。"还不等莉茜反驳,他便转向罗伯特,"不过也对,他的确受到了惩罚。现在矿工们都明白,即便年满二十一岁也别想走,我们的目的达到了。我在想,要不就低调地让他消失。"

罗伯特还是不肯罢休:"吉米·李以前也不安分,还不是被我们抓回来了?"

"这回不一样,"他父亲道,"吉米·李有勇无谋——他这种人当不了领袖,不用太操心。麦卡什可是有能耐弄出大动静的。"

"我可不怕他。"罗伯特道。

"这种人很危险，"爵士继续道，"他能读会写，在矿上还负责防爆，也就是说在工人中有号召力。据你刚才所说，他已经快成英雄了。如果我们留他在这儿，只要有口气，这小子就会继续闹事。"

罗伯特极不情愿地点点头："我还是觉得这么做丢面子。"

"那就在面儿上做好看点。"爵士说道，"把桥上的守卫撤了。麦卡什可能会翻山，咱们不追就是。工人们知道他逃跑不要紧——只要让他们明白这不是理所应当就行。"

"好吧。"罗伯特道。

莉茜赞许地望着杰伊，背着罗伯特比画出"做得好"的口型。

"用餐前我得洗个手。"罗伯特说着消失在房间尽头，气还是没消。

乔治爵士进了书房。莉茜用双臂搂住杰伊的脖子，给他一个深情的吻："你做到了，你给了他自由！"

莉茜的大胆令杰伊瞠目结舌，然而他很快回过神。他搂住莉茜的腰将她拉近，低头再度亲吻她。这个吻有别于前，吻得更缓，更深，更刺激。杰伊闭上眼睛，沉浸在快感之中，全然忘记他们正身处整个城堡最显眼的地方——家眷、宾客、邻居和佣人会不时经过。幸好他们走运，没有人经过打扰。四唇分开，两人得以喘息，四下里依旧空无一人。

杰伊惶然意识到：现在正是求婚的机会。

"莉茜……"一时间他真不知从何说起。

"嗯？"

"我只想说……你不能嫁给罗伯特。"

莉茜立马答道："只要我想，没有我不能做的。"

这么跟莉茜说话当然会碰钉子——永远别指望能命令她。"我不是这个意思……"

"没准儿罗伯特接吻比你还厉害呢。"说着，莉茜顽皮地咧咧嘴。

杰伊笑了。

莉茜把头靠在杰伊胸前："我当然不能嫁给他，尤其是现在。"

"因为……"

莉茜看着他："因为我要嫁给你——不是吗？"

杰伊简直不敢相信自己的耳朵："就是！"

"你就是想问这个吧？"

"还真是。"

"你已经有了答案，可以再次吻我了。"

一时眩晕中，杰伊低头将脸贴近她。嘴唇一遇到嘴唇，莉茜便张开了嘴，用舌尖暧昧地探索，戏逗着进入对方的世界，真是让杰伊又惊又喜。他好奇在此之前莉茜究竟吻过多少男孩儿，不过现在不是问话的时候。他同样激烈地回应着，下身不由得渐渐发硬。杰伊有点难为情，生怕莉茜发现。两个人紧贴彼此，她一定有所察觉。莉茜怔了一怔，仿佛不知该如何是好，随后居然再次义无反顾地紧贴上去，仿佛急切地想要感受一样。对杰伊而言，这又是一个惊喜。懂行的姑娘他也见过——在伦敦的酒馆和咖啡厅，随随便便就跟男人这样耳鬓厮磨；而莉茜不同，仿佛这是她第一次如此大胆一般。

门开了，而杰伊没有察觉。只听罗伯特大喊："这是搞什么鬼？"

两人松开彼此。"冷静点，罗伯特。"杰伊道。

罗伯特怒不可遏："该死，你这是干什么？"

"没关系，哥哥，"杰伊道，"我们俩订婚了。"

"你这个浑蛋！"罗伯特咆哮着就是一拳。

杰伊轻松躲开了罗伯特的拳头，他依旧不依不饶。上一次兄弟俩打架还是在小时候，杰伊没忘记罗伯特的大块头，也知道他反应慢。一阵躲闪后杰伊终于出手，与罗伯特厮打在一起。令他没想到的是，莉茜居然跳到罗伯特背上，一边打他头一边大叫："放开他！放开他！"

杰伊哭笑不得，根本无心恋战。他放开罗伯特，却被对方一拳甩在眼角，踉跄着后退几步摔倒在地。眯着伤眼的他发现，罗伯特极力地挣扎，想摆脱背后的莉茜。虽然脸上疼痛难忍，杰伊还是忍不住哈哈大笑。

莉茜的母亲慌忙赶来，阿丽西亚与乔治爵士紧随其后。震惊中哈林姆夫人厉声道："伊丽莎白·哈林姆，赶紧放开人家！"

杰伊站起身，莉茜也松了手。三位家长一时间哑口无言。杰伊一手捂着伤眼，对哈林姆夫人行礼道："哈林姆夫人，我很荣幸能与令爱订婚。"

过了好一阵子，乔治爵士怒道："你这该死的蠢货！休想让我再养你！"

大家各自回房，关起门讨论自家危机。哈林姆夫人同莉茜上了楼，乔治爵士、杰伊与阿丽西亚则进了书房。罗伯特独自气呼呼去了别处。

杰伊强忍着不还嘴，他没有忘记母亲的建议："我敢说格伦高地交给我打理的话，肯定比交给哈林姆夫人强。那里的地产少说有一千亩，创造的效益肯定够养活全家。"

"蠢货，那可轮不到你——格伦高地早就抵押了。"

父亲的蔑视令杰伊颜面扫地，他羞得满脸通红。母亲开口插话："杰伊能想办法续贷。"

乔治爵士略显吃惊，说道："这么说，你跟你儿子是一条心咯？"

"你什么都不给他，想让他像你一样自己争取。喏，他争取到了一样——莉茜·哈林姆。你有什么好埋怨的？"

"是他自己争取，还是有你帮忙？"

"我又没带她下井。"

"也没在走廊里亲热。"爵士的语气有所缓和，"唉，他已经二十一岁，估计咱也拦不住他们。"他面露狡黠，"反正格伦高地的煤矿最后要落入我们家。"

"那倒不尽然。"阿丽西亚道。

父子俩都大惑不解地盯着她。乔治爵士问："你什么意思？"

"那是杰伊的地产，你开的什么矿？"

"别傻了，阿丽西亚——那片地下蕴藏着一笔巨大的财富。搁着不用简直天理不容。"

"兴许杰伊会把开采权交给别人呢。很多股份公司都想开新矿——我听你说起过。"

"难不成你还要跟我的对头联手？！"乔治爵士大嚷道。

阿丽西亚毫不退缩，杰伊简直佩服得五体投地。然而，她好像忘记了莉茜的反对立场。杰伊说道："可是妈妈，莉茜她——"

阿丽西亚瞪了杰伊一眼，让他住嘴。"兴许他宁愿跟你的对手做生意。你在他二十一岁的生日上羞辱他，他凭什么还向着你？"

"就凭我是他父亲！"

"那就有点父亲的样子！祝贺他订婚，像家人一样迎莉茜进门，体体面面办一场婚礼。"

爵士看着妻子："这就是你的目的？"

"不全是。"

"我就知道。还有什么？"

"他的结婚礼物。"

"阿丽西亚，你到底想要什么？"

"巴巴多斯。"

杰伊差点从椅子上跳起来，真没想到母亲这么有心机。

"没门儿！"

母亲站起身。"好好想想吧，"她说得仿佛事不关己一样，"你自己也常说，蔗糖产业不好做，利润高但太费事——降水时多时少，奴隶害病死亡，法国人压你的价，浪大又容易翻船。煤炭的钱好赚，挖出来卖就是了。用你的话说，就像从自家后院拿钱一样容易。"

杰伊欣喜若狂——也许还真能心想事成呢。可是莉茜怎么办？

爵士说道："巴巴多斯是留给罗伯特的。"

"那就让他失望去，"母亲道，"杰伊又不是没失望过。"

"那个种植园归罗伯特继承。"

母亲向门口走去，杰伊跟在她身后。"乔治，我跟你说这些也不是第一次了，你那些答案我都清楚。可如今情况变了。你想要杰伊的煤矿，那就等价交换。他的价码就是种植园。你不答应，煤矿就不归你。就这么简单，你可以慢慢考虑。"说完，阿丽西亚扬长而去。

杰伊跟着母亲来到走廊，他小声道："您真厉害！可莉茜是不会答应在格伦高地开矿的。"

"知道，知道，"阿丽西亚不耐烦道，"她现在嘴硬，以后就改主意了。"

"如果她硬要坚持呢？"

"到时自有办法。"

12

莉茜身披毛皮斗篷下了楼。皮草太长，在脖子上绕了两圈还是拖地。她必须出门透口气。

城堡里剑拔弩张：罗伯特与杰伊互不对眼，母亲生她的气，乔治爵士也被杰伊气得暴跳如雷，而爵士夫妇俩也是充满敌意。连一顿晚餐也吃得紧张兮兮。

她穿过大厅时，罗伯特从阴影中走出来。莉茜停下脚步望着他。

"你这个臭娘们！"

对女士而言，这种咒骂最难听不过。然而，莉茜没那么容易被脏话吓住，再说，罗伯特生气也是情有可原。"以后你我也算是兄妹了。"她好声好气道。

罗伯特一把捏住莉茜的胳膊："我这么好的男人你不要，偏偏选那个阳奉阴违的浑蛋？"

"放开我！我爱他。"

罗伯特的脸愈发阴沉，手也越捏越死："我告诉你，即便得不到你，格伦高地也铁定是我的。"

"你休想。等我结了婚，那里就是我丈夫的财产。"

"你走着瞧。"

莉茜被掐得疼痛难忍："放开我，不然我喊人了！"

罗伯特放了手："你这辈子都会后悔的！"说完转身离去。

莉茜裹紧披风走出城堡。云间透出几抹清亮，月亮也出来了。借着月光，她寻路下坡朝溪边走去。

她一点也不后悔拒绝罗伯特。他并不爱她。如果爱，遭到拒绝会伤心，但他没有。罗伯特没有为失去莉茜而痛苦，他只是气自己被弟弟比了下去。

然而刚刚与罗伯特的遭遇还是令她后怕。他和他父亲一样冷酷无情。格伦高地当然不能交给他，然而他会怎么做呢？

她把罗伯特抛在脑后。现在如愿以偿了：她得到了杰伊，甩掉了罗伯特。她迫不及待地想筹备婚礼，布置新居，真希望能马上和他一起生活，与他同床共枕。

莉茜既激动又害怕。她从小就认识杰伊，可成年后在一起的时间不过数日，草率结婚未免太莽撞。可她转念一想：婚姻本就有几分不计后果——不在一起生活，谁也无法真正了解自己的伴侣。

母亲很伤心。她做梦都想让莉茜嫁入豪门，不再省吃俭用。然而她也必须接受：莉茜也有自己的追求。

钱的问题莉茜并不担心。乔治爵士想必终究不会太亏待小儿子；即便不然，他们也可以住在格伦高地。一些苏格兰地主正将鹿林清出来，想找人租出去牧羊。他们俩可以先试试看，多赚点钱。

无论如何，今后都是好日子。莉茜最欣赏杰伊的冒险精神。他心甘情愿地骑马穿林，带她下矿井，甚至想到海外殖民地生活。

真的会有那么一天吗？杰伊还惦记着他那份巴巴多斯的产业。一想到海外生活莉茜就兴奋不已，简直不亚于对结婚的期待。据说海外的生活自由而安逸，没有英国上流社会那些繁文缛节。她想象着摆脱衬裙与撑裙束缚，剪掉长发，成日肩挎火枪、骑马驰骋的日子。

杰伊有什么缺点呢？母亲说他爱慕虚荣，自我陶醉，可她认识的其他男人还不是一样？起初，杰伊在父亲和兄长面前的消极被莉茜视作软弱；现在她知道自己错了：向她求婚，正是他对父兄的反抗。

莉茜来到河边。这里并不是山林小溪。这条河宽足有三十码，而且水深流急。月光洒在汹涌的河面，点出一道道银白，仿佛破碎的嵌花图。

空气十分清冷，连呼吸都令人刺痛，好在有皮草取暖。莉茜背靠一根粗壮的老松树桩，凝视着奔腾不息的河流。她看向河对岸，只见远处岸边有什么东西在移动。

那东西并非正对着她，而是在上游处。起初莉茜还以为是野鹿——它们经常在夜间活动。它的头很大，瞅着并不像人。可定睛一看才发现：还真的是人，只是头上绑着包袱。莉茜很快就明白了：这人走在河岸处，脚下的冰层碎裂，人跳入水中。

包袱里一定是他的衣服。可是谁会在寒冷冬天的大晚上跳到河里？也许是麦卡什躲过了桥上的守卫。一想到河水多么冰冷刺骨，裹在皮草里的莉茜便不由得打哆嗦。很难想象一个大活人如何能游过河去而不被冻死。

理智告诉莉茜应该马上离开。停在原地看一个男人裸身渡冰

113

河只会惹祸上身。不过好奇还是战胜了理智，她一动不动地看着他的头在水中稳步打着斜。河流太急，他只能跨斜线过河，但步调并没有乱——此人似乎很强壮。据此推断，他应该会在莉茜所在之处上游二三十码的地方登岸。

然而，正当他行至河心处时，突然危险来袭。一个巨大的黑影朝河面猛扑——一棵大树倾倒而下。危难临头，那人才察觉到。一根粗枝打在他头上，双臂也搅在枝叶当中。眼看那人沉入水下，莉茜倒吸一口凉气。她在乱丛中寻找着那个人的踪影，也不知究竟是不是麦卡什。树越漂越近，就是不见人。"千万别淹死。"莉茜小声祈祷着。断树从她身边漂过，依旧不见人影。莉茜想跑回去叫人，可距离城堡少说有四五百米距离：若等她跑回来，人早就顺流而下漂出老远，生死未卜。她想，也许还是应该试试。正当莉茜在原地踟蹰不定时，就在断树后一码左右的地方，那个人出现了。

那个包袱居然还好端端地绑在他头上，只是人划起水来已经不像之前那样稳健了：他手脚并用，又是摇晃又是蹬踹，激得水花四溅，同时不住地大口喘着粗气；那人嘴里嘟嘟囔囔，不时传来阵阵咳嗽声。莉茜下到河边，冰冷的河水浸湿了绣鞋，寒意直逼脚底。"往这儿来！我拉你！"那人似乎没听到，继续在水里扑腾，仿佛刚刚险些溺水，这会儿只顾着喘气。不一会儿，他似乎有所镇定，莉茜连忙又喊："往这儿来，我帮你！"他呛得更加厉害，头也没在水里。再次冒头，他毫不犹豫朝莉茜的方向而来，尽管扑腾得费力，却离救援越来越近。

莉茜跪在泥里，完全顾不得身上的丝裙与披风。她的心悬到了嗓子眼儿。那人越靠越近，双手在空中胡乱挥动着，莉茜抓住他一个腕子，双手使劲朝岸上拉。他倒在岸边，半个身子还浸在水里。莉茜转而抓紧他的手臂，蹬脚抠住泥地再次用力。那人手脚并用一起使劲，总算扑腾着上了岸。

只见他湿答答地倒着，一丝不挂，气若游丝，仿佛不敌健硕的渔夫，最终深陷捕网的海怪。不出她所料，救上来的人果然是马拉奇·麦卡什。

莉茜难以置信地摇摇头：他究竟是个什么人？过去的两天里，他经历了井下爆炸，遭受了非人的酷刑，居然还有胆子有力气横渡冰河逃跑！真是个一条道走到黑的家伙。

麦卡什仰面朝天大口喘着气，浑身不住地哆嗦。他脖子上的铁项圈不见了，莉茜纳闷：他怎么弄掉的？湿漉漉的肌肤在皎洁的月光下泛出点点银光。这还是莉茜第一次面对男人赤裸的身体。她依然记挂着麦克的安危，却也忍不住满眼惊奇地盯着那根阴茎：健美的双腿间黑发浓密，簇拥着褶皱满布的喉管。

若是再不起身，他兴许会冻死在河岸。莉茜跪在麦克身边，解开绑在他头上的湿包袱，一手放在他的肩头。他冷得像死人一般。"快起来！"莉茜焦急道。没反应。她用力摇晃麦克的身体，感受着皮肤下大块大块的肌肉。"快起来，不然你会冻死的！"她双手用尽了全力，然而麦克丝毫不动弹，莉茜也无可奈何——那身体重得像石头一样。"麦克，别死。"她抽泣着说道。

终于，麦克动了几下，四肢撑地徐徐起身抓住莉茜的手。莉茜用力一拉，麦克挣扎着站了起来。"谢天谢地！"莉茜小声道。麦克重重地倚着，莉茜竭力支撑着不摔倒。

得想办法给他暖暖身子。莉茜打开斗篷，用身体紧贴着麦克，双乳隔着丝裙感受着扎心的寒冷。麦克依附着他，宽厚结实的身体吮吸着来自她的温与热。这是他们第二次拥抱，也是莉茜第二次感受到这强烈的亲密感，仿佛深陷热恋一般。

湿漉漉的身体无论如何也暖不过来，莉茜必须想办法帮他擦干。她需要块布——任何可以当毛巾用的东西。她想到了身上的亚麻衬裙：反正穿了好几条，不如脱一件下来给他擦身。"你自己站得住吗？"咳嗽中麦克勉强点点头。莉茜松开手提起裙子，轻轻解下一条衬裙。尽管麦克无比虚弱，莉茜仍能感受到他的目光追随着自己的一举一动。

她用衬裙帮他擦拭全身：先是脸和头发，接着转到后背和臀。她屈膝擦干两腿，起身帮他转身以擦拭胸口，却意外地目睹麦克身下直挺的阴茎。

莉茜没有吃惊，也没有厌恶，反倒充满了好奇。自己的魅力能令男人有如此反应，莉茜有些沾沾自喜，然而不仅如此，身体内某种深层的痛感也令她喉咙发干。这有别于亲吻杰伊时的狂喜，亦无关调戏与爱抚。她突然害怕麦克会一把将她放倒在地，扯烂衣服强行占有她，更令她恐惧的是，在心中的某一个角落，她也有着同样的渴望。

她的担心是多余的。"真对不起。"麦克咕哝道。他转身弯腰，捡出一条湿答答的粗花呢裤子，拧了拧水穿在身上。莉茜恢复了镇定。

麦克又拧了拧衬衫。莉茜想，如果穿着湿衣服，天不亮他就得被肺炎要了命。可也不能让他光着身子。"我回城堡给你找两件衣服来。"

"别！会被人怀疑的。"

"我可以避人耳目——况且，下井时的男人衣服我还留着呢。"

麦克摇摇头："我不能久留。一走起来，身上就暖和了。"说着，他攥了攥花格毯子里的水。

莉茜二话不说脱下身上的毛皮斗篷。斗篷很大，麦克穿着正合适。这东西价值不菲，以后都不一定有机会拥有第二件，但这能救他的命。她试着不去想该如何对母亲解释。"那就把这个穿上，毯子先拿着，找个地方晾干再用。"莉茜不由分说给麦克披上斗篷。他迟疑了片刻，感激地把斗篷穿好，整个人舒舒服服地裹在里面。

莉茜从包袱里找出靴子，接过麦克递来的湿毯子塞进包里。她摸到了那个铁项圈，拿出来发现：锁圈被打破，铁环也已弯折。"你怎么弄开的？"

麦克蹬上靴子："溜进井口的铁匠铺，用塔格特的工具撬开的。"

这种事一个人肯定做不来，莉茜想。他妹妹一定帮了忙。"为什么还带着它？"

麦克不再哆嗦，眼里闪着愤怒的火光。"提醒我永远不能忘，"他狠狠地说，"永远！"

莉茜将铁环放回包袱里，又在底层摸到一大本书。"这是什么？"

"《鲁滨孙漂流记》。"

"那是我最喜欢的故事！"

麦克接过包裹准备上路。

莉茜想起杰伊已经说服他父亲放过麦卡什："那些看守不会

追你的。"

他定睛看着莉茜，眼里既有希望，也有怀疑。"你怎么知道？"

"乔治爵士觉得留下你是个祸害，还是眼不见为净。他在桥上撤了守卫，不想让矿工们察觉你被放走；虽然他知道你会从他眼皮底下逃跑，但也不会追你。"

一脸疲惫的麦克有所释然："谢天谢地！那我用不着担心治安官的人了？"

脱去斗篷的莉茜不禁瑟瑟发抖，但心里却暖烘烘的。"走快点儿，路上别停，"她嘱咐道，"要是在日出之前停下，你一准儿没命。"他会去哪儿？以后的日子会怎么过？

麦克点点头，接着伸出一只手。莉茜与他握了握，没想到麦克将她的手举到苍白的唇边吻了一下，随即转身离去。

"祝你好运。"她小声道。

麦克借着月光在山谷中前行，路上水洼密布，靴子踩着冰碴咯吱作响。多亏了莉茜·哈林姆的毛皮斗篷，他的身体迅速温暖过来。除了自己的脚步，周围只有沿途的流水声作伴，而他的心中高唱着自由之歌。

离詹米森堡越来越远，麦克也渐渐回味起与莉茜·哈林姆的那场怪异，甚至有些哭笑不得的遭遇。一个丝裙绣履的大小姐，顶着两个女仆花上一个钟头才打理成形的头发站在河边，看着他一丝不挂地游过河来。她肯定吓了一大跳！

上周日在教堂，她就像个不可一世的苏格兰贵族小姐，一无所知还自以为是。然而她居然有胆量接受麦克的挑战，到井下一看究竟。而就在今晚，她两次救了他的命——第一次将他拉上岸，第二次则将披风给了他。真是个不同寻常的姑娘。她用身体贴着他给他取暖，跪下身子用衬裙给他擦身：全苏格兰还有哪位小姐会为一个矿工如此尽心？麦克回忆起莉茜在井下倒入他怀中，忆起她双乳的柔软与重量。一想到有可能再也见不到她，麦克不禁一阵难过。真希望她也能找到一条出路，最终逃离这弹丸之地。她生性喜好冒险，理应拥有更为广阔的天地。

一群雌鹿借着夜幕的掩护在路边吃草，见麦克靠近便拔腿开溜，如同一伙幽灵，留下麦克孤身一人。他近乎虚脱。跑"路子"比想象中的还要伤身体。血肉之躯经过这样一番折磨，一两天内根本无法恢复。游水过河原本轻而易举，无奈碰上树倒，搞得他更加筋疲力尽。被枝子打到的头部依然疼痛难忍。

幸好今晚不用走太多路，只要到达克雷吉——六英里以外的一个煤矿村就算大功告成。他可以在母亲的兄弟艾伯舅舅家歇歇脚，天亮再上路。没有詹米森家穷追不舍，他大可以酣然入睡。

清早，就着火腿饱饱喝上一肚子热粥，然后便可以向爱丁堡进发。到了爱丁堡，只要有船愿意雇他，他一定二话不说马上登船，无论驶向哪里——管他目的地是纽卡斯尔还是北京，只要能离开就行。

想到未来的冒险，他不禁嘴角上扬。以前最远不过是到二十英里之外的科茨镇——麦克甚至没去过爱丁堡。他不住地告诉自己：就是到异国他乡他也心甘情愿，仿佛对那些地方了如指掌一般。

他沿着满布车辙的泥路向前，一股凝重感油然而生。他离开了唯一的家——一个目睹他降生，目睹他父母死亡的地方。他丢下了埃斯特——他的朋友和同伴，真希望能尽快将她也带离苦海。他丢下了安妮——教会他亲吻，也教会他如何如乐器一般摆弄她身体的表妹。

麦克也知道这是必然。打记事起，他就一直梦想着逃离。想当初他是何等羡慕小贩戴维·帕奇，如今他如愿以偿了。

他如愿以偿了。一想到自己所做的一切他便欢欣鼓舞——他逃出来了。

明天会发生什么还是未知，等待他的兴许是贫穷、苦难与危险，但至少不会在矿井下受罪，不会给詹米森家当奴隶。明天，他将是自己的主人。

行至弯道时他回头遥望：詹米森堡顶部的轮廓在月光下依然隐约可见。麦克暗下决心：绝不回头。他欣喜若狂，居然在泥路中央哼着小调，绕圈打起了转儿。

跳着跳着，他停下步子自顾自笑笑，随后沿山谷继续前行。

Part 2

伦 敦

13

夏洛克身着黑色长袍，下蹬宽腿裤，头戴红三角帽。扮他的演员奇丑无比：大鼻头，长下颌，双下巴，薄片嘴唇，一笑起来嘴只知道往一头咧。他慢悠悠走上舞台，煞有介事的德行一看就不像好人。只听他贪婪地咆哮："三千金币。"直吓得观众脊背发凉。

麦克完全入了迷。虽然他和同伴德莫特·莱利坐在剧场后排，周围依旧是鸦雀无声。夏洛克的一字一句都透着沙哑，时而嘟哝，时而咆哮，杂乱的浓眉下目光如炬。"借钱三千，三月偿还，安东尼奥立据为鉴……"

德莫特小声对麦克说："那是查理·麦克林，爱尔兰人。他杀过人，被控谋杀罪，还以应激为理由脱了罪。"

麦克几乎没怎么听。以前也知道存在着所谓的剧场与戏剧，可从未想过会是这种阵势：窒息的闷热，呛人的油灯，华丽的戏服，浓艳的妆容，最厉害的当属丰富的情感——愤怒、热恋、嫉妒、仇恨……一切都栩栩如生，牵动着麦克的心，如亲身经历一般。

当夏洛克发现自己的女儿与人私奔时，他双拳紧攥、蓬头垢面地冲上台。"你清楚得很！"他撕心裂肺地哀号，仿佛置身地狱般痛苦。当对白进行到"既然骂我是狗，那就当心我的犬牙"时，他猛地朝前一扑，仿佛要跃出舞台，整个观众席的人都不由得仰身后倒。

离开剧院时，麦克问德莫特："犹太人都这样吗？"他本人与犹太人并没什么交集，但《圣经》里多数人物都是犹太人，而且都与夏洛克大相径庭。

"我也认识几个犹太人，谢天谢地他们没有一个像夏洛克，"德莫特答道，"不过放债的基本都招人恨。借债的时候和颜悦色，到了要债的时候就没有好脸子了。"

在伦敦，尽管犹太人为数不多，却随处可见外国人的身影：有深色皮肤的亚洲船员——人称"印度水手"，有来自法兰西的胡格诺派教徒，成千上万的棕肤卷发的非洲人，当然还有很多德莫特这样的爱尔兰人。对麦克而言，这也是大城市的魅力所在。在苏格兰，所有人看起来都一个样儿。

麦克热爱伦敦。每天一早醒来，想到自己身在何处，心中便燃起由衷的喜悦。整个城市充满着各种景观与惊喜，奇人趣事应接不暇。比比皆是的咖啡馆中飘出的咖啡香气令他迷醉。各色男女身上的绚丽色彩令他目不暇接：亮黄、艳紫、鲜绿、猩红、天蓝……一群群受惊的牲口低吼着在皮鞭的驱使下穿过狭窄的街道，走向市内屠宰场，衣不遮体的孩子一群一伙在身边乱窜，要么讨，要么偷。麦克见过妓女，看过主教，也见识过斗牛和拍卖。他尝过了香蕉、姜汁饼与红酒。一切都令他兴奋不已。最令他畅快的是：他来去自由，随心所欲。

当然，他必须谋生。而谋生在伦敦绝非易事。在这里，挨饿的家庭数不胜数——乡下连年没有好收成，没吃没喝，人们只能举家逃荒。此外还有数千名织布工，都是北部新兴的机器工厂替退下来的——至少德莫特是这么说。每一份工作都至少有五个人在竞争，若是不走运，就得要饭，当扒手，卖身，要么就得饿肚子。

德莫特自己也是织工。他跟妻子带着五个孩子挤在伦敦斯皮塔福德区一套两室的房子里。为了过活，一家人还得将德莫特的工作间转租，以贴补家用。麦克就在那间屋子打地铺，与沉默的织机为伴，见证城市生活的艰辛。

两个人平时一起找工作。有时能在咖啡馆当上侍者，然而最多也就能撑一两天：麦克粗手笨脚，端盘子倒酒都冒冒失失；而德莫特骨头硬，脾气暴，时不时便会得罪客人。一日，麦克受雇到克勒肯维尔的一个大户人家做侍从，男女主人一同要求他上床陪睡，麦克第二天一大早就辞了职。今天是当搬运工，将大筐大筐的鱼搬到比林斯盖特的海滨生鲜市场。辛苦干了一天，麦克本不舍得花钱买戏票，但德莫特发誓不会让他后悔。他说得没错：这么精彩的演出，花两倍的价钱都值了！然而麦克依旧心中不安：到底要攒多久，才能存够钱把埃斯特接出来？

从剧院出来，两个人向东朝斯皮塔佛德走去。他们经过科芬园，沿途门前的妓女朝他们搭话。麦克来伦敦将近一个月，已经习惯了随处遭遇妓女搭讪。这些妓女有老有幼，有美有丑。一些打扮得像大家闺秀，剩下的都是破衣烂衫。麦克从没动过心，只是偶尔在夜晚时会渴望热情似火的表妹安妮。

海边有个叫"大熊"的酒馆，那里人声嘈杂，四壁雪白，有咖啡厅和若干酒吧，中心还围拢着个院子。在戏院里闷了那么久，两个人都有些口渴，于是决定进"大熊"喝一杯。酒馆里暖烘烘弥漫着烟气，麦克和德莫特各点了一杯啤酒。

德莫特提议："咱们到后面看看去。"

"大熊"也是个比赛的场地。麦克之前来过，知道后院经常有斗熊、斗狗、女人斗剑等娱乐赛事。如果没有比赛，老板就把一只猫丢进池塘，让四只狗去抢，逗得酒客们哈哈大笑。

今晚的节目是场有奖搏击赛，场地四周点着油灯。一个身穿丝绸西服、脚蹬带扣皮鞋的侏儒正在一群酒客中起哄："放倒'柏孟塞搏命虎'奖现金一英镑！来吧，伙计们，哪个够胆就来试试！"说着他连翻了三个筋斗。

德莫特道："我看你就能行！"

这位"柏孟塞搏命虎"身上带疤，上身赤裸，马裤重靴。他剃着光头，一看伤痕就知道身经数战。虽然他高大魁梧，不过看起来却不怎么机灵。"兴许吧。"麦克应道。

德莫特来了劲头。他一把抓住侏儒的胳膊："我说矬子，给你带来个客户。"

"参赛者登场！"侏儒大吼，人群中响起了欢呼和鼓掌声。

一英镑可不算少。对很多人来说，都够活一个礼拜了。麦克动了心："那好吧。"

人群中又是一阵欢呼。

"小心他的脚，"德莫特嘱咐道，"那靴子里可藏着铁呢。"

麦克点点头，脱掉了外衣。

德莫特又说："一进场子你就要马上提高警惕，防着他扑过来。这种比赛可没人喊开始。"

以前在井下打架时，也常常有人使这种把戏。最快的取胜方法就是抢先一步，出其不意——嘴上说什么"去隧道里打吧，那儿地方大"，实际上却趁着对手过沟时玩偷袭。

所谓的赛场其实就是绳子齐腰围起的圆形空地，间或夯几根老木桩支撑。麦克小心翼翼准备下场。他刚抬脚准备迈过绳子，"柏孟塞搏命虎"便冲了过来。

麦克早有防备，他向后撤身几步，被对手的大拳头扫到了前额。观众一阵惊呼。

他不假思索逼近战圈，在绳子下出脚踢"搏命虎"的小腿，对方踉跄几步。人群一阵欢呼，麦克听到德莫特大喊："麦克，打死他！"

还不等"搏命虎"站稳，麦克照着他的头左右各是一击，接着抡圆了膀子一记勾拳打在下巴上。"搏命虎"两眼上翻，两腿发软，摇晃着后退两步躺倒在地。

观众群一片沸腾。

比赛结束了。

麦克瞅了瞅倒地的男人：一个散了架的大块头，废铁一堆。他真希望自己没凑这份热闹。他转过身，心中有几分泄气。

德莫特把侏儒的胳膊一别："这东西溜得还挺快，想赖账！给钱，小短腿儿！一英镑！"

侏儒的另一只手从衬衣口袋里掏出一枚金币，不服不忿地给了麦克。

钱拿在手里，麦克感觉像做贼。

德莫特放开了侏儒。

一个衣着体面的大老粗突然出现在麦克身旁。"打得不错，"那人道，"经常打？"

"在井下偶尔吧。"

"我就知道你当过矿工。听好了，下礼拜六我在沙德维尔的'鹈鹕'设了局。要想试试在几分钟内挣二十英镑，我就让你跟'威尔士雄峰'里斯·普里斯打一场。"

德莫特大叫："二十英镑？！"

"他可没有这个废物这么不禁揍，不过兴许你有机会。"

麦克瞅了瞅不省人事的"搏命虎"说："不去。"

"干吗不去？"德莫特问。

搭话人耸了耸肩："要是你不缺钱……"

麦克想到自己的双胞胎妹妹还在霍克村的煤矿，每天十五个小时拼死拼活爬梯运煤，苦等着有人来信救她逃出苦海。二十英镑可以用来给她当路费，甚至还有余钱让他周六晚上消遣。

"那好吧，我去。"麦克道。

德莫特拍拍他后背："好样儿的！"

14

莉茜·哈林姆与母亲乘租用马车一路向北穿行在伦敦市区。莉茜既兴奋又欢喜：马上就能和杰伊一起看房子了。

"乔治爵士的态度简直是一百八十度大转弯，"哈林姆夫人道，"带我们上伦敦，筹备豪华婚礼，现在又答应出钱在伦敦给你们俩租房子。"

"依我看，是詹米森夫人让他改了主意，"莉茜道，"但这些都只是小恩小惠。他还是不愿意将巴巴多斯的产业交给杰伊。"

"阿丽西亚是个精明的女人，"哈林姆夫人若有所思道，"总之我没想到，在生日那天闹了那么一出之后，她居然还能说动她丈夫。"

"兴许乔治爵士不记仇呢。"

"他从来都是有仇必报——除非对他有好处。真不知他这次又看准了什么。不会是想利用你吧？"

莉茜笑了："我有什么好让他利用的？也许只是希望我能让他儿子幸福吧。"

"这点你一定能做到。我们到了。"

马车在霍尔本的教堂街停下。沿街是一排优雅的房舍，虽然不及梅菲尔和威斯敏斯特光鲜，但价钱更划算。莉茜步下马车，看了看十二号宅院。她一眼就相中了这里。建筑一共四层，配有地下室，窗户高大优雅，只可惜有两扇破窗，黑漆闪亮的前门上还写着个难看的数字"45"。莉茜刚要品评，另一辆马车也到了。杰伊从车子上跳下来。

他身着浅蓝色金钮套服，头发上系着蓝色的蝴蝶结，整个人简直秀色可餐。他亲吻莉茜，大庭广众之下，他吻得很克制。这一吻却勾起了莉茜的兴致，她盼望着之后还有更多甜蜜。杰伊伸手扶母亲下了车，敲了敲大门，一边等应门一边道："房子的主人做进口白兰地生意，要在法国待一年。"

年迈的代管人将门打开。杰伊开口便问："谁把窗子打烂了？"

"是制帽商。"大家纷纷进了门。莉茜在报纸上读到过：伦敦的制帽商正发动罢工，裁缝和磨工也加入其中。

"我真不明白，砸烂正经人家的窗户对这些蠢货有什么好处？"杰伊道。

莉茜问："他们为什么罢工？"

代管人答道："他们想改善工资待遇，小姐。这也怪不得他们，四便士一条的面包价钱已经翻了倍，让人怎么养家糊口？"

"反正往别人门上画'45'不是办法，"杰伊口气强硬，"伙计，带我们看看房子。"

莉茜很想知道这个数字的含义，但她显然对房子更感兴趣。她兴致勃勃地看遍了整个房舍，一会儿摆弄帘子，一会儿开窗。家具是新置备的，全都价值不菲。敞亮的起居室三面临窗。由于

130

久无人居，整个楼舍内散发着霉味，然而只需要彻底打扫粉刷，再置办些布艺便可重新焕发生机。

她与杰伊快走几步，赶在两位母亲和代管前上了阁楼。周围空无一人，他们进了其中一间供仆人使用的卧房。莉茜搂住杰伊，如饥似渴地亲吻他。能够独处的时间不过一两分钟，她抓住杰伊的双手放在自己的乳房上，杰伊温柔地抚摸。"再大力点儿。"莉茜趁着亲吻的间隙道，想让他双手的触感能在拥吻后留存得更久些。她的乳头渐渐硬挺，杰伊的指尖点动着衣料上的小凸起。"捏一捏。"杰伊照做。一股混杂着微痛的快感令她近乎窒息。脚步声响起，两个人慌忙气喘吁吁地分开。

莉茜转身朝一扇采光窗外看去，想借机喘口气。屋子后有个细长的花园。代管人向两位夫人展示各个小房间。"'45'有什么特殊含义？"莉茜问。

"这与那个叫约翰·威尔克斯的叛徒有关，"杰伊道，"以前他编过一本叫《北不列颠》的杂志。他在第四十五期中含沙射影，骂英王胡说八道，政府指控他煽动诽谤。这家伙逃到了巴黎，如今又跑回来煽动无知的老百姓闹事。"

"他们真的买不起面包了？"

"现在全欧洲粮食紧缺，面包价钱自然飙升。再加上美国抵制英国商品，很多人饭碗不保。"

她转过头问杰伊："这对制帽商和裁缝可都不是好消息。"

杰伊的眉头稍稍一皱，似乎并不欣赏莉茜对那些反抗者的同情。"也许你不太明白这种所谓的自由有多危险。"

"也许吧。"

"举个例子，波士顿的朗姆酒制造商想自由选择糖浆的供应地。但法律规定，他们必须从英属殖民地购买，比如我们家那块。要真给了他们选择的自由，这些人就会从法国人那里以更低的价钱购买，我们挣不到钱，就住不起这么好的房子。"

"原来如此。"可这也说不过去啊，莉茜想，但她忍住没说。

"从苏格兰的矿工到巴巴多斯的黑奴，那些阿猫阿狗兴许个个都想要自由。但上帝将权威授予我这样的人，让这些人听话。"

这当然不假。"但你就没想过为什么？"

"什么意思？"

"为什么上帝将你置于矿工和黑奴之上。"

他不耐烦地摇摇头，莉茜知道自己又越界了。"这些事女人是不会明白的。"

莉茜抓着杰伊的胳膊，试着安慰道："杰伊，我喜欢这房子。"衣衫之下他刚刚触碰过的地方还依旧硬硬的。她压低声音："我恨不得马上跟你搬进来，每晚都厮守在一起。"

杰伊笑了："我也是。"

哈林姆夫人同詹米森夫人一起进了屋。哈林姆夫人的目光落在女儿的前胸，莉茜这才意识到乳头隐隐现了形。母亲显然猜到是怎么回事，她紧皱眉头表达不赞成。莉茜全然不在乎，反正就快结婚了。

阿丽西亚道："莉茜，这房子你喜欢吗？"

"喜欢极了！"

"好，那就归你们了。"

莉茜心花怒放，杰伊也捏了捏她的胳膊。

哈林姆夫人道："乔治爵士真是太慷慨了，真不知该如何感谢他。"

"还是谢谢我母亲吧，"杰伊道，"有了她我父亲才有了点做父亲的样子。"

阿丽西亚瞅了儿子一眼，但莉茜看得出，她并没有真生气。阿丽西亚母子感情显然极好，莉茜甚至有几分嫉妒，但也没往心里去：无论是谁，都无法抗拒杰伊的魅力。

一行人准备离开。代管人在门外徘徊恭候。杰伊告诉他："明天我去见屋主的律师拟定租约。"

"好的，先生。"

下楼时，莉茜突然想起件事，对杰伊道："对了，给你看看这个！"她特意留下了在街上捡的传单，从口袋里取出来递给杰伊。上面写着：

绅士玩家请看看

大型精彩赛事

将于沙德维尔附近"鹈鹕"酒馆上演

脱缰野牛身载焰火，后有恶犬

威斯敏斯特雄鸡相争

东市场双雄对阵

奖金五镑

七女精彩棍棒混战

另有

终奖二十镑徒手较量

"威尔士雄峰"里斯·普里斯

对阵

"矿山杀手"麦克·麦卡什

下周六下午三点

准时开战

"你觉得怎么样？"莉茜有些迫不及待，"这一定是霍克村的马拉奇·麦卡什，对不对？"

"原来他跑去干这个啊，"杰伊道，"打架赢奖金，还不如在我父亲矿上干活儿。"

"我还没看过这种比赛呢。"莉茜娇嗔道。

杰伊笑了："当然了！那可不是姑娘家去的地方。"

"矿井也不是，可你还是带我去了。"

"的确，而你差点被炸死。"

"我还以为你愿意带着我冒险呢。"

哈林姆夫人听到他们的对话："怎么了？冒什么险？"

"我想让杰伊带我看有奖搏击赛。"莉茜说道。

"别胡闹了。"母亲回答。

一时间杰伊似乎失去了冒险的勇气，莉茜有些失望。不过也不打紧。如果他不答应，她就独自前往。

莉茜整了整假发和帽子，对着镜子照了照。一个翩翩少年正从镜子里看着她。乔装的秘诀在于那一抹煤灰——它可以掩饰双颊、脖颈、下巴和上唇的娇嫩肌肤，假装剃须后的阴影。

身上就容易了。厚重的马甲可以遮盖胸部，外衣的长尾能掩饰后臀，齐膝的长靴可以隐藏起腿肚子。再加上帽子和男士假发，伪装就大功告成。

她打开卧室门。母女俩住在乔治爵士位于格洛夫纳广场的公寓。哈林姆夫人正在午休，莉茜仔细聆听着脚步声，以防有詹米森家的仆人经过。没有动静。她蹑手蹑脚下了楼梯，从后门小路溜了出去。

时值冬末，空气清冷，阳光明媚。到了街上，莉茜提醒自己走路要有男人的样子——要大大咧咧，大摇大摆，好像整条路都是他家的一样，谁敢不满就跟谁横。

她不可能一路大摇大摆走到沙德维尔。那个地方位于伦敦东侧，要横跨整个市区。她拦了一顶轿子，不是像姑娘一样轻柔挥手，而是像男人一样大招大揽。轿夫停下轿子，莉茜清清嗓子，朝水沟里吐了口唾沫，用沙哑低沉的声音道："带我去'鹈鹕'酒馆，麻利点儿！"

莉茜还从未到过如此偏远的伦敦地界。他们一路穿过房屋低矮的街道，周围是阴湿的小路，泥泞的海滩，简陋的码头，破烂的船库，围栏高耸的木材场，还有荒凉上锁的仓库。轿子停在海滨一处酒馆外，招牌上画着一只模样粗糙的鹈鹕。院里人声嘈杂：有系颈巾穿靴子的工人，有穿马甲的绅士，有围披巾穿木鞋的女人，还有几个浓妆艳抹、袒胸露乳的女人，莉茜猜想一定是妓女。周围没有一个哈林姆夫人所谓的"淑女"。

她交了入场费，左推右搡挤进吵嚷的人群。这里汗味刺鼻，伴随着久未沐浴而散发的体臭。她既兴奋又得意。那些女斗士正在对战，好几个已经退场：一个坐在板凳上抱着头，另一个正在给腿上的伤口止血，还有一个平躺在地，任凭伙伴们怎么呼喊还是不省人事。剩下的四个人还在绳子围起的场内周旋，用三英尺长的木棍相互攻击。所有人都赤裸着上身，光着脚，腰上缠着破布，脸上身上满布瘀伤与疤痕。一百多号观众正为自己所中意的选手打气，很多人还下了注。那几个女人用尽全力挥舞着棍子，一招一式都下了死手。每每有人击中要害，男人们便高声欢呼。莉茜越害怕却越想看。很快，另一个女人头部受到重击，倒地不醒。泥地里半裸的身躯一动不动，令莉茜不忍直视，她转过身。

她进了酒馆，用拳头敲敲柜台对酒保道："给我来杯烈性啤酒。"能如此趾高气扬真是太畅快了。要是她一身女人打扮说出同样的话，所有跟她说话的男人都会对她加以指滴，连酒保和轿夫也不例外。可一换上马裤，一切都变得理所应当了。

酒吧里回荡着烟灰和啤酒的气味。她坐在角落里小口嘬着啤酒，纳闷着自己干吗要来这种地方。这里充斥着暴力与残酷，她这俨然是在玩火。要是被这些亡命徒发现她是上流社会的大小姐女扮男装，那会怎么样？

之所以会来，一部分是出于无法抑制的好奇心。越是被禁止的东西，莉茜越是跃跃欲试，从小就是如此。别人一句"那可不是姑娘家去的地方"就像是公牛面前摇晃的红布。哪扇门上写"禁止入内"，她便忍不住要上前推开看看。莉茜的好奇心就像性欲一样旺盛，她无法抑制，正如她忍不住亲吻杰伊一样。

然而最主要的原因是麦卡什。这个人一向很有个性，小时候就与众不同：他很有主意，不服管教，总是质疑权威。长大成人的他更是实现了自己的诺言：他公然与詹米森家作对，成功逃离苏格兰——真正做得到的矿工没几个，他千辛万苦到了伦敦，如今又当上了搏击手。下一步又会有什么打算？

乔治爵士总算识时务，放走了麦卡什。正如杰伊所言：一些人天生高人一等做主子，那是上帝的旨意。可麦卡什绝不会认这个命，要是继续留在村子里，他肯定会继续闹事。他有一种天生的号召力，越来越多的人愿意追随他：那强健的身躯所显现的自信，倔强高昂的头颅，如炬的目光……莉茜自己也深深体会到那种吸引：正是这股力量将她带到这里。

一个涂脂抹粉的女人在她身边坐下，冲着她挤眉弄眼。厚厚的脂粉遮挡不住她脸上的沧桑与疲惫。莉茜想，居然有妓女找上门，她的乔装得多么天衣无缝啊。但这个妓女并不好糊弄："我知道你什么来头。"

女人的眼光比男人犀利得多，莉茜暗想。"别告诉别人。"她悄声道。

"给我一先令，我拿你当男人伺候。"女人道。

莉茜不解其意。

"你这样的我见多了，"她继续说道，"富家小姐喜欢扮爷们儿。我家有根粗蜡，捅着正合适，懂我意思吗？"

莉茜明白了她的用意。"不用了，谢谢，"她笑着说，"我来不是为那个。"她从口袋里掏出个硬币，"给你这一先令，买你保守秘密。"

"祝您好人好报，小姐！"说完妓女转身离开。

换了行头可以学到很多新鲜事，莉茜想。她自己做梦也想不到妓女还会专为喜欢扮男人的女客准备特殊的"道具"。在家做大家闺秀可无从知道这种事情，除非溜出上流社会，自己出门闯荡。

院子里响起一阵欢呼，想必是院子里的恶战已决出了胜者——坚持到最后一刻的女斗士。莉茜手臂垂在体侧，大拇指勾着杯沿儿，像大老爷们儿一样拿酒杯进了院子。

女斗士们一个个不是踉踉跄跄，就是被扶着离开，压轴戏即将开场。莉茜一眼认出了麦卡什。绝对错不了：尤其是那对摄人心魄的绿眼睛。他已洗净了一身的煤尘，头发居然也变齐整了。麦克站在圆场边上，正和另一个人说话。他朝莉茜这边看了好几眼，但没有认出她，脸上的表情如破釜沉舟一般。

他的对手"威尔士雄峰"里斯·普里斯的确名副其实。莉茜从没见过像他这么大的块头儿。他的个头比麦克高出一大截儿，长得红扑扑厚墩墩，鼻子有点歪——显然是之前被打伤过好几回。那张脸透着一股凶邪之气，令莉茜不禁感叹是怎样的勇气或蛮勇才会让人心甘情愿下场面对这样一只怪兽。她替麦克担心：他也许会被打残，甚至丢了命，想到这里她不禁毛骨悚然。莉茜不想目睹那副惨状。她想离开，却又挪不动步。

比赛即将开始时，麦克的朋友与对手普里斯的助手发生激烈争执，声音越吵越高。莉茜听明白了大概：争执与普里斯的靴子有关。麦克的助手操着爱尔兰口音据理力争，坚持双方赤脚上阵。围观的人群徐徐拍掌，催促比赛赶紧开始。莉茜盼望着比赛能临时取消，然而未能如愿。经过激烈的讨论，普里斯脱掉了靴子。

没有任何信号，比赛骤然打响。两个人像野猫一样朝彼此猛扑，又是踢，又是打，又是撞，动作之快令莉茜难以分辨。人群中爆发出阵阵欢呼，她这才意识到原来自己也在尖叫。莉茜连忙捂住嘴。

最初的乱局只持续了几秒钟：首轮攻势太过猛烈，注定不会持久。两个对手分立开来，周旋中陷入僵持。他们的拳头横在脸前，用胳膊护住身体。麦克的嘴唇肿得老高，普里斯的鼻子也挂了彩。莉茜害怕地咬住指头。

普里斯再次发动进攻，这次麦克巧妙地向后一躲，接着突然上步给了普里斯脑侧一记重拳。砰的一声，仿佛是一记重锤敲在顽石之上，莉茜不禁紧皱眉头。围观者欢呼雀跃，而普里斯略显迟疑，仿佛一拳被打蒙了，想必是为麦克的力量吃了一惊。莉茜看到了一丝希望：也许他真能赢这个傻大个儿。

麦克跃步躲出对手的袭击范围。普里斯像狗一样摇头晃脑，然后把头一低，冲过来就是一通乱打。麦克闪转腾挪，一只脚重重踢在普里斯腿上，但普里斯依然得以将麦克困住，让他吃了几记重拳。麦克又一拳狠狠打在普里斯脑侧，阻止了普里斯的进攻。

类似的回合打了一个又一个。只听场边的爱尔兰人大喊："麦克，往死里打！别给他机会翻身！"莉茜这才发现：每次一出重拳，麦克都会收手撤身，让对手喘口气；而普里斯则不然，他一拳快似一拳，逼得麦克不得不反击。

又鏖战了十分钟后，铃声响起，双方停战休息。莉茜总算松了一口气，仿佛置身圆场的人是她自己。两个搏击手分别坐在场地两边的板凳上，有人端来了啤酒。一个助手拿来普通的缝布针，给普里斯缝合耳朵上的伤口，吓得莉茜赶紧把头转开。

她试着不去想麦克所受的伤害，试着将整场恶斗当作一场单纯的比赛。麦克比对手更灵敏，出手也更准，但他不够狠，也没有残杀对手的嗜血本能。他必须爆发才行。

再次回到场上，两个人的动作都慢了下来，但对抗的模式并没有变：普里斯出击进攻，麦克腾挪躲闪，普里斯逼近，对个两三拳，然后被麦克一记右拳放倒。

很快，普里斯被麦克揍成了独眼龙，腿也被踢得一瘸一拐。而麦克的嘴角和一只眼周也血流不断。他们越打越慢，也越打越残酷。双方已没有力气灵活躲闪，挨揍时也显得麻木不仁。究竟还要你死我活地打多久？莉茜不明白：为什么她会这么在意麦克？她告诉自己，换作别人，她也会一样牵挂。

再次休战，那个爱尔兰人跪在麦克的板凳旁边急切地说着什么，并且不时挥动拳头强调重点。莉茜猜测，可能是告诉麦克要下死手。连她都看得出：要拼力气和精力，普里斯准赢，因为他比麦克个儿大，更狠。难道麦克自己就看不出？

比赛再次开始。看着两个人相互击打，莉茜想起当年年仅六岁，在高地庄园草坪上玩耍的小麦克。那时麦克的对手是莉茜。她还记得自己猛揪麦克的头发，疼得他直哭。想到这里，莉茜不禁眼眶湿润：当年的小男孩如今却落到这步田地。

一系列变化连续在场上发生：一下，两下，三下，麦克朝对手连出三拳，对方的大腿也挨了一脚，整个人站立不稳。莉茜本以为普里斯会就此倒下，从而结束比赛，然而麦克再度后撤，等待对手垮掉。场边的助手和嗜血的观众大声叫嚷着，要他趁机结果了普里斯，但他完全不理会。

让莉茜沮丧的是普里斯还是站了起来。他突然卷土重来，照着麦克下腹就是一拳，打得麦克弯下腰呼呼直喘。普里斯出其不意，使出浑身力气用头猛撞。听到头颅刺耳的碰撞声，所有人都不由得倒吸一口凉气。

麦克摇摇晃晃，几欲摔倒，普里斯一腿踢在麦克脑侧。他两脚一软躺倒在地，普里斯冲着他的头又是一脚。麦克没动。莉茜大喊着："快放开他！"普里斯丧心病狂地不住猛踢，直到双方助手将他拉走。

普里斯一脸茫然，似乎不太明白：为什么刚才尖声大叫，叫嚣着要见血的人如今却让他停手。不一会儿他回过神，举起双手表示胜利。他活像一只哈巴狗，为讨主人欢心而沾沾自喜。

莉茜生怕麦克会没命。她推开人群进了圆场。麦克的助手跪倒在他旁边，莉茜俯下身子，心简直提到了嗓子眼儿。他双眼紧闭，但还有呼吸。"谢天谢地。"莉茜道。

爱尔兰人看了她一眼，没说话。莉茜担心麦克身上会留下永久损伤——过去的半个小时内，他挨的打比多数人一辈子挨的还要多，还要重。要是人醒来成了个口水横流的傻子可怎么办？

麦克睁开了眼睛。

"感觉怎么样？"莉茜关切地问。

他再次闭上眼睛，没有回应。

爱尔兰人看着她道："你是什么人？给这小子唱曲儿的？"她这才发现，自己忘了变声。

"我是他朋友。咱们扶他进去吧，不能让他躺在泥地上。"

那人迟疑了片刻："好吧。"他从腋下环抱住麦克，两个看热闹的一人抓起一条腿把人抬起。

莉茜在前面带路进了酒馆。她拿出最傲慢的男人派头："快！店主，给我这里最好的房间。"

一个女人从柜台后出来试探道："哪个出钱？"

莉茜掏出一块金币。

"这边走。"

女人带他们上了楼，进了一间临院的卧室。房间很干净，四柱的大床收拾整齐，还摆着一方毛毯。几个人把麦克放到床上。莉茜嘱咐女店家："把火生旺，给我们拿点法国白兰地。这附近有没有大夫能给他治伤？"

"我去请塞缪尔斯医生。"

莉茜坐在床边。麦克简直面目全非，肿胀的脸上不住地淌血。她替他解开衬衣，只见胸前也满是瘀青和擦伤。

帮忙的人一走，爱尔兰人道："我叫德莫特·莱利，麦克是我家房客。"

"我是伊丽莎白·哈林姆。我跟麦克从小就认识。"莉茜不打算解释为什么自己女扮男装，随莱利怎么想。

"他应该伤得不重。"莱利道。

"得给他清洗伤口。麻烦你要一盆热水来。"

"好吧。"莱利离开房间，只剩下莉茜与不省人事的麦克。

她凝视着麦克的身体。他的呼吸十分微弱。莉茜迟疑着把手放在他胸脯上。他的肌肤温暖厚实。她轻轻按压，感受着他平稳有力的心跳。

莉茜喜欢麦克的触感。她的另一只手放在自己的前胸，对比着自己的柔软与麦克的坚实。她摸摸麦克的乳头，又小又软，她自己的则更大更硬。

麦克睁开眼睛。

莉茜心虚地连忙把手抽回。她自问，我这究竟是在干什么？

麦克茫然地望着她："我这是在哪儿？你是谁？"

"你参加搏击赛，输了。"

麦克怔怔地看了她几秒，终于笑了。"莉茜·哈林姆，你又扮男人了。"话语间听不出半点异常。

"谢天谢地，你没事！"

他别有意味地看着她："多谢关心，你可真……好。"

莉茜有点难为情。"我也不知道为什么。"她气呼呼道，"你只是个挖煤的，不知道天高地厚……"说着，眼泪居然扑簌簌掉了下来。她不住地哽咽："眼看着自己的朋友被人打成肉泥，心里别提多难受了。"

眼看着流泪的莉茜，麦克陷入了迷惘："莉茜·哈林姆，什么时候我才能弄懂你？"

15

有了白兰地，当晚麦克的痛苦减轻了许多。然而第二天清早一醒来，疼痛再次来袭。从头到脚，凡是有知觉的地方都疼得要命：踢里斯·普里斯时用力过猛，他脚趾发酸；持续的头痛也让他痛苦不堪，连头顶都发麻。破碎的梳洗镜片里一张脸满是伤痕，别说梳洗剃须，连碰一碰都受不住。

但他的精神头还很足。莉茜·哈林姆总能让他鼓起劲儿。她的勇气和冲劲让一切都变得可能。接下来她又想做什么？一认出床边坐着的那个人，麦克恨不得一把将她揽在怀里。但他提醒自己：这样一来，这段奇特的友谊也就结束了。这个大小姐可以大大咧咧，不守成规，可以跟小狗打打闹闹，可一旦小狗张口咬了主人，便会被丢进院子，无人问津。

莉茜说过，她很快就要嫁给杰伊·詹米森。麦克本想骂她傻瓜，可还是管住了自己的嘴。莉茜的婚事与他无关，他也不想冒犯她。

德莫特的妻子布里吉特准备了咸粥作为早餐，麦克和孩子们一起吃。布里吉特大约三十来岁，以前光彩照人，如今却满目倦容。吃过早饭，麦克和德莫特一起出门找工作。出门时布里吉特嘱咐道："记得挣点钱回来。"

这天不太走运。他们在伦敦的菜市场转了一大圈儿，运鱼、运酒、运肉食的都找过了，无奈僧多粥少。到了中午，两人已知在市场没了指望，决定到西区的咖啡馆碰碰运气。后晌将近，一股虚弱感席卷全身，仿佛已劳作了一整日，然而却没钱入账。

他们拐进河岸边的街道，一个瘦小的身影嗖的一下从巷子里蹿了出来，活像一只欢脱的兔子，跟德莫特撞了个满怀。来者是个十二三岁、一脸惊慌的小姑娘，她破衣烂衫，骨瘦如柴。德莫特哼哼了一声，仿佛漏了气的皮球。那孩子吓得一声尖叫，打了个趔趄才勉强站住。

在她身后追来个大块头小子，差一点就抓住了她。他的衣服貌似不便宜，却穿得邋里邋遢。小姑娘闪开继续跑，然而脚下一滑摔倒在地，被大块头死死按住。

她吓得大叫不停。大块头气不打一处来，抓起弱不禁风的女孩，一拳揍在她头上。女孩倒地，又被他飞起的靴脚猛踹在前胸。

麦克本已对伦敦的街头暴力司空见惯——无论男女老幼，动不动便有人当街动拳头，为的不过是点儿到处都买得到的便宜酒。然而壮汉对着个孩子下死手，这还是第一回碰到，仿佛当真想要她的命一样。经历了与"威尔士雄峰"的对战，麦克伤痛未愈，原本不想打架，但他实在无法袖手旁观。大块头又想起脚，被麦克一把抓住拽了回去。

大块头转过身，人比麦克高出大半个头。他伸手猛怼麦克前心，麦克不由得连连后退。那人又转向女孩，只见她挣扎着站起身，却被大块头一记大耳光打飞。

一见女孩流了血，麦克抓住大块头的领子和裤裆，把他拎起来离开地面。男人恼羞成怒，一边吼叫，一边激烈地挣扎，可依旧被麦克举过头顶。

德莫特怔怔地看着麦克不费吹灰之力搞定对手，说道："乖乖！你可真有把子力气！"

"少拿你的脏手碰我！"那个男人怒吼道。

麦克把人放下，一只手仍扣着那人的腕子："别招惹那孩子！"

德莫特搀女孩站起身，轻轻扶着不让她摔倒。

"这死丫头偷东西！"男人狠狠道。他还想纠缠，然而见麦克脸上青一块紫一块，一副打架不要命的架势，最终还是作罢。

"就为这点事儿？！"麦克质问道，"瞅你踹她那架势，我还以为她犯了什么杀头的罪呢！"

"她犯什么罪关你什么事？"男人这阵子缓过气来。

麦克放开他说道："不管她干了啥，反正你也出了气了。"

大块头看看他说："一看你就是新来的，有把子力气。可如果跟她这类人混在一起，在伦敦你也混不久。"说完他转身悻悻离开。

那小姑娘道："谢了，苏格兰佬，你可救了我的命了。"

麦克一开口，人们就知道他的来处。来伦敦之前，他对自己的口音浑然不觉。在霍克村，所有人都一个腔调——即便是詹米森家的人也多多少少带点苏格兰味儿。到了伦敦，简直就像刻在脑门儿上似的。

他望着小姑娘。她一头黑发参差不齐，原本俊俏的小脸儿被打得瘀青带血。虽是一副孩子的身躯，眼里却透着成熟与精明。

小姑娘提防地看着麦克，显然在纳闷他在打什么主意。"你没事儿吧？"麦克问。

"我疼，"她扶着侧腰道，"你要弄死那天杀的浑蛋就好了。"

"你怎么惹他了？"

"我趁他操科拉的时候掏他腰包，被他逮着了。"

麦克点点头。他也听说过妓女拉客有时还有同伙顺手牵羊。"想喝点什么不？"

"要能来杯杜松子酒，让我亲教皇的屁股也成啊！"

麦克觉得新鲜，从没听过有谁这么说话，更何况还是个不大点儿的丫头，真不知是该觉得吃惊还是好笑。

"大熊"就在马路对面。麦克就是在那儿赢了"柏孟塞搏命虎"，从个侏儒手里赢了一英镑。三个人过马路进了酒馆。麦克买了三杯啤酒，与同伴找了个角落。

小姑娘几口就灌完了自己那杯，喝完道："花格佬，你人不错。"

"我叫麦克，这位是德莫特。"

"我叫佩吉。他们都叫我'快手佩哥'。"

"想必是因为你灌酒的能耐。"

小姑娘咧咧嘴说："这城里，你要是不喝快点儿，酒就被别人抢了。你打哪儿来，花格佬？"

"霍克村，离爱丁堡五十英里远。"

"爱丁堡在哪儿？"

"苏格兰。"

"有多远？"

"我坐了一个礼拜的船，一路沿海岸来到这儿。"这一个礼拜可不好过。麦克吃不消海上颠簸——在陆地的矿井待了十五年，一望无际的大海令他腿脚发软。可不管晴天雨天，他都得爬桅杆绑绳子。水手是肯定当不了了。"要是坐驿站马车的话，得走十三天呢。"他继续说道。

"干吗不在那儿待了？"

"为自由。我是跑出来的。在苏格兰，矿工都给人当奴隶。"

"跟牙买基的黑人一样？"

"你对'牙买基'知道得比苏格兰清楚得多嘛。"

小姑娘不服不忿："那又怎样？"

"没什么，只是苏格兰离得更近。"

"我知道。"麦克知道这不是实话。她只是个小姑娘，尽管有点逞能，但依旧惹人怜爱。

一个女人上气不接下气地问道："佩哥，你没事儿吧？"

麦克一抬头，只见一个身穿橘黄色裙子的年轻女人来到桌前。

佩哥道："嗨，科拉！我被白马王子救了。就是这个苏格兰来的花格佬麦克。"

科拉冲麦克笑道："多谢你帮忙。你这脸不会是救人时伤的吧？"

麦克摇摇头："那是另一档子事儿。"

"我请你喝杯杜松子酒吧。"

麦克更喜欢啤酒，他刚要拒绝，只听德莫特道："行啊，那谢谢了。"

麦克眼看她去了吧台。这女人约莫二十来岁，天使一般的面容，一头火红的头发。这么漂亮的姑娘年纪轻轻就当了妓女，想来真是不可思议。他问佩吉："就是她上了追你的那个人，是不是？"

"要在平时也用不着干那么齐全，只要引到巷子里，等他脱了裤子，硬了老二，也就差不多得手了。"

"而你就拿了他的钱包开溜。"德莫特接话道。

"我？少胡扯！老娘可是王后内侍。"

科拉端酒坐在麦克身旁。她身上的香水味浓郁刺鼻，余调中透着桂皮味与檀香。"你在伦敦做什么？"

麦克望着她迷人的脸庞："找工作。"

"找着了吗？"

"不太走运。"

科拉摇摇头："今年冬天操蛋得很！冻得人半死不活，连面包都吃不起。像你这样的人特别多。"

佩哥插话道："两年前，我爹也是为这个才当了贼，只可惜他没那个本事。"

麦克恋恋不舍地转过头问佩哥："他怎么了？"

"套了治安官的箍儿。"

"啊？"

德莫特解释道："被绞死了。"

"哎呀，真对不起。"麦克说道。

"少在那儿恶心人，你个浑蛋，真晦气！"

见佩哥不好惹，麦克赶忙退让："好吧，好吧，我不说了。"

科拉道："你要是想找工作，我倒认识个招工的，他想找搬运工卸船。活儿很重，也就只有年轻人做得来。他们尤其愿意招外地人，没那么多怨言。"

"啥工作都行。"麦克想到了埃斯特。

"卸煤工的事儿都归沃平区的酒馆儿老板管。其中'太阳'酒馆的西德尼·莱诺克斯跟我认识。"

"他人好吗?"

科拉跟佩哥都笑了。科拉道:"他是个一句真话没有、坑蒙拐骗、笑里藏刀、围着酒瓶转的丑八怪。这帮人里头没一个好东西,可又能怎么办?"

"能带我们去吗?"

"是好是歹可都算你的啊。"

木质的船舱里充斥着汗臭与煤灰,令人几乎窒息。麦克站在煤堆上,挥动宽铁锹,规律地铲起一堆堆煤块。这活儿可真够呛。麦克胳膊酸痛,挥汗如雨,心里却美滋滋的。他年轻力壮,工钱也不错,再也不用给他人当奴隶了。

和他一起的还有十五个人,一个个埋着头,骂骂咧咧边干活儿边开玩笑。他们多数都是原本在爱尔兰务农的年轻小伙儿——那些城里人腰软肚硬,干这种活儿根本不中用。三十岁的德莫特已经是一伙儿人中最年长的一个。

麦克似乎总也摆脱不了煤炭。但有了煤,世界才得以运转。麦克一边干活儿,一边琢磨着这些煤的去向:伦敦家家户户的起居室都要生火取暖,成千上万的厨房要烧火做饭,面包房的烤炉和啤酒厂也需要燃料……城市对于煤炭的需求似乎无穷无尽。

周六下午,来自纽卡斯尔的"黑天鹅号"几乎要卸载一空。盘算盘算今晚能领到的工钱,麦克不由得心花怒放。这已经是本周卸空的第二艘船,每次二十袋煤,一伙人共挣十六便士,每人一便士。一个壮汉挥着大铁锹，两分钟就能搬一袋煤。这样算来，一个人少说也能赚六镑。

然而工钱里也要扣开销。中间人或许是包工头西德尼·莱诺克斯总是往船上送大量的啤酒和杜松子酒给工人们喝，让他们补充因出汗流失的水分。可他送来的太多，而工人们有多少就喝多少——杜松子酒也是一样，结果一天下来总要出点事故。酒不能白喝，所以麦克也不知道今晚在"太阳"酒馆排队能领到多少钱。然而，即便扣得只剩下一半——这还是保守的估计，余下的钱仍是矿工一个星期工钱的两倍。

以这个速度，再过几个星期，他就能攒够钱接埃斯特出来。兄妹俩就再也不用当奴隶了。想到这里，麦克的心里不由得一阵悸动。

在德莫特家一安顿下来，麦克就给埃斯特去了信。埃斯特回信说，大家都在讨论他逃走的事。年轻的工人试着向英国议会上书请愿，抗议奴役矿工。安妮已经嫁给吉米·李做了妻子。想起安妮，麦克不禁生出几分悔意：以后再也不能跟她在草丛中嬉戏打闹了。不过，吉米·李是个好人。也许请愿能带来些变化，兴许吉米和安妮的孩子也能拥有自由。

最后剩下的一点煤也铲进袋子里堆放好，准备运上岸存放在煤场。麦克伸展伸展酸痛的后背，把铁锹扛在肩上。甲板上寒风凛冽，吹得他直打晃。他套上衬衫和莉茜·哈林姆给他的大斗篷。工人们和最后一批煤包一起上了岸，然后步行到"太阳"酒馆领工钱。

"太阳"酒馆十分简陋，常有水兵和码头工人光顾。底层地面泥泞不堪，脏兮兮的桌椅板凳破破烂烂，冒烟的火堆也没有多少热乎气儿。老板西德尼·莱诺克斯生性好赌，店里总也少不了各式各样的赌局：扑克、骰子或者是某种复杂的下注比赛。唯一还说得过去的是黑人厨子"黑玛丽"。她做的海鲜肉炖又辣又好吃，客人们赞不绝口。

麦克和德莫特一早就来了。佩哥正跷着二郎腿坐在吧台，一口一口嘬着塞有弗吉尼亚烟草的土烟斗。她就在"太阳"酒馆吧台的角落里打地铺。莱诺克斯既是中间人，也管收赃。佩哥往火堆里吐了口痰，一见是麦克便兴冲冲叫道："哟，花格佬！又英雄救美了？"

"今天没顾上。"麦克笑道。

黑玛丽从厨房门后伸出头来，笑嘻嘻问："伙计们，来碗牛尾汤？"黑玛丽带着低地国①口音，听人说她以前是荷兰船长的奴隶。

"给我两大桶就行。"麦克道。

黑玛丽乐了："饿断腰了吧？干活儿太累？"

"活动活动筋骨而已。"德莫特道。

麦克没钱买晚饭，不过莱诺克斯同意让工人们赊欠，结算工钱的时候再扣。麦克打定主意：今晚过后，无论买什么一定要现给钱——他不想欠债。

他坐在佩哥旁边说笑道："今天生意怎么样？"

佩哥倒是一本正经："我跟科拉下午撞上个有钱的老家伙，晚上不用开工。"

跟小偷交朋友感觉怪怪的。他知道佩哥入行的原因——不偷

---

① 对欧洲西北沿海诸国（荷兰、比利时、卢森堡，广义亦包括法国北部及德国西部）的统称。

就得饿死。然而麦克还是觉得别扭——也许是母亲的影响在作祟，他内心仍有一丝排斥。

佩哥弱不禁风，骨瘦如柴，有一双灵动的蓝眼睛，然而骨子里却是久经风雨，铁石心肠——一切都源于她的遭遇。也许坚强的外表只是一种伪装，伪装之下的她依旧是个惊慌失措、无依无靠的小姑娘。

黑玛丽端上汤盘，汤里还漂着几只牡蛎，随汤配着一大块面包和一大杯啤酒。麦克狼吞虎咽地吃起来。

其他的卸煤工也陆续到达，然而依旧不见莱诺克斯的踪影。这就怪了：以往他早就跟客人赌上了——要么打牌，要么掷骰子。麦克盼着莱诺克斯早点现身，他迫切地想知道这周的收入如何。也许他故意姗姗来迟，想让工人们在酒馆多花点钱。

过了一个多钟头，科拉也来了。她一身镶着黑边的芥末黄套服，还是那么光彩照人。男人们纷纷跟她打招呼，她却径直坐到麦克身边。"听说你下午赚了一大票。"麦克道。

"碰上个老糊涂，"科拉道，"小菜一碟。"

"你最好给我讲讲，省得以后我也吃亏。"

科拉撩了麦克一眼："姑娘碰上你，肯定不会要钱的。"

"那也给我说说，我想知道。"

"最简单的方法就是找个有钱的醉鬼下手，钓他上钩，引他到没人的地方，拿了钱就跑。"

"今天也是这么干的？"

"今天的更简单。我们找了个空房子，给了看门几个钱。我假装怨妇，佩哥扮我的女仆。我假装住那儿，把他骗进屋儿，脱了他衣服，把他哄上床。然后佩哥突然冲进屋，嚷嚷说我'丈夫'突然回来了。"

佩哥笑道："可怜的老东西，你真该瞅瞅他那张脸，他都吓傻了，哆哆嗦嗦往壁橱里钻！"

"我们拿了他的钱包和手表开溜，还顺走了他所有的衣服！"

"没准儿他这会儿还在橱子里呢！"佩吉跟科拉一阵大笑。

工人们的妻子也陆续来到酒馆。很多人还带着孩子——要么是怀中嗷嗷待哺的婴儿，要么是抓着母亲裙裾的小童。一些人还带着些许青春的艳丽与神采，其他人则疲惫不堪，面黄肌瘦——一看便知饱受醉酒丈夫的暴力虐待。想必她们都想赶在丈夫喝光输尽之前见点现钱。布里吉特·莱利也带着五个孩子来了，和麦克他们坐在一起。

莱诺克斯终于在午夜现身。

他拎着个大皮包，里面装满了钱币，还有一对手枪——应该是用来防身的。多数工人此时已经喝得醉醺醺。一见莱诺克斯，人群中爆发出一阵欢呼，仿佛迎接凯旋的英雄一般。麦克心中一阵鄙夷：明明是自己应得的工钱，干吗要对他感恩戴德？

莱诺克斯是个三十来岁的大老粗，一对齐膝的皮靴，光膀子挎着法兰绒马甲。长年搬运啤酒烈酒让他练出了一身的腱子肉。他嘴角撇着，露出一脸奸邪。莱诺克斯身上有股奇特的味道，甜腻腻好像烂熟的果子。他一从身边经过，佩哥不由得一哆嗦——连她也害怕这个人。

莱诺克斯拉了张桌子在墙角，放下包，手枪摆在一旁。一屋子男男女女立马围上来。他们推推搡搡，生怕没轮到自己钱就发完了。麦克站在人群后：为点自己应得的工钱上蹿下跳，这个人他可丢不起。

骚动中只听莱诺克斯大声道："这周每人挣得一镑十一便士,酒钱另算。"

麦克还以为自己听错了。他们辛辛苦苦卸了两艘船,怎么着也有一千五百笔——那就是三万多袋煤。这么一算,每个人少说也能赚六英镑左右。怎么会扣得只剩下一镑多?

工人们唉声叹气一阵失望,然而却没有一个人质疑。莱诺克斯正欲点算,麦克开口道:"等等,你这数字是怎么算的?"

莱诺克斯一脸阴沉地盯着麦克:"你们卸的煤一共是一千四百四十五笔,不算开销,每人挣得六英镑五便士。扣掉每天十五先令的酒钱——"

"什么?!"麦克打断道,"一天十五先令?"那可是全部工钱的四分之三啊!

德莫特·莱利也小声议论着:"这他妈就是打劫!"虽然他的声音不大,但很多人都表示赞同。

"我出价每人每船十六便士,"莱诺克斯继续道,"另外还有十六便士犒劳船长,每天六便士的租锹钱——"

"租锹钱?!"麦克火冒三丈。

"麦卡什,你是新来的,不懂这里的规矩,"莱诺克斯气恼道,"所以赶紧把臭嘴闭上,别给我找事儿,不然谁也别想拿钱!"

麦克怒不可遏,但理智告诉他莱诺克斯并非一时兴起搞出这些个花样儿:显然,一切都经过了精心计算,工人们只能乖乖接受。佩哥揪了揪麦克的袖子,小声道:"别闹事,花格佬,莱诺克斯不会让你好过的。"

麦克耸耸肩膀,一声不吭。然而,他的抗议却引起了其他人的共鸣。德莫特·莱利开口道："我可没喝那么多！"

他的妻子赞成道："就是！"

"我也没有，"另一位工人道，"谁喝得了那么多？那么些啤酒，喝完早就炸了！"

莱诺克斯怒道："我往船上送的就是那么多！你们以为我有闲工夫给你们一个个计数？"

麦克道："要果真那样，全伦敦的老板们就你一个不会算啦！"工人们都哈哈大笑。

莱诺克斯恼羞成怒。他满眼怒火道："按照规矩，每人每天扣十五先令酒钱，管你喝多喝少！"

麦克来到桌子跟前："我也有规矩，这酒我一没要二没喝，就不该我掏钱。你计不计数我不管，我可是计得清清楚楚。"

"我也是。"另一位工人道。说话人名叫查理·史密斯，一位出生在英国的黑人。他操着一口纽卡斯尔口音："你这儿卖四便士一品脱的啤酒，一周下来我在船上喝了八十三杯，总共是二十七先令八便士，根本没你说的那么多。"

莱诺克斯道："有钱赚你就烧高香吧，不知好歹的死黑人！你这种人就该被铁链拴着！"

查理脸色铁青，他强压着怒火说："我是英国土生土长的基督徒，我诚实守信，比你这种人强一百倍！"

德莫特·莱利道："我也知道自己喝了多少。"

莱诺克斯忍无可忍："你们要再不住嘴，就一分钱也别想拿！"

麦克也不想火上浇油，本想琢磨几句话劝大家和解。然而，看到布里吉特·莱利和几个饥肠辘辘的孩子，麦克再也按捺不住心中的怒火。他冲莱诺克斯道："今天你不给钱，就别想离开这桌子。"

莱诺克斯瞅了一眼手枪。

麦克一把将桌上的枪扫到地上："你这浑蛋！想打了人溜走？想都别想！"

莱诺克斯如同被逼近墙角的恶犬。麦克想，自己是不是做得太过火了？是不是该留点余地，也好让他挽回颜面？但一切都太迟了。莱诺克斯只能就范。他把工人们灌得醉醺醺，一个个不管不顾，如果自己不给钱，兴许小命也难保。

他坐回桌前，眯起双眼瞪着麦卡什："麦卡什，我对天发誓，你小子死定了！"

麦克不温不火道："得了，莱诺克斯，大家只是想拿应得的工钱而已。"

莱诺克斯并不买账，但他只能照办。他气呼呼数着钱，先给了查理·史密斯，然后是德莫特·莱利和麦克，酒钱皆按着他们所说的数量结算。

手里握着三磅九先令，麦克兴高采烈：即便一半留给埃斯特，手里还有很多余钱。

其他工人大概估算了自己的酒量，莱诺克斯没有争辩。唯一的例外是来自科克的爱尔兰大胖子山姆·波特。他声称自己只喝了三十夸脱，逗得其他人前仰后合。最终他以三倍的量结算收场。

人们都高高兴兴地揣了工钱，好几个工人上前来拍拍麦克的后背，布里吉特还给了他一个吻。麦克意识到自己干了件大事，但这恐怕还不算完。莱诺克斯这么轻易就低了头，肯定会找他麻烦的。

最后一位工人领了钱，麦克捡起莱诺克斯的枪，清空火药放在桌上。

莱诺克斯收起枪，拎着空荡荡的皮包站起身。屋子里顿时鸦雀无声，他走向通往自己房间的大门，所有人都看着他，仿佛生怕他会想办法把钱夺回。莱诺克斯在门前回过头："都给我滚！礼拜一别回来了，这儿没活儿给你们干，全部辞退！"

麦克担心得几乎一夜没合眼。好多人都说下礼拜莱诺克斯就把这事儿忘了，但麦克并不这样认为。莱诺克斯不像是会忍气吞声的人，再说，另找十六个人对他来说也是轻而易举的事。

一切都是麦克的错。那些工人就像是公牛，有力气没脑子，一带就跑。要不是麦克煽动，这帮人绝对不会跟莱诺克斯对着干。麦克想，自己必须负起责任。

周日早上，他早早起身进了邻屋。德莫特夫妇俩还睡着，五个孩子挤在对面墙角。麦克将德莫特摇醒："咱们得在明天前给大伙儿找到活儿干。"

德莫特坐起身，一旁的布里吉特在睡梦中咕哝道："想找新老板，就穿得体面点。"德莫特换上件旧的红马甲，把结婚时买的蓝丝颈巾借给麦克。路上他们还叫了查理·史密斯。查理做卸煤工已有五年，做这行的他都认识。他穿上自己最好的蓝色外褂，和两个同伴一起来到沃平区。

泥泞的街道上几乎空无一人。伦敦数百间教堂钟声齐鸣，召唤着虔诚的教徒前来礼拜，而多数水手、码头工人和仓库看管则在家享受着难得的休息时光。浑浊的泰晤士河慵懒地拍打着码头岸边，街鼠大摇大摆地在岸滩上游荡。

所有招揽卸煤生意的都是酒馆老板。三个人先找到离"太阳"酒馆不远的"煎锅"。老板正在院里煮火腿，香味馋得麦克直吞口水。"你好呀，哈利！"查理热情地招呼道。

老板尖刻地瞅了他们仨一眼："你们想干吗？难不成来喝酒？"

"找工作，"查理道，"你这儿今天有船卸吗？"

"有，工人也找好了，多谢费心！"

三个人悻悻离开。德莫特道："他这是怎么了？瞅着咱那么不顺眼。"

"肯定是昨晚喝多了。"

麦克想，恐怕事情没这么简单，但他没开口。"咱们去'王首'家试试。"

几个工人正在那儿喝啤酒，见了查理纷纷开口打招呼。"伙计们都忙着呢？我们想找份工。"

老板听这话开口道："你们之前给'太阳'的西德尼·莱诺克斯干，对吧？"

"是啊，但下周他用不着我们。"查理道。

"我也用不着。"

从酒吧出来，查理道："去'天鹅'巴克·德雷尼那里试试吧。他经常一雇就是好几帮人。"

"天鹅"生意兴隆，除了主馆还有马厩、咖啡厅、煤场和数间酒吧。老板是爱尔兰人，正在房间里瞅着院子。德雷尼也是卸煤工出身，如今却混得戴假发系领带，早餐吃牛排喝咖啡。"伙计们，听我一句，全伦敦的包工头都听说了昨晚的事儿，西德

159

尼·莱诺克斯已经打点好，不会有人请你们干活儿的。"

麦克心里咯噔了一下，真是怕什么来什么。

"我要是你们，"德雷尼继续道，"就上船跑路，躲他个一两年避避风头。再回来的时候，这事儿也就过得差不多了。"

德莫特怒道："难道工人们就得忍气吞声被你们欺负？"

德雷尼不动声色地说："我说伙计，你往这周围瞅瞅，"他不紧不慢，说着还微微指了指明晃晃的银咖啡壶、屋里的地毯和窗外那来钱的热闹生意，"我可不是靠当好人走到今天的。"

麦克道："要是我们直接联系船长，自己找生意，你又能奈何得了我们？"

"那还用说？"德雷尼道，"偶尔会有你这种不安分的家伙冒出来，想自己单干，甩掉包工头，不给酒钱。可现在这笔生意牵涉的利益太复杂，你根本动不了。"说着，德雷尼摇摇头。"麦卡什，你不是第一个想造反的，当然也不会是最后一个。"

德雷尼的愤世嫉俗令麦克不齿，但也无奈他所言不虚。麦克实在想不出该如何反驳。他垂头丧气地向门口走去，德莫特和查理跟在身后。

"听我一句劝，麦卡什，"德雷尼道，"学学我，自己开个小店，卖酒给工人。别光顾着帮别人，多想想自己。依我看，以你的本事，应该能做成。"

"学你？"麦克质问道，"你靠着欺骗工友发家，我对天发誓，就是给我金山银山，我也不做你这种人！"

想想离开时面色铁青的德雷尼，麦克心里就一阵满足。

但这份满足感也就只持续到出门而已。嘴上讨了便宜，却落得一无所有。要是他当初低下头，乖乖听话，至少明早还能有份工作糊口。如今自己两手空空，还害得另外十五个人——十五个家庭——生活没了着落。接埃斯特来伦敦的指望突然变得遥遥无期，一切都被他搞砸了。麦克觉得自己简直愚蠢到家。

三个人找了个酒馆坐下，点了些面包和啤酒当早餐。一想到当初自己居然瞧不起同伴，麦克就为自己不知天高地厚而惭愧不已。他觉得别人是笨牛，而真正蠢笨的却是他自己。

他想到卡斯帕·格尔登逊——那个跟他讲合法权益，鼓动他闹事的激进律师。要是被我抓着他，麦克心想，我倒要让他见识见识合法权益值几个钱！

法律貌似只对那些有权力施行的人才有用。矿工和卸煤工在法庭上根本无人应援。我们这些人讲法律完全就是天方夜谭。脑子机灵点的都无暇去管对错是非，只顾着保全自己——就像科拉、佩哥和巴克·德雷尼。

他举起杯子，刚要送到嘴边却愣住了：卡斯帕·格尔登逊就住在伦敦！麦克完全可以跑去敲他的门，让他知道争取合法权益的代价——或者还能再进一步：兴许卡斯帕·格尔登逊能替卸煤工们说句公道话！他是个律师，经常就英国的自由问题撰文，他责无旁贷。

这个点子值得一试。

那封令麦克的人生天翻地覆的信寄自伦敦弗里特街的一处地址。弗里特河是泰晤士河的一条支流，污秽不堪，在圣保罗教堂所在的山丘脚下汇入主河道。格尔登逊就住在一家大酒馆隔壁的三层砖砌排屋内。

"这人肯定没老婆。"德莫特道。

"你怎么知道？"查理·史密斯问。

"窗户脏兮兮，门阶也没人打扫——一看这儿就没个女人。"

男仆开了门，一听是找格尔登逊的，他脸上没有丝毫惊讶。就在他们进门时，两个衣冠楚楚的男人正从屋里往外走，一边走，一边还不忘激烈地议论掌玺大臣威廉·皮特和内阁大臣韦茅斯子爵。从身边经过时，他俩并未停止争论，然而其中一个人居然心不在焉地朝麦克点头致意。麦克惊讶万分：要在平时，这些绅士根本不屑于理睬他这样的下等人。

在麦克的想象中，律师的屋子里肯定堆了许多落满灰尘的文件，人们小声交换着秘事，最响亮的声音则是笔尖在纸上划过的声音。格尔登逊家更像是个印刷铺子。用线绳捆绑的小册子和期刊一摞一摞堆着，空气里能闻到纸张和油墨的味道。楼下传来阵阵机器声，说明地下有个印刷室。

男仆进了一个远离门厅的房间。我这是不是在浪费时间，麦克暗想，那些著书立说的聪明人哪里会屈尊跟工人打交道？也许格尔登逊只是对自由这个概念感兴趣。不过总得试过才知道。他已经带着自己的工友造了反，现在大家都没了工作，他不能坐以待毙。

一个略微刺耳的声音高声叫道："麦卡什？没听过。什么人？你不知道？那就问问嘛！行了行了——"

不一会儿，一个谢顶的男人出现在门口，透过眼镜片注视着来人。"我好像不认识你们，"他道，"你们找我干什么？"

开场白让人有点泄气，但麦克也没那么轻易退缩，他打起精神道："前一阵子你给我出了不少馊主意，尽管如此，我又来找你请教了。"

那人愣了一阵，麦克还以为得罪了他，没想到格尔登逊却开怀大笑。他友善地问："你究竟是谁？"

"马拉奇·麦卡什，人们都叫我麦克。我在爱丁堡附近的霍克村当矿工，后来你给我写信，说我是自由人。"

格尔登逊一脸恍然大悟："你就是那个热爱自由的矿工！来，握个手！"

麦克为德莫特和查理做了引见。

"大家快进屋，来杯红酒怎么样？"

凌乱的房间摆着张写字台，四壁尽是书柜。摆不下的书刊堆在地上，校验稿散了一桌。一只肥胖的老狗卧在火炉前污迹斑斑的地毯上。一股馊味扑鼻而来，不知是狗身上的还是地毯上的——抑或是二者兼有。麦克挪开椅子上一本打开的法典坐了下来。"谢谢，我不喝酒。"他想保持头脑清醒。

"那就来杯咖啡？红酒越喝越困，咖啡越喝越清醒。"没等三个人回答，格尔登逊便吩咐男仆："每人来杯咖啡。"说完，格尔登逊转向麦克："说说吧，麦卡什，我的建议怎么就成了馊主意了？"

麦克将逃出霍克村的原委告诉他。德莫特和查理听得全神贯注：这些事麦克从未说起过。格尔登逊点燃烟斗，吐了几口烟，时不时厌恶地摇摇头。故事接近尾声，咖啡也端了上来。

"我老早就知道这个詹米森家族，尽是些贪婪、残酷、不近人情的家伙，"格尔登逊说得义愤填膺，"你到伦敦后都做些什么？"

"我当了卸煤工。"他又讲述了昨晚在"太阳"酒馆的经历。

格尔登逊道："以酒钱为名克扣卸煤工工钱，这种罪恶勾当已经持续很久了。"

麦克点点头："听说以前也有人反对过。"

"是啊。议会十年前还通过了法律，禁止这种行为。"

麦克惊讶道："那为什么还有人这么干？"

"因为法律没有实施。"

"为什么不实施？"

"政府担心这样一来会阻断煤炭供应。伦敦需要煤炭，离了它什么都运转不了：面包做不了，啤酒酿不了，玻璃吹不了，钢铁炼不了，马掌钉不了，钉子也做不了——"

"我明白，我明白。"麦克匆匆打断道，"法律才不管我们这种人的死活，有什么好奇怪的。"

"这你就错了，"格尔登故意卖起关子，"做决定的并不是法律——因为法律本身没有意志。它就像是一件武器，一把工具，被人拿来用，它才会发挥效力。"

"拿来用的都是有钱人。"

"往往如此，"格尔登逊承认，"但它兴许也能为你们伸张正义。"

"怎么伸张？"麦克急切地问。

"如果你们自立门户，自己发展一个卸煤工队的组织呢？"

这与麦克的想法不谋而合："这应该不难，工人们可以从自己人中选出工头与船长交涉。赚了钱大家分。"

"想必工人们也希望能这样，自主支配得来的工钱。"

"是啊，"麦克压抑着心中逐渐高涨的热情，"喝多少酒，就付多少钱，和其他人一样。"然而，格尔登逊会站在工人们一边吗？果真如此，局势就将大大扭转了。

查理·史密斯不无悲观地道："以前也不是没试过，但不顶用。"

查理·史密斯干这行也不是一年两年了。麦克反问："为什么不顶用？"

"问题是，包工头花钱收买船长，不给新来的工队生意。久而久之，工队与工队间就起了冲突，遭殃的总是新人，因为治安官本身就是包工头，要么就跟包工头是一伙儿的……结果逼着所有人只能按旧规矩来。"

"真是群糊涂蛋。"麦克道。

查理听了不太高兴："要是个个都脑袋灵光，哪还会有人干卸煤的营生？"

麦克知道自己又犯了目中无人的毛病，可一想到工人们自己阻碍自己的路，他就恨铁不成钢："大家只需要下定决心，团结在一起。"

格尔登逊插话道："不光如此。这也是个政治问题。我记得上一次爆发争端，卸煤工输就输在缺乏支持，面对包工头的压迫，他们没有任何后援。"

"那何以见得这回就不一样？"麦克问。

"因为有约翰·威尔克斯。"

威尔克斯的确倡导自由，但他流亡在外。"他远在巴黎，根本起不了什么作用。"

"不，他回来了。"

这倒挺新鲜。"他回来做什么？"

"参加议会竞选。"

可以想象，这下子伦敦的政治圈可要热闹了。"可这对我们有什么帮助？”

"威尔克斯会站在工人们一边，而政府会支持包工头。这场较量当中，工人们是据理力争，法律也站在工人一边，对威尔克斯来说只有好处，没有坏处。"

"你怎么能肯定威尔克斯会答应？"

格尔登逊一乐："因为我是他的竞选代理。"

麦克发现，格尔登逊比他想象的还要厉害。遇到他实在太走运了。

查理·史密斯依旧持怀疑态度："也就是说，你打算利用卸煤工帮你达到政治目的咯？"

"问得好，"格尔登逊放下烟斗，继续道，"为什么我会支持威尔克斯？我来解释。你们受到不公正的对待，今天来找我。然而这种事情屡见不鲜：像乔治·詹米森和西德尼·莱诺克斯这样利欲熏心的败类为了自身利益，残酷剥削普通老百姓。这种做法危害经济——一颗老鼠屎毁了一锅汤。即便是对经济有利，挣来的也是黑心钱。我爱我的国家，但我最看不惯这些浑蛋祸国殃民。所以我才选择穷尽毕生之力为公义而战。"他笑着把烟斗放回嘴里，"希望我没有言过其实。"

"一点儿也不，"麦克道，"很高兴你站在我们这边。"

16

杰伊·詹米森的婚礼当日潮湿而阴冷。从他格洛夫纳广场的卧室里可以望见海德公园——他的兵团营地就在那里。雾气低沉，军队的营帐如同船队深陷灰色的汪洋漩涡中。一簇簇微火隐约可见，烟气更加剧了浑浊。士兵们的日子肯定不好过，但军旅生涯毕竟不是享福的代名词。

他在窗前转回身。伴郎奇普·马尔伯勒正拿着他的新外套。杰伊缩手把衣服穿上，嘟囔着说了句"谢谢"。奇普跟杰伊一样，是步兵卫队三团的一名上尉。他的父亲阿勒伯雷勋爵与杰伊的父亲亦有生意往来。有这样一位贵族后裔为自己的婚礼做伴郎，杰伊也觉得脸上有光。

"马都料理好了？"杰伊关切地问。

"当然。"奇普答道。

尽管三团是步兵团，士兵们还是以骑马为主。杰伊的主要职责便是监督士兵照料好马匹。他与马十分投缘，而且直觉过人，善于弄懂马的心思。婚假只有两天，但他还是放心不下。

假期之所以短暂，是因为步兵团正处于现役阶段。并不是因为有战争发生：英国军队上一次参战还是七年战争打美法的时候，当时的杰伊和奇普还是毛头小子。然而现今伦敦人心惶惶，骚乱四起，以至于军队不得不整装待命，随时准备镇压。每隔几天就有愤怒的匠人罢工，或到议会门前示威，或穿街过道砸窗子。这个星期，丝织工人因不满减薪，在斯皮塔福德破坏了三台最新的引擎机组。

"希望别在我放假时叫咱们团执行任务，"杰伊道，"不然我就错过行动的机会了。"

"别担心了。"奇普从瓶里倒了两杯白兰地——他尤其钟爱白兰地，然后举杯道，"敬爱情！"

"敬爱情。"

杰伊自知对爱情知之甚少。五年前，他的初夜献给了父亲家的女佣阿拉贝拉。原以为是自己勾引她在先，如今想想，显然主动的并不是他。两人同床三次过后，阿拉贝拉声称怀了孕。杰伊从放债人那儿借了三十英镑给了她，让她走人。现在看来，也许她压根儿没怀孕，整个事情都是她一手策划的骗钱勾当。

在那之后，他也跟姑娘调过情，接过吻，还跟几个睡过觉。讨女人欢心很容易，只要假装对她说的一切都感兴趣就可以——当然，外貌和风度也能加分。杰伊不费吹灰之力，许多姑娘便成了他的盘中餐。现如今，他也第一次尝到了爱恋他人的滋味。每次跟莉茜同处一处，他都会觉得呼吸急促。他也知道，他总是旁若无人地注视着她，就像那些为他着迷的姑娘一样。难道这就是爱情？一定是这样。

因为觊觎莉茜家的矿产，他父亲对这桩婚事的态度有所缓和，所以才让莉茜母女住在家宅的客舍，还出钱在伦敦租房，让他们小两口婚后居住。他们并没有给父亲什么明确的许诺，也没告诉他莉茜坚决反对在格伦高地开矿。杰伊只希望最后能万事大吉。

门一开，一名男仆进来道："有位莱诺克斯先生来访，您是否接见？"

杰伊心里一沉。他还欠着西德尼·莱诺克斯一大笔赌债。本可以让人叫他打道回府——毕竟他只是个酒馆老板，可如果莱诺克斯恼羞成怒，后果则不堪设想。"还是请他进来吧，"杰伊说着对奇普道，"真抱歉。"

"我认识莱诺克斯，"奇普道，"也让他赢去不少钱。"莱诺克斯进了屋，杰伊一下子闻出了那股独特的甜腻味儿，仿佛什么东西发酵一样。奇普同他打过招呼："过得怎么样啊，你这个土匪？"

莱诺克斯冷冷地看着他说："你赢的时候可没叫我该死的土匪。"

杰伊不安地看着他。莱诺克斯一身黄衣服，丝绸袜配着扣鞋，锦衣华服掩饰不了一身的邪气，怎么看怎么像假扮成人的胡狼。然而，杰伊怎么都下不了决心跟他决裂。此人十分有用，总能知道哪里有斗鸡，哪里办角斗，哪里有赛马。要是真没什么比赛，莱诺克斯自己也会组个牌局或是骰子游戏。

莱诺克斯不介意让现金不够的年轻军官赊账豪赌，而这就是问题所在。杰伊已经欠下一百五十英镑，如果莱诺克斯让他立马还清，那事情就不好办了。

"莱诺克斯，你知道今天是我结婚的日子吧？"杰伊说道。

"当然知道。我是来贺喜的。"莱诺克斯回答。

"当然，当然。奇普，给咱们的朋友也倒一杯。"

奇普倒了三大杯白兰地。

莱诺克斯道："敬新郎新娘。"

"谢谢。"

莱诺克斯对奇普道："对了，马尔伯勒上尉，明晚在阿切尔勋爵的咖啡馆有个法罗牌的大局。"

"听起来不错。"奇普道。

"希望到时能见到您。想必詹米森上尉是无暇赏光了。"

"应该是吧。"杰伊道，心里想着反正他也去不起。

莱诺克斯放下酒杯："祝二位一天愉快，但愿雾能快点散。"说完便离开了。

杰伊暗暗松了口气。幸好没提还债的事。莱诺克斯知道上一笔债是杰伊的父亲出面还清，兴许他以为乔治爵士这次也会出手。杰伊纳闷儿：他来做什么？难道只是来蹭杯酒喝？一股不祥的预感涌上杰伊心头：这人肯定是有目的而来，连空气中都带着几分心照不宣的胁迫感。可他一个区区的酒馆老板又能拿有钱人家的公子怎么样？

杰伊听到街上有马车正朝这里靠近。他将莱诺克斯的事抛在脑后："咱们下去吧。"

起居室宽敞豪华，名贵家具皆出自大家汤玛斯·齐本德尔之手，一件件散发着上光蜡的味道。杰伊的父母和哥哥都身着礼拜盛装等在那里。阿丽西亚亲吻了儿子，乔治爵士和罗伯特别扭地跟杰伊打过招呼——一家人本来就不怎么亲近，更何况所有人都还对二十一岁生日的那场争执记忆犹新。

男仆正在斟咖啡。杰伊与奇普各端了一杯，还没等坐下喝上一口，门忽然敞开，莉茜风风火火地冲进来怒骂道："你怎么能这样？怎么能这样？"

杰伊的心几乎停跳了一拍。这是怎么了？莉茜气得小脸通红，眼睛一眨一眨的，胸前剧烈地起伏。她一身新娘装束，简约的白裙配着头饰，整个人简直美极了。"我做错什么了？"杰伊一脸无辜。

"婚礼取消！"莉茜道。

"不！"杰伊大叫。我总不能在最后一刻失去她吧？这种可能性令杰伊无法承受。

哈林姆夫人赶忙追上来哀求道："莉茜，拜托你别胡闹了。"

阿丽西亚出来主持大局："莉茜，亲爱的，究竟怎么了？跟我们说说，什么事儿让你这么不高兴？"

"这个！"莉茜说着甩出一沓纸。

哈林姆夫人使劲绞着手："我的大管家来信了。"

莉茜道："信上说詹米森家雇的测量员在哈林姆家的地皮上凿地洞。"

"凿地洞？"杰伊大惑不解。他看了看罗伯特，只见兄长的神情鬼鬼祟祟。

莉茜急冲冲道："他们当然是在找煤矿！"

"哦，不！"杰伊这才反应过来。父亲已经在暗中采取了行动。他急于得到莉茜家的矿产，甚至等不到婚礼结束。

然而他的操之过急也许会毁掉杰伊的婚事。想到这里，杰伊按捺不住朝父亲大吼："你这该死的老糊涂！瞧瞧你干的好事！"

一个儿子说出这样的话已属大逆不道，更何况乔治爵士最不喜欢别人跟他唱反调。他的脸涨得通红，双眼圆睁："那就取消婚礼！管他呢！"

阿丽西亚连忙介入："杰伊，你冷静点。莉茜，你也是。"
尽管她未明说，这句话也是说给乔治爵士听的。"显然是发生了什么误会，乔治爵士的测量员一定是误解了指令。哈林姆夫人，请带莉茜回客房休息，我们也好把事情搞清楚。肯定不至于严重到要取消婚礼。"

奇普·马尔伯勒咳嗽了一声，杰伊这才想起他也在场。"抱歉失陪……"奇普说着往门口走去。

"请别走，"杰伊恳求道，"请到楼上等吧。"

"当然。"奇普嘴上这么说，脸上却写着一百个不情愿。

阿丽西亚轻轻扶着莉茜和哈林姆夫人跟着奇普往门外走。"请给我们几分钟时间，我随后就来。一切都会解决的。"

比起愤怒，离开房间时莉茜眼中更多的是怀疑，杰伊只希望她能明白，自己与此事并无瓜葛。阿丽西亚关门转过身，杰伊将拯救婚礼的希望全寄托在母亲身上。她有把握吗？母亲那么聪明，只能靠她了。

她并没有指责，只说了一句："如果婚礼办不成，你也拿不到煤矿。"

"格伦高地已经破产了！"乔治爵士回应道。

"哈林姆夫人可以另找债主续贷。"

"她不知道有这个选择。"

"有人会告诉她。"

突然大家感到一阵威胁，一时间没人开口。杰伊生怕父亲会爆发，但母亲能将人看穿，她已经吃准了丈夫。最终，父亲无奈就范："阿丽西亚，你想怎么样？"

杰伊松了一口气。也许婚礼还有戏。

只听母亲道："首先，杰伊去跟莉茜谈谈，让莉茜相信他并不知情。"

"本来就是。"杰伊插话道。

"闭嘴，仔细听！"父亲命令道。

"如果他能说服莉茜，婚礼就能如期举行。"母亲继续说道。

"然后呢？"

"然后你就耐心点。时机到了，杰伊和我会说服莉茜。她现在反对开矿，以后兴许会改主意，至少不会再反对得这么激烈。尤其以后成了家，有了孩子，她就明白钱有多重要了。"

乔治爵士摇摇头："我等不了，阿丽西亚。那太慢了。"

"怎么就等不了？"

他停下来看了看罗伯特，罗伯特耸了耸肩。"那我索性就告诉你们，"爵士道，"我自己也背着债。你也知道，我们一直是靠借钱过日子——最大的债主就是阿勒伯雷勋爵。过去我们赚了钱，他也能得益。然而自从殖民地遭遇危机，我们在美国的生意也一落千丈，现在几乎什么钱也收不回来——最大的借债人破了产，弗吉尼亚的烟草种植园也砸在手里，卖不出去。"

杰伊大吃一惊。他万万没想到家族的事业其实危机重重，原本还以为万贯家财会世世代代永远散不尽。杰伊这才明白：父亲为什么会为他的赌债而大发雷霆。

乔治爵士继续道："多亏了煤矿的生意我们才得以维持，但这还不够。阿勒伯雷勋爵要我们还钱，所以我必须拿到哈林姆家的产业，不然就会失去一切。"

一时间大家哑口无言。杰伊母子简直惊讶得说不出话。

终于，阿丽西亚开了口："那就只有一个法子：瞒着莉茜在

173

格伦高地开矿。"

杰伊不安地皱起眉头。这个提议令他不安，但他一句话也没说。

"怎么做？"爵士问。

"把她和杰伊送出国。"

杰伊眼睛一亮：多聪明的办法啊！"但哈林姆夫人会发现的，她肯定不会瞒着女儿。"

阿丽西亚摇摇头："不会的。她对这桩婚事可是求之不得，如果我们让她闭嘴，她绝不会吐露半个字。"

杰伊问："那我们去哪儿？"

"去巴巴多斯。"他母亲答道。

"不行！"罗伯特断然插话道，"甘蔗园不能给他。"

阿丽西亚平静地说："如果为了保全整个家族事业，你父亲会愿意妥协的。"

罗伯特一脸得意："即便是父亲想放弃，那也由不得他。种植园已经是我的了。"

阿丽西亚质问地看着乔治爵士："真的？已经归他了？"

乔治爵士点点头："我已经转到他名下了。"

"什么时候？"

"三年前。"

这又是一记重击。毫不知情的杰伊心如刀割。"我说你为什么会在生日上拒绝，原来是早就给了罗伯特。"

阿丽西亚问："可是罗伯特，为了整个家族事业，你总该交出种植园吧？"

"没门儿！"罗伯特断然拒绝，"这只是个开始，你们想先朝种植园下手，然后一点点蚕食一切！我知道你一直想从我这里抢占生意，然后交给那个浑蛋！"

"我只想让杰伊拿到他应得的。"她回答道。

乔治爵士道："罗伯特，如果你不让步，那么全家就得破产。"

"除了我，"他得意道，"我还有我的种植园。"

"可你还能得到更多啊。"他父亲劝道。

罗伯特一脸狡猾："好吧，我可以放弃——但有个条件：你把其余的生意全部转到我的名下，一个不留。然后你自己退休。"

"不行！"乔治爵士大吼道，"让我退休？我还不到五十岁呢！"

父子俩怒目而视，杰伊不禁感叹：好一对父子，简直别无二致。一想到没人会作出让步，他心中不禁悲观至极。

一切陷入僵局。这对倔强的父子没人肯退让一步，这样下去一切就都完了——婚礼泡汤，生意破产，这个家也就完了。

但阿丽西亚还没打算放弃："乔治，弗吉尼亚那边有什么产业？"

"莫杰府的烟草种植园，占地一千亩，有五十多个奴隶……你想怎么样？"

"你可以把那里交给杰伊。"

杰伊的心简直快要跳出来。弗吉尼亚！这正是他所盼望的全新开始——远离父母和兄长，属于自己的土地，由他管理，由他开垦。莉茜肯定二话不说立马答应。

乔治爵士眯起了眼睛："我可给不了他什么钱，他得自己借钱经营。"

杰伊连忙道:"我才不在乎呢。"

阿丽西亚又道:"但你得出钱帮哈林姆夫人还利息——不然格伦高地就保不住了。"

"我可以用煤矿上的收益帮她还,"他琢磨着各种细节,"他们得尽快动身去美国,几周内就走。"

"那怎么行?"阿丽西亚抗议道,"总得做点准备,至少要三个月。"

爵士摇摇头:"我等不了那么久。"

"没关系。反正莉茜忙着过新婚生活,根本顾不上回苏格兰。"

一家人忙着商讨瞒天过海之计,杰伊的心中却惴惴不安。如果被莉茜发现,遭殃的人将会是他。"要是有人写信告诉她呢?"他问道。

阿丽西亚想了想:"咱们得琢磨琢磨,高地庄园有谁干得出这种事——杰伊,你去查一查。"

"怎样阻止呢?"

"派人过去把他们辞退。"

乔治爵士道:"这法子能行。好吧,就这么办。"

阿丽西亚转向杰伊,露出胜利的微笑。终于帮儿子争取到了家产,她拥抱着杰伊热烈亲吻着。"祝福你,我的孩子。现在快去劝劝莉茜,就说弄出这么大的误会,你和你的家人万分抱歉。告诉她你父亲已经把莫杰府送给你们做结婚礼物。"

杰伊拥抱着母亲悄声道:"妈妈,您真棒!谢谢您!"

杰伊出了屋穿过花园,心里既高兴又担忧。如愿以偿的确可喜可贺，但他并不愿意欺瞒自己新婚的妻子，可又别无他法。如果他拒绝，很可能会人财两空。

他进了马厩旁的客舍。哈林姆夫人和莉茜正坐在朴素的起居室里，炉子里冒着烟气，母女俩眼泪汪汪。

杰伊突然涌起一股冲动，恨不得马上把真相告诉莉茜。如果现在将父母的欺瞒计划和盘托出，让莉茜跟他以后一起过苦日子，兴许她还会答应。

但风险令他却步：这样一来，到异国生活的梦想也将化为泡影。他告诉自己，有时还是不说出真相比较好。

但她会相信吗？

杰伊跪在莉茜面前。白色的裙子散发着薰衣草的香气。"我父亲非常过意不去，他派测量员过去，本是想给我一个惊喜——他还以为如果知道你家地下矿藏丰富，我们一定会喜出望外。他并不知道你反对开采。"

莉茜似乎半信半疑："那你为什么不告诉他？"

杰伊无奈地摊摊手："他从没问过我。"莉茜还是不买账，好在杰伊还有一张王牌，"还有，我们的结婚礼物。"

莉茜一皱眉："什么结婚礼物？"

"莫杰府——就是弗吉尼亚的烟草种植园。我们随时可以过去。"

莉茜望着他，一脸难以置信。

"这不就是我们一直向往的吗？"杰伊道，"全新的国度，全新的开始——全新的冒险！"

莉茜渐渐破涕为笑："真的？弗吉尼亚？是真的吗？"

杰伊几乎不敢相信：她居然真的答应了。"那你会接受吗？"他怯生生问道。

莉茜笑了。她眼里噙着泪水，一句话也说不出，只是默默地点点头。

杰伊赢了。他得到了自己想要的一切，仿佛玩扑克赢了一大把，是时候收缴战利品了。

他起身扶莉茜从椅子上站起，然后伸出一只胳膊道："那就跟我来，咱们结婚。"

17

到了第三日中午，来自杜伦的"樱草号"煤船已被卸载一空。

四下望去，麦克几乎不敢相信：没有包工头，他们居然自己做成了！

这艘煤船抵达时正值中午，其他的工队都已开始干活儿，而麦克和工友刚好在河边寻觅。船一下锚，其他工人在岸上等，麦克和查理摇船过去，自告奋勇拉生意，承诺立马可以开工。船长也清楚：如果照着往常的规矩雇人，怎么着也得等到第二天，而对做他们这行的人来说，时间就是金钱，于是双方握手成交。

得知这次的工钱不会被人克扣，工人们干起活儿来也分外卖力。虽然啤酒还是要喝，但买一罐算一罐，大家各取所需。四十八个小时后，大功告成。

麦克扛着铁锹上了甲板，舱外阴湿寒冷，雾气弥漫，但他巴不得散散舱里闷出的一身热气。当最后一袋煤被扔上小船，工人中爆发出一阵欢呼。

麦克与大副碰了头。一只小船拉五百袋煤，他们分别点算了小船往来的次数，再算上最后一趟的余量，结果对上了，两人一起去找船长。

麦克心里打鼓：但愿最后一刻别出岔子。活儿干完了，总不能赖账吧？

船长是个中年瘦子，鼻子又红又大，一身朗姆酒气。"干完了？"他问，"你们可比其他人快多了。报个数吧。"

"离六百笔差九十三袋。"大副答道，麦克点点头。工量按笔计算，一笔二十袋，每个工人每搬一笔赚一便士。

船长招呼他们进屋，坐下打起了算盘："差九十三袋六百笔，一笔十六便士……"麦克已习惯了按量计工，虽然数目有整有零，他的心算也跟得上——毕竟是辛苦赚来的血汗钱。

船长取下拴在腰带上的钥匙，打开角落里的箱子。只见他从里面取出个小盒子放在桌上打开。"那七袋零头如果算作半笔，我该付你三十九镑十四先令。"说着他数了数钱。

船长给了麦克一个亚麻袋子装钱，其中有不少零散硬币，以便结算零头儿。钱袋在手，麦克内心的成就感溢于言表。短短两天内，每个人都赚了近两英镑十先令——若是给莱诺克斯干，两个星期也赚不了这么多。更重要的是，这证明了他们可以为自己的权益而战，也有能力讨回公道。

他盘腿坐在甲板上给大家发钱。第一个领薪水的阿莫斯·泰普道："谢谢你，麦克，愿上帝保佑你。"

"不用谢我，这是你应得的。"麦克说。

尽管如此，下一个工人也还是千恩万谢，仿佛麦克是广施恩惠的王子一般。

斯莱士·哈雷第三个上前，麦克道："这不光是钱，这也是咱们的尊严。"

"尊严你可以留着，"斯莱士道，"把钱给我就行。"其他人都笑了。

麦克手里点着钱，心中却不是滋味：为什么他们就不明白？这不光是今天这一点点薪水的事。对自己的权益糊里糊涂，也真活该被包工头压榨。

然而，什么都破坏不了麦克的好心情。工人们一边朝岸边划船，一边起劲儿地唱起下流的《贝斯沃特市长》，麦克也扯着嗓子附和。

他和德莫特返回斯皮塔福德。晨雾渐退，麦克哼着小调，步履轻快。回到家里，一个惊喜正等着他。佩哥的红发姐妹科拉正坐在三脚凳上，晃荡着美腿等他。她穿着栗色外套，帽子也很时髦，身上散发出檀木的香气。

麦克的斗篷平时都撂在他睡觉的草垫上，如今揽在科拉手里。她抚弄着皮毛问："你从哪儿弄来的？"

"一位小姐送的。"麦克笑道，"你怎么来了？"

"来看你啊。要是你把脸洗净，我就赏脸跟你出去——当然，要是你跟什么小姐约了喝茶，那就算了。"

也许是麦克一脸犹豫，科拉又道："别那么大惊小怪的。要是你以为我是妓女，那就错了——当然，除非万不得已。"

麦克拿着他那一小块肥皂，下楼到院里就着水龙头洗涮。科拉跟在他身后，看着他脱去上衣，冲洗头上身上的煤灰。他跟德莫特借了件干净衬衣，穿上外套，戴上帽子，然后挎起科拉的胳膊。

两个人一路朝西穿过市中心。来了伦敦麦克才知道，这里的人会在街上散步消遣，就像他们在苏格兰山坡漫步一样。挽着科拉的麦克心里美滋滋的。她的屁股轻轻扭动，时不时会碰到麦克的身体。科拉容貌姣好，衣着时髦，时不时会吸引路人注意，而麦克也招来其他男人嫉妒的目光。

他们找了间酒馆坐下，点了生蚝、面包和味道浓烈的波特啤酒。科拉津津有味地就着啤酒吞下整只生蚝。

从酒馆出来时，天色起了变化。尽管不见和暖，云间却透出一丝微弱的阳光。他们来到富人聚居的梅菲尔区。

在二十二岁之前，麦克只见过两处豪宅：詹米森堡和高地庄园。在梅菲尔区，这样的房子每条街上都能看到一两处，其他的也逊色不到哪里去。伦敦的繁华不断给麦克带来新的震撼。

而就在一处极为奢华的宅院外，一长串马车陆续停驻，客人来往不绝，仿佛有盛大聚会。道路两侧的人行道聚集着路人和邻家的侍从，门窗里也有人引颈瞭望。时值下午，房子里却是灯火通明，进门处还有鲜花作为装饰。"肯定是婚礼。"科拉道。

只见又一辆马车在门前停下，一个熟悉的身影从车上步下。麦克不禁打了个激灵：那人正是杰伊·詹米森。只见杰伊伸手扶新娘下了马车，看热闹的人纷纷鼓掌欢呼。

"她真好看。"科拉道。

莉茜微笑着环顾四周，接受大家的祝贺。突然间，她与麦克四目相遇，一时怔在了原地。麦克笑着挥挥手，莉茜忙转过脸，快步进了屋子。

只不过一晃的工夫，却没逃过科拉锐利的眼睛。"你认得她？"

"我那件斗篷就是她给的。"

"但愿她丈夫不知道她给卸煤工送礼物。"

"好好的姑娘偏偏嫁给杰伊·詹米森——那个不中用的小白

脸。"

"依你看她是该嫁给你咯？"科拉讽刺道。

"本来就是，"麦克说得一本正经，"咱们去看戏吧？"

当天晚上，莉茜和杰伊身着睡衣坐在婚床上，四周围拢着插科打诨的亲朋好友，一个个多多少少都带着些醉意。年长的宾客早已回避出屋，然而按照婚礼习俗，客人们应该留在房里，戏要新婚夫妇，不让他们圆房。

这一天过得就像走马灯。杰伊背叛又道歉，原谅他，弗吉尼亚的未来……莉茜还没来得及消化这一切。她甚至没有机会问自己：这个选择做对了吗？

奇普·马尔伯勒端来一罐奶酒，帽子上还别着莉茜的一根吊袜带。他为所有人斟了酒："大家干杯！"

"最后一杯啊！"杰伊道，然而其他人依然笑着起哄。

莉茜小口抿着奶酒。这种饮品由葡萄酒、牛奶、蛋黄、砂糖和肉桂调配制成。她累坏了。这一天真够呛：大清早吵得鸡飞狗跳，后来又意外地皆大欢喜，教堂仪式，婚庆晚宴，唱歌跳舞，如今又闹起了洞房。

凯蒂·德罗姆坐在床尾，背着身子将杰伊的一条白袜往脑后抛。她和詹米森家沾亲。按照迷信说法，如果袜子打中杰伊，抛袜子的人也会很快喜结良缘。凯蒂胡乱一扔，杰伊贴心地迎上去，接住袜子搭在自己头上，好像刚好落上去一样。所有人都拍手叫好。

彼得·麦凯伊醉醺醺坐在莉茜旁边。"弗吉尼亚，"他道，"知道吗？哈米什·德罗姆被罗伯特的母亲骗走遗产后，就是去了弗吉尼亚。"

莉茜听了一愣。听家里人说，罗伯特的母亲奥利芙一度照顾垂死的单身表亲，对方因而修改遗嘱，将财产留给她以示感谢。

一听这话，杰伊连忙追问："骗？"

"遗嘱当然是奥利芙伪造的，"麦凯伊道，"但哈米什拿不出证据，只能认命，去了弗吉尼亚后再也没了消息。"

杰伊哈哈大笑："嗬！好一个圣人奥利芙——原来是个骗子！"

"嘘！"麦凯伊慌忙道，"要被乔治爵士听见，咱们就死定了！"

莉茜听得津津有味，不过这些亲戚今天也算闹够了。她悄悄对杰伊说："快把这些人撵走！"

离婚俗圆满只差最后一步。"好，"杰伊道，"你们要再不乖乖走人……"说着，他将身下的毯子一掀，撩起睡衣底襟朝亲友冲了过去。见他露出膝盖，姑娘们假装害怕大声尖叫着，一群一伙被男人们追着跑出了房间。这同样也是做戏：姑娘们要佯装受到惊吓，不敢看穿睡衣的男子。

杰伊反手锁门，又搬过个抽屉柜把门堵住，以防有人进来捣乱。

莉茜突然嘴里发干。自从杰伊在詹米森堡的走廊里吻了她，并开口向她求婚，她就一直盼望着这一刻。每一个短暂无人的空隙，每一次拥抱都变得愈发甜蜜激烈。从深吻到亲密爱抚，他们已在亲人们严密的监视空隙下几近甜蜜之能事。现在至少可以安心锁门了。

杰伊将房间里的蜡烛一一吹灭，正要吹熄最后一支时，莉茜道："留一支吧。"

杰伊有些意外："为什么？"

"我想看着你。"见杰伊一脸疑惑，莉茜又问，"可以吗？"

"那好吧。"说着他爬上床。

丈夫的亲吻与爱抚让莉茜渴望挣脱衣衫的阻隔，但她没有明说。这一次，让他按自己的方式来。

伴随着他的双手在周身探索，一种熟悉的兴奋感贯穿她四肢。不一会儿，杰伊分开莉茜的双腿，将自己压在莉茜身上。进入身体的一刻，莉茜想迎上去亲吻丈夫，然而他太过专注，没有留意。突然的一阵刺痛令她差点叫出声，痛觉随即便消失了。

她随着杰伊抽插的节奏一同律动，心之所至，常规如何便也不去计较了。莉茜兴致正浓，杰伊却突然停住，最后猛地纵深一推，随即瘫倒在莉茜身上呼呼大喘。

莉茜一皱眉："你没事吧？"

"没事儿。"他咕哝着说道。

莉茜暗自纳闷儿：这就算完了？但她没开口。

杰伊一骨碌倒在旁边，他望着妻子，问："喜欢吗？"

"太快了。明早再做一次吧？"

科拉躺在摊开的斗篷上，将麦克揽在面前。她身上只穿一条长裙。麦克的舌头在她口中探索，尝到了些许杜松子酒的味道。他撩起科拉的裙子，金红色的密丛之下，层层叠叠的女性欲望呼之欲出。他爱抚着，如同之前和安妮一起时一样。科拉惊呼道："我的小处男，这是谁教你的？"

他脱去长裤，科拉伸手从钱包里找出个小盒子，取出一管羊皮纸一样的东西，开口的一端还穿着粉绳儿。

"什么东西？"麦克问。

"这叫阴茎套。"

"用来干啥？"

科拉二话不说把它套在麦克勃起的阴茎上，然后将套口的绳子绑紧。

麦克一头雾水："就算我的老二不好看，可还真没见哪个姑娘给它上套儿的。"

科拉笑了："你个土包子，这又不是为好看。套上我就不用担心怀孕了。"

麦克翻过身，与科拉下体相接。科拉收敛起了笑容。从十四岁起，麦克就一直好奇这是一种怎样的感觉。然而个中五味杂陈，依旧难以分清辨明。他停下来，望着科拉天使一般的面容。科拉睁开眼睛："别停下。"

"这么一来，我还算处男吗？"

"你要是处男，我就是修女了。快把嘴闭上，不然力气就不够用了。"

麦克乖乖遵命。

18

　　婚礼次日，杰伊和莉茜便迁入教堂街的新居。家中除佣人外再无旁人，他们第一次享受二人世界的晚餐，第一次手挽手上楼就寝，褪去衣衫，躺在属于两个人的床榻上，也是第一次一起在属于他们的家中醒来。

　　他们一丝不挂地躺着——在莉茜的劝说下，杰伊也是裸身而眠。莉茜将身体紧贴在丈夫身上，用手轻轻抚摸，继而凑上去压在他身上。

　　这一举动显然出乎杰伊预料。莉茜问："你不介意吧？"

　　他没有回答，身下却在莉茜的身体里探索，扭动。

　　事后莉茜问："我把你吓着了，是不是？"

　　杰伊顿了一顿，答道："是啊。"

　　"为什么？"

　　"女人在上有点……反常。"

　　"我哪知道何为正常，何为不正常——之前也没跟男人睡过。"

　　"最好没有！"

　　"可你怎么知道正常的什么样？"

"行了，别乱打听了。"

兴许他仗势勾引过几个裁缝工，或者是杂货店的小姑娘。莉茜虽无经验，但有了目标就勇敢争取。她无意改变自己的行事风格，甚至可以说是乐在其中，如鱼得水。从杰伊激烈的动作和过后满足的表情中莉茜看得出，他亦有同感——尽管其中掺杂着几分惊讶。

她起床裸身来到窗边。屋外气温虽低，但阳光灿烂。一阵闷钟声响起：看来到了处刑的日子——一些犯人将在今早领受死刑。城里有一半劳工不去上工，很多人都会跑到位于伦敦西北角路口处的泰伯恩刑场，看死刑犯上绞架。这样的集会极有可能爆发骚乱，杰伊所在的军队要全天警戒，不过，他还剩下一天的假期。

莉茜转回身："带我去看绞刑吧。"

杰伊一脸不赞成："这要求有点吓人。"

"别又跟我说什么那不是姑娘家该去的地方。"

杰伊一笑："我可不敢。"

"据我所知，不管是男是女，不分有钱没钱，很多人都去看。"

"可你为什么想去？"

一句话问到了点子上。莉茜自己也说不清。消遣他人的死亡实属不光彩，过后她也定将不齿于这一选择，无奈羞耻抵不过好奇的诱惑。"我想亲眼看看，"她道，"罪犯都什么样儿？流泪？祈祷？害怕？胡言乱语？看热闹的人呢？眼睁睁看着一个人的生命被终结，心里什么滋味？"

这是莉茜一贯的风格。第一次见识猎鹿她才十岁上下。小姑娘瞪大眼睛看着看守将鹿身剖开取出内脏。她惊奇地发现鹿有多个胃室，非要伸手摸摸看。内脏摸起来温暖黏腻。这只鹿已有两三个月身孕，看守从透明的子宫中取出死胎给莉茜看。她来者不拒：一切实在太有趣了。

莉茜能理解这种围观的心态，也明白其他人反感的原因。但她还是选择了猎奇。

杰伊建议道："要不咱们在绞刑架对面的地方租间房子——很多人都这么做。"

可莉茜觉得这样一来体验便打了折扣："哦，不——我想要挤在人堆里！"

"你这样有损淑女身份。"

"那我就乔装成男人。"

杰伊还是很犹豫。

"杰伊，别愁眉苦脸的！当初我假扮男人跟你下矿井，你还求之不得呢！"

"结了婚就不同了。"

"要是你说结了婚就得规规矩矩过日子，我立马远走高飞！"

"别胡闹了。"

她笑着跳上床，一边蹦跶一边怂恿道："别像个倔老头似的，咱们去看看吧！"

杰伊忍不住笑了："好吧，好吧。"

"太好了！"

莉茜迅速料理好家中事务：交代厨子晚餐该买的食材，吩咐女佣打扫个别房间，告诉马夫今日无须备马；她回函给马尔伯勒上尉夫妇，接受下周三的晚宴邀请；此外还推后了制帽店的量身预约，安置好新送来的十二只黄铜皮边的大箱子——都是为弗吉尼亚之行准备的。

一切料理妥当，莉茜再次换上男装。

泰伯恩街（又名"牛津街"）已经挤得水泄不通。绞刑架设在街尾，就在海德公园外。正对着绞刑架的房宅已被看热闹的有钱人租赁一空。公园的石墙上也是肩碰肩，人挨人。小贩穿梭于人群之中，贩卖着小份杜松子酒、热乎乎的香肠以及刊印的小册子，据说是犯人的临终遗言。

麦克牵着科拉的手挤在人群之中。他自己对看绞死人并无兴趣，无奈科拉坚持要来。麦克只希望能趁闲暇时间多跟科拉在一起。温存的牵手、尽情的亲吻、时不时的身体碰触都令麦克乐在其中。他喜欢望着科拉，喜欢她的无忧无虑，她的百无禁忌，她眼中的顽皮。她想看绞刑，麦克也乐意陪她。

今日上绞架的犯人当中就有她的朋友。此人名叫多利·麦卡洛妮，是个妓院老鸨。她因伪造罪被处以极刑。快要挤到绞架跟前时麦克问："她伪造了什么？"

"一张银行汇票。多利把金额由十一镑改成八十镑。"

"她从哪儿弄来的汇票？"

"是梅西勋爵给的。多利说他欠的钱可不止十一镑。"

"她这罪顶多被流放了，真不该绞死。"

"伪造罪被抓住一般都活不了。"

到了离绞刑架二十码的地方，他们再也挪不动了。木料搭成的绞刑架十分简陋：三根立柱外加一根横梁。梁上挂着五条绞索，环扣松开等着套犯人。一位牧师立在绞架旁边，身边的几个人个个一本正经，想必是司法人士。军人们手持火枪，强制人群保持距离。

只听泰伯恩街上传来一阵喧闹，麦克问科拉："什么动静？"

"犯人来了。"

打头的是一队骑马的治安官，领头的应该就是市警长。马队后跟着徒步的警察，身上都配着警棍。接着便是高大的四轮囚车，由两匹马拉着前行。一队手持刺矛的护卫在队尾殿后，尖锐的矛头直指天空。

囚车里一共五个人——三个男人、一个十四五岁的男孩和一个女人。他们似乎是坐在棺材上，双臂被绳子捆着。"那个就是多利。"说着科拉流下了眼泪。

麦克目不转睛地盯着这五个行将就木的犯人：其中一个男囚一脸醉相，剩下两个看起来不服不忿，多利在大声祷告，男孩则哭哭啼啼。

囚车在绞刑架下停住。那个醉汉朝挤在人群最前面的几个朋友挥挥手。这些人一个个贼眉鼠眼，一看即非善类。他们高声吵嚷，时不时还开个下流玩笑："警长大人还真给你脸哪！""但愿你蹦跶得好看点儿！""把那项链戴上，看看合适不！"多利高声祈求上帝的宽恕，小男孩在一旁哭喊道："妈妈，救救我，求你了，救救我！"

另外两个男囚的亲友也在人群中。好一阵子麦克才辨别出他们的爱尔兰口音。其中一个犯人道："伙计们，别让我的尸首落在医生手里！"那些朋友高声答应着。

麦克问科拉："这话什么意思？"

"这人肯定是杀人犯。杀人犯处死后会交给外科医生做解剖，看看体内长什么样。"

麦克不禁打了个冷战。

行刑人攀上囚车，给囚犯一个个套上绳索勒紧。没有人抗拒、反对或是尝试逃脱。周围戒备森严，反抗也无济于事。麦克心中却想：如果换作是我，怎样都得试一试。

牧师是个光头，一身袍子污迹斑斑。他上了囚车，与犯人们依次接触：他没怎么理会醉汉，与另两个男人谈了四五分钟，与多利和男孩的交谈时间最为长久。

麦克听说行刑有时会出岔头，心中不由得期盼着意外发生：绳索可能绷断；或者人群蜂拥而上，将罪犯放走；也许犯人还没咽气，刽子手就把绳索砍断。一想到不久后眼前这五条鲜活的生命就要完结，麦克心中很不是滋味。

牧师完成了使命。行刑者用布条将犯人的眼睛蒙住，随后自己下了车。醉汉站立不稳，一个趔趄摔倒在囚车上，脖子上的绳扣也应势收紧。多利不住地大声祈祷。

行刑人挥鞭策马。

只听莉茜一声尖叫："别！"

囚车猛地加速跑了起来。

行刑人再次挥鞭，马儿挣扎着加快了步伐。囚犯的脚下失去了依托，一个接一个悬荡在空中——首先是已然半死不活的醉汉，接着是两个爱尔兰人，男孩紧随其后，最后是多利，祷词说到一半便止住了。

莉茜看着眼前摆荡的尸体，心中充满了厌恶——既是对自己，也是对周围的旁观者。

还有人一息尚存。那男孩和两个爱尔兰人两脚一蹬空便折了脖子，了断得十分利落；醉汉的身体依旧在抽动；多利的布条从眼前滑落，可怜她两眼圆睁，在惊恐中一点点没了气。

莉茜把头埋在杰伊的肩膀里。

她本可以马上离开，但她强迫自己留下——既然是自己硬要来，就应该坚持到最后一刻。

莉茜再次睁开眼睛。

醉汉也不动弹了，那女人的脸已然痛苦地抽搐着。

喧闹的人群被眼前这可怕的情景所震慑，变得鸦雀无声。几分钟过去了。

最终，女囚闭上了眼睛。

警长上前割断了绳索，骚乱随即爆发。

那群爱尔兰人飞身上前，试图越过卫兵闯上绞刑台。警察奋力抵抗，手持刺矛的守卫猛刺闯入者。现场立刻见了血。

"怕什么来什么，"杰伊道，"他们想保住朋友的尸首，不想交给医生解剖。咱们得赶紧撤离。"

周围很多都抱着这样的想法，然而靠后的围观人群却不住地往里挤，想看个究竟。四面八方不停有人涌过来，不同方向的人流磕磕撞撞，拳脚冲突无法避免。杰伊试着冲出人群，莉茜紧贴着丈夫。迎面一大股人流涌将过来，所有人都在大呼小叫。两人被逼退到绞架跟前。那里现在挤满了爱尔兰人，一些一边与守卫厮打，一边躲避着长矛的攻击，还有几个人试图割断亡友身上的绳子。

突然，四周的拥挤莫名地有所缓和。莉茜转过身，在两个大块头中间瞅准一条空隙。"杰伊，快！"她一边喊，一边从空隙里钻过去。莉茜刚想回头看杰伊是否跟上，空隙却消失了。杰伊想强行通过，然而其中一个男人举起了巴掌，虎视眈眈地瞪着他，他吓出一身冷汗，只好乖乖退后。一时的犹豫铸成了大错：他与莉茜走散了。人群中，莉茜能看到丈夫的一头金发。她挣扎着想过去与他会合，然而眼前有人墙阻挡，她寸步难行。她大喊着杰伊的名字，杰伊大声回应，然而人潮却将他们越分越远。杰伊被挤到了泰伯恩街，而莉茜却被带往公园的方向。不一会儿，杰伊彻底消失在她的视线中。

莉茜孤立无援。她咬紧牙关转身背对着绞刑台。眼前是密不透风的人墙。她想从眼前的小个男人和大胸脯女人之间闯出条路。女人警告道："年轻人，把手放规矩点儿。"莉茜不住地向前推，费了九牛二虎之力才挤了过去。接着，她故伎重施，一不小心踩着个苦瓜脸的脚趾。那人一拳打在莉茜的肋骨上，她疼得一声大叫，但还是继续向前。

人群中出现一张熟悉的面孔，那正是麦克·麦卡什。他也在找出路。莉茜庆幸不已，大喊道："麦克！"他身边跟着个红头发的女人，格洛夫纳广场相遇那天，她也跟麦克在一起。"我在这儿！"莉茜大叫，"帮帮我！"麦克认出了莉茜，然而一个大个儿男人的胳膊肘正好戳在莉茜眼睛上，一时间，她的眼前一片模糊。等她恢复过来时，麦克和女人早已消失在人群中。

她执拗地坚持着，一步一步远离绞架处的争斗。她发现每迈出一步，周围的人流便松动了几分。不到五分钟，周围的人不再是前胸贴着后背，她可以在空隙中穿行了。终于，她来到一堵围墙边，循着墙根拐入一条宽不过一米的窄巷。

莉茜靠在围墙上大口喘着气。巷子里污秽不堪，散发着粪便的臭气。被人打到的肋骨隐隐作痛。她小心翼翼地摸了摸脸，连眼周也肿得老高。

希望杰伊能平安无事。莉茜转身想回去找他，却被眼前两个虎视眈眈的男人吓了一跳。

其中一个接近中年，胡子拉碴，腆着肚子；另一个也就十七八岁。他们的眼神令莉茜害怕。她刚要躲闪，那两人却猛扑上来，抓住胳膊将她甩在地上。他们扒掉莉茜的帽子和假发，拽走那双银扣皮鞋，麻利地翻腾着各处口袋。钱包、怀表和手绢被他们洗劫一空。

年长的男人将赃物塞进个袋子，盯着莉茜出神道："这外套不赖——跟新的差不多。"

说着两人弯腰揪扯莉茜的外套和马甲。她拼命地挣扎，不仅逃脱不成，还扯烂了衬衣。两人将抢来的衣服塞进口袋。胸部裸露在外，莉茜慌忙用破碎的衣服遮挡，然而太迟了。"哟，还是个小妞儿！"那年轻人叫道。

莉茜摸爬着站起身，却被年轻人死死抓住。

那胖子直勾勾地盯着她："老天，这小妞儿长得还挺俊。"说着，他舔了舔嘴唇，果断地说："这妞儿我操定了！"

莉茜吓得拼命反抗，然而无济于事。

年轻人瞅了瞅巷子外的人群："啥？在这儿？"

"笨蛋，哪有人顾得上看这儿啊？"说着，他在自己裤裆里揣摸了一气，"把她裤子扒了看看。"

年轻人把莉茜按倒在地，一屁股坐在她身上，当着胖子的面就要动手。极度的恐惧中，莉茜扯开嗓子拼命尖叫，无奈街上声音嘈杂，她知道，喊了也可能无济于事。

就在此时，麦卡什突然出现。

慌乱中，莉茜瞥见一张熟悉的面孔。只见他举起拳头，照着胖子的脑侧就是一拳，那家伙晃了两晃，打了个趔趄；麦克又是一拳，胖子立马翻了白眼；麦克再接再厉，第三拳干脆将他放倒在地。

那个年轻人慌忙从莉茜身上爬起，刚想溜走，莉茜一把扣住他脚脖子，让他摔了个狗吃屎。麦克把人薅起来狠狠甩在墙上，顺势一记勾拳瞄准下巴。那家伙稀里糊涂压在同伙身上，不省人事。

莉茜站起身，激动地说道："谢天谢地！"她眼里噙着泪水，张开手臂抱住麦克，"谢谢你救我！谢谢！"

麦克紧拥莉茜道："你也救过我——当初多亏你拖我上岸。"

莉茜抱得用力，想让发抖的身体停止颤动。麦克的大手从脑后抚着她的发丝。少了衬裙的隔阂，那坚实的躯体毫无保留地紧贴着她。那种触感与她的丈夫截然不同：杰伊高大柔韧，麦克温厚结实。

他扭过脸望着莉茜，碧绿的眼睛令人迷醉，甚至模糊了面部的轮廓。他坏笑道："你救了我，我又救了你。我们是彼此的守护天使。"

莉茜的心情渐渐平复。衣服被扯破，她依旧袒胸露乳。"我要是天使，就不会在你怀里了。"说着莉茜松开手。

麦克意味深长地望着她，坏笑着点点头，仿佛感同身受。

他转过身，弯腰从胖子软趴趴的手里抽出钱袋，将莉茜的外套拿回来让她穿上。莉茜三两下扣上扣子。刚刚脱险的她又惦记起丈夫的安危："我得去找我丈夫。"麦克伸手帮她套上外衣，莉茜问："你能不能帮帮我？"

"当然。"说着，麦克递过假发、帽子、钱包、怀表和手帕。

"你那位红头发朋友怎么办？"

"你说科拉？我把她安顿好了才来的。"

"是吗？"莉茜莫名的一阵懊恼，粗暴地问道，"你们俩好上了？"

麦克笑了："是啊。前天好上的。"

"我结婚那天。"

"我过得可好了。你呢？"

莉茜很想反驳，然而话到嘴边，她却笑了。"谢谢你救了我。"说着，她上前在麦克唇上轻轻一吻。

"为了这个吻，我再冒一次险也值了！"

她笑了笑，转身往街上走。

杰伊正站在街口看着她。

莉茜心中一阵愧疚。那个吻被他看见了？想必是，看看他怒气冲冲的样子就知道。"杰伊！谢天谢地你平安无事！"

"这儿又是怎么回事？"

"这两个人打劫。"

"我就说咱们不该来。"说着，杰伊抓起莉茜的胳膊往巷子口走去。

"麦卡什把他们打倒救了我。"

"那你也不应该吻他。"

19

约翰·威尔克斯受审当日，杰伊所在的兵团正在议会大厦前的旧宫院执勤。

这个自由派的代表人物多年前被定了诽谤罪，不得不逃往巴黎。今年返回英国后又被指控是个在逃犯。然而，尽管要面对漫长烦琐的法律官司，他还是在米德尔塞克斯郡的补缺选举中大获全胜。可还没等坐上议席，政府便想借他的诉讼官司将他赶出议会。

杰伊勒住马，警惕地监视着威斯敏斯特大厅外聚集的上百名威尔克斯的支持者。审判正在厅内进行。很多支持者的帽子上都别着蓝色的徽章，以示支持。诸如杰伊父亲这样的保守派坚持镇压反抗，然而所有人都在忧虑，不知威尔克斯的支持者会有何动作。

如果发生暴力冲突，杰伊所在的兵团必须出面维持秩序。兵团设有一支分遣队——在杰伊看来，队里人太少，根本不够用：区区四十人，外加几名军官，由杰伊的上级指挥官克兰布拉夫上校统领。这几十个卫兵在威斯敏斯特大厅与暴民间组成一条红白相间的防线，看上去十分单薄。

克兰布拉夫奉威斯敏斯特地方法官代表约翰·菲尔丁爵士之命驻守于此。菲尔丁虽然双目失明，工作办事倒丝毫没有耽误。他是出了名的改革派法官，然而在杰伊看来，这个人太过温和。菲尔丁以贫穷导致犯罪这一言论而著称。这就像在说婚姻导致出轨一样。

年轻的军官总是盼着参加行动，杰伊嘴上说自己也一样，心中却不免害怕。虽然佩剑带枪，他还从没参与过真枪实弹的搏斗。

这一天实在难熬。军官们轮流换岗巡逻，好趁机喝杯葡萄酒歇歇脚。时近傍晚，杰伊正给自己的马喂苹果，西德尼·莱诺克斯来到他跟前。

杰伊心里一沉：莱诺克斯是来要账的。毫无疑问，那天在格洛夫纳广场他就想开口，自己当日成婚，这家伙才碍于情面没开口。

杰伊拿不出那么多钱。他又怕莱诺克斯去找他父亲。

他故作镇定："莱诺克斯，你跑这儿来干什么？难不成你也是威尔克斯的拥护者？"

"约翰·威尔克斯就是下地狱我也不在乎。"雷诺克斯答道，"你在阿切尔勋爵那场法罗牌局欠了一百五十英镑，我是为那笔钱来的。"

一听那数目，杰伊不由得脸色发白。父亲每个月给他三十英镑，可总是不够花。天知道什么时候他才能攒够一百五十英镑。一想到事情败露后父亲震怒的样子，杰伊不由得两腿发软。只要不让父亲知道，他愿意付出任何代价。"可能你得多等一阵了。"杰伊假装含蓄道。

莱诺克斯并没有正面回应："你是不是认识一个叫麦克·麦卡什的？"

"还真有孽缘。"

"他靠着有卡斯帕·格尔登逊帮忙，自己拉帮结伙搞起了卸煤生意。这两个人惹出不少事儿。"

"这一点儿都不奇怪。以前在我父亲矿上干活儿的时候，这家伙就不安分。"

"问题不光是麦卡什，"莱诺克斯继续道，"他那两个好兄弟德莫特·莱利和查理·史密斯如今也各有自己的人马，弄不好不出这个星期，还会有更多人自立山头儿。"

"那你们这些工头儿就亏大了。"

"如果再不阻止，我们这行就没指望了。"

"这跟我没关系。"

"可你能帮上忙。"

"我看够呛。"杰伊并不想蹚这趟浑水。

"帮了忙能抵钱。"

"抵多少？"杰伊试探道。

"一百五十镑。"

他心中一动。这简直是从天而降的大好机会。

不过莱诺克斯可不会轻易大方，所求的人情绝非易事。杰伊一脸怀疑："你想让我干吗？"

"让船主拒绝跟麦卡什那帮人做生意。一些包工头自己也做运煤船生意，这些人当然没问题。多数运煤船都是独立经营，而你父亲又是伦敦最大的船运商。如果他牵头抵制，其他人肯定跟着。"

"可他干吗要牵这个头？他才不在乎那些包工头和卸煤的。"

"他是沃平区的议员，很多选票都攥在包工头手里。你父亲理应维护我们的利益。再说，这帮卸煤工三天两头闹事，不能让这帮人太嚣张。"

杰伊皱了皱眉。这话说得容易，可他在父亲面前完全说不上话——真正能说上话的其实也没几个。乔治爵士一旦下定决心，九头牛也拉不回来。但杰伊必须试试。

人群中爆发出一阵叫喊声：威尔克斯出来了。杰伊匆忙上马，掉头离开时对莱诺克斯喊道："我试试看。"

他找到奇普·马尔伯勒问："怎么回事？"

"威尔克斯保释不成，被押往王座监狱。"

集结队伍时，上尉命令杰伊："告诉你的人：除非约翰爵士下令，所有人不许开枪。"

杰伊亟欲反对：这样让大家如何镇压暴民？他骑着马故意兜大圈，拖延下令的时间。

一驾马车出现在大门口。人群中爆发出声嘶力竭的叫喊，杰伊不由得心中发慌。士兵们用火枪管击打着逼退人群，给马车让出一条路。威尔克斯的支持者在威斯敏斯特桥上乱跑，杰伊这才想起：马车必须过了桥才能去到萨里郡的监狱。他策马正想过去，克兰布拉夫上校挥手道："不许过桥，我们只负责在大厅外维持秩序。"

杰伊连忙勒马。萨里郡在另一个辖区，那边的地方法官并未请求军队支援。真是荒唐至极！他眼看着马车驶过泰晤士河，还没进萨里郡地界，马车便被人群截住，马也卸了下来。

约翰·菲尔丁爵士正身处混乱的人群中，他跟在马车后面，身边的两个助手负责领路和汇报。只见十几个壮汉冲上来，拉着马车掉头往回走，人群一阵欢呼。

杰伊的心越跳越快：如果暴民到旧宫院跟前怎么办？克兰布拉夫上校谨慎地举起手，示意按兵不动。

杰伊问奇普："你说咱们能不能把马车截住？"

"上头可不希望发生流血事故。"奇普道。

约翰爵士的书记员穿过人群来找克兰布拉夫。

马车一过了桥便一路向东。克兰布拉夫朝手下喊道："保持距离跟随——但不许行动！"

分遣队跟在人群后。杰伊咬牙切齿：这真是丢人现眼！几轮火枪过后，用不了几分钟，就能把暴民摆平。威尔克斯估计又要拿所谓的暴力镇压作为自己的政治资本，可那又怎么样？

马车沿斯特兰德大街驶向市中心。暴民又唱又跳，高喊着"为威尔克斯，为自由"和"四十五号"到了斯皮塔福德，马车才在教堂门前停下来。威尔克斯下车进了"三大桶"酒馆，身后跟着着急忙慌的约翰·菲尔丁爵士。

一些支持者也跟着进了酒馆，无奈地方有限，进不去太多人。他们在门外的街边徘徊。不一会儿，威尔克斯出现在楼上的窗口，人群中掌声雷动。他高声做着演讲。由于距离太远，杰伊听不清他讲话的内容，但也能捕捉个大概：威尔克斯试图安抚人群。

其间，菲尔丁的书记员又来找克兰布拉夫。上校将消息悄悄传达给下属。现场达成协议：威尔克斯从后门离开，今晚到王座监狱自首。

演说结束，威尔克斯鞠躬挥手，然后消失在人们的视线中。

见他不再出来，集会的人们也失去兴致，纷纷散去。约翰爵士从酒馆出来，握了握克兰布拉夫的手："干得不错，上校，请代我向您的士兵致谢。我们避免了冲突，也执行了法律。"说得倒好听，杰伊暗想，可实际上法律却沦为暴民的笑柄。

卫队回到海德公园的营地，杰伊垂头丧气。他严阵以待一整天，到头来却无所作为，心中的失望无以言表。但政府也不可能无止境地被动平息。强制镇压是迟早的事，到时不愁会没仗打。

他解散队伍，确保马匹得到妥善照料，这才想起莱诺克斯的提议。为这种事情去找父亲，杰伊是一百个不情愿，可总比跟父亲张口要一百五十英镑还债来得容易。于是他打定主意，回家前去趟格洛夫纳广场。

天色已晚，男仆说家人已经用过晚饭，乔治爵士正在后面小书房里。面对冷冰冰的大理石地走廊，杰伊迟疑了。他不想为任何事求父亲——每次不是说他要求无理，就是嫌他要钱太多。但这次也只能硬着头皮。他敲敲门进了书房。

乔治爵士一边喝着红酒，一边对着一张糖浆的报价单打呵欠。杰伊坐下来问道："威尔克斯被拒绝保释。"

"我听说了。"

兴许父亲想知道他们团今天的表现。"暴民挟持马车去了斯皮塔福德，我们跟了上去。但他最终承诺今晚自首。"

"很好。你这么晚跑来做什么？"

显然父亲对他当日的作为全无兴趣，杰伊见讨好无望，又道："您知道马拉奇·麦卡什来伦敦了吗？"

乔治爵士摇摇头，轻蔑地说道："我并不认为有什么大事。"

"他又开始在卸煤工里面挑事儿。"

"这也不奇怪——那帮人本来就不安分。"

"有包工头找到我，让我来找您，替他们说句话。"

乔治爵士挑了挑眉毛："为什么找你？"那口气仿佛在说：但凡有点头脑的人，都不会蠢到找杰伊当中间人。

杰伊耸耸肩："我恰好认识一个。就是他让我来找您的。"

"那些酒馆老板手上有不少选票，"乔治爵士思忖道，"他们有什么提议？"

"麦卡什跟他的几个朋友自起炉灶组工队，不经包工头直接上船拉生意。包工头们希望船主能跟他们一条心，别让那些新来的家伙得逞。他们认为如果您能牵头，其他的运煤商也会照做。"

"这事儿我没法插手。毕竟与我们无关。"

杰伊很失望：还以为这建议提得恰到好处。他假装事不关己："我是无所谓。可老实说我很意外：您总说，面对不知天高地厚、聚众闹事的工人必须恪守原则，绝不手软。"

此时，外面忽然响起一阵急促的砸门声。乔治爵士一皱眉，杰伊到走廊一探究竟。男仆急匆匆出去开门，只见一个五大三粗的工人头戴帽章，脚蹬木底鞋站在门口。"点灯！"工人命令道，"为威尔克斯照亮！"

乔治爵士从书房出来，站在杰伊的身边看着。杰伊道："他们经常这么干——逼着家家户户在窗前点灯，支持威尔克斯。"

乔治爵士道："门上那是什么？"

父子俩走过去一看，门上用粉笔写着数字"45"。格洛夫纳广场上正有几个人挨家挨户往门上写字。

乔治爵士抓住门前的工人质问道："你知不知道自己干了什么？那数字是个暗码，意思是：国王是个骗子。你们伟大的威尔克斯已经为此吃了牢饭，你们也离蹲监狱不远了！"

"你会为威尔克斯点灯吗？"那人对乔治爵士的话丝毫不以为意。

乔治爵士的脸涨得通红。一个下等人居然对他的话置若罔闻，他恼羞成怒，骂了一句"你去死吧"，然后当着工人的面将大门一摔。

杰伊跟随父亲回到小书房，还没等坐稳，就听到玻璃碎裂的声响。父子俩赶紧冲到餐厅：一扇窗子已被打碎，石头扔在抛光的木地板上。"那可是上好的冕牌玻璃！"乔治爵士气急败坏，"一平方尺要两先令哪！"就在他们愣神的时候，又一块石头破窗而入。

乔治爵士告诉门厅的男仆："让所有人到房子的里屋，别被砸着了。"

男仆怯生生问："先生，要不还是听他们的，在窗边点几根蜡烛算了？"

"闭嘴！让你做什么你就做！"

楼上又砸碎了一扇，杰伊听到母亲惊恐的叫声。他的心怦怦直跳，赶紧冲上楼去，正好跟从起居室出来的母亲撞上。"妈妈，您没事吧？"

阿丽西亚脸色惨白，但神情冷静："我很好。出了什么事？"

乔治爵士也上了楼，他强压怒火道："没什么好怕的，就是几个威尔克斯的混账同党。咱们先躲躲，等他们散了再出去。"

玻璃的破碎声不断传来，一家人赶忙躲进里间的小厅。父亲气得面色铁青——被逼无奈四处躲藏，他当然不高兴。兴许现在正是再次提议的时机。杰伊索性豁了出去："爸爸，咱们也该下定决心，给这些祸害一点颜色瞧瞧了！"

"你到底什么意思？"

"我是说麦卡什和那帮卸煤工。如果任由他们藐视权威，这帮人就会蹬鼻子上脸。"杰伊平时很少这样说话，母亲似乎也一脸纳闷。他继续道："咱们最好尽早下手，以防万一，让他们知道自己几斤几两。"

乔治爵士亟欲再度反驳，然而却突然迟愣了片刻，皱着眉头狠狠道："你说得没错，咱们明天就行动！"

杰伊露出了笑容。

20

走在泥泞的沃平高街，麦克感觉受到了国王一般的礼遇。每经一间酒馆，无论是门口、窗前、院内还是房顶，总有人朝他挥手，叫他的名字，要么就指着他介绍给朋友。每个人都想和他握手。工人们对他心怀感激，他们的妻子更是对他感恩戴德：如今，丈夫带回家的薪水是之前的三到四倍，而且回到家也不像以前一样醉醺醺惹人讨厌了。女人们当街拥抱他，亲吻他的手，指着他对街坊说："他就是麦克·麦卡什，那个敢对包工头说不的人，快来看哪！"

他来到河边，看着灰蒙蒙的宽阔河面。水浪高涨，岸边泊着几艘新船。麦克寻找船家载他揽生意。按以往惯例，包工头都干坐在酒馆里，等着船长上门找他们做生意，而麦克和兄弟们反其道而行，省了时间，也有了活儿干。

麦克坐小船上了"丹麦王子号"。船员们都上了岸，只有个老水手在甲板上抽烟斗。他把船长室指给麦克。船长正在案前奋笔疾书，用羽毛笔书写航行日志。"你好，船长，"麦克友好地微笑道，"我叫麦克·麦卡什。"

"怎么了？"船长语气生硬，连个坐儿也没让。

麦克没往心里去：船长没几个脾气好的。他依旧和和气气：
"要不要明天找几个伙计，利利索索把煤卸了？"

"用不着。"

麦克十分诧异。难道有人抢先一步？"那你打算找谁干？"

"反正不关你的事儿。"

"当然关我的事儿。如果你不想说，不要紧——其他人会告诉我的。"

"那就慢走不送了。"

麦克一皱眉。就这么莫名其妙地离开他实在不甘心："我说船长，你这是什么意思——难道我冒犯了你不成？"

"年轻人，我跟你没话说。你还是赶紧走人吧。"

麦克暗叫不妙，可又不知该说什么，只好悻悻离开。船长都是出了名的暴脾气——兴许是因为跟老婆分开太久。

他顺着河岸看去，就在"丹麦王子"旁边泊着另一艘新来的船只"怀特黑文旗帜号"。船员们还在忙着卷帆布、收缆绳。麦克招呼小船，打算上那儿试试运气。

船长人在艉楼甲板，跟他一起的还有个身挎佩剑、头戴假发的年轻绅士。麦克随意地行了个礼——他发现这种举止最容易取得对方的信任。"船长，先生，二位好！"

船长彬彬有礼："你好。这位是塔罗先生，船主家的公子。你有何贵干？"

麦克道："您想不想找几个伙计卸船？他们手脚麻利，不会喝得烂醉。"

船长和年轻人交谈了几句。

"想啊。"船长道。

塔罗先生却说："不用了。"

船长一脸诧异地看着塔罗。年轻人径直问麦克："你就是麦卡什，对吧？"

"对。看来我在船主中间也有了名声，因为我们活儿干得漂亮——"

"我们用不着。"塔罗干脆道。

接连被拒，麦克不由得心里发毛。他不服气："为什么？"

"多年来我们一直跟'煎锅'的老板哈利·尼佩尔合作，从来没出过岔子。"

船长插话道："也不能说没出过岔子。"

塔罗瞅了他一眼。

麦克又问："逼着工人们喝酒，再扣他们的工钱，这也不公平吧？"

塔罗显得不太高兴："我不想跟你这种人浪费口舌——这儿没你什么事儿，你走吧！"

麦克还是不死心："我的人明明干活儿更快，你何苦干等一群醉醺醺的工人慢吞吞干三天？"

显然船长也不买账："没错，我也想知道。"

"你们俩不许跟我抬杠！"塔罗道，显然是想耍主子威风。无奈他年纪太小，根本镇不住。

一个念头突然从麦克脑中闪过："是不是有人不让你雇我的人？"塔罗的表情证实了他的猜测。

"不管是你、莱利还是查理·史密斯，没有哪家会雇你们的人干活儿，"塔罗一脸傲慢，"大家都知道你们不老实。"

看来事情严重了，麦克不由得心头一紧。他知道莱诺克斯和其他包工头迟早会找他算账，可他没料到连船主也和他们沆瀣一气。

这道理说不通。旧制度对于船主来说并非十分有利。然而，多年来他们一直与包工头合作，出于保守才站在熟人一边，不管公平不公平。

发脾气无济于事，麦克心平气和对塔罗道："那太可惜了。你这么做只会两败俱伤——对工人不好，对你们也有损失。希望你能慎重考虑，再见。"

塔罗没吭声，麦克坐船回岸。碰了一鼻子灰，他双手抱头呆望着泰晤士河的污流。他是什么人？凭什么跟为富不仁的包工头抗衡？人家有权有势，他算老几？麦克·麦卡什不过是霍克村一个不起眼的矿工。

这些他早该料到。

麦克跳上岸，朝圣卢克咖啡馆走去。那里已经成为他非正式的大本营。如今他们已经组起至少五个工队，全部按新的方法做事。等到下周六，当其他工人按老规矩从黑心工头那儿领了被克扣的薪水，多数人肯定会加入他们的新阵营。可如果运煤商一抵制，工人们就得前功尽弃。

咖啡馆坐落在圣卢克教堂隔壁，除了咖啡，也提供啤酒和其他酒精饮品，还有吃的。这里的人们都是坐着吃吃喝喝，在酒馆则是站着的居多。

科拉正就着黄油吃面包。尽管已经是下午三四点，对科拉来说却是早餐时间——她总是半夜干活儿。麦克要了一盘碎羊肉和一大杯啤酒，在科拉身边坐下。科拉开口就问："怎么了？"

麦克将事情原委告诉她，一边说，一边望着她无邪的面孔。

科拉还穿着初遇时那件橘色长袍，一身浓烈的香水味——看来是准备开工了。她样貌如圣母般纯洁，闻起来却像是撒旦的娼妇。麦克心想，难怪腰缠万贯的醉鬼会心甘情愿地跟着她往黑灯瞎火的巷子里去。

过去的六天里，麦克与科拉过了三次夜。科拉想给他买件新衣裳，而他想让科拉换个活法。她毕竟是第一个实实在在跟自己好上的姑娘。

等麦克把遭遇讲完，德莫特跟查理也进了咖啡馆。原本麦克还抱着一丝希望——兴许兄弟们比他走运。然而一看表情就知道，他们俩也一样处处碰壁。查理垂头丧气，德莫特操着爱尔兰的土话道："那些船主串通一气跟我们过不去。沿河没有一家愿意雇我们干活儿。"

"真是瞎了他们的狗眼。"麦克咒骂道。对手阴谋得逞，而麦克深陷危机。

他义愤填膺：他只想老老实实干活儿，挣份辛苦钱好救妹妹脱离苦海，可总有家财万贯的有钱人跟他过不去。

德莫特道："麦克，咱们玩完了。"

比起船商的抵制，如此轻言放弃更令麦克窝火。"玩完了？"麦克怒道，"你这算什么爷们儿？"

"可我们还能怎么办？"德莫特问，"如果船主不雇我们，兄弟们只能屈服。大家都得过活啊。"

麦克想也没想："我们可以罢工。"

大家一言不发。

科拉问："罢工？"

也许这么说有欠考虑，可他越想，越觉得这是唯一的出路。

"所有的卸煤工都对现状不满，"他道，"我们可以说服大家，一起抵制包工头。运煤商没了办法，只能来找我们。"

德莫特不以为然："要是人家还是不找我们呢？"

麦克最见不得这种消极的态度：这些人为什么就不往好处想？"要是那样，煤就到不了伦敦。"

"罢了工，大家指什么过活？"

"少干几天活大家也不至于饿死。再说也不是一回两回了——没船没活儿干的时候，咱还不是得吃几天老本儿？"

"这话不假，可也不是长久之计啊。"

麦克真想大吼一声："对运煤商来说也是一样。伦敦不能没有煤炭。"

德莫特依旧不甚看好。科拉问："德莫特，不这么做，你们又能怎么办？"

德莫特皱起眉头琢磨了片刻，脸上的疑虑随即消失："我可不想吃回头草。管他呢，赌一把！"

"好！"麦克松了一口气。

"我罢过工，"查理不无伤感地道，"遭殃的是家里的女人。"

麦克问："你什么时候罢过工？"他自己毫无经验，只在报纸上读过些报道。

"三年前，当时我在泰因塞德当矿工。"

"没想到你当过矿工。"不仅是麦克，霍克村没一个人想过：矿工也可以罢工。"最后怎么样？"

"矿主被迫妥协。"

"就是嘛！"麦克振奋道。

科拉有些忧虑："这里不比北方，你的对手也不是地主。麦克，你的死对头是酒馆的老板，比人渣还人渣。兴许暗中雇个人，睡梦里割断你喉咙也说不定。"

麦克望着她：科拉是真心为他着想。"我会加倍小心的。"

科拉似乎还是不安心，可她没往下说。

德莫特道："你要说服的是大伙儿。"

"没错，"麦克意志坚决，"光是我们四个在这儿磨嘴皮子没用，决定权不在我们手上，得召集大家开个会。现在几点？"

几个人朝窗外望望：已经傍晚了。科拉道："肯定过六点了。"

麦克继续道："今天有活儿的工人天一黑就收工。你们俩到高街的酒馆转一圈，给大伙儿传个话。"

两个人点点头。查理道："在这儿开会肯定不行，地方太小。所有工人加起来估计得有八百号人。"

"'欢乐水手'家有个大院儿，"德莫特道，"而且那家的老板不是包工头儿。"

"行，"麦克赞成道，"告诉大家傍晚一个钟头后在那儿见面。"

"可能不会全来。"查理道。

"但多数会。"

德莫特又说："能争取几个算几个。"说着两个人出了咖啡馆。

麦克看看科拉，满怀希望道："今晚不开工是吧？"

科拉摇摇头："等同伙儿呢。"

科拉与佩哥一主一从，一个诱饵一个扒手，麦克越想越不安心："要是能想个法子，让那孩子不偷不抢过日子就好了。"

"为啥？"

一句话竟问得麦克一时语塞。"呃，当然是……"

"当然什么？"

"当然是让她老老实实地长大成人更好。"

"好在哪儿？"

麦克听得出她的言外之意，然而说出去的话已经无法收回。"她干的营生太危险，没准儿哪天她也会绞死在泰伯恩。"

"难道在有钱人家的厨房里刷地，被厨子打，被主人强奸就更好过？"

"又不是所有的厨房女仆都会被强奸——"

"但凡有几分姿色的都逃不掉。况且没了她，我又怎么过活？"

"你精明能干，长得又漂亮，你可以做成任何事——"

"可我不想做任何事，麦克。我想做这个。"

"为什么？"

"因为我喜欢。穿衣打扮，喝酒调情，我高兴。我偷蠢男人——这些没脑子的下流坯，根本不配有那么多钱。这营生既刺激又容易，比当裁缝、跑腿儿、端盘子多挣十倍。"

麦克哑口无言。他一直以为科拉偷钱是被逼无奈，万万没想到，原来她乐在其中。"我真是一点也不懂你的心思。"

"麦克，你头脑是很灵光，可你什么也不懂。"

佩哥也到了。她小脸苍白，还是那么虚弱疲惫。麦克问："吃早饭了吗？"

"没，"佩哥说着坐下，"我倒想来杯酒。"

麦克朝侍者招招手:"来碗粥,加点奶油。"

佩哥哭丧着脸,然而食物一上桌,她还是狼吞虎咽吃了个痛快。

佩哥吃得正高兴,卡斯帕·格尔登逊也现身咖啡馆。麦克正求之不得:他一直想去弗里特街,找格尔登逊商量对策。麦克简要讲述当天的遭遇,不修边幅的大律师则小口抿着白兰地。

格尔登逊越听越忧虑。麦克话音一落,格尔登逊便用他尖细的嗓音道:"你要明白,那些统治者也害怕了。不光是皇家和政府,而是整个上层阶级——公爵、伯爵、总督、法官、商人、地主……个个人心惶惶。如今他们是谈自由而色变,去年和前年的粮食暴动也证明了激怒人民的后果有多严重。"

"很好!"麦克道,"那他们就该答应我们的要求。"

"那倒不一定。他们担心一旦开了这个先例,你们就会得寸进尺。这些人真正的目的,是想找个借口,叫军队来把你们一网打尽。"

麦克听得出格尔登逊冷静分析背后所隐藏的恐惧。"他们还需要找借口?"

"当然。这都是因为约翰·威尔克斯。当权者视他为眼中钉,肉中刺。威尔克斯指责政府暴虐专制。一旦政府动用军队镇压市民,千千万万的老百姓就会看在眼里:'啊,原来威尔克斯说得没错,政府确确实实在搞专制。'而选票就掌握在这些小店业主、银匠和面点师手里。"

"那政府想找什么借口?"

"他们想借由暴动把这些观望者吓住,让人们担惊受怕,唯恐天下大乱,这样就没人惦记什么言论自由了。如此一来,到时候军队一到，更多人会松一口气，而不会群起而攻之。"

麦克听得入神，眼界大开的同时心里发慌。他从没用这种方式思考过政治。以前总是高谈理论，可终究沦为不公的受害者。格尔登逊所言正是理想与现实之间的中间地带：对抗势力针锋相对，局势摇摆不定，战术的细微变化就可能改变整个局势。麦克深深感受到：这才是真实的战场——有时甚至要付出高昂的代价。

往日的光环已渐渐褪去，眼前的格尔登逊脸上只有忧虑。"麦克，你是因为我而走上这条路。如果你死了，我这辈子也会良心不安。"

格尔登逊的担心无疑也影响着麦克。他想，就在四个月前，我还只是个矿工，如今我却成了政府的敌人，他们巴不得置我于死地。这难道是我自找的？他心中仍有一股强烈的责任感：格尔登逊觉得自己对麦克有责任，而麦克对工人们也责无旁贷。他不能一走了之，消极逃避，那是无耻懦弱的行为。是他让大家陷入今天的境地，如今他必须带领大家走出来。

麦克问格尔登逊："那你说我们该怎么办？"

"如果工人们同意罢工，你就要负责让运动有序进行，不能乱了阵脚。不能让他们放火烧船、杀死工贼或是包围酒馆。你也知道，这些工人年轻气盛，容易头脑发热，要是放任不管，恐怕伦敦也得被他们烧成灰。"

"这个我应该能做到，"麦克道，"我说话他们应该会听。他们似乎挺尊重我的。"

"他们崇拜你，"格尔登逊道，"而这会让你陷入更大的危险。你成了政府眼中的罪魁祸首，他们兴许会绞死你，以终结罢工。一旦工人们同意罢工，你也就成了危险人物。"

麦克真希望自己从未提过"罢工"二字。"那我该怎么做？"

"离开现在的居所，另找住处。地址严格保密，不要对亲信以外的任何人透露。"

科拉道："来跟我住吧。"

麦克勉强笑了笑，这倒不难。

格尔登逊继续道："白天不要在街上出现。有集会再露面，完事马上走人，要像鬼魂一样行踪不定。"

麦克听着觉得有些离谱，但事关生死，他也只好照做。"好吧。"

科拉起身离开。令麦克没想到的是，佩哥居然伸手搂住他的腰嘱咐道："小心点儿，花格佬，别让人捅了。"

大家的关爱让他受宠若惊，而就在三个月前，佩哥、科拉和格尔登逊对他而言还只是陌生人。

科拉吻了吻麦克，信步出了咖啡馆，说话间便卖弄起风骚。佩哥跟在她身后。

又过了一会儿，麦克和格尔登逊也动身前往"欢乐水手"。天色已晚，而沃平高街依旧是喧闹异常。酒馆门前、宅户窗内与行人的手灯里也亮起点点烛光。潮水退去，一股刺鼻的腐臭味从岸边飘来。

酒馆的院子里人头攒动，麦克深感意外。全伦敦约有八百名卸煤工，其中至少有一半到场。已经有人匆匆搭好了台子，周围树起四根火把照亮。麦克穿过人群，所有人都认得他，有的打招呼，有的拍他后背。他到达的消息迅速在周围传开，人们开始欢呼。到他站上讲台之时，欢呼已演变为一片沸腾。麦克上前一步注视着人群。火光之下，数百张满脸煤污的面孔对着他。他强忍泪水，大家的信任令他无限感激。现场人声鼎沸，麦克几乎开不了口。他举手示意大家安静，但没有用。有人叫喊着他的名字，还有人大呼"为威尔克斯，为自由！"之类的口号。渐渐地，嘈杂的声音汇聚成一股声浪："罢工！罢工！罢工！"

麦克凝视着眼前的人群，心想：我都做了些什么？

21

早餐时，杰伊·詹米森收到一张来自父亲的便条。信息简明
扼要，一看就是乔治爵士的风格：

> 格洛夫纳广场
>
> 早上八点
>
> 正午到我办公处议事。
>
> ——乔·詹

杰伊心里发虚，第一个念头便是父亲已经发现了他和莱诺克
斯的交易。

所有问题都圆满解决。运煤商抵制了新工队，莱诺克斯如愿
以偿；莱诺克斯也遵守诺言，退回了杰伊所有的借据。如今卸煤
工集体罢工，伦敦已有一个礼拜没有新煤上岸。不知父亲是否已
经知道：如果杰伊当初没欠下赌债，这一切也许就不会发生。他
越想越害怕。

他像往常一样到海德公园营地报到，向克兰布拉夫上校请了

中午的短假。整个上午他心神不宁，搞得手下的士兵战战兢兢，就连马儿也变得焦躁不安。

教堂的钟敲响十二点的钟声，杰伊走进詹米森家位于河畔的仓库。粉尘中带着辛香，咖啡、肉桂、朗姆酒、啤酒、胡椒与橙子的味道混杂在一起。那味道总能让杰伊回忆起童年：那时的酒桶和茶叶箱在他看来是如此巨大。如今，他仍像个淘气的孩子，等待着父亲的斥责。他穿过场地，回应着职员们的问候，沿着摇摇欲坠的木板楼梯来到会计室，经过记账员工作的大厅，最终来到角落里的父亲的办公室。房间里挂满了地图，四处尽是些账单和船只的照片。

"上午好，爸爸。罗伯特去哪儿了？"他的哥哥通常都陪在父亲左右。

"他得去趟罗切斯特①。今天的事情跟你的关系更大。菲利普·阿姆斯特朗爵士提出想见我。"

阿姆斯特朗是内阁大臣韦茅斯子爵的得力助手。这让杰伊越发紧张：难道他不光得罪了父亲，还招惹了国家？"他有何贵干？"

"他知道这场罢工因我们而起，想尽快终结事端。"

由此推断，这一切和他的赌债没有任何关系。尽管如此，他还是提心吊胆。

"人可能马上就到。"父亲道。

"他干吗来这儿？"如此头面人物，往往都是坐在白厅差人上门召见。

---

① 英格兰东南部城市名。

"估计是想避人耳目。"

杰伊还来不及细问，门一开，阿姆斯特朗走了进来。杰伊父子双双起身迎接。阿姆斯特朗人近中年，一身正装打扮，头戴假发，身挎配剑，走路时微扬着下巴，仿佛要告诉世人：通常他不会屈尊驾临这种乌烟瘴气的商务场所。乔治爵士与阿姆斯特朗握了手，请他坐下。从父亲的表情中杰伊便可看出：他对这个阿姆斯特朗并无好感。

阿姆斯特朗拒绝了红酒招待。"罢工必须尽快终止，"他道，"卸煤工这一闹，全伦敦近一半的产业陷入了瘫痪。"

乔治爵士道："我们试着说服水手进行搬运，然而持续了不过一两天。"

"怎么会这样？"

"要么被人买通，要么遭人恐吓——也许两者都有。如今他们也罢了工。"

"还有那些船工，"阿姆斯特朗忿忿道，"卸煤工闹事以前，那些裁缝、丝织工、制帽工、锯木匠之流就不怎么老实。不能再这么放任下去了！"

"菲利普爵士，您为何来找我？"

"因为我知道，正是因为你施加压力，运煤商才联合抵制了卸煤工的工队，继而引发大规模罢工。"

"这话不假。"

"原因何在？"

乔治爵士朝杰伊使了个眼色。杰伊紧张地咽了下口水，道："有组织卸煤工队的包工头找到我。父亲和我都不希望行业规则受到影响。"

"说得没错。"阿姆斯特朗道。杰伊暗想：那就有话直说。"知不知道谁是他们的头儿？"

"当然知道，"杰伊答道，"罪魁祸首叫马拉奇·麦卡什，人称麦克。以前他还在我父亲的矿上当过矿工。"

"最好把这个麦卡什抓起来，根据《反暴乱法》[1]判他个死罪。但必须抓得合情合理——不能诬告，也不能收买证人。必须有货真价实的骚乱，板上钉钉的事实：罢工的工人与政府军队爆发火器冲突，死伤无数。"

杰伊有些摸不着头脑。难不成阿姆斯特朗在授意父亲组织骚乱？

乔治爵士却听得明明白白。"菲利普爵士，您的意思我明白了，"说着，他看了看杰伊，"你清楚麦卡什的下落吗？"

"不清楚。"见父亲一脸的蔑视，杰伊慌忙补充道，"但我肯定能找到。"

黎明时，麦克将科拉摇醒。两人好生亲热了一番。科拉后半夜才上了床，浑身全是烟熏味，杰伊吻过她便再度倒头睡去。如今他精神抖擞，科拉却打起了瞌睡。她的身姿温暖而松弛，肌肤柔软，发丝纠结。科拉慵懒地环住麦克，低声呻吟着。两声轻柔而畅快的叫声过后，她转过身，再度进入了梦乡。

麦克良久注视着科拉的睡颜。那张脸娇小，粉嫩，和谐，简直无懈可击。然而她的生活方式却越来越令麦克感到不安。让个孩子给她打下手，实在是有点铁石心肠。每次麦克提起此事，科

---

① 1715年颁布的英国法令。法令规定12人以上集会为非法聚集，一旦官方宣布暴乱发生，集会人群必须在一小时内解散。

拉就一脸不高兴，指责麦克也逃不了干系——谁让他寄住在此，吃的喝的全倚仗科拉所做的"坏事"。

他轻叹一声下了床。

科拉住在煤场的一栋破楼里。场主发迹前居住在此，如今将底层改作办公室，二楼则租给科拉。

整套房一共两间：一间摆张大床，另一间摆桌椅。科拉的钱全部都花在了衣服上，而这些家当就放在卧室里。埃斯特和安妮每人也就那两身衣裳：一套上工，一套周日上教堂。而科拉各式各样的衣服加起来能有八九套，而且套套颜色鲜亮：红的，黄的，翠绿，深棕……一应俱全。每套衣服都有与之配色的鞋子，筒袜、手套、手绢更是不计其数，俨然是千金小姐的派头。

麦克洗了把脸，迅速穿好衣服，离开了科拉的住处。几分钟后，他来到德莫特家。莱利一家正在吃早饭。麦克冲孩子们笑了笑。每次戴上科拉的"套子"麦克都在想：有朝一日自己会不会也有孩子？有时，他觉得让科拉当孩子的母亲也不错，然而一想到科拉现在的生活，他还是打消了这个念头。

他们邀请麦克一起用早餐，他拒绝了——食物本来就不够吃，自己分一口，德莫特的家人就少一口。和麦克一样，近些日子德莫特也要倚仗着女人过日子：他的妻子每晚在咖啡馆刷锅，而他在家带孩子。

"有你的信。"德莫特说着递过一张蜡封的信纸。

那熟悉的笔迹同他自己的如出一辙，麦克一眼就认了出来：信是埃斯特写的。看着她的信，麦克心里一阵愧疚：他本该攒钱接妹妹出来，如今却落得身无分文，还得闹罢工。

"今天准备上哪儿？"德莫特问。麦克和兄弟们每天都会选择不同的地点见面。

"'后首'酒馆内间的吧台。"

"我去给大家传个话儿。"德莫特戴上帽子出了门。

麦克扯开封印开始读信。

信里交代了很多新消息：安妮怀了孕，如果是男孩，就打算取名叫麦克。读到此处，麦克的眼睛莫名地一阵湿润。詹米森家打算在格伦高地哈林姆家的地盘开个新矿，而且工期进展十分迅速。再过几天，埃斯特也要到那里当运煤工。这消息让麦克很意外：听莉茜说过，她永远不会答应在格伦高地开矿。约克神父的妻子发高烧离开了人世：这也不奇怪，她本来身体就不好。埃斯特依旧铁了心要离开霍克村。只要麦克一把钱寄来，她就立马远走高飞。

他把信折好装进口袋。无论发生什么，他决不能动摇。这次罢工非取胜不可，赢了这一仗，以后就会有积蓄了。

麦克亲亲德莫特的几个孩子，随后动身前往"后首"酒馆。

工友们已经陆续到达，麦克坐下直奔主题。

卸煤工"独眼"威尔森负责到河边监视新船到达的动向，据他观察，早上有两条新煤船到达。"我跟上岸买面包的水手打听了一下，"威尔森道，"两条船都是从桑德兰①来的。"

麦克转头对查理·史密斯道："查理，你上船去跟船长谈谈。跟人家说明我们为什么罢工，请他们耐心等等。希望运输商能尽快妥协，好让新工队开工。"

"独眼"威尔森插话道："干吗派个黑人去？换个英国人岂不

---

① 英格兰东北部港口城市。

更好说话？"

"我就是英国人。"查理道。

麦克说："这些船长多数生在东北部矿区，查理跟他们的口音相近。总之，他经验丰富，也能代表大家。"

"查理，你别往心里去啊。""独眼"道。

查理耸耸肩，领了任务离开酒馆。一个女人急匆匆与他擦肩而过，直奔麦克坐的那张台子。她急得上气不接下气。麦克认识她：来人名叫赛莉，她丈夫巴斯特·麦克布莱德也是卸煤工，动不动就爱打架。"麦克，他们抓住个背煤包上岸的水手，我怕巴斯特会要了他的命。"

"他们在哪儿？"

"他们把水手锁在'天鹅'酒馆的茅房里。可巴斯特喝多了，非要把人倒吊在钟楼上，其他人也吆喝着起哄。"

这种事情屡见不鲜。卸煤工都是暴脾气，沾火就着。目前麦克还阵得住。他挑了个壮实忠厚的小伙子比格斯金·波拉德嘱咐道："比格斯金，你过去把兄弟们拦住，千万不能出人命。"

"我这就去。"他说道。

卡斯帕·格尔登逊也到了。他衬衣上挂着蛋黄汤儿，手里握着张纸条。"利河上来了个驳船队往伦敦运煤，今天下午差不多就会到恩菲尔德闸口。"

"恩菲尔德，"麦克道，"离这儿有多远？"

"十二英里。"比格斯金回答，"就是走路去，中午也能到。"

"太好了。咱们得控制住闸口，不能让驳船队通过。我亲自带十二个壮小伙过去。"

此时又来了一个工友，说道："'绿精灵'酒馆的老板'胖子'山姆·巴罗斯想雇人组队，给'贾罗魂号'卸船。"

"让他撞大运去吧，"麦克道，"这家伙一辈子克扣工人，没人待见他。不过最好还是盯紧他，以防万一。威尔·特林布，你去他家周围打听打听，一旦山姆凑齐了十六个人，马上告诉我。"

"这家伙人间蒸发了，"希德尼·莱诺克斯道，"离开了住处，不知去向。"

这让杰伊头疼万分。他当着菲利普·阿姆斯特朗爵士的面向父亲夸下海口，承诺找到麦卡什。现在他真希望当时什么也没说。如果他食言，父亲肯定又是一顿猛烈斥责。

杰伊一直指望莱诺克斯能掌握麦卡什的行踪："可如果他躲起来，又怎么组织罢工？"

"每天早晨他都在不同的咖啡馆露面，也不知怎么的，那些小喽啰总能找到他。他下完命令就消失，第二天才再次出现。"

"总得有人知道他藏在哪儿吧？"杰伊哀怨道，"找到麦卡什，就能摧毁罢工。"

莱诺克斯点点头。他比任何人都希望工人们被打垮。"卡斯帕·格尔登逊肯定知道。"

杰伊摇了摇头："这人对我们没用。麦卡什有没有相好的？"

"有，叫科拉。但这女人厉害得很，她应该不会说。"

"肯定还有人知道。"

"还有个小鬼。"莱诺克斯琢磨道。

"小鬼？"

"人称'快手佩哥'。这丫头跟着科拉一起偷人腰包，没准儿……"

午夜的阿切尔勋爵咖啡馆人头攒动，有军官，有绅士，还有些风尘女子。空气里充斥着烟草和泼洒出的红酒味。提琴手在角落里拉琴，然而音乐声早已被嘈杂的人声盖过。

有几桌牌局正在进行。杰伊没有下场打牌，而是坐在一边喝酒。按照计划，杰伊要假装醉酒。起先，他还将大半白兰地在身前偷偷倒掉。夜色渐浓，他百无聊赖，酒也越喝越多。只见他摇摇晃晃，完全就是本色演出。奇普·马尔伯勒也喝了不少酒，却没见他有几分醉意。

杰伊心中有事，所以很难提得起兴致。任何失败的借口在父亲那里都没有用，必须想方设法弄到麦卡什的住处。杰伊也想过凭空捏造，就说麦卡什再次提前转移，然而父亲一定知道他在说谎。

于是他来到阿切尔，一边喝酒一边盼望着科拉能出现。其间有很多姑娘来找他搭讪，然而没一个符合科拉的特征——眉清目秀，火红的头发，十八九岁。他和奇普每次都是敷衍几句，姑娘见他们没兴趣，也就去找下家了。希德尼·莱诺克斯一直在屋子另一头密切观察，一边抽烟，一边还扔几个小钱玩法罗牌。

杰伊有些动摇：今晚可能不太走运。在科芬园这地方，像科拉这样的姑娘能有上百个。兴许接下来的几天他都得在这里蹲点。他家中还有娇妻守候，纳闷着为什么丈夫一定要在这种上流女士绝不会驻足的地方过夜。

杰伊正急切地向往着家中温暖的床榻和莉茜的温柔乡，这时科拉出现了。

他一眼就锁定了目标：科拉毫无疑问是全场最漂亮的姑娘，一头红发如壁炉中的火焰般炽烈。她一副风尘打扮：低胸的红丝裙，镶蝴蝶结的红鞋，一进门便老练地巡视四周。

杰伊瞅了瞅莱诺克斯，只见他点了两下头。

谢天谢地，杰伊心里想。

他转过头，正好遇上科拉的目光。杰伊笑了笑。

科拉的表情似乎有几分似曾相识的意味，仿佛认出了杰伊。她笑着走了过来。

杰伊心里打鼓。他告诉自己，只要保持一贯的迷人就可以——以前也曾有无数女子拜倒在他脚下。他吻了吻科拉的手。她抹的香水气味浓烈，带着些许檀香味。"我自以为认识伦敦城所有的漂亮姑娘，看来我错了，"杰伊故作殷勤道，"我是乔纳森上尉，这位是奇普上尉。"他决定不用真名，以防麦卡什对她提起过自己。如果名字耳熟，科拉定会看出名堂。

"我叫科拉，"说着她打量着眼前两个人，"都这么英俊，我都说不清更喜欢哪个了。"

奇普道："我家比杰伊家有地位。"

"但我家更有钱。"杰伊说道，一句话逗得两个男人咯咯直乐。

"既然有钱，就请我喝一杯白兰地吧。"科拉道。

杰伊朝侍者招招手，请科拉坐下。

她挤在杰伊和奇普中间，三人同坐一条板凳。科拉的气息中有杜松子酒的味道。杰伊望着她的肩膀以及隆起的酥胸，忍不住拿她和妻子作比较：莉茜个子不高，但前凸后翘，性感撩人；科

228

拉身材瘦削高挑，乳房如同碗中两个并排摆放的苹果。

科拉一脸疑惑地看着杰伊："咱们认识吗？"

杰伊神经紧绷。他们肯定从未见过啊？"没有。"他说道。如果科拉认出他，一切就都玩完了。

"你看着面熟。兴许我们没说过话，但我好像见过你。"

"那就趁现在好好熟悉熟悉。"杰伊讨好地笑道。他一只胳膊搭在后座上，伸手抚弄着科拉的脖子。科拉闭着眼睛，仿佛陶醉其中，杰伊也开始放松警惕。

她如此投入，杰伊差点忘了这只是逢场作戏。科拉一只手搭在他大腿根，靠近他的胯部。他努力克制着自己的兴奋——这是在演戏。他埋怨自己不该喝那么多酒，现在可是需要保持清醒的时候。

白兰地端上桌，科拉一口饮尽。"来吧，大人物。"她说道，"趁着裤裆还没撑破，跟我出去兜兜风。"

看着身下显眼的肿胀，杰伊面红耳赤。

科拉起身往门外走，杰伊紧随其后。

一出门，科拉一手搂着杰伊的腰，领着他沿科芬园广场的柱廊道往前走。杰伊一只胳膊搭在科拉肩头，继而向下摸进了胸脯，把玩她的乳头。科拉笑着拐进一条窄巷。

两个人拥吻在一起，杰伊揉捏着科拉的双乳，莱诺克斯的计划被他全然抛诸脑后。科拉温暖而顺从，杰伊欲火焚身。她的双手抚摸着杰伊的躯体，解开外衣摩挲他的前胸，不觉间玉手便伸进了裤子。他的舌头贪婪地伸进科拉口中，两手忙着撩裙子，肚皮觉察到一丝凉意。

一声稚气的尖叫在他身后响起。科拉一惊，把杰伊推开。她朝他肩后瞅了瞅，转身似乎想跑。此时奇普出现，把科拉拦住。

杰伊转身见莱诺克斯使劲抓着个孩子。那孩子又是尖叫，又是扭打抠抓，纠缠中不断有东西从身上掉下。借着星光，杰伊认出了自己的钱包、怀表、丝帕和银章。这丫头趁着他们亲热偷了杰伊的东西。尽管事先有所预料，他还是毫无察觉。他已经完完全全进入了角色。

孩子已不再挣扎，莱诺克斯道："走！带你们俩见治安官去！偷东西可是掉头的罪。"

杰伊环顾四周，心想科拉的姐妹们会不会冲出来，然而这里发生的一切都无人问津。

奇普瞅了瞅杰伊的下身："詹米森上尉，把武器收起来吧——战斗结束了。"

多数有权势的人物都会谋个治安官的职位，乔治爵士也不例外。他从未组织过公开审判，但有权在自己家里审理案件。治安官有权执行鞭刑和烙刑，也可以关押犯人，罪行严重的则移交老贝利街的中央刑事法庭。

夜深了，乔治爵士仍未休息。他在等杰伊的消息。有觉不能睡，他不免有些急躁。一行人回到格洛夫纳广场的会客室，乔治爵士气呼呼道："我以为你们十点多就能回来！"

科拉双手捆着被奇普·马尔伯勒拽进门。她开口道："原来你早就料到了。一切都是计划好的——你们这些浑蛋！"

乔治爵士道："闭嘴！不然开审之前先拖你出去吃几鞭子。"

科拉信以为真，没往下说。

乔治爵士拿过一张纸，蘸了墨水写道："起诉人，杰伊·詹

230

米森先生。状告偷窃者……"

莱诺克斯道:"'快手佩哥',先生。"

"这种外号没法记录,"乔治爵士火了,"你真名叫什么?"

"佩吉·耐普,先生。"

"另一个呢?"

"科拉·希金斯。"

"偷窃者佩吉·耐普,从犯科拉·希金斯。目击者……"

"西德尼·莱诺克斯,沃平'太阳'酒馆老板。"

"你呢,马尔伯勒上尉?"

奇普连忙举手纠正:"如果莱诺克斯先生的证言足够有力的话,我就不必牵扯进来了。"

"当然,上尉。"乔治爵士对奇普总是礼让三分,毕竟奇普的父亲是他的债主。"多谢你协助抓捕罪犯。好了,你们两个被告有什么要说的吗?"

科拉道:"我可不是她的从犯——我们根本不认识。"佩哥瞪大眼睛盯着科拉,一脸难以置信。科拉接茬道:"我只是陪着个帅气青年散步而已,哪知道这丫头会偷人东西。"

莱诺克斯道:"乔治爵士,所有人都知道这两人是一伙儿的——我就撞见她们好几次。"

"够了,"乔治爵士道,"你们犯偷窃罪,要被送进纽盖特监狱。"

佩哥失声痛哭,科拉也脸色煞白。"你们干吗这么欺负人?"说着,科拉伸手直指杰伊,"你在阿切尔给我下套儿!"她又指指莱诺克斯,"你跟着我们出来,而你,乔治·詹米森爵士,大半夜不睡觉,坐在家里等着问我们的罪。你们想干吗?干

231

吗跟我和佩哥过不去？！"

乔治爵士并不理会。"马尔伯勒上尉，有劳你把这女人带出去看管一阵。"所有人一动不动，等着奇普把科拉带离房间。门一关上，乔治爵士转对佩哥道："我说孩子，偷人东西要受什么罚，你知道吗？"

佩哥浑身发抖，面如死灰。她小声答道："要戴治安官的箍儿。"

"如果你的意思是上吊，那就说对了。可你知不知道？有些人不用绞死，而是流放到美国。"

佩哥点点头。

"这些人认识有手腕儿的朋友，可以向法官求情。你有这样的朋友吗？"佩哥摇了摇头。

"那如果我告诉你，我可以替你出头，给你说情，你觉得怎么样？"

佩哥抬头望着他，眼里闪着一丝希望。

"不过你也得帮我个忙。"

"帮什么？"

"只要你告诉我麦克·麦卡什的住处，我就能保你不死。"

屋子里好一阵子没人说话。

"在沃平高街煤场的阁楼。"说完，她号啕大哭。

22

一觉醒来，麦克意外地发现身边没人。

科拉从没有一夜不归的时候。二人同居不过两周，他可能还不完全了解她的日常习惯，但还是不免担心。

麦克照常起床，清早到圣卢克咖啡馆收发消息。无论碰到谁，他都会问是否有人见到或听到科拉，然而没人知道。他派人去"太阳"酒馆找快手佩哥打听，然而她也整晚在外面还没回来。

下午，麦克走到科芬园，找遍大大小小的酒馆、咖啡馆，找妓女和侍者打听。好几个人昨晚见过科拉。阿切尔勋爵咖啡馆的一个侍者还看见她跟个醉醺醺的富家公子一起离开。在那之后就没了影儿。

他到斯皮塔福德找德莫特，希望能有点进展。德莫特正喂孩子吃晚餐剩下来的骨头熬成的肉汤。德莫特也打听了一整天，还是没有科拉的任何消息。

麦克摸黑返回住处，希望到家时她正香艳地倒在床上，等他回来。然而等待他的只是空荡荡的、冷冰冰的房间。

他点了根蜡烛，坐下来琢磨。沃平高街的酒馆里依旧人头攒动。尽管罢工正在进行，工人们还是免不了要喝上一杯。麦克很想加入，但是安全起见，夜晚他还是别在酒馆露面的好。

他就着奶酪啃了几口面包，打开格尔登逊借给他的小说《项狄传》，然而他根本静不下心。深夜，他开始担心：街上正爆发骚乱，科拉是不是死了？

屋外人声喧闹，还可以听到急促的脚步声，貌似是车马队的声音。他赶紧到窗边观看，生怕工人们闹出事端。

夜空清亮，弯月高悬，高街视野清晰。月光下十几辆马车在坑坑洼洼的土路上行进着，显然是朝着煤场而来。一群人跟在马车后面大呼小叫，道路两旁还不时有人从酒馆出来加入其中。

这阵势眼看着要出暴乱。

麦克咒骂了一句，真是怕什么来什么。

他转身冲下楼梯。如果能说服他们不卸车，兴许还能避免冲突。

等到了街上，第一辆马车已经拐进煤场。麦克迎了上去。赶车人跳下马车，不由分说将几块煤往地上扔，还砸着了几个工人。其他人纷纷搬起煤块往车上扔。麦克听到一声女人的尖叫，只见孩子们被大人驱赶着纷纷往家跑。

"住手！"麦克大叫道，冲到工人们和马车间，高举起双手。"住手！"很多工人认出了他，一时间叫喊声停止。幸好查理·史密斯也在人群之中。"看在上帝的分上，查理，别让这些人乱来。"麦克道，"我跟他们说说。"

"大家保持冷静，"查理大声道，"让麦克来处理。"

麦克转过身背对工人们。窄路两旁，很多人站在门前看热闹，如果事情不妙，便准备立马进屋关门。每驾马车上至少都有五个人。现场异常安静，麦克来到领头车跟前，问道："这里谁管事儿？"

月光下一个身影走上前道："是我。"

麦克认出那正是西德尼·莱诺克斯。

麦克既迷惑又吃惊。怎么回事？为什么莱诺克斯会带人往这儿拉煤？他有种不祥的预感。

煤场主"黑杰克"杰克·库珀也在场。他总是一脸煤灰，跟矿工没两样。"杰克，看在上帝的分上，把院门锁上，"麦克恳求道，"再不阻止，就会有人没命了！"

库珀一脸不高兴地说道："我也得挣钱过日子！"

"等罢工结束了，一切都会解决。你总不想沃平高街上见血吧？"

"现在也没法儿回头了。"

麦克瞪着他："谁让你这么干的？是不是有人在背后指使？"

"我的事我拿主意——谁也管不着。"

麦克逐渐看出了端倪，不由得怒火中烧。他转而问莱诺克斯："一定是你收买了他。究竟为了什么？"

一阵响亮的手铃声打断了对话。只见"煎锅"酒馆二楼窗口处站着三个人，一个摇铃，一个掌灯，中间那个头戴假发，挎着佩剑，似乎有点来头。

铃声一停，戴假发的自报家门："鄙人罗兰·麦克弗森，沃平地方治安法官，本人宣布：此次集会为暴乱事件。"接着，他又朗读了《反暴乱法》的重点条目。

按照法律，一旦宣布发生暴乱，所有集会人群在一小时内解散。如有违抗都有可能判死刑。

治安法官来得倒挺快，麦克心想。他肯定事先就已料到，早早在酒馆里等信号。整件事显然经过精心策划。

然而目的何在？这些人似乎想故意挑起暴乱，抹黑卸煤工人，以此为借口处置工人领袖——也就是他自己。

冲动中，麦克想反抗。他想大喊："想要暴乱是吧？我们就暴一个给他们看！把伦敦烧个火光冲天，让他们永远也忘不了！"他真想一把掐住莱诺克斯的脖子。但现在必须冷静，必须理智思考。究竟怎样做才能不让莱诺克斯的计划得逞？

为今之计只有妥协，放手让他们卸煤。

麦克转过身，工人们满脸愤怒地聚集在煤场门前。"大家听我说，"麦克道，"这是一场阴谋，他们想激怒大家引起暴乱。如果我们心平气和地解散，他们就没办法得逞。如果我们执意反抗，那就输定了。"

人群中有人小声抗议。

麦克心想，老天爷，这些工人可真够笨的。"你们怎么还不明白？他们正愁没理由除掉我们。干吗一定要钻这个圈套？今晚大家先回去，我们明天从长计议！"

"他说得没错，"查理附和道，"瞅瞅这是谁——西德尼·莱诺克斯。咱们都知道，摊上他准没好事儿。"

一些工人同意地点点头，一时间麦克以为他也许说服了大家。这时候，只听莱诺克斯大喊："抓住他！"

几个人同时冲上来想抓麦克。他转身刚要跑，却被其中一个抓住扑倒在地。挣扎中，他听到工人的阵阵怒吼：最害怕的情况还是发生了，一场激斗不可避免。

麦克不顾几个人对他又踢又打，挣扎着想要起身。几个工友将袭击者揪到一旁，他这才立住。

他迅速环顾四周：莱诺克斯已经不见踪影，狭窄的街道净是敌人的打手，四处与工人们扭打。马匹暴跳着发出凄厉的嘶鸣。麦克本能地想要加入混战，揍倒一个算一个，但他克制住了。怎么做才能尽快结束恶斗？他的脑子转得飞快：最好的办法也许是让大家退攻为守，双方僵持。

麦克抓住查理道："告诉大家，尽量往煤场里去，然后赶紧关门！"

查理逐一寻找着工友，扯着嗓子好让大伙儿听见："往院儿里去！关上大门！别让他们打进来！"就在此时，麦克听到了第一声枪响。

"这他妈的到底怎么回事？"他咒骂道，然而没人理会。拉煤车的什么时候也开始带枪了？这些人都是什么来头？

只见一只短火枪的大枪口正对着他。没等他有所反应，查理一把夺过枪，对准拿枪的人就是一枪。那人当场毙命。

麦克大叫不好。查理很可能会被绞死。

又有人冲过来。麦克闪身给了对方下巴一拳，那人栽倒在地。

麦克退身想理清头绪：整个事件就发生在他家窗外，这肯定不是偶然。一定是他们找到了我的住处——是谁当了叛徒？

一连串枪声随后响起。火光照亮了黑夜，空气中弥漫着煤尘和火药的味道。麦克大声抗议，多个工人中枪倒地，有死有伤。在他们妻子眼中，麦克将成为罪人，而他罪有应得。罢工由他发起，如今他却无力收拾这烂摊子。

多数工人进了煤场，手头还有些煤块可以扔。他们奋力抵抗，阻止来人闯入。他们以院墙作为屏障，抵挡时断时续的火枪射击。

入口处的打斗最为激烈。只要能把高大的院门关上，兴许就能结束战斗。麦克在混战中挣扎着来到门口，拼命推动其中一扇，几个工人看出了他的意图，纷纷过来帮忙。好几个人跟跄着被挤出了院子。就在麦克以为将要大功告成之际，一辆马车又挡在了门前。

麦克喘着粗气大喊："把车子挪开，把车子挪开！"

他的计划初见成效，麦克看到了一丝希望。半掩的大门在双方之间形成一道壁垒。不仅如此，第一波激战已经开始降温。看着身上的伤痛和同伴的遗体，工人们打架的冲动也因而有所冷却。工人们意识到要保存实力，大家都想心平气和地结束这场冲突。

麦克想，也许能很快制止冲突：若能赶在军队到达之前保持对峙，整个事件就只是一场小规模冲突，罢工依旧是一场和平抗争。

十几个工人将马车拖出院外，其他人用力把门关上。缰绳一断，受了惊的马儿又叫又跳，惊恐地来回乱跑。大块大块的煤从车上砸下来，麦克大喊："继续推，别停下！"马车一点点往外蹭，门缝一点点变窄。

行军的脚步声阵阵传来，麦克的希望全然破灭。

卫队沿沃平高街向前推进，红白相间的制服在月光下鲜亮惹眼。杰伊策马走在队首。心心念念的"行动"就在眼前。

他面无表情，内心却狂跳不止。耳畔是战斗的喧嚣，莱诺克斯那边已经挑衅成功：人声喧闹，马匹嘶鸣，枪声不断。杰伊从未在气头上拔过剑开过枪，今晚将是他第一次对敌作战。他告诉自己：我们兵团训练有素，这些暴民根本就不是对手。然而他心里还是没底。

克兰布拉夫上校此番派他出动，身边并没有上级军官指挥。以往，克兰布拉夫都是亲自督战，但今天情况特殊。既然有政治干预，他宁愿置身事外。杰伊起初得意，如今却宁愿有个老练的上级助他一臂之力。

莱诺克斯的计划听起来天衣无缝，可他越往前走，越觉得漏洞百出。万一今晚找到的不是麦卡什怎么办？如果被他跑了怎么办？

离煤场越来越近，军队的步伐似乎有所减慢，到后来俨然成了龟速前进。看到官兵，闹事者有的开溜，有的顶上；其中一些人不住地丢煤块，一颗颗下雨般猛砸在杰伊和士兵们身上。他们没有退缩，一路行进至煤场门口，并按计划摆好射击阵势。

齐射的机会只有一次。他们离对方太近，根本来不及装弹。

杰伊举起佩剑。卸煤工人都被困在煤场内。他们试图关上院门，但现在不得不放弃了，如今两扇门大敞着。一些人翻墙出院，其他人徒劳地躲藏在煤堆或车轮后。命中他们简直如同探囊取物。

突然，麦卡什出现在墙头。月光之下，他肩宽体阔，眉目清晰。只听他大喊："住手！别开枪。"

去死吧，杰伊想。

他将佩剑向下一挥，喊道："射击！"

枪声如雷，烟雾四起，一时间遮住了前沿的士兵。十几个工人应声倒下，有人痛苦地叫喊，有人一动不动。麦卡什跳下围墙，跪倒在鲜血淋漓的黑人躯体旁。那人一动不动，双眼死盯着杰伊，脸上的怒火甚至令他胆寒。

杰伊大喊："冲啊！"

他万万没有想到，工人们居然奋不顾身地冲了上来。原以为这帮人会逃之夭夭，没想到他们避开刀剑和火枪，手持棍子、煤块，手脚并用与士兵们扭打在一起。杰伊沮丧地看到几个士兵被打倒。

杰伊四下寻找着麦卡什，单单不见他的踪影。

他嘴里咒骂着：如此大费周折就是为了抓麦卡什。菲利普爵士要的是他，杰伊也答应交人。总不至于被他溜了吧？

麦卡什冷不丁出现在他眼前。

他没有逃跑，而是直奔杰伊而来。

他夺过杰伊的缰绳。杰伊举剑，麦卡什躲闪到左侧。杰伊笨拙地砍了几下，无一命中。麦卡什一跃而起，抓住杰伊的袖子猛拉。杰伊想把胳膊抽回，但麦卡什死活不放手。杰伊的身子一个劲儿往侧边滑，麦卡什用力一扯将他拉下马。

霎时间，杰伊担心自己小命不保。

他勉强站起。麦卡什的双手立马掐住他的咽喉。他收回佩剑，还未来得及出手，麦卡什便低头朝他脸上猛撞。杰伊眼冒金星，温暖的血液顺着脸往下流。他胡乱挥舞着佩剑，似乎击中了什么。他以为是麦卡什，然而掐在喉咙的双手未见松弛。他的视野渐渐恢复，眼前正是麦卡什杀气腾腾的双目。杰伊惊恐万分，要是此时还能说出话来，他肯定会大声求饶。

一个手下见杰伊有难，挥手一枪托砸在麦卡什耳朵上。他双手松了一下，掐得更紧了。那个士兵再次起手，麦克试图躲闪，

240

但慢了一步。沉甸甸的木枪托咔的一下砸下来，那脆声在嘈杂的混战中也听得分明。麦克的手先是一紧，杰伊手刨脚蹬，如同溺水之人想要呼吸。紧接着，麦克双手一松，顺着杰伊的脖子滑下，两眼一翻倒在地上不省人事。

杰伊倚着佩剑呼呼地喘着粗气，渐渐从惊恐中平复下来。他的脸火烧一样地疼，可好在鼻子没断。他看着倒在脚下的麦克，心中无限得意。

23

当晚，莉茜彻夜未眠。

杰伊说当晚可能会出乱子，而她坐在卧室里等待着，小说摊在膝头，一字未读。杰伊后半夜才到家，浑身污泥血迹，鼻子上还包着绷带。见他平安归来，莉茜高兴得紧紧拥抱丈夫，白色的丝裙也沾上了污迹。

她叫醒佣人，让他们烧些开水，一边帮他脱衣、洗澡、换睡衣，一边听他细细讲述暴乱经过。

两人在宽大的四柱床上躺下，莉茜试探着问："麦卡什会被处死吗？"

"但愿吧。"说着，杰伊用手指轻轻碰了碰鼻子上的绷带。"我们有目击证人，证实是他煽动工人闹事，还袭击了军官。如此罪行，应该不会有法官会轻判。可如果有有权势的人替他求情，那就不一定了。"

莉茜眉头紧皱："我没觉得他性格暴力。他也许不服管束，以下犯上，粗鲁无礼，自以为是——可他绝对不是野蛮人。"

杰伊不以为然："也许吧。但一切已经安排好，他跑不了。"

"什么意思？"

"菲利普·阿姆斯特朗爵士暗中来仓库见父亲和我。他想以煽动暴乱的罪名逮捕麦卡什,基本就是想让我们把罪名坐实。所以我跟莱诺克斯就谋划了一场暴乱。"

莉茜大吃一惊。一想到麦克是被人恶意激怒,她心里就更不是滋味。"这下菲利普爵士满意了?"

"当然。克兰布拉夫上校很欣赏我镇压暴乱的措施。将来退伍时也可以风风光光地离开军队了。"

然后两人在床上欢爱起来,可是莉茜心中不安,连爱抚都无法全心享受。通常,床榻上的莉茜都是活泼欢实,翻来覆去,肢体扭转,又是亲吻,又是说笑,有时还喜欢把杰伊压在身下。杰伊自然留意到妻子今日举止反常,事后他道:"你今天格外安静。"

她找了个借口:"我怕弄疼你。"

杰伊并未多想,不一会儿便安然睡去。莉茜辗转难眠。杰伊的公义观又一次引起她的不安。每一次有坏事发生,都跟那个莱诺克斯有关。杰伊本性不坏,这一点莉茜并不怀疑,但他容易被奸人带上邪路,尤其是莱诺克斯这种有主意的老狐狸。好在一个月后他们将动身前往美国。等船一离港,以后便再与他毫无瓜葛。

她还是睡不着,仿佛心头压着块沉甸甸、冷冰冰的大石头。麦克·麦卡什快要没命了。那天早上在泰伯恩刑场,看陌生人被绞死的莉茜都不敢直视。童年的伙伴将要面临相同的命运,莉茜更是于心不忍。

她告诉自己:麦克的事不该她来管。他逃离霍克村,犯了法,罢了工,还参与暴乱,麻烦惹了个够。事到如今,莉茜的责任不是拯救麦卡什，而是守着她的丈夫。

话虽如此，可她依旧无法入眠。

当窗角泛起晨光时，莉茜起身下床。她决定着手为旅程打点行装，吩咐佣人把新买的防水皮箱拿出来，在里面放上结婚时收到的礼物：桌布、餐具、瓷器、玻璃器皿、烹锅以及刀具。

睡醒后的杰伊伤口依旧作痛，脾气也毛毛躁躁的。他喝了一小盅白兰地，没吃早饭就去了军营。莉茜的母亲还住在詹米森家，杰伊一走她便上门探望。母女俩来到卧室，动手整理起莉茜的丝袜、衬裙和手帕。

"你们坐哪艘船走？"哈林姆夫人问。

"'蔷薇蕾号'，詹米森家的船。"

"到了弗吉尼亚，你们怎么去种植园？"

"远航船只沿着拉帕汉诺克河一路到弗雷德里克斯堡，那里距离莫杰府只有十英里远。"莉茜看得出，母亲为她舟车劳顿十分担心，"妈妈，别担心。现在已经没有海盗了。"

"一定记得自带淡水，把桶放在自己的船舱，不要跟船员分着用。我给你准备个药箱，以防生病。"

"谢谢，妈妈。"船上舱室狭窄，食物不干净，水又不新鲜。比起海盗打劫，这些东西似乎更可能要了她的命。

"船要走多久？"

"六七个礼拜。"莉茜知道这只是保守估计：要是船被吹离航线，怎么着也得走上三个来月。这样一来，生病的机会就更大了。但她和杰伊年纪轻轻，身体强壮，应该经得住辛苦航程。这将是一次精彩的冒险！

她迫不及待地想看看美国：全新的大陆，花草鸟兽，风土人情，饮食空气，一切都全然不同。每次想到这些，她都不由得一阵激动。

来伦敦已有四个月，她对这个城市的厌恶感也与日俱增。上流社会的彬彬有礼让她觉得无聊透顶。她时常跟杰伊一起与其他军官夫妇用餐，男人们聊赌局，对上级品头论足，而女人们净说些帽子、佣人之类的话题。莉茜根本聊不来这些，而每次一开口，她的言论总是语惊四座。

每周，夫妻俩都会去格洛夫纳广场一两次。至少在詹米森家，谈论的都是些实实在在的话题——生意、政治、今年春天席卷伦敦的罢工潮和骚乱。不过詹米森家对这些问题的看法有失偏颇。乔治爵士张口闭口都是工人的百般不是，罗伯特预料危机不可避免，杰伊则主张以军队镇压。没有一个人想过要从另一方的角度思考问题，包括阿丽西亚。当然，莉茜并不赞同工人罢工，但也相信他们这么做必定事出有因。而在格洛夫纳广场家中光鲜的餐桌上，这些可能性从未有人讨论。

"您一定乐得回哈林姆庄园吧。"莉茜道。

哈林姆夫人点点头说："詹米森家是很慷慨，可我还是想念咱们简朴的小家。"

莉茜把喜欢的书装进箱子：《鲁滨孙漂流记》《汤姆·琼斯》《蓝登传》——全部都是冒险故事。男仆敲门进屋，说楼下一位卡斯帕·格尔登逊先生求见。

莉茜让男仆重复来客的姓名。难以置信，格尔登逊居然有胆量来詹米森家登门拜访。她知道自己应该回绝：这个人煽动并支持罢工，让公公的生意蒙受损失。但她实在挡不住好奇的诱惑，于是吩咐男仆将客人带到会客室。

见是见，不过莉茜没打算给他好脸色。一进门，她便劈头盖脸道："您惹的麻烦可真不小啊。"

然而格尔登逊并不是她所想象的样子——咄咄逼人，自以为是。眼前这个人眼睛近视，邋里邋遢，声音尖锐刺耳，活像个漫不经心的教书先生。"我绝不是有意而为之，"格尔登逊道，"我的意思是……这话当然没错……但绝不是针对您。"

"您来这儿有何贵干？要是我丈夫在家，肯定拎着耳朵把您轰出去。"

"麦卡什被控煽动暴乱，现正关在纽盖特监狱。三周后会在老贝利街受审。这可是死罪。"

他的话仿佛一记重击，但莉茜压抑住情绪，冷冷地说道："我知道。太不幸了——他那么年轻，还有大好的人生。"

"想必您心里过意不去吧。"格尔登逊道。

"你真是出言不逊！"莉茜大为光火，"是谁鼓励麦卡什争取自由？是谁告诉他为权利而战？是你！你才应该过意不去。"

"的确。"格尔登逊平静地说。

如此反应莉茜没有料到——她还以为格尔登逊会愤起反驳。他的谦逊也令莉茜平息了怒火。她的眼中涌起热泪，但她拼命压抑着。"他真该留在苏格兰。"

"想必您也知道，很多人犯了重罪也不一定判死刑。"

"是啊。"希望当然还有。她心里稍微好受了一些。"您认为麦克有可能获得皇家的赦免吗？"

"这取决于什么人愿意为他求情。在我国的法律制度下，影响与人脉决定一切。我会为他争取，但我的话并没有多少分量。多数法官都视我为眼中钉。可是，若是您肯为他出面求情——"

"我做不到！"莉茜回绝道，"我丈夫就是控告方，如果我出头，那就是背叛。"

"这能救他的命。"

"可杰伊会沦为别人的笑柄！"

"兴许他会理解呢——"

"不会！绝对不会。没有一位丈夫会理解。"

"请考虑考虑——"

"不用考虑。我会另想办法。我可以……"她极力思考着，"我会给霍克村的约克神父写信，请他来伦敦为麦卡什求情。"

格尔登逊道："一个苏格兰的乡村牧师？恐怕他也起不了什么作用。只有您能帮上忙。"

"这不可能。"

"我不会跟您争辩——说得越多，您越是决绝，"格尔登逊说着往门外走，"从明天算起还有三周时间，您随时都可以改变主意。只要到时候来老贝利街就行。请记住，人命关天。"

格尔登逊一走，莉茜放声大哭。

麦克被关在纽盖特监狱一间普通牢房里。

前一夜发生的事情他只记得些片段：恍惚中似乎有人捆住他手脚把他扔上马，去了伦敦另一头。那里有幢高楼，窗子都镶着铁栏杆，院子里鹅卵石铺地，有楼梯，还有个大铁门。然后他就被带到这里。屋里一团漆黑，几乎什么都看不清。挨打再加上劳累，麦克昏昏沉沉进入了梦乡。

醒来时，他发现自己置身于一间足有科拉住处那么大的房间里。窗子上没有玻璃，壁炉里也没生火，整个屋子冷飕飕的，而且气味难闻。房间里挤了至少三十号人，男女老少皆有，居然还有一条狗和一只猪。所有人都席地而卧，共用一个大夜壶。

不断有人从这里进进出出。几个女人一大早便离开了牢房。听人说这些人不是犯人，而是犯人的妻子。她们买通狱卒，好留下过夜。看守送来食物、啤酒、杜松子酒和报纸，要价都是狮子大开口。谁付得起，谁就享用。罪犯到另外的囚室会见朋友。一个犯人见了牧师，另一个见了理发师。似乎只要有钱，在牢里干什么都行。

人们乐呵呵地谈论着自己的困境，拿自己的罪名开玩笑。那种轻浮令麦克不齿。他迷迷糊糊，直到有人递过瓶子，请他喝了口杜松子酒，又对着烟斗抽了两口。所有人都仿佛置身婚礼一般。

麦克浑身是伤，最难受的还属头部，后脑勺的大包已经结了血痂。他无比沮丧：这次是彻彻底底失败了。他为了自由逃出霍克村，如今却身陷囹圄。他为工友的权益而战，却让一些人赔上了性命。他失去了科拉，很快又要接受审判，被冠上叛国、煽动暴乱或是杀人的罪名。等待他的很可能是绞刑架。也许身边有许多犯人都跟他一样悲惨，但那些人太过愚蠢，根本不知道有怎样的厄运等着他们。

可怜的埃斯特，兴许这辈子再也离不开那个村子了。麦克后悔当初没带着她一起离开。她可以像莉茜·哈林姆那样女扮男装。埃斯特身手灵活，当水手她兴许也比麦克更在行。而且她通情达理，能让麦克少惹麻烦。

希望安妮会生个小伙子，至少又是一个小麦克。也许小麦克会有更好的未来，可以比麦克·麦卡什更长命。

正在他郁闷之时，看守把门打开，科拉走了进来。

她一脸污迹，红裙子也被扯破了，可看上去还是那么漂亮。她一进门就吸引了所有人的目光。

麦克猛然起身将她抱住，其他犯人在一边起哄。

"你这是怎么了？"他问。

"我因为偷东西被抓——但都是为了你。"

"怎么讲？"

"我中了圈套。那家伙看起来就是个普通的有钱小伙儿，实际上却是杰伊·詹米森。他们抓了我和佩哥去见他老子。偷东西可是杀头的罪。但他们答应，只要佩哥说出你的住处，就保她不死。"

麦克一时火起，埋怨佩哥出卖自己，可转念一想：她毕竟只是个孩子，这事怪不得她。"原来是这么回事。"

"你呢？"

麦克将暴乱的原委告诉科拉。

听完，科拉道："麦卡什，老实说，认识你可真够倒霉的。"

这话不假。所有跟他有牵连的人似乎都倒了霉。"查理·史密斯死了。"

"你劝劝佩哥，"科拉劝道，"她以为你一定恨死她了。"

"我只恨我自己连累了她。"

科拉耸耸肩膀："又不是你让她偷人腰包。来吧。"

她敲了敲牢门，看守乖乖打开。科拉给了他一块钱，用大拇指指了指麦克："他跟我一起的。"看守点点头，放两个人出了牢房。

麦克跟着科拉沿走廊进了另一间牢房。这间跟之前的类似。

只见佩哥坐在墙角，一见到麦克，她连忙起身，脸上充满了恐惧。"对不起，"佩哥道，"是他们逼我的，对不起！"

"这不是你的错。"麦克道。

佩哥眼泪汪汪小声道："我让你失望了。"

"别胡思乱想。"说着，麦克搂住佩哥。她泣不成声，瘦弱的身躯不住地颤抖。

卡斯帕·格尔登逊送来一顿大餐：大碗的鱼汤、一大块牛排、新烤的面包，还有好几罐啤酒和奶油冻。他买通狱卒找了个僻静的房间，有桌有凳。麦克、科拉和佩哥从牢房里被带过来，所有人围坐在一起。

麦克饥肠辘辘，然而却没什么胃口。他心急如焚，急于想知道格尔登逊对审判的看法。他耐着性子勉强喝了几口啤酒。

待他们酒足饭饱，格尔登逊的佣人清走残羹，又端上了烟斗和烟丝。格尔登逊拿起一根烟斗，佩哥也不客气——她也染上了大人的这一恶习。

格尔登逊先说起佩哥和科拉的案子。"我已经跟詹米森家的代表律师就这项指控沟通过。乔治爵士会遵守诺言，为佩哥求情。"

"这倒挺新鲜，"麦克道，"詹米森家的人居然会信守诺言。"

"他们也有所图谋，"格尔登逊道，"要知道，要是杰伊在法庭上说他勾搭上科拉，以为她是妓女，那他家的人可就丢大了。所以他们情愿假装科拉和杰伊只是在街上偶遇，不巧被佩哥下了手。"

佩哥没好气道："我们还得顺着他们的瞎话说，保护杰伊少爷的名誉。"

"如果你想让乔治爵士放你一马，就必须这么做。"

科拉道："咱们别无选择，只能乖乖照做。"

"很好，"说着，他转向麦克，"你的案子就没这么简单了。"

麦克反驳道："可我没煽动暴乱！"

"然而宣布的时候，你也没走。"

"天地良心——我拼了命想让大伙儿离开，可却碰上莱诺克斯的流氓打手。"

"咱们一步一步来。"

麦克深吸一口气，耐着性子道："好吧。"

"控方会说，《防暴乱法》已经宣读，可你没撤，所以你有罪，活该绞死。"

"可大伙都知道事情没那么简单！"

"有了，这就是你的抗辩理由。你说控方以偏概全，可你有证人证明你劝说在场工人解散吗？"

"有。德莫特·莱利可以找卸煤工帮我作证，要几个来几个。我们倒该质问詹米森家，为什么偏偏大半夜把煤运到我住的地方？"

"这个嘛——"

麦克急躁地敲着桌子："整场暴动都是事先策划好的，这一点必须说明白！"

"这很难证实。"

格尔登逊的轻言放弃令麦克大为恼火："所谓的暴乱完全就

是一场阴谋——你总不会打算对此只字不提吧？如果不在法庭上说出真相，又能在哪里说？"

佩哥道："格尔登逊先生，你会去参加审判吧？"

"会——不过法官很可能不让我说上话。"

"那又是为什么？"麦克愤愤不平。

"他们认为清者自清，既然你无罪，就不需要法律人士替你辩护。但有的法官也许会开恩。"

"但愿我们能赶上个客气的法官。"麦克道。

"法官理应协助被告，确保陪审团明悉案件原委。不过你也别过分倚仗法官，要倚仗事实。只有真相才能最终救你。"

24

审判当日，犯人们凌晨五点就被叫醒。

起来没多久，德莫特·莱利便送来了西装。那是德莫特结婚时穿的，麦克深受感动。他还带来了剃须刀和一小块肥皂。半小时后，麦克梳洗得干干净净，自我感觉可以面对法官。

麦克、科拉、佩哥三人和其他十多个犯人一起被绑着走出监狱，沿纽盖特大街拐上老贝利街，然后穿过巷子到达中央刑事法庭。

卡斯帕·格尔登逊在法庭跟麦克碰头，将出庭的人物做了介绍。门前的院子里挤满了人：控告方、证人、陪审员、亲友、旁观者都等在那里，此外可能还有些妓女和扒手在寻找生意。犯人们穿过院子进了受审间。已经有相当一部分犯人等在那里——想必是来自其他诸如弗里特、布莱德威尔以及路德门等地的监狱。从那里麦克可以看到威严的刑事法庭。石阶连通着法庭底楼，正面除入口还有一排立柱。厅内的法官席居于高台之上，两侧分别隔出陪审席以及供法庭官员和特权阶级就坐的观摩台。

这地方让麦克想到话剧——而他自己就是剧中的反派。

他无奈地看着漫长的审判日就此开始。第一个被告是个女人，被控从商铺偷窃十五码麻绒混纺布——一种亚麻和羊毛混合编织的便宜布料。原告是店老板，他估计这块布值十五先令。证人是商铺的伙计，赌咒说那女人拿起布匹就往门外走。一意识到被人发现，她就扔下布匹撒腿就跑。被告声称她只是拿着看看，并不想偷走。

陪审员聚在一起讨论。这些人都来自所谓的"中间阶层"，都是些小商户、富裕技工和商铺老板。他们痛恨社会混乱与偷盗行为，但也不相信政府，因而个个主张捍卫自由——至少是他们自己的自由。

陪审团判女人有罪，但裁定布匹价值为四先令——比实际价值低了许多。格尔登逊解释说，如果赃物的价值在五先令以上，她甚至可能被判死刑。如此判决的意图在于避免法官裁定死刑。

然而判决并不会立即进行，女人必须等到一天结束，所有的判决将一同宣布。

整个审理过程进行了不过十五分钟。接下来的案件审理同样迅速，几乎没有几个超过半小时。下午三点前后，科拉和佩哥一起接受了审讯。麦克知道：所有的过程事先早有安排。但他依旧双手交叉，盼望着一切能顺利进行。

杰伊·詹米森出庭作证，称科拉在街上跟他搭话，而佩哥趁机行窃。他提出传唤西德尼·莱诺克斯出庭，正是他目击现场情况，还提醒了杰伊。科拉和佩哥都没有提出异议。

作为报偿，乔治爵士出庭作证。据他所说，正是有佩哥和科拉大力协助，另一名犯人才成功落网。他请求法官将死刑改判为流放海外。

法官同情地点点头，判决仍要等到当日最后宣布。

几分钟后，麦克的案子受到传唤。

莉茜满脑子都是麦克受审的事。

下午三点，她吃过饭。杰伊一天都在法院，由哈林姆夫人上门来陪女儿。

"亲爱的，你好像丰满了不少，"哈林姆夫人道，"最近胃口不错？"

"恰恰相反，"莉茜道，"有时候甚至一见到吃的就恶心。想必是因为要去弗吉尼亚而太过兴奋。现在还有这讨厌的审判。"

"那不是你该操心的事，"哈林姆夫人断然道，"比他罪轻的每年都要绞死几十个。不能因为你们是发小，就去给他求情。"

"您怎么能肯定他一定有罪？"

"要是他没做坏事，就不会被定罪。他肯定跟那些没头没脑加入暴乱的人一样。"

"可他不一样，"莉茜反驳道，"杰伊和乔治爵士处心积虑要引发暴乱，这样就可以逮捕麦克，结束罢工——这是杰伊亲口告诉我的。"

"那他们一定有这么做的理由。"

莉茜眼泪婆娑："妈妈，难道您不认为这样是错的吗？"

"莉茜，这件事与你我无关。"她坚定地说道。

莉茜吞了一大勺果泥甜品，想借此掩饰心中的难过，然而甜品却令她反胃。她放下勺子："卡斯帕·格尔登逊说如果我上庭为麦克求情，就能救他一命。"

"在法庭上公然跟自己的丈夫唱反调，那简直天理难容！这种事想都不该想！"妈妈震惊了。

"可是人命关天啊！想想他可怜的妹妹——要是她知道麦克被绞死，那该多伤心啊。"

"亲爱的，他们是矿工，跟我们不一样。这些人命贱，不像我们那么惜命。哥哥死了，他妹妹醉上一场也就继续下井干活了。"

"妈妈，我相信这一定不是您的真心话。"

"也许我有点夸大其词。但有一点我可以确信：为这种事操心没有任何益处。"

"可我忍不住。他年轻，勇敢，只希望能过上自在日子。我实在不忍心眼看着他被吊死。"

"你可以为他祈祷。"

"我祈祷，"莉茜道，"一直在祈祷。"

负责起诉的是奥古斯都·皮姆律师。

"他接受过很多政府委托，"格尔登逊小声对麦克道，"他们一定是花了钱请他来起诉。"

连政府也想要他的命，这愈发令麦克沮丧。

格尔登逊来到法官席，对法官说："法官大人，既然控方为职业律师，可否允许我来为麦卡什先生辩护？"

"当然不行，"法官道，"如果麦卡什无法在陪审团面前自证清白，想必也打不赢官司。"

麦克一时说不出话，他甚至可以听到自己的心跳声。现在只能靠自己了。好，那就反抗到底！

只听皮姆道："事件当日，一批煤炭送抵约翰·库珀先生——也就是'黑杰克'位于沃平高街的煤场。"

麦克纠正道:"不是当日——是当晚。"

法官道:"请不要乱说话。"

"这不是乱说,"麦克道,"哪有大半夜十一点运煤的?"

"保持安静!皮姆先生,请继续。"

"押运人受到一群罢工中的卸煤工人袭击,沃平治安机构也收到了举报。"

"谁报的?"麦克问。

皮姆答道:"'煎锅'酒馆的老板哈罗德·尼佩尔先生。"

"他自己就是包工头!"麦克说道。

法官道:"相信他一定是位正直的商人。"

皮姆继续道:"地方治安法官罗兰·麦克弗森到场宣布发生了暴乱,而在场的工人拒绝解散。"

"我们被人袭击!"麦克说道。

但他的话无人理会。"麦克弗森先生继而依照规定调动了军队。步兵卫队三团的詹米森上尉率分遣队抵达现场。被告人是被捕人之一。政府方面第一位证人为约翰·库珀。"

黑杰克声称到河岸下游的罗切斯特买煤,并雇人用马车拉进市区。

麦克问:"谁家的船?"

"不知道。我跟船长直接交易。"

"船从哪儿来?"

"爱丁堡。"

"是不是乔治·詹米森爵士家的?"

"不知道。"

"是谁告诉你在罗切斯特可以买煤？"

"西德尼·莱诺克斯。"

"詹米森家的朋友。"

"这我不清楚。"

皮姆的下一位证人是罗兰·麦克弗森。他声称自己确确实实在晚上十一点一刻宣读了《反暴乱法》，而工人拒绝解散。

麦克说："你来得可够快的。"

"是的。"

"谁叫你来的？"

"哈罗德·尼佩尔。"

"'煎锅'的老板？"

"没错。"

"他大老远跑过去？"

"我不懂你的意思。"

"接到他通知时你在哪儿？"

"他家酒馆的后厅。"

"够方便的！事先商量好了？"

"我收到消息，当晚有人运煤过去，我担心会出事。"

"谁告诉你的？"

"西德尼·莱诺克斯。"

只听一位陪审员大叫："哦！"

麦克看了看陪审席：出声的人年岁不大，一脸怀疑。麦克暗想，这人兴许能站在自己一边。

杰伊·詹米森最后一个出庭。他伶牙俐齿，法官甚至显出几分困乏，仿佛是两个友人畅谈无聊之事。麦克几欲大喊"别这么随随便便的，事关我的生死啊！"

根据杰伊的证词，接到命令时他带分遣队正在伦敦塔附近执勤。

那个面露怀疑的陪审员突然插话道："你们在那儿做什么？"

杰伊一脸出乎预料，他没吭声。

"请回答问题。"陪审员要求道。

杰伊看了看法官，虽然法官面露不悦，但还是耐着性子道："上尉，你必须回答陪审员的问题。"

"我们在那里待命。"杰伊说道。

"待什么命？"陪审员问道。

"以防城东地区需要我们协助维持秩序。"

"你们在那儿扎营？"陪审员问。

"不是。"

"驻扎在哪儿？"

"目前在海德公园。"

"伦敦的另一头。"

"是的。"

"像这样的特意调遣发生过几次？"

"只此一回。"

"为什么偏偏选择那天晚上？"

"想必是我的上级军官担心出事。"

"是西德尼·莱诺克斯给你报信了吧？"陪审员道，其他人也是一阵哄笑。

皮姆继续提问。杰伊称军队赶到时，暴乱已经爆发，这是实话。麦克出手袭击，后被另一个士兵打倒，这也不假。

麦克问他："你对暴乱中的卸煤工人有何看法？"

"他们违反法律，理应受到惩罚。"

"你认为多数人跟你的看法差不多？"

"是的。"

"你认为暴乱过后，老百姓会仇视卸煤工？"

"一定会。"

"也就是说，如果发生暴乱，政府很可能采取激进措施制止罢工？"

"但愿如此。"

卡斯帕·格尔登逊在一旁嘀咕道："问得好！问得好！他已经中了你的圈套了。"

"一旦罢工停止，詹米森家族的运煤船就可以正常卸载，你们也能继续卖煤赚钱了。"

杰伊终于看出些端倪，然而为时已晚。"对。"

"罢工结束，你们能赚上一大笔。"

"对。"

"也就是说，工人暴动了，你们家就有钱赚。"

"至少不会持续亏钱。"

"所以你就勾结西德尼·莱诺克斯，故意挑起暴乱？"

"胡说八道！"杰伊辩解道，但麦克并不理会。

格尔登逊道："麦克，你该去当律师。你在哪儿学的这些辩论技巧？"

"在威尔斯太太家。"

格尔登逊一头雾水。

皮姆的证人传唤完毕，那个陪审员又问："那个莱诺克斯不出来作证吗？"

"我方已无其他证人。"皮姆重复道。

"依我看他应该出来作证，貌似他才是幕后指使。"

法官道："陪审团无权传唤证人。"

麦克的第一位证人是个爱尔兰卸煤工，因一头红发得了个"红迈克"的外号。红迈克讲述了麦克如何在袭击发生时苦劝工人解散回家。

他一说完，法官就问："年轻人，你是做什么的？"

"法官大人，我是个卸煤工。"红迈克回答道。

于是法官说道："请陪审团将此纳入考虑，决定证人证言是否可信。"

麦克心里咯噔一下：这个法官想尽一切办法在陪审团面前诋毁他。下一个证人也是卸煤工，也遭受了同样的命运。第三个、第四个无一例外。这些工人就处在暴乱的核心，对真相也看得最清楚。

他的证人不被采信，如今，所剩的只有麦克自己和他的辩词。

"卸煤是个辛苦的差事，常人难以想象，"麦克开口道，"只有身体结实的年轻人才能胜任。但这份工作薪水丰厚：我第一周上工就赚了六英镑。其中的每一分都是我的血汗，然而大多数却到不了我的手，而是进了包工头的腰包。"

法官打断他道："这些与本案无关，你的罪名是煽动暴乱。"

"我没有煽动暴乱。"麦克反驳道。他深吸一口气，整理好思路，继续道："我只是拒绝被包工头剥削，这便成了罪过。包工头克扣工人工资中饱私囊，而当工人们决定要自立门户时，结果呢？却遭遇船运商的联合抵制。那么这些船运商都是什么来头？先生们，就是与今日的案件有着千丝万缕联系的詹米森家族。"

法官愤愤道："你能证明自己没煽动暴乱吗？"

那个陪审员又开口道："重点在于，明显是有人蓄意煽动，激发矛盾。"

陈词被打断，麦克不为所动。他继续道："陪审团的各位先生，你们可以问问自己。"麦克转过身盯着杰伊，"是谁安排煤车大晚上去沃平高街？为什么专门选在工人们集中在酒馆消遣的时段？是谁特意把地点安排在我所居住的煤场？是谁花钱雇了那些押运工？"法官想再次打断，麦克提高嗓门大声继续道："是谁给这些押运工提供了武器弹药？是谁安排让军队在附近待命？是谁策划了整场暴乱？"他迅速回身面对陪审团，说道："你们知道问题的答案，对吧？"他许久凝视着陪审团席，然后转过身。

麦克感觉浑身都在颤抖。他已经尽了最大努力，现在他的命就掌握在这些人手中。

格尔登逊起身道："我们还在等一位品德证人前来为麦卡什作证。他是麦克出生地霍克村的约克神父，目前还没赶到。"

麦克对此并不失望：反正约克的证词也不会起太大作用，格尔登逊的也一样。

法官道："如果他现在到了，也许可以在宣判前出庭。"格尔登逊刚想表示异议，法官又补充了一句："除非陪审团认定他无罪，后续证人也就没必要作证了。先生们，请作出裁决。"

麦克忐忑地观察着陪审团的讨论。这些人似乎并非十分同情，也许他太过强硬。他问格尔登逊："依你看呢？"

格尔登逊摇了摇头："恐怕他们不会相信詹米森家族会跟西德尼·莱诺克斯联手策划这种卑鄙的阴谋。你若抗辩工人们的善意受到了误导，兴许还更有机会。"

　　"没办法，我只能实话实说。"麦克说道。

　　格尔登逊苦笑了一下："要不是你这个脾气，你也不会惹上这么多麻烦。"

　　陪审员间争执十分激烈。麦克问："他们在吵什么呢？要是能听见就好了。"显然，事先持怀疑态度的陪审员态度强硬，手指点个不停。其他人究竟是悉心听取，还是极力反对？

　　"你应该庆幸，"格尔登逊道，"他们争论的时间越长，对你越有利。"

　　"为什么？"

　　"如果他们争论得厉害，那就说明对案子有所怀疑。如果有怀疑，就不能定你的罪。"

　　麦克提心吊胆地观察着。那个陪审员耸了耸肩膀转过身去，看来没说服其他人。陪审团主席对他交代了几句，他点点头。

　　主席走上法官席。

　　法官问："达成一致裁决了吗？"

　　"是的。"

　　麦克屏住呼吸。

　　"对这名犯人的裁定是？"

　　"我们裁定他有罪。"

　　哈林姆夫人劝道："亲爱的，你对这个矿工的态度可有点奇怪。做丈夫的可不会认可这种事。"

"行了，妈妈，别胡思乱想了。"

餐室响起敲门声，一个男仆进来道："夫人，约克神父来访。"

"太好了！"哈林姆夫人道，她一直对约克神父印象不错，说完又压低声音提醒道，"莉茜，不知道我有没有告诉你，他妻子过世了，留下他和三个孩子相依为命。"

"他来这里做什么？"莉茜急切地问道，"他本该在老贝利街出庭啊。快请他进来。"

神父进了屋，似乎出门时很仓促。没等莉茜开口问话，神父先行开口，一句话引起了莉茜的注意。

"哈林姆夫人，詹米森夫人，几个小时前我刚刚到达。一到伦敦，我就马上赶来这里，向您致哀问候。这样的打击……"

哈林姆夫人慌忙道："别……"说完又闭紧了嘴巴。

"……实在太沉重了。"

莉茜迷惑地看着母亲："约克神父，您在说什么呀？"

"当然说的是矿难。"

"我不知道什么矿难，显然我母亲更清楚……"

"哎呀，实在抱歉，让您受惊了。您的矿上发生了塌方事故，死了二十个人。"

莉茜大吃一惊："太可怕了。"脑海中的画面里，二十座新坟矗立在桥边的教堂墓地。村子里一片哀伤：所有人都在为失去亲友而痛苦。然而还有一点不太对劲。"什么叫'您的'矿上？"

"格伦高地啊。"

莉茜顿觉手脚冰凉："格伦高地没有开矿。"

264

"当然，这个是在您与詹米森先生结婚时新开的。"

莉茜气得动弹不得。她质问母亲："您早就知道，是不是？"

哈林姆夫人一脸羞愧："亲爱的，我们实在没有办法。乔治爵士把弗吉尼亚的产业送给你们，为的就是这个……"

"您骗我！"莉茜哭着说，"你们所有人都骗我，包括我的丈夫！您怎么能这样？您怎么能骗我？"

母亲也掉下了眼泪："我们还以为瞒得过你。毕竟你要去美国了……"

母亲的泪水并没有平息莉茜的怒火："您以为瞒得过我？您居然说得出这种话？！"

"求你了，千万别做傻事。"

莉茜突然想起一件可怕的事，急忙转身问神父："麦克的孪生妹妹……"

"很不幸，埃斯特·麦卡什也遇难了。"

"哦，不！"麦克和埃斯特是莉茜见到的第一对双胞胎。如出一辙的样貌让莉茜着迷不已。小的时候，除了亲近的人，其他人很难分得清谁是谁。后来渐渐长大，埃斯特看起来更像是女儿身的麦克：同样碧绿的眼睛，同样壮实的身体。莉茜依稀记得几个月前，兄妹俩还并肩站在教堂门外。埃斯特让麦克闭上嘴，逗得莉茜哈哈大笑。现在埃斯特死了，麦克也即将送命……

一想到麦克，莉茜道："今天是审判的日子！"

约克道："哎呀！怎么这么快——难道我来迟了？"

"如果现在赶去，兴许还来得及。"

"我这就去。法庭离这儿多远？"

"走路过去十五分钟，坐轿五分钟就到。我跟你一起去。"

哈林姆夫人道："求你了，别去……"

莉茜口气强硬："妈妈，您别想拦我。我要亲自为麦克出庭。妹妹已经因我们而死，也许还有机会救哥哥。"

"那我跟你一起去。"哈林姆夫人道。

刑事法庭人头攒动。莉茜走错了路，无奈约克和母亲都帮不上忙。她奋力挤过人群，寻找着格尔登逊和麦克。在内院的矮墙附近，她透过栏杆终于看到了那两个人。莉茜呼唤了一声，格尔登逊连忙从门里出来。

同时出现的还有乔治爵士和杰伊。

杰伊带着责备的口吻问："莉茜，你怎么来了？"

莉茜并不理会。她径直对格尔登逊道："这位是约克神父，来自苏格兰的霍克村。他来为麦克向法庭求情。"

乔治爵士朝约克晃晃手指头："你要是有点脑子，就马上转身回去！"

莉茜道："我也会亲自出庭。"

"谢谢！"格尔登逊激动地说，"那就再好不过了。"

哈林姆夫人解释道："乔治爵士，我劝不动她。"

杰伊气得脸色发红。他死死抓住莉茜的胳膊："你居然敢羞辱我？"他啐了一口道，"我不允许你替他说话！"

"你这是在威胁证人吗？"格尔登逊质问道。

杰伊只得放手作罢。一个怀抱着一大捆文件的律师从他们中间穿过。杰伊问："非得在这大庭广众之下讨论这些事情吗？"

"是的，"格尔登逊回答，"现在还不能离开法庭。"

乔治爵士问莉茜："孩子，你的话究竟什么意思？"

他的不可一世让莉茜更加火大："你自己一清二楚，少他妈的装糊涂！"几个男人一听都目瞪口呆，连附近站着的几个陌生人都扭头看着他。莉茜毫不理会："你们下好了套要陷害麦卡什，我不会袖手旁观看着他被你们害死。"

乔治爵士脸憋得通红："你可别忘了，你是我儿媳，况且……"

"你闭嘴！"莉茜打断道，"我可不吃这一套！"

乔治爵士哑口无言。没有人胆敢叫他闭嘴，这一点莉茜也清楚。

杰伊举起了棍子，怒骂道："不许你违逆自己的丈夫，这是背叛！"

"背叛？"莉茜冷笑一声，"你居然还有脸跟我说背叛？你跟我发过誓，永远不在我家的地产上开矿——可转过身却照开不误。结婚那天你就背叛我了！"

所有人一言不发，莉茜甚至可以听清庭内证人的证词。杰伊道："矿难的事你也知道了吧？"

莉茜深吸一口气："我索性现在宣布：从今天开始，杰伊和我各走各的路，只保留夫妻的名分。我回苏格兰娘家，从此与詹米森家划清界限。至于麦卡什，我不会眼看着你们害死我的朋友。你们——你们——都去死吧！"

乔治爵士目瞪口呆。已经很久没人敢这么跟他说话了。他的脸红如龙虾，眼睛鼓着，支支吾吾一句也说不出来。

卡斯帕·格尔登逊问杰伊："我可否提个建议？"

杰伊瞪了他一眼，丢了一句："说吧。"

"詹米森夫人可以不出庭，但有个条件。"

"什么条件？"

"由你出面为麦克求情。"

"想都别想！"

格尔登逊继续道："最终结果都一样。但这样一来，就可以避免夫妻俩唱对台戏，以至于家丑外扬。"格尔登逊一使眼色，"相反，你可以拿出宽阔的心胸，就说麦克以前在詹米森家的煤矿当过工人，念及这一点，詹米森家希望法庭能网开一面。"

莉茜的心中燃起一丝希望。如果由平息暴乱的杰伊出面求情，胜算一定更大。

她看到杰伊的脸上闪过一丝犹豫，权衡利弊之后，他悻悻地说道："也只能这样了。"

不等莉茜转忧为喜，乔治爵士立即插话："但有个条件——相信我儿子也一定会赞同。"

莉茜预感不妙。

乔治爵士看着她："你必须断了那各走各路的念头，跟杰伊好好过日子。"

"不行！"莉茜厉声道，"他背叛了我，以后要我怎么相信他？我做不到。"

乔治爵士道："那么杰伊就不会帮麦卡什求情。"

格尔登逊道："莉茜，我不得不说，由杰伊出面会比你有利得多，毕竟他是控方证人。"

莉茜有些不知所措。她不得不在麦克和自己的人生之间作出选择——这不公平。她该如何是好？一时间，她进退两难。

杰伊、乔治爵士、格尔登逊、母亲还有约克神父一个个都在看着她。莉茜知道自己应该妥协，但心里总有个坎儿过不去。

"不行，"莉茜道，"我不会为麦克葬送自己的人生。"

格尔登逊劝道："再好好想想。"

这时，哈林姆夫人开口了："你只能答应。"

莉茜看着母亲：她当然会劝自己守规矩。然而见母亲强忍着泪水，莉茜忙问："怎么了？"

哈林姆夫人失声痛哭："你只能跟杰伊好好过。"

"为什么？"

"因为你们即将有孩子了。"

莉茜怔怔地看着母亲："什么？什么意思？"

"你怀孕了。"

"您怎么知道？"

哈林姆夫人啜泣着说："你的胸越胀越大，看见食物就犯恶心。结婚两个月，这种事也不奇怪。"

"天哪！"莉茜顿时傻了眼，周围的一切都天翻地覆。孩子……真的吗？现在回想起来，在新婚之夜过后，月事一直没来。看来确实如此。她被自己的身体困在了这个家。杰伊是孩子的父亲，而母亲也知道，这是唯一能让莉茜回心转意的理由。

她看着自己的丈夫：在他的脸上，愤怒中混杂着乞求。莉茜问："为什么骗我？"

"我也不想，可我没办法。"

莉茜怒火难消。她知道，自己对杰伊已经失去了以往的热情。可他毕竟还是自己的丈夫。

"好吧，我接受。"

格尔登逊道："那么大家意见一致。"

对莉茜而言，这话更像是判了她终身徒刑。

"肃静！肃静！肃静！"庭吏高喊道，"法官严格规定，所有人等死刑宣判时必须保持肃静，违者以监禁论处。"

法官戴上黑帽起身。

眼前的一切令麦克厌恶至极：一天之内，十九个案子，十二个人被判有罪。一股恐惧感向他袭来：莉茜逼杰伊为自己求了情，可万一法官置之不理呢？如果弄错了呢？

莉茜站在后面，与麦克四目相对。她看起来苍白无力。麦克一直没机会跟她说上话。她竭力露出鼓励的笑容，到头来却是一副恐惧的愁容。

法官看了看并排站立的十二个犯人，道："你等行违法之恶事，恶果自尝，故而押赴刑地，以绳绕梁悬颈，直至气数全尽，无生还之可能。律法如斯，愿主垂怜。"

一时间，法庭内死一般沉寂。科拉抓住麦克的胳膊，手指紧紧抠进肉里——她也一样害怕。其他的犯人几乎没有一丝希望。听到自己的判决时，有人惨叫，有人流泪，还有人高声祷告。

法官念道："佩吉·耐普，死缓，流放。科拉·希金斯，死缓，流放。马拉奇·麦卡什，死缓，流放。其余一律处决。"

麦克张开双臂，三人默默相拥。命保住了。

卡斯帕·格尔登逊也加入其中。拥抱过后，他抓着麦克的胳膊，沉重地说道："我有坏消息要告诉你。"

麦克心里咯噔一下：难道是缓刑无效？

"詹米森煤矿发生了塌方。"麦克的心怦怦直跳，他不敢面对即将到来的噩耗，"死了二十个人。"

"那埃斯特……"

270

"很遗憾,麦克。你妹妹也不幸遇难了。"

"遇难了?"他难以接受这个现实。一天之内,生与死如纸牌游戏般随机无常。埃斯特,死了?从降生之日起,他们便相互扶持。没有了双生的妹妹,他将如何生存?

"当初真该带她一起走,"泪水充盈了麦克的眼眶,"为什么我要抛下她?"

佩哥睁大眼睛望着他。科拉握住他的手道:"一个被救,一个却丧生。"

麦克双手掩面,痛哭流涕。

25

起航的日子眨眼到来。

一日清早，在毫无征兆的情况下，所有被判流放的罪犯接到命令：收拾东西，在院里集合。

麦克的家当没有多少。除了几件衣服，一本《鲁滨孙漂流记》，那个从霍克村带出来的铁项圈，还有就是莉茜送他的斗篷。

院里，铁匠用沉重的铁脚镣将犯人两两锁在一起。这种束缚让麦克备感羞辱。冷冰冰的铁脚环令他沮丧不已。他为自由而战，却一败涂地。如今，他再一次像动物一样被链子拴着。不如沉了船一了百了。

监狱规定男女犯人不准结对同行。和麦克锁在一起的是个脏兮兮的老醉鬼，外号"疯巴尼"。科拉对着铁匠挤眉弄眼，好不容易才跟佩哥拴在一起。

"卡斯帕兴许不知道咱们今天动身，"麦克忧心忡忡地说，"也许他们根本就不通知。"

他打量了一下这队犯人，估计全部加起来能有一百多号。其中近四分之一是女人，还有几个孩子，大都在八九岁左右。西德尼·莱诺克斯也在男犯的行列中。

莱诺克斯倒了霉，很多人拍手称快。自从他坑害佩哥以后，再也没人相信他。一直在"太阳"酒馆销赃的扒手们纷纷另谋他处。虽然工人们的罢工被破坏，多数人还是回去继续工作，只是没人再愿意给莱诺克斯干活儿，无论他出多少钱。他企图强迫一个叫"六毛格温"的女人替他行窃，但此人伙同两个朋友举报莱诺克斯持有赃物，没过多久他也被定了罪。詹米森家出面保住了他的命，不过流放还是在所难免。

监狱的木头大门霍然敞开。一队八人的守卫在门外等待押送。看守狠狠推了一把站在队首的犯人，一行人徐徐走上喧嚣的大街。

"我们离弗里特街不远了，"麦克道，"也许卡斯帕会知道消息。"

"知道了又能怎样？"科拉问。

"他可以收买船长，路上照应我们。"

麦克找一些狱友、守卫和探监的人打听过，对横跨大西洋的这趟旅程略有了解。有一点毋庸置疑：很多人都死在了路上。不管船上拉的是什么人——是奴隶、犯人还是契约佣工，到了甲板下，环境都是一样的恶劣致命。船运商眼里只有钱，所以每一趟都拼命往船上塞人。船长也贪财，如果犯人肯出钱，兴许还能混上个客舱睡。

街边的市民纷纷停下手里的活计，眼看着这些犯人最后一次在市中心丢人现眼。有人高声表达同情，有人打趣起哄，还有人扔石头丢垃圾。麦克恳求一个面善的女人给卡斯帕·格尔登逊送个信儿，她拒绝了。他又找了两个人，同样被回绝。

铁镣影响了行进的进度，整队人走了一个多小时才到达岸边。河里船只穿梭：游轮、驳船、渡船、小艇往来不断。由于军队的镇压，罢工已经结束。春天的早晨十分和暖，阳光洒在污浊的泰晤士河面。一只小船等待着将犯人押上停在河中的大船。麦克看了看船名说道："蔷薇蕾"。

"詹米森家的船？"科拉问。

"多数押运犯人的船貌似都是他家的。"

离开泥泞的前滩步上小船，麦克这才意识到：也许这是他这么多年来最后一次站在英国的土地上——也许这辈子都再没机会。他百感交集：一想到要在异国开始另一种人生，恐惧之中还隐藏着一丝鲁莽的激动。

上船可谓颇费周章：犯人们必须戴着脚镣爬梯子上去。佩哥和科拉手脚灵活，爬上去不费吹灰之力；而麦克却带着巴尼这个累赘。有两个犯人失足掉进河里，看守和水手却无动于衷。若不是其他犯人伸手拉他们上来，这两个人一定已淹死在河里。

这艘船大约四十英尺长，十五英尺宽。佩哥道："真是，我偷过的会客室都比这儿大。"甲板上有一笼鸡，一个小猪圈，还拴着一头山羊。船的另一边，人们正把桁端当作起重机从小船上吊起一头高头大白马。一只骨瘦如柴的猫冲麦克龇了龇牙。他看到盘绕的缆绳，卷起的风帆，鼻子里闻到清漆的味道，脚下有振动的感觉。犯人们被驱赶着来到舱口边，顺着梯子下到船底。

似乎下面还有三层甲板。四个水手正盘腿坐在第一层甲板吃午餐，四周若干箱子包裹，应该是行李。梯子尽头的最底层，两个男人正在把木桶堆起来，并在桶间钉上楔子，防止路上木桶滚动。中间那层显然是留给犯人的。一个水手一把将麦克和巴尼从梯子上拉下来，推着进了舱门。

舱内一股柏油和醋酸味。麦克在一片阴暗中瞅瞅四周：天花板距离他头顶也就一两英寸，个子稍大点就必须猫着腰。两扇不大的格窗透进微弱的光线和空气。这些光线和空气并非来自户外，而是来自上层的甲板，那里才由舱口采光。舱室两侧各有六英尺宽的木架，一组齐腰高，一组离地也就几英寸。

麦克惊恐地意识到：这些架子是供犯人躺的。整个航程中，大家只能躺在这些光秃秃的架子上。

他们穿行在狭窄的过道上。头几个铺位已经被几个平躺的犯人占据，他们脚上还挂着铁镣。阴暗的震慑下，这些人一声不吭。一个水手指示佩哥和科拉挨着麦克和巴尼躺下，直挺挺的仿佛抽屉里的刀叉。他们听命躺好，水手用手扒拉着，直到人贴着人。佩哥个子小，起身可以坐直，其他的大人只能猫着腰。麦克充其量只能用一只胳膊肘撑着头。

麦克在排架尽头看到一个硕大的陶土罐子，两尺高，圆锥形，扁平的广底，直径大约八九英寸。同样的罐子舱里一共有四个，是这里唯一可见的"家具"。显然，罐子就是他们的厕所。

佩哥问："要多久才能到弗吉尼亚？"

麦克答道："要是我们走运的话，七个礼拜。"

莉茜注视着自己的行李箱被搬进船尾的大船舱。她和杰伊安置在船主间：一间卧室，一间娱乐室，比她想象的还要宽敞。人们都说跨洋之旅糟糕透顶，而她却下定决心，尽情享受这次全新的体验。

随遇而安、尽情享受如今已经成为了莉茜的人生哲学。她无法忘记杰伊的背叛：每次想到他在新婚之夜那些空洞的承诺，她就不由得紧咬朱唇，双拳紧握。但她总试图把这些都抛在脑后。

　　就在几周前，她还为这次航程而兴奋不已。奔赴美国一直都是她的梦想——这也是她嫁给杰伊的原因之一。她期待着在殖民地开始更加自由自在的全新生活：置身户外，没有了衬裙和拜访名片；女人们的指甲可以脏兮兮，可以像男人一样直言不讳。在得知杰伊为此而作出的妥协后，这个梦想却失去了它原有的光环。她赌气暗想，那种植园真该改名为"二十坟"。

　　她竭力假装与杰伊依旧恩爱，但身体却不会撒谎。夜晚杰伊爱抚之时，她不再有从前的兴奋。她依旧与他亲吻，爱抚，但他的手指不再有发烫的触感，唇舌也不再触及她的灵魂。曾几何时，光是看着丈夫就令她下体湿润；如今，她总会在上床之前悄悄在腿间擦润油，不然做爱时就疼痛难忍。每次完事时，杰伊总是呻吟或叹息，畅快地将精液留在莉茜体内。然而莉茜却并未享受这样的高潮，取而代之的是无尽的空虚感。待杰伊在身边呼呼大睡，莉茜会以手指自慰弥补，头脑中充斥着古怪的画面：男人厮打，妓女袒胸……

　　但她的日常思绪已全部被孩子占据。怀孕的事实令先前的失望变得无足轻重。她会毫无保留地把爱倾注在孩子身上，这将是她一生的心血。而这个孩子——无论是男是女——将在弗吉尼亚长大成人。

　　她摘下帽子，一阵敲门声响起。一个身着蓝色制服，头戴三角帽的瘦高个进屋鞠躬道："詹米森夫人、先生，鄙人塞拉斯·伯恩，船上大副，愿意为二位效劳。"

　　"你好！"杰伊生硬地打过招呼，显然是拿出了公子派头。

　　"船长让我代为问候二位。"伯恩道。上船时他们已经见过帕里奇船长，一个来自罗切斯特、不苟言笑的肯特郡人。伯恩继续道："等潮向一变，我们就起航。"他神气十足地朝莉茜笑了笑，"不过，起航的头两天我们还是会走泰晤士河口，所以夫人暂时不必担心旅途颠簸。"

杰伊问："我的马都上船了吗？"

"是的，先生。"

"我去看看它们。"

"当然。夫人是不是就留在船舱里整理零碎东西？"

莉茜道："一起去。我也想四处看看。"

伯恩道："路上您就会发现，还是尽量待在船舱比较好。水手都是粗人，海上的气候也很恶劣。"

莉茜火了："我可不想一连七个礼拜闷在这个小房间里。伯恩先生，请前面带路。"

"好嘞，詹夫人。"

三个人步出船舱，沿甲板来到舱门口。大副利落地下了梯子，杰伊和莉茜紧随其后。他们下到第二层底舱，阳光从舱外射入，挂钩上那盏孤灯令那道光显得弥足珍贵。

杰伊最喜爱的两匹灰马以及生日时收到的"雪暴"正站在狭小的畜栏里。每匹马肚子下都绑着吊索：即便海上风大浪高，重心不稳，马儿也不会跌倒。马头下方安有食槽，里面堆着干草，甲板上还铺着沙子，保护马蹄。这些都是宝马良驹，在美国很难找到旗鼓相当的替代品。马儿都不免有些紧张，杰伊轻轻拍拍马背，轻声安慰它们。

莉茜渐渐觉得不耐烦，她在甲板上四处溜达。一扇舱门在面前敞开。伯恩跟上前道："詹夫人，您还是不要四处乱走的好，有些东西会吓着您的。"

莉茜径自往前去，她可没那么娇气。

"前面是囚犯舱，那可不是女士待的地方。"

他的一席话更激励莉茜非去不可。莉茜转身瞅着伯恩："伯恩先生，这船归我公公所有，我想去哪儿就去哪儿。明白了吗？"

"好嘞，詹夫人。"

"还有，请称呼我詹米森夫人。"

"好嘞，詹米森夫人。"

莉茜很想去囚犯舱，麦卡什兴许就在那儿："蔷薇蕾"是他受审之后第一艘离开伦敦的押运船只。她向前走了几步，低头绕过顶梁，推门进了船舱。

舱里很闷，一股酸臭的体味扑鼻而来。她朝阴暗的舱室里望去：起初一个人也看不到，但低语声不绝于耳。莉茜所处的巨大舱室仿佛满是摆在架上的酒桶。身边的架子上忽然有什么东西动了一下，还伴随着铁链的当啷声。莉茜吓了一跳。惊恐中，她发现动静来自一只拴着铁镣的脚。架子上躺着个人——不，是两个人，他们的脚拴在一起。她的眼睛渐渐适应了阴暗的环境。只见刚才那两个人旁边还有两个人肩并肩躺着，后面还有……一路数下去，足有十几个。他们一个挨一个挤在一起，活像是鱼贩子托盘里的一条条鲱鱼。

这肯定只是暂时的安排，稍后至少会有个床铺让他们躺吧？不一会儿，她便意识到自己有多么天真：床铺？上哪儿去找床铺？这里就是占据甲板下主要空间的舱室。除了这里，这些可怜人根本无处可去。他们得在这憋闷的洞窟里躺七个礼拜。

一个声音大喊："莉茜·詹米森！"

莉茜一惊，听出了那熟悉的苏格兰口音：是麦克！她在黑暗中努力窥视道："麦克，你在哪儿？"

"我在这儿。"

她沿着架子间狭窄的过道向前几步。朦胧的光线中，一只灰色的胳膊向她伸过来。她捏了捏麦克的粗手问："这里太糟糕了，我能做点什么吗？"

"现在还没有。"

莉茜看到科拉和佩哥就躺在麦克身边。至少他们还在一起。科拉的神情让莉茜下意识地松开了麦克的手。"兴许我能保证你们有足够的食物和水。"

"那太好了。"

她不知该说些什么，只是默默地站了许久。"我尽量每天都来看你。"

"谢谢。"

说完，莉茜转身匆匆离开。

她沿着来时的路往回走，义愤之词早已积在嘴边。然而看到伯恩轻蔑的表情，她也只能勉强把话咽回去。犯人们已进了船舱，轮船也即将起航。她的话无法改变任何事情。抗议只会坐实伯恩的偏见：女人家不该下底舱。

"马匹已经安置好。"杰伊心满意足道。

莉茜忍不住讥讽道："马可比人舒服多了。"

"啊，这话倒提醒了我，"杰伊道，"伯恩，囚犯舱有个叫西德尼·莱诺克斯的犯人。把他的脚镣打开，给他安排个客舱。"

"好嘞，先生。"

莉茜吃惊地问："干吗让他跟我们住在一处？"

"他被控持有赃物。但他过去给我家效力，我们不能看着不管，待在囚犯舱他会没命的。"

"杰伊，你真是的！"莉茜忧虑道，"他不是什么好人！"

"恰恰相反，这人很有用。"

莉茜转过身。她一直为离开英国，为摆脱莱诺克斯欣慰不已。究竟是怎样的噩运，让这个人阴魂不散？难道杰伊这辈子也逃不出他的魔掌？

伯恩道："詹米森先生，潮向变了。船长想尽快拔锚起航。"

"请代我向他致意。告诉他下令就是。"

三个人都爬上梯子。

几分钟后，莉茜和杰伊双双站在船头，看着船顺流而下，乘浪而行。清新的晚风撩荡在莉茜的面颊。圣保罗教堂的圆顶渐渐消失在货仓的轮廓之下，莉茜道："也不知什么时候才会再回伦敦？"

Part 3

弗吉尼亚

26

　　麦克躺在"蔷薇蕾号"的囚犯舱内瑟瑟发抖。他发着高烧，身上又脏又臭，衣不遮体，脚戴镣铐，孤苦无援。尽管连直立都困难，他的头脑依旧清醒。他曾经发过誓，再也不受镣铐的束缚。他要反抗，要逃走，宁愿被杀也不想再受这种屈辱。

　　甲板上一声高呼传来："报告船长，水深三十五英寻，出现沙岸与苇丛！"

　　船员们一阵欢呼。佩哥问："英寻是什么？"

　　"相当于六英尺，"麦克微弱地松了口气，"说明我们离陆地不远了。"

　　他常常怀疑自己是否能活着到达美国。这一路上已经死了二十五名囚犯。他们倒是没怎么挨饿——莉茜虽然没再来过，但她遵守诺言，让他们食水充足。无奈一路上只能喝污水，吃腌肉，啃面包，所有的囚犯都患了严重的斑疹伤寒，有人管这种病叫"医院热"或"监狱热"。年纪越大的人，越禁不起折腾，"疯巴尼"第一个送了命。

　　致死的不光是疾病。一场巨大的风浪夺走了五条人命：囚犯在舱内左滚右晃，身上的铁链不免伤到自己和他人。

佩哥本来就弱不禁风，受了一路的罪，如今她简直是皮包骨头。科拉也憔悴了许多。她的头发日益稀疏，形容枯槁，昔日丰满的身体也消瘦生疮。尽管舱内阴暗，麦克仍然看在眼里。唯一令他庆幸的是他们都还活着。

过了一阵子，高呼声再度传来："水深十八英寻，出现白沙。"继而是，"十三英寻，出现贝滩。"终于，那个声音高呼道："见陆地啦！"

虽然身体虚弱，麦克还是渴望走上甲板：我们到美国了！漂洋过海，总算活着等到了这一天。真想看看这个地方啊。

当天夜里，"蔷薇蕾"在静水中停泊。送来烟肉和浊水的是伊齐基尔·贝尔，在水手当中他还算比较友善。他只有一只耳朵，光头，脖子上还有个鸡蛋大的鼓包。讽刺的是，他的外号居然是"漂亮宝贝儿"。贝尔说船已经离开亨利角，目前正在弗吉尼亚州汉普顿附近。

第二天，船只原地不动。麦克心中焦躁不安：究竟是什么事情耽误了？一定有人上岸搞来了补给，当晚从厨房里飘出了烤鲜肉的味道，让人垂涎欲滴。香味把犯人们折磨得抓心挠肝，麦克的胃一阵痉挛。

佩哥问："麦克，我们到了弗吉尼亚会怎样？"

"被人卖掉，给买主干活儿。"

"咱们三个会卖到一处吗？"

麦克明知希望渺茫，但不忍明说。"也许吧。希望如此。"

佩哥静静琢磨着麦克的话。一会儿，她又战战兢兢问道："谁会买咱们？"

"农民，种植园主，家庭主妇……想找人干活儿，又不想多花钱的人。"

"没准儿谁把咱们三个都买了呢。"

一个矿工跟两个扒手，谁乐意把这些人买回家？麦克道："兴许咱们的买家都离得不远。"

"要干什么活儿？"

"让干什么就干什么：农活儿，打扫，盖房……"

"那就跟奴隶一样。"

"只干七年而已。"

"七年，"佩哥不无凄凉道，"我都是大人了！"

"我都要三十了。"麦克道。似乎都要人到中年了。

"会挨打吗？"

肯定会，但他没有实说："只要我们努力干活儿，管好嘴巴，就不会挨打。"

"卖了我们，钱归谁？"

"归乔治·詹米森爵士。"高烧令麦克疲惫不堪，他不耐烦道，"有些破问题你都问了好几遍了。"

佩哥伤心地背过身去。科拉道："麦克，她心里害怕，所以才没完没了问同样的问题。"

麦克心里难过，我也怕啊……

"我不想去弗吉尼亚，"佩哥道，"要是船一直开下去就好了。"

科拉苦笑着问："难道你喜欢这种日子？"

"就像有父母在身边……"

科拉紧紧搂住她。

次日清晨，船再度起航，一路顺风顺水。当晚，麦克得知他们很快将到达拉帕汉诺克河口。由于遭遇逆风，船在当地滞留了两日才继续前进。

高烧慢慢减退，麦克的体力有所恢复，偶尔也能上甲板活动活动。船只一路逆流而上，麦克也第一次见识了美国风光。

河流两岸树林密布，农田辽阔。偶尔会出现一处码头，一段空旷的河岸，或是一片草坡，草坡上兴许还有栋大房子。码头周围可以看到许多大桶，都用来运输烟草。他在伦敦港口见人卸过这东西。人们千辛万苦，九死一生横渡大西洋，从伦敦来到这里，想想真是不可思议。多数劳作田间的都是黑人。马匹也好，狗也好，跟其他地方没什么分别。然而落在船上的鸟儿模样却十分新奇。河上来来往往的船只很多，有"蔷薇蕾"这样的大商船，还有很多小型船只。

短暂的观光过后，接下来又是暗无天日的四天。然而麦克已将所见的一切——阳光、行人、树木、草坪还有房屋——全部深深印在脑子里，如同珍贵的纪念品。他想离开"蔷薇蕾"，想在外面的世界信步游荡，想得几乎望眼欲穿。

最终，经过了八个星期的漫长煎熬，船终于停靠在目的地弗雷德里克斯堡。

当晚，犯人们总算吃了上了一顿现做的饭食——鲜肉土豆玉米汤、鲜面包外加一夸脱啤酒。久违的新鲜食物加上浓烈的啤酒让麦克的身体难以消受，一整夜肚子里翻江倒海。

第二天清早，犯人们十人一组被带上甲板，弗雷德里克斯堡就在眼前。

船停在一条泥河中，四周有几处河心岛屿。沿岸是一条狭窄的沙滩带，水边树木繁茂，其后陡然向上便是城镇区。当地可能也就一两百居民，规模比麦克的家乡霍克村大不了多少，但这里却更加欣欣向荣，白色、绿色的木屋随处可见。对岸上游处是另一个镇子，听人说叫作法尔茅斯镇。

河上船只穿梭不绝，像"蔷薇蕾"这么大的还有两艘，此外还有几条小型的沿岸商船和平底船。一艘渡船往返于两个镇子之间。岸边的人们忙碌着卸载货物，滚木桶，搬箱子，在货仓进进出出。

犯人们领了肥皂，洗了洗身子。船上来了个理发师，给他们剃胡子，剪头发。实在衣不遮体的犯人都换了衣服。这些人原本都感恩戴德，结果发现衣服都是从船上死人身上扒下来的。麦克领到了"疯巴尼"那件脏兮兮的外套。他把衣服搭在栏杆上，用棍子使劲抽打，直到打掉所有的虱子。

船长统计了所有活着的犯人：姓甚名谁，以何为生。有些人平时靠打散工，或者像科拉和佩哥这样发惯了不义之财的，都在船长的劝说下改了好听的营生。在登记本上，佩哥成了裁缝的学徒，而科拉则是酒馆招待。说到底就是为了吸引买家。

囚犯们回到舱内，当天下午，两个男人进仓巡视了一番。这两个人都是奇装异服：一个上身穿英国红色军衣，下配土布马裤；另一个身着过时的黄色马甲，下穿粗针鹿皮长裤。虽然衣着诡异，但看起来都容光焕发，鼻头发红——看来不愁没酒喝。贝尔小声告诉麦克：这两个人都是"人贩子"——他们成批购买奴隶、流放犯和契约佣工，像赶羊一样把这些人赶到内地，然后卖给偏僻地方的农户和山民。麦克觉得他们不像好人。两个人看了一圈就转身离开。贝尔说，明天是"赛马日"：来自四面八方的贵族都会来看赛马。多数囚犯在当日结束前都会被买走。卖不出去的，人贩子就低价抛售。麦克暗暗祈祷：但愿科拉和佩哥别落在人贩子手里。

当晚伙食也不错。麦克小口吃下晚餐，然后呼呼大睡。次日早上，所有人的脸色都好看了许多：眼里有了光彩，嘴角也有了笑容。八个星期以来，大家只有晚上才有饭吃，今天却一大早就有粥喝，还有糖浆、朗姆酒和清水。

尽管前途依旧渺茫，脚上也仍然拴着铁镣，饱餐一顿的犯人们依然精神抖擞地出舱上了甲板。今日的岸边十分热闹：小船穿梭靠岸，路上车水马龙，衣着光鲜的人们成群结队信步街头，显然是享受着休闲时光。

一个戴草帽的大肚子男人上了船，身边还跟着个灰头发的高个儿黑人。两个人瞅了瞅囚犯，从中挑拣出十四五个——都是些年轻力壮的小伙子，麦克也不幸位列其中。

挑完人，船长道："行了，你们几个，跟这两个人走。"

"去哪儿？"麦克问，没人理睬他。

佩哥大哭起来。

麦克抱了抱她。他心中十分难过，知道这一天迟早会来。所有佩哥信任的大人都离她而去：母亲死于疾病，父亲上了绞架，如今麦克也要被卖到别处。他们紧紧抱住彼此，佩哥哭着道："带我一起走！"

麦克松开双臂叮嘱道："你尽量跟科拉待在一处。"

科拉使出全力亲吻他的嘴唇。难以置信，以后可能再也见不到她，再也无法与她同床共枕，无法触碰她的身体，听她快乐地呻吟。滚烫的泪珠顺着科拉脸颊滑落，她恳求道："麦克，千万要来找我们啊！"

"我尽量——"

"你发誓！"

"我发誓，一定去找你们。"

大肚男人开口道："行了，情种儿。"说着一把将麦克拉走。

麦克在通往码头的舷梯上回过头，只见科拉和佩哥正抱头痛哭。想到与妹妹埃斯特分别的一刻，他暗暗发誓：我辜负了埃斯特，这次绝不能辜负科拉和佩哥。不一会儿，两个人消失在他的视野中。

在海上漂流颠簸了八个礼拜，再度踏上陆地的感觉真是奇怪。麦克脚戴镣铐，小步走在土路之上，四下观察着美国的街道。教堂和市场管理所坐落在镇中心，那里还安放着颈手枷和绞刑架。街道两侧有许多砖屋木房，中间间隔甚宽，绵羊鸡仔儿遍地乱走。一些建筑看起来有些年头，但多数看起来都是新近落成的。

镇子上到处都是人流车马，多数应该是来自附近的村镇。女人们佩戴着崭新的软帽和丝带，男人们手套雪白，皮鞋锃亮。很多人的衣服似乎是自家缝制——尽管布料上乘，缝纫手艺却一般。偶尔能听到路人谈论比赛和赔率，看来弗吉尼亚人嗜好赌博。

当地人略显好奇地望着这些囚犯，仿佛看一匹马从身边慢步经过——虽说不上新奇，但也看得饶有兴致。

一行人走了不到半英里路就出了镇子，在浅滩涉水过河后上了乡间的林中小道。麦克蹭到黑皮肤的中年人旁边："我叫马拉奇·麦卡什，大家都叫我麦克。"

黑人依旧目视前方，但友善地答道："我叫科比。"这名字听起来跟"托比"很像。"科比·塔姆巴拉。"

"那个戴草帽的胖子就是买主？"

"不是。比尔·索尔比只是个工头儿。我俩被派到'蔷薇蕾'上挑几个壮劳力下地干活儿。"

"那买主是谁？"

"你们可不是买来的。"

"那是怎么回事？"

"杰伊·詹米森先生打算把你们留下，在自家的'莫杰府'干活儿。"

"詹米森！"

"嗯。"

一想到又落在詹米森家人手里，麦克就怒不可遏。这些该死的混账！我发誓，一定会逃出去，我非做个自由人不可！

科比道："你以前是干什么的？"

"我以前挖过煤。"

"煤？我听说过。能烧火，比木头烧得还旺的东西？"

"是啊。问题是得到地底下挖。你呢？"

"我们都是非洲的农民。我父亲有一大片地，比詹米森先生家的还大。"

麦克从没想到黑奴也可能来自富裕家庭。"什么样的农场？"

"小麦、牲口，什么都有——就是没烟叶。我们那儿长一种根薯，叫山药。在这儿可没见过。"

"你的英语说得挺好。"

"我都来了快四十年了，"科比脸上显出一丝哀怨，"被偷来的时候，我还是个小孩儿。"

麦克想起佩哥和科拉。"有两个人跟我一起来这儿，一个女人，还有个小姑娘。有没有办法打听到是谁买了她们？"

科比苦笑了一声："所有被卖了的都在找人，一直有人在打听。路上，林子里，奴隶们凑在一起，净说这些事儿。"

"那孩子叫佩哥，"麦克执着地道，"她才十三，没爸没妈。"

"卖到别人家的都没爸没妈。"

看来科比早已听天由命。他从小当惯了奴隶，学会了随遇而安。尽管他心怀不满，但早已不再奢求自由。麦克下定决心：永远不能放弃。

他们走了十英里路，走得缓慢而艰辛。犯人依旧戴着脚镣，一些人还是两两铐在一起。同伴死在路上的囚犯双脚戴镣，只能小步往前挪。虽然能走，但逃跑无望。一行人只能慢吞吞地走。在船上躺了八个礼拜，就是逃也会在半路昏倒。工头索尔比骑在马上，似乎走得不紧不慢，时不时还会掏出个扁酒壶嘬两口。

这里的乡村与英格兰更为相似，与苏格兰则大相径庭。麦克做梦也没想过会是这幅模样。道路顺着多石的河流曲折延伸，途中从一片密林穿过。麦克真想在大片的树荫下躺一躺。

真不知何时才能再见到可爱的莉茜。尽管再度落入詹米森手中麦克心有不甘，但能再与莉茜重逢，多多少少也是种安慰。她不像詹米森爵士那样铁石心肠，不过有时也头脑简单。她特立独行，活泼的性格时常带给麦克欢乐；她富有正义感，一次次救麦克于危难之中。

到达詹米森家种植园时已是正午。一条小径从果园穿过。牛群在果园泥泞的牧场上吃草，附近还有十几间木屋。两个上了年纪的黑人妇女正用明火做饭，四五个孩子光着身子在泥里打滚儿。木屋以糙木板草草搭建而成，百叶窗上没有一块玻璃。

索尔比跟科比说了几句话，随后消失。

科比对犯人们道："这就是你们的住处。"

有犯人问："非得跟这些黑人住一块儿吗？"

麦克哭笑不得。在魔窟里受了八个礼拜的罪，这些人居然还对住处挑三拣四。

科比道："黑人和白人分住在不同的木屋。虽然法律没规定，但历来都这样。每个木屋住六个人。歇脚之前还有件事儿。跟我来。"

大家沿小路前行，两侧皆为农田：绿油油的小麦，高挑如小山的玉米田，还有飘着清香的烟叶植物。田间的男男女女正在劳作，有的除杂草，有的捡虫子。

前方出现一片宽阔的草坪，一行人上坡来到一处破败的板房。那里百叶窗紧闭，灰褐色的油漆也几乎脱落。想必这儿就是莫杰府了。他们绕过板房，来到后面的屋群附近。其中一座是间铁匠铺，干活儿的是个黑人，科比管他叫卡斯。卡斯动手帮犯人们敲断脚上的锁链。

看着同伴一个个摆脱束缚，麦克也有种解放感。然而这并不是真正的解放。这些锁链来自纽盖特监狱，来自大洋彼岸。这八个星期以来，麦克无时无刻不痛恨着这份耻辱。

铁匠铺位处高地，半英里之外，蜿蜒林间的拉帕汉诺克河的粼粼波光依稀可见。麦克想，铁链一断，我大可以溜到河边，然后游到对岸逃跑试试。

但他得沉住气。现在身体依然很虚弱，恐怕连半英里路也跑不动。再说，他已经答应佩哥和科拉，必须在逃跑前先找到她们。一旦变成逃犯，找人就更难了。他必须仔细筹划。目前，麦克对于当地的地形还一无所知，必须弄清楚目标何处，如何到达。

即便如此，当脚镣最终从脚上取下时，即刻逃跑的冲动依然十分强烈。

就在麦克竭力地克制自我时，科比开口道："如今铁链已经摘了，有的人已经开始盘算天黑之前能跑多远。趁着你们还没跑，我得把丑话说在前面。你们听仔细了。"

他稍作停顿，看着众人的反应，然后道："逃跑的十有八九会被抓回来，抓回来就要挨罚。先是一顿鞭子——这还是最轻的，然后要戴铁项圈，这就丢人了。最惨的是，凡是被抓回来的，你干活儿的期限就会延长。逃跑一星期，回来就得多干俩礼拜。这里有的人跑了很多次，结果到一百岁还得继续干。"科比四下看看，与麦克四目相对，"如果真有人不甘心，我只能说：祝你好运。"

早上，一位老妇煮了玉米碴子粥作为早饭。犯人和奴隶们用手直接从木碗里舀着吃。

在莫杰府干活儿的大约有四十个人。除了新来的犯人，多数都是黑奴。这里还有四个契约佣工，以四年劳力抵偿赴美的船票钱。这几个人与奴隶们不在一处，显然认为自己高人一等。正经领工资的雇员只有三个，两个自由黑人，一位白人妇女，全部都年过五十。一些黑人的英语很流利，很多人依然操着非洲的土话，跟白人说话时一口稚气的洋腔洋调。起初，麦克还拿他们当孩子一样对待，没过多久他才明白过来：他自己只会一种语言，而这些人除了母语，还会些半生不熟的英文，想来真是甘拜下风。

他们穿过广阔的农田，步行一两英里路来到烟草成熟的区域。一行行作物整齐地排列，每行长约一英里，中间留出三英尺空隙。烟草都差不多跟麦克一样高，每一株上都长着十几片宽阔的绿叶。

比尔·索尔比和科比下达了指令：所有人分为三组。第一组用刀将成熟的烟草株割断。第二组到之前一天已经收割的田区。割断的烟草株横在田里，绿色的大叶子经过一天的日晒已经萎蔫。熟练的工人给新来的示范如何将割断的叶梗分开，然后插在长长的木杆上。麦克被分到了第三组，负责将插满烟叶的长竿抬到另一头的晾房高挂晾干。

夏日炎热而漫长。"蔷薇蕾"的囚犯们干起活来远不如其他工人麻利。由于疾病、营养不良和缺乏锻炼，麦克身体虚弱，时常被妇女和儿童赶超。比尔·索尔比虽然拿着鞭子，但很少使用。

中午饭是玉米粗面包。就在工人们吃饭时，西德尼·莱诺克斯的身影出现在麦克的视线中。麦克没有过分惊讶，只见莱诺克斯一身崭新的衣服，在索尔比陪同下巡视着种植园。毫无疑问，基于往日交情，杰伊一定觉得他还有用处。

傍晚，筋疲力尽的人们离开了烟草田，没回木屋，而是径直去了晾房。房间内点着几十根蜡烛。匆匆吃过晚饭，他们要将烟叶从茎秆上摘下，然后压成捆。夜色渐浓，一些孩子和老人干着干着睡着了，大家提高警觉，年轻力壮的为年迈体弱的掩护。一见索尔比要来，就马上把大伙儿叫醒。

最后一盏蜡烛终于熄灭，麦克推测一定是午夜已过。大家总算回到小屋自己的木板铺位上。麦克倒头便睡。

仿佛刚闭上眼睛，就马上有人叫他起床。麦克睡眼惺忪地起身，摇摇晃晃出了木屋，靠着墙喝他的玉米碴子。最后一口刚入口，他们便不得已再次出发。

黎明的田间，他看到了莉茜。

上次见到莉茜还是上船那天。如今，她骑着白马慢步从田间穿过。莉茜身穿宽松的亚麻长裙，戴着大帽子。太阳快出来了，清朗的微光笼罩大地。她气色不错：安闲，自在，俨然是女主人风范。莉茜比以前丰满了，而麦克自己却成日忍饥挨饿。无论怎样，他对莉茜就是恨不起来。她坚持原则，而且不止一次救过他的命。

还记得之前在泰伯恩街的小巷里，麦克从两个流氓手里救她脱身，他们拥抱在一起。莉茜柔软的身体紧贴着他，浑身散发着香皂的清甜和女性的气息。一时间，麦克眼中的理想伴侣不再是科拉。然而他很快打消了这个念头。

仔细看看莉茜圆润的身材，麦克这才明白：她不是丰满，而是怀孕了。以后若生了儿子，世上就又多了一个詹米森——冷酷，贪婪，铁石心肠。他会接管种植园，拿人当牲口使唤，大发不义之财。

莉茜与他眼神交汇。如此咒骂一个未降生的孩子，麦克心中十分过意不去。起初她只是直勾勾地看着，分不清对面的人是谁。突然间，她认出了他，不由得吓了一跳。兴许是过分的憔悴改变了他的容貌，这使得莉茜大吃一惊。

他许久地望着莉茜，盼望着她能走过来。然而莉茜突然转身，一句话没说就策马离开，不一会儿便消失在林中。

27

　　来到莫杰府已有一个星期。杰伊·詹米森闲坐家中，看着两个奴隶开箱整理玻璃器皿。贝儿人到中年，身形肥硕，奶子大，屁股也大，而米尔德里得才十八，烟草色的嫩肌，眼神慵懒。米尔德里得伸手够架子时，杰伊可以看到她掩藏在褐色粗布裙下的乳房。他的眼神让两个女人都战战兢兢，拿取水晶器皿的双手不住颤抖。打碎任意一件，她们俩都要受罚。杰伊思忖着到时应不应该下手。

　　想到这里，他不由得一阵不安，继而起身走出屋子。莫杰府的宅子占地多，正面宽广，柱廊正对草坡，坡下就是拉帕汉诺克河。在英国，如此规模的大房子都是由砖石砌成，而这栋房子却是木质结构。多年前房子粉刷成白色，配着绿色的百叶窗。如今漆皮脱落，颜色也蜕变为一水儿的土褐色。房屋的两侧和背后建有多处偏屋，设有厨房、洗衣房和马厩。主屋的客厅派头十足，包括会客厅、餐厅，甚至还有舞厅。楼上的卧室也十分宽敞，但室内需要重新粉饰。室内的进口家具、褪色的丝绸布艺以及磨平的地毯都已过时。曾经的辉煌如今却更像下水道的腐气。

　　然而站在柱廊审视着自己的产业，杰伊的心里依然美滋滋的。这里有良田千亩，山林密布，河流清澈，池塘宽阔，还有四十个奴隶和三个家佣。这些土地，这些人全都是他的财产——不属于家族，不属于父亲，而是属于他。他自立门户，成了有身份有地位的人。

而这只是个开始。他准备在弗吉尼亚的上流社会大显身手。虽然还不清楚殖民地政府如何运作，但他知道，统领当地事物的都是所谓的"教区代表"，而威廉斯堡①的议会由议员构成，其级别相当于英国议会议员。考虑到自己的地位阶层，杰伊打算跳过地方选举，尽快竞选下议院议员。他想让所有人都知道：杰伊·詹米森是个举足轻重的人物。

莉茜骑着"雪暴"穿过草地。经过一路海上颠簸，"雪暴"毫发无伤。莉茜骑得可真不错，杰伊心想，简直就像个男人。这时他才气愤地回过神：莉茜居然两腿分开骑在马上。一个女人叉开双腿上马下马实在有失体统。她刚刚慢下来，杰伊便责备道："这么骑马也太出格了。"

莉茜一手放在圆滚滚的肚子上："我骑得慢，溜达溜达而已。"

"我说的不是孩子。但愿没人看见你叉腿骑马。"

莉茜收敛起笑容，但依然振振有词："我可不想到这儿还并着腿。"

"到这儿？这跟在哪儿有什么关系？"

"在这儿没人看着。"

"我看着，佣人也看着，来了客人也会看着。总不能因为

---

① 美国弗吉尼亚州东南部城市。

'在这儿'就光着身子四处乱跑吧？"

"去教堂或是身边有人的时候，我可以并腿骑，身边没人就另当别论了。"

这种时候跟她争辩简直是枉费力气。"反正过不了多久，为了孩子，你也不能再骑马了。"杰伊闷闷不乐地说道。

"现在还不至于。"莉茜欢快地道。怀孕已经五个月，莉茜打算到六个月时就不再骑马。说到这里她调转话题："我四处转了转，田里的情况比这房子要好得多。索尔比总是喝得醉醺醺，可总算把地里打理得有模有样。我们应该庆幸，毕竟都一年多没给他发薪水了。"

"他恐怕得再等等，我们手头也不富裕。"

"你父亲说这里有五十个人手，可实际上只有一半。幸亏还有'蔷薇蕾'的那十五个犯人。"说着，莉茜皱皱眉，"其中是不是还有麦卡什？"

"没错。"

"难怪。好像在田里看见他了。"

"我让索尔比挑了十五个最年轻力壮的。"杰伊不知道原来麦卡什也在那艘船上。如果事先仔细考虑，他可以早一步料到，也会嘱咐索尔比千万别把这个惹祸精领来。如今既然来了，杰伊也不想立马让他走人：区区一个囚犯，如何能吓得住他？

莉茜问："想必这些人不是我们花钱买的吧？"

"当然不是。原本就是自家的东西，还用得着花钱？"

"你父亲也许会发现的。"

"发现是一定的。帕里奇船长放人时要了收据，我也不能不给。这收据一定会交给父亲。"

"然后呢？"

杰伊耸耸肩："父亲估计会给我寄账单，那我就给钱——几时有几时给。"他对这桩买卖显得相当得意。十五个壮劳力为他卖七年命，而且不用他花一分钱。

"那你父亲会怎么想？"

杰伊咧着嘴笑道："他肯定气个半死，可离得这么远，他又能怎样？"

"应该不要紧吧……"莉茜犹豫着说道。

做妻子的居然质疑丈夫的决定，杰伊不太高兴："有些事还是交给男人处理的好。"

这种话莉茜总觉得不顺耳。她继续出击道："只可惜莱诺克斯也跟到这儿来。我真不明白，你为什么总跟他扯在一起？"

对于莱诺克斯，杰伊的感觉很复杂。在殖民地，莱诺克斯兴许也能派上用场，可这个人的确不招人喜欢。然而，自打从"蔷薇蕾"的囚犯舱被杰伊捞出来，这家伙就一直以为自己会来詹米森家的种植园，而杰伊又一直没胆量跟他摊牌。杰伊漫不经心道："还是有个白人在身边替我出面办事比较好。"

"让他做什么？"

"索尔比需要个帮手。"

"除了会抽烟以外，莱诺克斯对烟草一无所知。"

"不懂可以学嘛。再说，我主要是想让他敦促那些黑人干活儿。"

"这个他肯定在行。"莉茜嘲讽道。

杰伊不想在莱诺克斯的事情上过分纠缠。"接下来我可能会参与当地政务，"他道，"我想竞选下议院议员，也不知道什么时候能安排好。"

"那你最好认识一下左邻右舍，跟他们打听打听。"

杰伊点点头："再过一个月，等房子装修好，我们就办场大型派对，把弗雷德里克斯堡有头有脸的人物都请来。这样我就有机会跟当地的上流人士接触。"

"派对？"莉茜怀疑道，"咱们办得起吗？"

她又在质疑杰伊的决定。"钱的事情有我操心，"杰伊断然道，"我们家过去十年来一直在这附近经营生意，詹米森的名号还是很有威信力的。赊点账办个派对肯定不成问题。"

莉茜坚持刨根问底："要不先集中精力把种植园打理好？至少在头一两年别搞太多名堂。这样你才有雄厚的资本去竞选。"

"别胡说了。我不是来这儿当农民的！"

舞厅虽小，但地板坚实，还有个小阳台让乐师演奏。二三十对衣着华丽的男男女女正在起舞，男人们戴着假发，妇人们头顶花边帽。两位提琴手、一名鼓手和一名圆号手奏响小步舞曲。几十根蜡烛照亮了新置的油画和雕花装饰。其他房间里，客人们有的打牌，有的吸烟，有的喝酒，有的调情。

杰伊和莉茜从舞厅来到宴会厅，笑着向客人们点头致意。杰伊身穿苹果绿丝质套服——这还是离开英国前在伦敦买的；莉茜一身紫色装扮，紫色是她最喜欢的颜色。杰伊原以为他们夫妇的装扮会惊艳全场，却没想到原来弗吉尼亚的上流社会也和伦敦一样时髦。

他喝了不少葡萄酒，兴致正当头。早些时候已开过宴席，饮料、甜品已经摆上桌，有红酒、果冻、奶酪蛋糕、乳酒冻和水果。办派对花了不少钱，但物有所值：但凡数得上的人物都出席了。

唯一扫兴的是工头索尔比。他偏偏选在今天讨要工钱。杰伊告诉他，至少要等第一批收割的烟草卖出去，他才能拿到工钱。一听这话，索尔比反问他，既然给不出工钱，又哪儿来的银子办四五十人的派对。事实上，杰伊根本没这个财力，所有的东西都是赊账赊来的。他不想在工头面前丢脸，眼睛一瞪让索尔比闭嘴。索尔比看起来既失望又担忧，杰伊怀疑他是不是有什么地方急需用钱，但也没问。

詹米森家的几个近邻围在宴会厅的火炉前吃蛋糕。这些邻人包括：桑姆森上校夫妇，比尔·德拉哈耶和妻子苏西，此外还有未婚的阿姆斯泰德兄弟。桑姆森家可谓地位显赫。桑姆森上校是议会成员，不苟言笑，总是端着架子。他在英国军队和弗吉尼亚国民军中功勋卓越，退役后又种起烟草，参与殖民地政务。杰伊希望也能走他这条路。

人们凑在一起讨论政治。桑姆森解释道："弗吉尼亚的总督去年三月去世，我们正等着新长官前来上任。"

杰伊摆出一副伦敦政界圈里人的架势："英王已经指派波特多特男爵诺伯恩·伯克利出任这一职位。"

约翰·阿姆斯泰德醉醺醺大笑道："好名字！"

杰伊冷冷瞥了他一眼说："就在我出发后，男爵也希望能尽快动身。"

桑姆森道："过渡期间，地方议会主席会代行职责。"

杰伊急于显示自己深谙当地事务："想必正因如此，下议院才会糊涂到支持马萨诸塞动议。"所谓的动议是当地针对关税所提出的抗议，由马萨诸塞州立法委员会草拟并上递英王乔治。其后，弗吉尼亚立法委员会通过决议，支持此项动议。杰伊和伦敦多数保守党成员一样，认为这些动议和决议都是大逆不道。

桑姆森似乎颇有异议。他直言道："相信下议院不会作出不智的决定。"

"英王陛下可不这么觉得。"杰伊反驳道。他并未就此多说，让其他人以为这一立场乃英王亲口对他所言。

"那就太遗憾了。"桑姆森冷冰冰道。

杰伊略感不妙，但为了显示自己的真知灼见又继续道："我相信新任的总督一定会要求撤销决议。"事实上，离开伦教前，他便知道会如此。

比尔·德拉哈耶没有桑姆森那么成熟老练，他火气十足地开口道："议员们不会答应的。"他的妻子苏西伸手抓住丈夫的胳膊，提醒他克制。然而他情绪十分激动，继续道："他们的职责就是告诉英王真实的情况，而不是卖弄文辞讨好那些保守的马屁精。"

桑姆森打圆场道："并非所有的保守党都是马屁精。"

杰伊道："如果议员们拒绝撤销决议，那总督只能解散议会。"

罗德里克·阿姆斯泰德比自己的兄弟稍微清醒一些，他开口道："说来有意思，解散了也改变不了什么。"

杰伊大惑不解："怎么说？"

"由于种种原因，殖民地议会三天两头遭到解散。即便解散大家也会通过非正式重组，在酒馆或私宅继续议事。"

"但这样一来就没有法律效力了！"杰伊断言。

桑姆森上校答道:"有辖区居民的支持,这就够了。"

这种事情杰伊之前也有耳闻,都是些饱读哲学的人信口胡说的。政府从人民那里获得授权,完全就是胡来!这就意味着英王根本无权统治国家。以前在英国,只有约翰·威尔克斯之流才会鼓吹这种危险言论。杰伊渐渐埋怨起桑姆森:"上校,如果有人在伦敦说这种话,那可是要坐牢的!"

"是啊。"桑姆森不置可否。

莉茜突然插话:"桑姆森太太,您有没有试试今天的乳酒冻?"

上校夫人异常兴奋道:"试过了!特别好吃!"

"太好了。这东西的火候可真不好拿捏。"

杰伊清楚,莉茜才不关心什么乳酒冻,她是想转移话题。不过杰伊还意犹未尽:"我不得不说,您的态度令我很吃惊。"

"哦,那不是芬奇医生嘛——我得跟他聊两句。"桑姆森说着借故带夫人走开。

比尔·德拉哈耶道:"我说詹米森,你初来乍到,过段时间你的看法就会不一样了。"

他的话不失中肯。可一听对方说自己妄加断言,杰伊很不高兴:"先生,我相信无论身在何处,我对英王的忠心都不会动摇。"

德拉哈耶碰了一鼻子灰。"毫无疑问。"说着,他也带着妻子另找他人攀谈。

罗德里克·阿姆斯泰德道:"我得尝尝这乳酒冻。"他走向桌台,留下杰伊夫妇和醉醺醺的兄弟。

"政治和宗教,"约翰·阿姆斯泰德道,"永远别在派对上讨论政治和宗教。"说完他身子往后一倒，闭上眼躺下。

正午时杰伊才下楼吃早餐。他头疼得厉害。

他还没见到莉茜：搬来弗吉尼亚后，他们有了相连的分房卧室，这可是以前在伦敦享受不起的奢华。派对结束，家奴打扫舞厅，而莉茜正吃着烤火腿。

家里来了一封信。他坐下来把信拆开，没等读上一句，莉茜看了他一眼问："你昨晚干吗要挑起争论？"

"什么争论？"

"就是跟桑姆森和德拉哈耶。"

"那不叫争论，只是探讨而已。"

"你把我们附近的邻居都得罪了。"

"那他们也太不好惹了。"

"你就差骂桑姆森上校是叛徒了！"

"没准儿他真是叛徒呢。"

"他是当地的地主，下议院议员，还是退伍军官，这种人怎么可能叛国？"

"他的话你也听到了。"

"显然在美国这种事很平常。"

"在我家可不是。"

厨子莎拉走进来打断了他们的对话。杰伊要了茶和烤面包。

莉茜还是不肯罢休："花了这么多钱，就为了跟邻居搞好关系，你却把他们都得罪了。"说完她低头继续吃。

杰伊看了看信，是威廉斯堡的律师寄来的。

威廉斯堡格罗斯特公爵大街

1768年8月29日

尊敬的詹米森先生：

　　我受令尊乔治爵士委托，特此来信。

　　欢迎来到弗吉尼亚，希望很快有机会在威廉斯堡与您见面。

如此体贴全然不像是父亲的平日作风，杰伊深感意外。如今儿子远在海外，他会化身慈父吗？

　　在此之前，如有鄙人能效力之处，敬请告知。得知您于逆境中接手种植园，不免需要经济支持。若有借贷需求，鄙人愿为您效劳，相信不日便可觅到理想放贷人。

您忠诚的仆人

马修·莫克曼

杰伊面露笑容：这真是雪中送炭。修缮装潢再加上大搞派对已经让他在当地欠下很多账，而索尔比也追着他要供给——种子、工具、奴隶的衣裳、绳索、油漆……他放下信对莉茜道："你不用再为钱的事发愁了。"

莉茜怀疑地看着他。

"我得去趟威廉斯堡。"他说道。

28

杰伊前往威廉斯堡期间，莉茜收到了母亲的来信。最先引起她注意的是寄信人地址：

> 阿伯丁圣约翰教堂牧师宅邸
> 1768年8月15日

母亲为什么会从阿伯丁的牧师住处来信？她继续往下读：

亲爱的女儿：

我有很多话要告诉你，容我一件件写下来。

我返回格伦高地后不久，你的兄长罗伯特·詹米森就接手了庄园事务。如今家中的债务都由乔治爵士偿还，我也不好反对。罗伯特要求我离开庄园的大宅，住进一处破旧的狩猎屋，以节约开支。老实说我并不愿意，但罗伯特态度强硬。不得不说，在他身上看不出丝毫家人的体贴。

莉茜怒火中烧，但却无能为力。罗伯特居然把她的母亲从自己家赶走？！她想起决定嫁给杰伊时罗伯特放的狠话："就算我得不到你，格伦高地也还是我的！"当时似乎觉得他是痴人说梦，现在却成为现实。

莉茜咬着牙继续读信：

> 此后，约克神父说他亦将离开。他在霍克村当了十五年牧师，是我多年的老朋友。他过早丧妻，想换个环境也情有可原。然而，想必你也能想象，正在我需要朋友的时候，这个消息对我来说是怎样的打击。

> 亲爱的女儿，说到这里我真是羞于启齿：最令人意想不到的是，他居然开口向我求婚！！而我也答应了！！！

"老天爷！"莉茜不禁大叫一声。

> 如今我们已经完婚，并搬到阿伯丁居住。我现在就在这里给你写信。

> 很多人会说，作为哈林姆勋爵的遗孀，这无疑是屈尊下嫁。然而我最清楚，这头衔只是徒有虚名，而他对上流人士的想法也毫不在乎。我们生活得很平静，人们都称我为约克夫人。我比以往任何时候都更加幸福。

信上还交代了其他内容：三个继子女、牧师宅邸的佣人，约克先生的首场布道以及教会的其他姐妹。母亲结婚的消息太过意外，莉茜根本无暇顾及其他。

她从没想过母亲会再婚。而这当然也在情理之中：母亲才四十岁，兴许再生几个孩子也不一定。

一种漂泊在外的孤独感令她猝不及防。格伦高地一直都是她的家园。虽然怀孕的她现今在弗吉尼亚和丈夫一起生活，她还是会时常惦念高地庄园——一个必要时可以返回的避风港。如今，它却落入罗伯特手中。

一直以来，莉茜都是母亲生活的重心所在。她以为这一点永远不会改变。如今，母亲成为神父的妻子，和丈夫的三个孩子一起相亲相爱地生活在阿伯丁，兴许很快将又添新丁。

如此一来，种植园就成了莉茜唯一的家，而杰伊也成了她唯一的亲人。

反正她已下定决心，要在这里活得有模有样。

她所拥有的许多东西都令人羡慕：一栋大房子，千亩农田，英俊的丈夫，身边还有奴隶供她差遣。家奴们都很尊敬这位女主人：莎拉负责做饭，胖贝儿负责打扫，米尔德里得做她的贴身女佣，有时还在桌前侍餐。贝儿有个十二岁的儿子吉米，在家里做马童。吉米的父亲多年前被卖到别处。除麦克以外，莉茜对很多下地干活儿的工人还不太熟悉。她对监工科比的印象不错。后屋打铁的卡斯人也不错。

莫杰府的房子宽敞气派，但住在里面觉得空空荡荡的。它太大了，在里面养六个孩子、祖父母加几个姨妈都绰绰有余，还得有一大群奴隶在各个房间点蜡烛，侍奉一群人的餐食。夫妇俩守着这么大的房子，实在过分冷清。然而种植园景致优美：茂密的树林，广袤的坡田，涓涓溪流不计其数。

莉茜知道，杰伊与自己所想象的有很大差距。带她下矿井时，莉茜以为他也有着无拘无束的天性，实则不然。他背着莉茜在格伦高地开采煤矿，让她从此动摇：在那以后，莉茜再也无法像以前一样爱他。夫妻俩不再有清晨的欢爱，一天到晚也难得聚在一处。虽然午饭和晚饭还是一起吃，但再也不像从前一样在饭后围坐在火边，手牵手闲叙家常。也许杰伊也同样失望：莉茜并没有想象中那么完美。然而后悔无济于事，他们必须彼此扶持。

尽管如此，莉茜仍时不时有远走高飞的冲动。每每如此，她都想到腹中成长的胎儿。孩子需要父亲，她不能只想着自己。

杰伊并没有过多讨论孩子。他对此似乎并不感兴趣。但是当孩子出生时，尤其如果是个男孩子的话，他的态度会改变的。

她把母亲的信塞进抽屉。

给家奴交代好一天的家务后，莉茜拿起外套出门。

已经到了十月中旬，气候微凉。转眼间他们已经来了两个月。她穿过草地往河边去。如今已怀孕六个月，腹中已经有了胎动——有时宝宝踢得还很疼。她放弃骑马，改为步行，担心骑马会伤及孩子。

虽然不骑马，她还是坚持每日在种植园转悠，一走就是好几个钟头。猎鹿犬罗伊和雷克斯总是陪伴在她身边。莉茜密切关注着种植园的工作，杰伊则毫不关心。她看大家处理烟叶、扎捆计数，看工人削木扎桶，看牧场的牛马和院里的鸡鸭。今天是星期天，工人们的休息日，她也正好趁索尔比和莱诺克斯不在四处打听打听。罗伊跟着她，雷克斯趴在门廊懒得动弹。

到了烟草收割的时节，还有很多工序要进行：晒叶，晾叶，摘叶，压叶，然后装桶运往伦敦或格拉斯哥。目前正在收割"溪流区"的冬麦和"矮橡区"的大麦、黑麦和苜蓿。活儿最累的时期已经过去，工人们不必从早到晚劳作田间，天黑了还得点着蜡烛干到半夜。

莉茜想，工人们辛苦劳动，理应得到犒赏。即使是奴隶和囚犯也需要鼓励。她突然萌生了办派对的想法。

她越想越喜欢这主意。杰伊虽有可能反对，可反正这一两个礼拜他不在家。从这里到威廉斯堡要走上三天，等他回来时，派对早就办完了。

她沿着拉帕汉诺克河的岸边漫步，反复考虑着刚才的主意。这里水浅多石，上游的弗雷德里克斯堡标注着航行区。莉茜绕过一簇半淹在水中的灌木，突然停下了脚步。一个男人正背对着她，站在齐腰深的水里洗澡。那人正是麦卡什。

罗伊先是耸起鬃毛，随后也认出了麦克。

上次他一丝不挂地下河还是一年前的事。莉茜记得自己用衬裙为他擦身。那时，一切都是那么自然，如今却像梦境般光怪陆离——月光，流水，强壮而脆弱的身躯，她抱着他，用身体为他取暖。

莉茜后退几步，看着他上岸。麦克依旧是一丝不挂。

她又想起从前的时光：一天下午，她在格伦高地吓到一头在溪边饮水的小鹿。整个情景仿佛一幅图画重现在她眼前：她在林间现身，两三岁的小鹿近在咫尺。它抬头望着她。河岸坡陡，小鹿不得已朝莉茜的方向而来。它踏出水域，健美的侧腹上挂着晶莹的水珠。莉茜手持猎枪，蓄势待发，然而如此近的距离却让她难以下手。

看着水滴从麦克肌肤上滚落，莉茜想：经历了千辛万苦，他依然像年轻的野兽般雄壮威猛。正在他穿裤子时，罗伊奔了过去。麦克一抬头看到了莉茜，突然僵在原地，一动不动。他道："背过身去！"

"该背过身的是你！"

"我先来的。"

"这是我的地盘！"想来奇怪，麦克随随便便就能让莉茜发火。他惹上官司，在农场干苦力，而她是贵妇。但麦克也并未因此就礼让三分——仿佛一切都是天意弄人，莉茜并非高人一等，而麦克也未觉矮人半分。他的放肆虽然让人恼火，但至少光明正大。麦卡什从不狡猾诡诈，相比之下，杰伊却时常令她觉得不可思议。莉茜搞不懂杰伊的心思，每次她提出质疑，他都带着戒备，仿佛有人指责他一样。

麦卡什一边系裤绳，一边饶有兴致地看着莉茜："我也是你的。"

莉茜望着他的前胸，那里又重新变得结实有力。"我以前还见过你光着身子呢。"

对峙突然消失，两个人哈哈大笑，就像以前在教堂门口听埃斯特训斥麦克时一样。

"我打算办个派对，招待工人们。"

麦克穿上衬衣："什么样的派对？"

莉茜情愿麦克赤裸着上身再多待一会儿，她喜欢看麦克的身体："你喜欢什么样的？"

他若有所思："后院点篝火那种。其实大伙儿就想吃点好的，肉要多。平时肉总不够吃。"

"他们爱吃什么？"

"嗯……"麦克舔了舔嘴唇，"厨房里的煎火腿就特香，馋得大伙儿胃疼。还有番薯和小麦面包，平时这些都吃不上，只有粗玉米面包。"

莉茜庆幸找麦克商量对策，还真帮了不少忙。"他们爱喝什么？"

"朗姆酒。但有几个工人喝多了就容易打架。依我看，还是苹果酒或啤酒好些。"

"好主意。"

"要不要来点音乐？黑人都喜欢唱歌跳舞。"

和麦克一同筹划派对，莉茜乐在其中："好啊，可谁来演奏呢？"

"有个自由黑人叫佩珀·琼斯，在弗雷德里克斯堡的馆子里表演。你可以把他雇来弹班卓琴。"

莉茜知道，当地人所谓的"馆子"就是酒馆，可班卓琴她还是头一次听。"那是什么？"

"应该是种非洲乐器，没小提琴那么悠扬，但节奏更强。"

"你怎么认识他？什么时候又去过弗雷德里克斯堡？"

他的脸突然一阵阴郁："一个星期日。"

"去干吗？"

"找科拉。"

"找到了吗？"

"没有。"

"真可惜。"

麦克耸耸肩："大家都失去了亲人。"说着他哀伤地转过脸去。

莉茜很想伸出双臂抱着他，安慰他，但还是忍住了。尽管她怀着孕，但也不该拥抱丈夫以外的其他男人。她故作轻松道："依你看佩珀·琼斯会来吗？"

"肯定来。我见过他在桑姆森种植园给奴隶弹琴。"

莉茜来了兴趣："你去那儿干什么？"

"看看。"

"没想到奴隶还有这种消遣。"

"总不能只干活儿不过日子吧？"

"那你怎么消遣？"

"小伙子喜欢斗鸡，很多人为看场比赛不惜走十英里路。姑娘们喜欢小伙子。老一点的喜欢串串门，看看人家孩子，聊聊失散的兄弟姐妹。非洲人有许多哀伤的小调，经常凑在一起唱和声。虽然意思听不懂，曲调却让人心动。"

"以前矿工们也唱。"

麦克沉默了片刻："是啊，也唱。"

莉茜看到自己勾起了他的伤心事，问道："你以后还回格伦高地吗？"

"回不去了。你呢？"

眼泪在莉茜眼里打转："回不去了。咱们都回不去了。"

肚子里的孩子踢了她一下，莉茜大叫一声。

"怎么了？"麦克问。

她一手放在肚子上："孩子踢了一下，看来是不想让我想家。他要当弗吉尼亚人。哎哟！又来了！"

"疼得厉害吗？"

"厉害——你摸摸。"说着，莉茜抓起他的手放在自己肚皮上。他的手又粗又糙，放上来却异常轻柔。

没动静。麦克问："什么时候生？"

"还有两个多月。"

"打算取啥名字？"

"我丈夫说如果是男孩就叫乔纳森，女孩叫阿丽西亚。"

孩子又踢了一下。"还挺厉害！难怪你龇牙咧嘴的。"麦克笑着把手拿开。

莉茜真希望他的手能多放一会儿。她掩藏起失望换了话题："我得赶紧跟比尔·索尔比交代派对的事。"

"你没听说？"

"听说什么？"

"哎呀，比尔·索尔比走了。"

"走了？什么叫走了？"

"不见了。"

"什么时候的事？"

"两天前的夜里。"

这两天的确没见到索尔比，然而莉茜并未起疑心，毕竟索尔比也不是天天露面。"他说没说几时回来？"

"跟其他人说没说我不知道。不过依我看，他是不回来了。"

"为什么？"

"他欠莱诺克斯一大笔钱，没钱还债。"

莉茜一听就来气："看来这两天一直是莱诺克斯监工。"

"没错，虽然只是昨天一天。"

"我可不想让那浑蛋管事！"她激动地说道。

"那就谢天谢地了，"麦克不无感触道，"工人们也不想。"

莉茜紧皱眉头：索尔比挣的工钱并不少，况且杰伊也许诺，第一批烟草卖出去就给他发工钱。为什么就不能多等一阵？到时候债也能还清了。他一定是被莱诺克斯威胁了。她越想越生气："一定是莱诺克斯把索尔比逼走的！"

麦克点点头："具体的虽不清楚，但我跟你想的一样。我得罪过莱诺克斯，瞧瞧如今落了个什么下场。"

他没有自怨自艾，只是心中不痛快。莉茜同情地摸了摸他的手臂道："你正直勇敢，应该为自己骄傲。"

"莱诺克斯狡诈狠毒，可那又怎么样？他成了这里的工头，肯定会想方设法从你身上揩油，然后在弗雷德里克斯堡再开间酒馆。用不了多久，他又能过上像伦敦一样的好日子了。"

"有我在他就休想，"莉茜下定决心，"我这就找他去！"莱诺克斯在晾房边有栋两室小屋，就在索尔比的住处附近。"他最好在家。"

"现在不在。星期天的这个时候，他都在'渡屋'，距这里有三四英里路。恐怕半夜才回来。"

莉茜可等不到明天，碰上这种气人的事儿，她可没那个耐心。"我去找他。骑不了马，我就坐小马车去。"

麦克一皱眉："你是这里的女主人，而他只是个粗鲁的人。是不是在这儿跟他摊牌更好？"

莉茜突然一阵紧张。麦克说得没错，莱诺克斯绝非善类。但她不想再拖下去了，麦克可以保护她。"你能跟我去吗？有你在我心里踏实。"

"当然。"

"你来驾车。"

"那你得教我。"

"简单得很。"

他们上坡返回。马童吉米正在饮马。他帮麦克一起套好马车，莉茜趁这当回屋里戴上帽子。

两人出了种植园，沿河岸向上游渡口而去。"渡屋"比莱诺克斯和索尔比所住的小屋大不了多少，也是栋木房。麦克扶莉茜下了车并为她开门。

屋里光线昏暗，乌烟瘴气。十一二个人坐在板凳或木椅上，端着酒杯或陶罐喝酒。有人掷骰子，有人打扑克，有人抽烟斗，后屋还传来台球的撞击声。

这里既没有女人，也没有黑人。

麦克随莉茜进了屋，停在门边的阴暗角落。

后屋里出来个男人，他用毛巾擦了擦手，问："喝点什么，先生——哦，是女士！"

"不用了，谢谢！"莉茜清脆的声音让屋子里顿时安静下来。

她扬起脸四下看了看：莱诺克斯坐在角落里，正弯腰盯着个骰子盅。他面前的小桌上有好几摞硬币。被人打扰，他显然一脸不高兴。

只见莱诺克斯不紧不慢地抓起硬币，一不起身，二不摘帽："詹米森夫人，你来这儿做什么？"

"我可不是来玩骰子的，"莉茜干脆道，"索尔比先生去哪儿了？"

四周有一两个人小声嘀咕着，仿佛在场也有人想知道索尔比的下落。一个灰发男人转过身看着她。

"好像跑了吧。"莱诺克斯道。

"那你为什么不报告？"

莱诺克斯耸耸肩："报了也没用。"

"那我也得知道啊。下不为例，明白了吗？"

莱诺克斯不吱声。

"索尔比为什么走？"

"我哪知道？"

灰发男人开了腔："他欠了债。"

莉茜扭头问："欠了谁的债？"

男人伸出拇指："莱诺克斯呗。"

莉茜转回身："是真的？"

"啊。"

"为什么？"

"什么意思？"

"他为什么向你借钱？"

"也不是借，是他输给我的。"

"赌钱。"

"没错儿。"

"你威胁他了？"

灰头发男人扑哧一乐："威胁？那是肯定的。"

"我只是要回自己的钱而已。"莱诺克斯冷冷地说道。

"所以就把他赶走了？"

"我说过，他为什么走我不知道。"

"依我看他是因为怕你。"

莱诺克斯一脸奸笑，丝毫不掩饰自己的嚣张："很多人都怕我。"

莉茜又气又怕,她竭力克制着颤抖的声音道:"我把话说清楚:我是种植园的女主人,让你做什么你就做什么。在我丈夫回来之前,家里由我主事。他回来后才决定由谁来顶替索尔比。"

莱诺克斯摇摇头:"不,不,不。詹米森先生交代得很清楚,要是索尔比病了什么的,就由我代替他。再说了,你哪懂种烟草?"

"跟你这个酒馆老板懂的差不多。"

"詹米森先生可不这么想,我只听他的。"

莉茜恨不得大吼一声。她决不能允许莱诺克斯在她的种植园发号施令。"我警告你,莱诺克斯,你最好听话!"

"我要是不呢?"他龇着牙朝莉茜逼近,一身臭味直刺莉茜鼻孔,她不由得身子向后退。其他的客人一动不动。"你想怎样,詹米森夫人?把我撂倒?"说着,他一只手举过头顶,像是打招呼,但更像是威胁。

莉茜惊呼一声向后一跳,双腿正撞上把椅子,她扑通一声坐下。

麦克突然出现在她与莱诺克斯之间:"莱诺克斯,对女人你都动手,要不要跟男人较量试试?"

"是你!原来像黑人一样躲在角落里的就是你!"

"既然知道了,你打算这么着?"

"麦卡什,你这个蠢货!一辈子也当不了赢家!"

"居然敢欺负主人的老婆,依我看你也没聪明到哪儿去。"

"我来这儿玩儿骰子,又不是来吵架的!"说完,莱诺克斯转身回自己那张桌子。

莉茜又气又恼,她站起身对麦克说:"咱们走。"

麦克为她开门。

一冷静下来，莉茜便下定决心：一定要把烟草了解清楚。莱诺克斯一定会伺机夺权，唯一能打败他的方法就是说服杰伊，证明莉茜更能胜任。她对管理种植园已经颇有心得，但对作物本身并不十分了解。

第二天，她再次套好车，由吉米驾车来到桑姆森上校家。

派对过后的几个星期里，邻居们对杰伊和莉茜都异常冷淡，尤其是对杰伊。大型的舞会、婚礼还有人邀请他们出席，但小型的庆祝活动和友人聚会却无人招呼。尽管如此，杰伊前往威廉斯堡的消息似乎还是传进了邻居的耳朵。他前脚一走，桑姆森太太便上门拜访，而苏西·德拉哈耶也邀她喝茶。只身应酬的莉茜心中很不是滋味，可没办法，杰伊已经把人得罪光了。

行驶在桑姆森种植园田间，这里的欣欣向荣让莉茜叹为观止。河堤上摆着一排排木桶，奴隶们精神抖擞，小屋油漆鲜亮，地里井井有条。上校本人正在草场指指点点，跟几个工人交代事情。杰伊可从来不会这么做。

桑姆森夫人是个五十多岁的胖老太太，为人宽厚。家里的两个儿子都已长大成人，在别处生活。她一边倒茶一边询问怀孕的事。莉茜直言总是有心灼烧的感觉，有时还会背痛。桑姆森夫人说以前怀孩子时亦是如此，莉茜这才放了心。莉茜说有时身下还会微微出血，夫人一皱眉，说这种情况她没遇到过，但相信也并不奇怪，并劝莉茜多多休息。

可莉茜来并不是为聊生孩子。见上校也进屋来喝茶，莉茜心中暗喜。上校也是五十多岁，一头银发，身材高挑，而且精神矍铄。上校生硬地握了握莉茜的手，莉茜以微笑和赞美回应："我真纳闷儿，您家的种植园怎么比其他人好这么多？"

"承蒙夸奖！"上校道，"主要是有我亲自督阵。比尔·德拉哈耶忙着赛马斗鸡，约翰·阿姆斯泰德只顾着喝酒，他的兄弟每日在'渡屋'打台球、掷骰子。"他唯独没提莫杰府。

"为何您家的奴隶那么精神？"

"这个嘛，取决于你给他们吃什么。"显然，上校十分乐意跟这位美丽的少妇分享经验，"喝玉米碴子、啃粗面包他们也能活，但如果每天给他们吃咸鱼，一周再来一顿肉，奴隶们干起活儿来也会更有劲儿。这样做成本很高，但总便宜过隔几年就买新奴隶。"

"怎么最近有这么多种植园破产？"

"您需要了解烟叶生长的习性。种烟草会加速土壤贫瘠，过个四五年，作物的质量就会下降，只能改种小麦、玉米，要么就得换地方。"

"这么说，您一直在开垦新地？"

"的确。每年冬天，我都会清出一片林子，开垦新田。"

"您家里地大，这方面不用发愁。"

"您府上的林地也不少。等开垦得差不多了，就再买或者再租几块地。种烟草只能不停地换地方。"

"所有人都这么做？"

"也不是。有人找商人借钱，只盼着烟草涨价，好让他们摆脱危机。你那块地的前主迪克·理查兹就走了这条路，结果种植园到了你公公手里。"

莉茜没有告诉他杰伊赶赴威廉斯堡借钱的事。"我们可以赶在明年春天前把斯塔福德园清出来。"斯塔福德园是河流上游十英里处的一片荒地，与莫杰府主要田区有些距离。因为相隔甚远一直无人料理，杰伊想把它出租或卖掉，无奈总是找不到买家。

"何不先从科佩塞塘动手？"上校提议道，"离你家更近，土质也不错。这倒提醒了我。"他看了看壁炉上方的钟表，"我得趁天黑前去小屋转转。"

莉茜站起身："我得回去跟工头商量一下。"

桑姆森夫人嘱咐道："詹米森太太，别太辛苦了，您还怀着孕呢。"

莉茜笑了："我一定多多休息。"

桑姆森上校吻过妻子，随莉茜一起出门。他扶着莉茜上了小车，骑马陪她走到小屋前才停下。"恕我冒昧，詹米森太太，您可真是位了不起的姑娘。"

"是吗，谢谢您。"

"希望以后还有机会再见到您。"上校笑着说，一双蓝眼炯炯有神。他握着莉茜的手，举起来亲吻时胳膊还"意外"蹭着了她的前胸。"如果有任何事情需要帮忙，请您不必客气。"

莉茜坐车离开。这还是身为有夫之妇的她第一次遭人引诱。这个老色鬼，我还挺着六个月的大肚子呢！可她一点也不生气，心里反而还美滋滋的。这种事她自然不会理会，以后还要小心避免同他打交道。然而想到自己魅力尚存，莉茜心里仍然十分得意。

"走快点儿，吉米，我想吃晚饭了。"

第二天一早，莉茜派吉米叫莱诺克斯来会客室见她。在"渡屋"见过之后，他们还没打过照面。莱诺克斯令莉茜害怕——而且不是一星半点。她本想叫麦克来，但想想毕竟是在自己家里，应该用不着保镖。

她在巨大的雕木椅上坐下。这把椅子颇有年头，应该是很久以前从英国运来的。两个小时后，莱诺克斯拖着满脚的泥水来到家中。莉茜明白，他故意迟到，以显示自己不是莉茜召之即来的奴才。即便她不满意，莱诺克斯也能找到借口，所以莉茜就假装他准时来了。

"我们要把科佩塞塘的地清出来，明年春天种烟草。你们今天就动手。"

莱诺克斯一脸惊讶："为什么？"

"种烟草必须趁每年冬天开垦新地，只有这样才能保证高产。我四处看过，科佩塞塘最合适，桑姆森上校也同意我的看法。"

"比尔·索尔比可没开过什么地。"

"他也没赚到什么钱。"

"原来的地挺好。"

"种烟草会加速贫瘠。"

"没错，但我们可以多施肥。"

莉茜一皱眉，桑姆森没提施肥的事。"我不知道……"

她的犹豫正中莱诺克斯下怀："这种事情还是交给男人处理吧。"

"少废话，"莉茜牙齿咯咯作响，"告诉我怎么回事。"

"晚上把牛群圈进烟叶地里，用它们的粪做肥料。第二年土地就能恢复肥力。"

"那也比不上新开垦的田地。"虽然嘴上这么说，莉茜心中却不甚肯定。

"都一样，"莱诺克斯坚持道，"你要是想换地方，就得问问詹米森先生。"

莉茜不想让莱诺克斯占了上风，一刻也不想。可他说得没错：杰伊回来了才能定夺。莉茜气呼呼道："你回去吧。"

莱诺克斯一脸得意，一句话没说就走了。

莱诺克斯走后，莉茜强迫自己当日休息。第二天一早，她又来到种植园四下走动。

晾房内，成堆的烟叶被从钩子上取下，茎叶分离，去掉粗脉。接下来又要重新扎起，盖上布子进行"闷晾"。

几个工人正在林子里砍木头做桶，其他人在溪流区播种冬麦。麦克正跟一个年轻的黑人女工并肩工作，将一篮一篮的种子逐行播撒。莱诺克斯就跟在后面，挥着鞭子催促动作慢的工人，有时甚至上脚踢。他的短鞭把手坚硬，鞭长两三英尺，由软木制成。见莉茜远远看着，莱诺克斯仿佛挑衅一般，抽打得更勤快了。

莉茜转过身往家走，还没走远便听到一声惨叫。她赶紧回头。

只见麦克旁边的那个女工倒在地上。这个十五岁的小姑娘名叫贝丝，长得又高又瘦。用哈林姆夫人的话说，高得身子都撑不住了。

莉茜赶紧冲过去，但麦克离得更近。他放下篮子跪在贝丝身边，摸了摸她的前额和手道："应该只是晕过去了。"

莱诺克斯冲过来照着女孩的肋骨就是一脚。

她身体一抖，眼睛却没睁开。

莉茜大喊："住手！不许踢她！"

"好吃懒做的黑婆子，看我不教训她！"说着，莱诺克斯抡圆了鞭子。

"你敢！"莉茜瞪眼道。

鞭子抽在人事不省的女孩背上。

麦克一下子站起身。

"住手！"莉茜喊道。

莱诺克斯又举起了鞭子。

麦克挡在贝丝身前："女主人说了，叫你住手。"

莱诺克斯朝他脸上给了一鞭子。

麦克身子一侧歪，赶紧用手捂脸。一条紫青色的鞭痕立马现在脸上，嘴角也在淌血。

莱诺克斯再次举手，这次鞭子却没落下。

一切发生得太快，莉茜来不及反应，只见不一会儿的工夫，莱诺克斯居然躺在地上，叫苦连天，鞭子也到了麦克手里。他两手握住鞭子，在膝盖上一掰两半，然后轻蔑地丢在莱诺克斯跟前。

莉茜不由得一阵高兴，这个恶霸总算知道点颜色了。

四周的工人围着看了许久。

莉茜道："所有人继续干活儿。"

工人们转身继续播种。莱诺克斯站起身，一脸凶狠地盯着麦克。

"把贝丝抱进屋里好吗？"莉茜问麦克。

"当然可以。"说着他抱起贝丝。

他们穿过农田来到后院厨房间。麦克扶她坐下时，贝丝已经苏醒过来。

人近中年的厨子莎拉依旧是满身大汗。莉茜吩咐她端来些杰伊的白兰地。贝丝喝了几口，说感觉好多了，只是肋骨疼得厉害。她不明白自己为何晕倒，莉茜让她吃些东西，明天再上工。

莉茜离开厨房，发现麦克一脸凝重。她问："怎么了？"

"我一定是疯了。"

"怎么能这么说？"莉茜断言，"是莱诺克斯违抗了我的命令。"

"他报复心强，我不该跟他硬碰硬。"

"他如何报复得了你？"

"很简单，因为他是我们的工头。"

"我不会让他得逞的。"莉茜坚决道。

"你也不能一天到晚看着我。"

"真该死！"莉茜不能眼看着麦克为见义勇为而受欺负。

"要是熟悉地形，我就逃跑了。你看过弗吉尼亚的地图吗？"

"别逃跑。"莉茜眉头紧蹙，突然有了主意，"有了，你可以在我家干活儿。"

麦克一笑："我求之不得。可我不是当管家的料。"

"不，不，不是让你当佣人。你可以负责修缮。婴儿房需要整修粉刷。"

麦克半信半疑："你说真的？"

"当然！"

"要真能摆脱莱诺克斯，那就再好不过了！"

"那就不跟他干。"

"你不知道，这可是天大的好消息！"

"对我来说也是好事。有你在身边，我觉得更安心。莱诺克斯让我不寒而栗。"

"这一点都不奇怪。"

"得给你准备新衬衣、新马甲还有室内穿的便鞋。"为麦克换新装，一定别有一番情趣。

"这么奢侈！"麦克笑道。

"就这么定了。你马上就可以开始。"莉茜果断地说道。

起初，一听说要办派对，家奴们一个个都不情不愿。他们都瞧不起下地干活儿的奴隶。尤其是莎拉，她可不想给那些"喝碴子啃面包的废物"做饭。莉茜笑着拿他们的势利眼打趣。一番开导之后，仆人们都高高兴兴地干起活来。

周六日落之时，厨房正在为当晚的大餐做准备。弹班卓琴的佩珀·琼斯大中午就醉醺醺地跑来。麦克给灌了一肚子茶水，让他在外屋先睡一觉，这会儿酒也醒了。葫芦做的班卓琴上横着四条琴弦，调音时发出的声音介乎钢琴与鼓声之间。

莉茜在院子里忙前忙后，察看着准备的进度。她兴高采烈，期待着当晚的派对。当然，她本人不会和大家一同庆祝，而是要拿出"施主"风范，低调回避。尽管如此，能让大家放松戒备，尽情欢乐，莉茜自己也很欣慰。

夜幕降临，一切准备就绪。木桶里打出新鲜的苹果酒，肥嫩的火腿在火上嗞嗞作响，大锅里煮着香甜的番薯，四磅的长条面包等着被切片瓜分。

莉茜急躁地来回踱着步子，等着工人们从田间归来。希望他们今晚能唱得尽兴。偶尔，莉茜也隐约听到那些忧伤的旋律和节奏明快的歌谣，可主人一靠近，工人们便立即止住了歌声。

月亮高悬，年迈的妇女抱着孩子走出木屋，大一点的孩子也跟在身后，没人知道田里的工人去了哪里。妇女们为工人准备早餐，晚上才能再见到他们。

工人们已经收到通知，知道今晚要在这里聚餐。莉茜特意叮嘱科比，一定要让所有人都知道。她知道科比靠得住。忙了一整天，莉茜没顾得上下田间察看，还以为工人们都在种植园偏远处干活儿，走回来需要时间。莉茜心里打鼓：但愿别等番薯煮糊了人还没回来。

时间一分一秒过去，工人们一个也没出现。已经天黑了一个钟头，她知道一定出了岔子。她强压怒火吩咐麦克："去把莱诺克斯叫来。"

她又等了将近一个小时，麦克终于把莱诺克斯带了来。显然，天一黑，这家伙就抱起了酒瓶。莉茜怒不可遏："工人们在哪？他们早该来了！"

"哦，对了，"莱诺克斯故意不紧不慢道，"今天怕是不行了。"

他那副傲慢的德性告诉莉茜：他一定是胜券在握。"你什么意思？什么叫今天不行？"

"他们去斯塔福德园砍树扎筒子去了。"斯塔福德园远在上游十英里外。"可能要干上好几天，我们就在那儿扎营了。科比在那边看着他们，直到干完为止。"

"那也不一定要今天干啊。"

"事不宜迟嘛。"

莱诺克斯是故意跟她过不去。莉茜火冒三丈，然而在杰伊回来之前，她无计可施。

莱诺克斯看了一眼桌上的食物，一脸得意："真可惜啊。"说着，他伸出脏兮兮的手撕下一片火腿。

莉茜抄起长柄餐叉，不由分说直刺他手背："放下！"

莱诺克斯大叫一声撒了手。

莉茜一把将叉子抽出。

莱诺克斯痛苦地咆哮道："你这个疯婆子！"

"你给我滚出去，在我丈夫回来之前，别让我再看见你！"

他满眼怒火瞪着莉茜，仿佛要扑上来似的。许久，莱诺克斯才将流血的手掌夹在胳膊下匆匆离开。

莉茜感到眼泪已经涌了上来，她不想让仆人看到自己掉泪，转身冲进屋里。空荡无人的会客室里，她泣不成声，感到一阵孤独和失落。

过了一会儿，她听到开门声，然后是麦克的声音："我很抱歉。"

他的同情使得莉茜哭得更厉害了。不一会儿，她觉察到麦克的手臂正搂着她，那种感觉令她心安。莉茜把头靠在他肩膀上，眼泪不住地往下掉。麦克抚摸着她的发丝，亲吻她的泪痕。哭泣声渐渐平息，她的心情也渐渐平复。要是他整晚都这么搂着她就好了。

突然，莉茜意识到自己的所作所为。

她猛地将麦克推开。她已经嫁为人妇，肚子里还有六个月大的孩子，如今却纵容这个仆人吻她！"我在想什么呀？"她惊讶地说道。

　　"你什么也没想。"

　　"现在没事了，"她说，"你走吧！"

　　麦克伤心地转身离开。

29

莉茜派对失败的第二天，麦克打探到了科拉的消息。

当日正值星期天，他身着新衣来到弗雷德里克斯堡。他得换换脑子，好让自己不去想莉茜·詹米森，不去想她那一袭黑瀑布般的长发、她柔嫩的脸颊和微咸的泪水。佩珀·琼斯昨晚在奴隶的小屋里过的夜，周日也带着他的班卓琴与麦克同行。

佩珀五十岁上下，身形瘦削，但精力充沛。他英语流利，显然来美多年。麦克问："你是怎么在这儿成为自由人的？"

"我生来自由，"佩珀回答道，"我妈是白人，可在我身上看不出。我爸试过逃跑，在我出生前被捉住，我从没见过他。"

麦克一有机会就打听逃跑的事。"科比说的是真的吗？所有逃跑的都会被抓住？"

佩珀乐了："瞎说！多数会被抓，因为多数都是笨蛋。要不是笨蛋，当初也不会被捉住。"

"那么，如果不笨……"

佩珀耸耸肩："逃跑可不容易。你一跑，奴隶主就会在报上登告示，写你长什么样，穿什么衣裳。"

买新衣服需要很多钱，逃跑的奴隶很难负担得起。"但也可以避人耳目。"

"可总得吃饭哪。在殖民地，想吃饭就得工作，雇你的老板想必早就在报纸上见过你。"

"看来这些种植园主早就盘算周全了。"

"这有什么奇怪的？所有种植园里干活儿的都是奴隶、罪犯和契约佣工。要是没有一套方法对付逃跑的奴隶，种植园主早就喝西北风了。"

麦克若有所思。"你说'在殖民地'，这话什么意思？"

"这里的西面是大山，山的那一头是荒野。野地里可没报纸，更没有种植园，没警察，没法官，没人绞死。"

"那地方究竟有多大？"

"不知道。有人说绵延数百英里。我可从没见过谁去得了那儿。"

很多人都跟麦克提起所谓的荒野，而佩珀是第一个让他觉得说实话的人。其他人讲的显然更像是奇幻故事，佩珀至少承认他一无所知。和往常一样，麦克一提起逃跑就兴奋异常："翻山越岭消失得无影无踪，这也不是不可能吧？"

"可能。但也可能被印第安人割头皮，被豹子生吞活剥，更可能被活活饿死。"

"你怎么知道？"

"我见过拓荒归来的人。拼死拼活干了几年，把好好的地毁成一摊废泥，然后甩手不干。"

"也有成功的吧？"

"我想肯定有，不然就没有所谓的美国了。"

"你说从这里向西？这儿离大山多远？"

"据说有一百英里。"

"那么近！"

"没你想的那么近。"

两人搭上了桑姆森上校家奴隶的便车，那个奴隶刚好要驾马车到镇上。在弗吉尼亚，奴隶和罪犯们经常给彼此行方便。

镇子上十分热闹：干活儿的人今天都休息，有的上教堂，有的喝一杯，有的两者兼顾。一些犯人瞧不起奴隶，而麦克从不居高临下，他因此交上了许多朋友，走在路上，时不时有人与他打招呼。

他们来到"白琼斯"的酒馆。"白琼斯"（也叫惠特尼）因其黑白混血的肤色而得名。卖酒给黑人属于违法，但他的生意还是照做不误。他说着一口流利的弗吉尼亚英语，跟多数奴隶也能讲地道的外语。酒馆天花板顶很低，散发着木头的味道，里面打牌喝酒的不是黑人就是没钱的白人。麦克手里没钱，而佩珀刚从莉茜那儿领了酬劳，他请麦克喝了杯啤酒。

难得有这种好事，麦克喝得酣畅淋漓。喝酒时佩珀问道："惠特尼，你认不认识那个翻过山的家伙？"

"当然认识，"惠特尼道，"以前有个捕兽的，说那是他打猎最过瘾的一遭。好像每年都有一大帮子人去，回来的时候都打了不少兽皮。"

麦克问："他说没说走的是哪条路？"

"好像是坎伯兰山口吧。"

"坎伯兰山口。"麦克重复道。

惠特尼又道："我说麦克，前阵子你不是打听一个叫科拉的吗？"

麦克眼睛一亮："是啊，你有她的消息？"

"我见过她。见过我就明白了，为什么你对她那么着迷。"他翻了翻白眼。

"这妞儿好看？"佩珀笑道。

"反正比你好看。惠特尼，快说说，你在哪儿看见她的？"

"就在河边。她穿一件绿色外套，还挎着个篮子。当时她正搭渡船去法尔茅斯。"

麦克笑了。有外套穿，有渡船坐，说明她过上了好日子。科拉肯定被卖给了好人家。"你怎么知道那就是她？"

"船夫喊她的名字了。"

"她肯定住在法尔茅斯那一侧，难怪我在弗雷德里克斯堡打听了一圈儿都没有她的消息。"

"喏，现在有了。"

麦克喝掉杯中的余酒。"我这就去找她。惠特尼，你真够意思。佩珀，多谢你的啤酒。"

"祝你好运！"

麦克出了镇子。弗雷德里克斯堡坐落于拉帕汉诺克河的瀑布线以下，就在航行区边缘。入海的船只只能走到这儿，往前不到一英里，河流就成了浅滩，只有平底船可以通过。麦克来到刚好可以涉水过河的地方。

他激动万分。科拉的买主是谁？她过得怎么样？她有没有佩哥的消息？要是两个人都能找到，他就实现了自己的诺言，可以一门心思准备逃跑了。寻找科拉和佩哥的这段时间里，麦克压抑着心中对自由的渴望。然而佩珀对于荒野的描述又将那渴望重新点燃。他梦想着趁夜离开种植园，一路向西，这辈子再也不为挥鞭子的工头卖力。

麦克迫切地想见到科拉。今天星期日，科拉应该不用上工，兴许能跟麦克四处走走——兴许还能找个没人的地方。一想到亲吻科拉，麦克心中不由得一阵愧疚。今早醒来时，他还惦记着亲吻莉茜·詹米森，如今却又打起科拉的主意。不过他也真傻，对莉茜有什么好愧疚的？她已是别人的妻子，麦克与她没有未来。尽管如此，他心中的期待还是打了折扣。

法尔茅斯简直是弗雷德里克斯堡的缩略版：同样的码头，同样的仓库，同样的酒馆和油漆的木板房。麦克估计不出一两个钟头就能把家家户户走一遍。但科拉也许不住在镇子上。

他走进路上见到的第一间酒馆，对老板道："我在找一个叫科拉·希金斯的姑娘。"

"科拉？她就住在下个街角的白房子里。门廊上要是睡着三只猫，就肯定没错了。"

看来今天麦克走运。"谢谢你！"

老板从马甲里掏出怀表看了看说道："不过这会儿她不在家，肯定上教堂了。"

"我看见教堂了，那我去那儿找她。"

麦克出门时想：科拉以前从不去教堂，也许是买主逼她去的。他穿过大街，来到两个街区以外的木屋小教堂。

礼拜刚刚结束，信众正陆陆续续走出教堂。他们一个个身着礼拜盛装，正在门口握手交谈。

麦克一眼就看到了科拉。

他脸上绽放出灿烂的笑容。眼前的科拉容光焕发，与当初在

"蔷薇蕾"上那个面黄肌瘦、满身污垢的她完全判若两人。她又恢复了往日的神采——肌肤清透，秀发柔亮，身形圆润。她的着装还是那么时髦：深棕色的外套配一条羊毛裙，连靴子也十分讲究。麦克突然一阵庆幸：幸亏自己也穿了莉茜给的新衣服。

科拉正神采飞扬地跟一个拄拐杖的老妇交谈。正说着，她看到麦克向这边走来。"麦克！"她高兴地叫道，"这真是奇迹！"

麦克张开双臂想拥抱她，科拉却只伸出一只手。看来她不想在教堂门前太过张扬。麦克双手握住科拉的手道："你气色真好。"不仅是气色好，她身上的味道也很好闻，不再是以前在伦敦时钟爱的檀香浓调，而是透着淡淡的花香，优雅矜持。

"你怎么样？"科拉说着抽回手，"是谁买了你？"

"我在詹米森种植园干活儿，工头是莱诺克斯。"

"他打你脸了？"

麦克摸摸脸上的鞭痕："是啊，但我夺过鞭子，掰成了两半儿。"

科拉笑了："果然是麦克，在哪儿都不安分。"

"是啊。你有佩哥的消息吗？"

"她被贝茨和梅克皮斯那两个人贩子领走了。"

麦克心里咯噔一下："该死，那找她就难了。"

"我一有机会就四处打听，可一直没有她的消息。"

"你呢？看你的样子，买主对你不错。"

正说着，一个胖乎乎、穿着讲究的男人走过来，看起来已有五十多岁。科拉道："就是他，亚历山大·罗利，烟草经纪人。"

"他对你不错嘛！"麦克小声议论道。

罗利与科拉身旁的老妇握了握手，简单交流了几句便转向麦克。

科拉介绍道："这位是马拉奇·麦卡什，我在伦敦的老朋友。麦克，这位是罗利先生，我的丈夫。"

麦克一言不发地望着他。

罗利煞有介事地搂住科拉的肩膀，以示主权，同时握了握麦克的手："你好，麦卡什。"说完便带着科拉去了别处，没第二句客套。

这有什么奇怪的？返回种植园的路上，麦克悻悻想道。科拉也没料到会再次见到他。显然罗利一买下科拉，科拉就施展手段，让罗利迷上了她。一个商人娶个流放犯，即便在法尔茅斯这种殖民地小镇恐怕也是见不得人的事。不过，欲望最终战胜了社会规范，麦克也能想象出罗利是怎么上钩的。拄拐老妇们可能不会将科拉当作正经人家的妻子，但科拉天不怕地不怕，而且显然混得不错。她可真行，以后兴许还会给罗利生孩子。

尽管麦克为科拉找各种理由，心中还是不免失望。当初在慌乱之中，她要麦克发誓一定找到她，可转眼一见锦衣玉食就把他忘了个精光。

说来奇怪，他只跟两个女人好过，如今安妮和科拉都已嫁给了别人。科拉每晚跟个年长自己一倍的有钱胖子同床，而安妮也怀了吉米·李的孩子。也不知他自己这辈子能不能娶妻生子，过几天寻常日子。

他摇了摇头。要是真想要这些，他早就得到了。但他想要更多，所以才不肯听天由命。

他想要自由。

30

杰伊对威廉斯堡之行期望甚高。

邻居们的态度令他失望。这些人都是激进自由党，跟他这个保守党不是一路人。但他依然坚信，在威廉斯堡一定有像他一样忠于英王，并且愿意与他结盟、助他仕途的人。

威廉斯堡地方不大，但颇有贵气。主要街道格罗斯特公爵大街长一英里，宽百英尺，州议会大厦和威廉玛丽学院分别位于街道两端。这两栋建筑庄严宏伟，英伦风格浓郁，让杰伊更加深信帝国的威严。沿街有间剧院和几家商铺，工匠正在店里打造银质烛台和红木餐桌。他在"柏迪与迪克逊印刷馆"买了《弗吉尼亚公报》，上面登载着许多关于逃亡奴隶的告示。

弗吉尼亚的精英阶层多数为富有的种植园主，这些人平时都守着各自的家产，议会大厦一旦召开立法会议，他们便齐聚威廉斯堡。久而久之，这里也到处都是出租房间的旅馆。杰伊住进了"罗利客栈"。白色的板房并不高，卧室设在阁楼上。

他在总督府邸留了名片和拜笺，但必须等到三天后才能见到波特多特男爵。最终获得的邀请并非他所希望的单独会面，而是要和其他五十多个人一起。显然这位新任的总督还没意识到，在这种恶劣的政治环境中，像杰伊这样的盟友是多么重要。

从格罗斯特公爵大街正中向北到达长路尾端，就是总督的官邸所在。这里同样是英式风格的砖房建筑，高大的烟囱，屋顶开窗，如同乡间居舍。门厅内威严大气，刀剑枪支以各式图案陈列装饰，仿佛在着重强调英王的雄武实力。

只可惜这位波特多特男爵与杰伊的想象大相径庭。弗吉尼亚需要一个强硬严肃的总督，让这些图谋造反的殖民者心怀畏惧。而波特多特男爵却是个大腹便便、亲切温和的男人，更像是个事业得意的葡萄酒商开门迎客，丝毫没有总督的威严。

杰伊看着他在舞厅内接见宾客，心想他肯定对种植园主的阴谋还一无所知。

在场的还有比尔·德拉哈耶。他跟杰伊握手道："你怎么看咱们这位新总督？"

"也不知他搞没搞清状况。"

德拉哈耶道："人不可貌相。"

"但愿如此。"

"我说詹米森，明晚有场大牌局，要不要我介绍你参加？"

自从离开伦敦，杰伊还一局没赌过。"那当然好。"

餐厅内，仆人端上葡萄酒和蛋糕茶点。德拉哈耶给杰伊介绍了几位在场宾客。一个五十多岁的矮胖男人问："詹米森？爱丁堡的詹米森家吗？"他的语气不甚友善。

杰伊虽没印象，但也觉得这人有几分眼熟："敝舍就位于苏格兰法夫郡詹米森堡。"

"就是以前威廉·麦克莱德那座？"

"正是。"眼前这个男人让他想起罗伯特，两个人有着同一副嘴脸，"我恐怕没听清您的大名……"

"哈米什·德罗姆，那城堡本应是我的。"

杰伊吓了一跳。德罗姆是罗伯特生母奥利芙的本家。"您就是弗吉尼亚那位多年没有音信的亲戚！"

"想必你就是乔治和奥利芙的儿子。"

"不，那是我同父异母的哥哥罗伯特。奥利芙去世后父亲再婚，我是家里的次子。"

"啊，看来罗伯特把你给踢出来了，就像他母亲对我一样。"

德罗姆话中带刺，但他的含沙射影引起了杰伊的好奇。还记得彼得·麦凯伊在婚礼上醉醺醺地说："据说遗嘱是奥利芙伪造的。"

"是啊，威廉舅舅也是她害死的。"

"什么？"

"千真万确。他有疑病症，总觉得自己身染重疾，其实根本没病。原本可以安享晚年，却在奥利芙搬来六个星期后改了遗嘱，然后一命呜呼。这个女人可真够歹毒的。"

"哈！"杰伊心中一阵莫名的得意。圣人奥利芙，詹米森堡内被人顶礼膜拜的奥利芙居然是个活该被绞死的杀人犯。一说起奥利芙，人们总是满口崇敬，杰伊对此反感至极。如今知道她原是个心狠手辣的恶妇，杰伊不由得拍手称快。他问德罗姆："您没分到家产？"

"一亩地都没得到。我刚来那会儿，身上只有六打设得兰羊毛袜子，如今却成了弗吉尼亚最大的男子服饰经销商。我从不写信回家，怕奥利芙打我的主意。"

"怎么可能？"

"不知道，也许是迷信。幸亏她死了，不过她儿子貌似跟她一个德性。"

"我还以为罗伯特是随了我父亲。真不知他那贪婪的脾性是跟了谁。"

"我要是你，就不把现在的地址告诉他。"

"反正他也要继承我父亲所有的事业，应该看不上我这不起眼的种植园。"

"别掉以轻心。"德罗姆道。杰伊觉得这人有些夸大其词。

聚会即将结束，客人们陆续从花园的入口处离开。杰伊这才有了单独约见波特多特的机会。他抓了抓男爵的衣袖道："希望您能知道，我全心全意效忠您和英王。"

"很好，很好，"波特多特大声道，"您真是太有心了。"

"我刚来不久，当地人的态度就已令我深恶痛绝——深恶痛绝！您何时下决心将这些造反狂徒一网打尽，我一定全力支持！"

波特多特凝视着他，他的话终于引起了男爵的注意。杰伊发现，在波特多特和善的外表之下隐藏着一个精明狡猾的政客。"谢谢您，但愿事情不会恶化到那步田地。劝说和协商是解决问题的绝佳途径，效果也更持久，不是吗？威尔金森少校，您慢走！威尔金森太太，多谢前来。"

劝说协商？！杰伊一边往花园走，一边暗自埋怨。波特多特已身陷蛇窝，居然还要跟那些人谈条件！杰伊对德拉哈耶道："真不知道什么时候他才能面对现实。"

"他已经摸得一清二楚了，"德拉哈耶道，"只是想咬人却不露齿而已。"

果然，这位友善的新任总督在第二天就解散了议会。

马修·莫克曼就住在格罗斯特公爵大街书店旁的绿房子里。接待室用于办公，里面堆满了法律书籍和文件。他个头不高，神经兮兮，在房间里不停地东找西翻，一会儿找文件，一会儿放文件。

杰伊签了种植园的抵押协议。借到的钱没他想象的多，只有四百英镑。"能凑出这么多已经是万幸了，"莫克曼尖声细气道，"如今烟草行业这么不景气，恐怕种植园也卖不了这个价。"

"放贷人是谁？"

"是个财团。如今都是财团借贷。您有债务需要我立即处理吗？"

杰伊拿出一叠账单，包括他抵达弗吉尼亚三个月来所有的债务。莫克曼匆匆扫了一眼："差不多一百英镑。回去之前我会送支票给您，如果在威廉斯堡有花销，也请一并告诉我。"

"花销恐怕免不了，"杰伊道，"有位施麦斯先生在出售马车，那两匹灰马可真漂亮。此外我还需要两三个奴隶。"

"我会通知他们找我结账。"

借了这么大一笔钱，还全都交给律师处理，杰伊心里很不踏实。"给我一百镑现金，今晚在罗利有场牌局。"

"没问题，詹米森上尉。随您。"

当杰伊带着新买的马车和奴隶回到莫杰府时，所借的四百英镑已所剩无几。他在牌局上输了钱，又买了四个年轻的姑娘做奴隶，车马的价钱也没砍下来。

不过，目前的账倒是还清了，他也可以继续在当地赊欠。圣诞节一过，第一批烟草就可以上市，挣了钱就可以付账了。

杰伊惴惴不安：不知莉茜见到马车会作何反应。所幸她几乎没提。她牵挂着别的事情，迫不及待地想同他商量。

莉茜黑色的眼睛一闪一闪，肌肤白里透红，富有生气的样子依旧是那么迷人。然而，杰伊已经失去了往日对她的渴望。自从莉茜怀孕以来，杰伊的感情也发生了变化。原以为是担心在怀孕期间与妻子发生关系会影响肚子里的孩子，然而这并不是真正的原因。莉茜的孕味令他情趣尽失。做了母亲的人还贪恋欲望，实在是让人倒胃口。再说，莉茜的肚子越长越大，如今就是想做也做不来。

他吻了吻妻子。莉茜道："比尔·索尔比走了。"

"是吗？"杰伊没想到，索尔比没领工钱就走人了，"幸好还有莱诺克斯。"

"我看就是莱诺克斯把他赶走的。显然，索尔比打牌输给莱诺克斯很多钱。"

难怪。"莱诺克斯打得一手好牌。"

"他是想当这儿的工头！"

夫妻俩正在门廊说话，莱诺克斯突然从屋侧绕到门前。他依旧是一副爱搭不理的德性，也不欢迎杰伊归来，一来便道："来了几桶腌鳕鱼。"

"是我订的，给下田的工人吃。"

杰伊不悦道："干吗给他们买鱼吃？"

"桑姆森上校说工人吃这个干活有劲儿。他给家里的奴隶每天吃鱼，一周还有一顿肉。"

"桑姆森上校比我们有钱。莱诺克斯，把东西退回去。"

"杰伊，今年冬天正是他们要劲儿的时候。得把整个科佩塞塘的林地全部清出来，来年春天好种烟草。"

莱诺克斯赶紧抢话道："没这个必要。只要好好施肥，目前的地肥力管够。"

"可这也不是长久之计，"莉茜反驳道，"桑姆森上校每年冬天都会开垦新地。"

杰伊这才明白，原来两人之前已为此有过争论。

莱诺克斯道："我们人手不够，就是加上'蔷薇蕾'来的人手，也只能勉强把现在的地种完。桑姆森上校家的奴隶比我们的多。"

"那是因为人家赚钱多，方法得当。"莉茜得意地说道。

莱诺克斯鼻子一哼："这些事情女人不懂。"

莉茜火了："我们夫妻俩有话要说，莱诺克斯先生，请你马上离开。"

莱诺克斯一脸不乐意，但还是照做了。

"杰伊，你得把他赶走。"

"依我看他也——"

"莱诺克斯为人冷酷姑且不说，他唯一的本事就是威胁他人。他不懂务农，对种植烟草也一无所知——更糟糕的是，他连学都不愿意学。"

"他懂得如何让奴隶们好好干活儿。"

"如果方法不对，干了也是蛮干。"

"你又突然成了种烟草的内行了？"

"杰伊，以前我家的地也很大，我眼看着家产一步步败落，不是因为佃农不勤快，而是我父亲去世，母亲又管不来。你现在也在犯同样的错误：你长时间在外，对奴隶拿冷酷当管教，还把重要的决定都扔给别人做。要是换作是军团，恐怕你也不会这样管！"

"你根本不懂军团怎么管！"

"你也不知道种植园怎么经营。"

杰伊强压怒火："那你想怎样？"

"让莱诺克斯走人。"

"他走了谁当工头？"

"你跟我可以一起接手。"

"我可不想当农民！"

"那就让我来。"

杰伊点点头："我就知道。"

"什么意思？"

"说了这么一大圈，你就是想接管，对吧？"

他以为莉茜会大发脾气，她却异常冷静："你真这么想？"

"我就这么想。"

"我是为了救你。眼看着你往火坑里跳，我不能袖手旁观。你以为我是想发号施令？在你眼里我若是这种人，那我们何苦结这该死的婚？"

杰伊看不惯莉茜言辞粗犷，没有半点淑女风度。"以前你多漂亮……"

莉茜两眼冒火。她没有吱声，而是转身回到屋里。

杰伊松了一口气，好不容易自己占了一次上风。

不一会儿，杰伊也进了屋。他意外地发现，麦卡什也在屋里。他身穿马甲，脚蹬室内鞋，正在给一扇窗子安玻璃。他在这儿做什么？

"莉茜！"杰伊叫道，他进了会客室，莉茜正端坐在那里。"莉茜，麦卡什进家来了。"

"我让他负责修缮，他在粉刷婴儿房。"

"我不想让那个人进家。"

"那你就得忍着！"莉茜发火了。她的反应使他吃了一惊。

"那……"

"只要莱诺克斯在种植园一天，我就不想一个人待着——我不愿意，明白吗？"

"好吧……"

"如果麦克走，我也走！"说完她怒冲冲离开了房间。

"好吧！"杰伊道，然而屋门已经砰地关上。他不愿为个流放的犯人搞得家里鸡犬不宁。她想粉刷婴儿房，那就随她去吧。

边柜上摆着一封未拆的信，是写给他的。杰伊认出了信上母亲的笔迹。他坐到窗边把信拆开。

伦敦格洛夫纳广场7号

1768年9月15日

我亲爱的儿子：

　　新煤矿已于事故后恢复生产。

杰伊不禁一笑。母亲有时还真是一本正经。

345

过去的几周，罗伯特一直在苏格兰忙着将两矿合并，想进行统一经营。

我向你父亲提出，既然新矿乃是在你的土地上开采，你理应获得使用收益。他一直以替你们缴付利息为由搪塞。恐怕最要命的原因是你从"蔷薇蕾号"领走了最好的工人。你父亲大为光火，罗伯特也不高兴。

杰伊又气又恼，原以为这次能侥幸逃脱，他不该低估自己的父亲。

我会继续与他周旋此事。相信最终他会心软。

"您真好，妈妈。"杰伊自言自语道。尽管远隔千山万水，尽管母子俩这辈子都有可能无法再见，可她依旧尽心竭力地为儿子争取权益。

说完正事，母亲还提到自己的生活、亲友和伦敦的社交圈。最后她言归正传：

罗伯特最近去了巴巴多斯。原因我还不清楚。直觉告诉我他对你有所图谋。我想不出他能如何伤害你，但毕竟他神通广大，而且冷酷无情。我的儿子，你一定要多加防范。

爱你的母亲

阿丽西亚·詹米森

　　杰伊思索着把信放下。他一直佩服母亲直觉精准，不过还是觉得她有些神经过敏。巴巴多斯远在千里之外，即便罗伯特来弗吉尼亚，他也不能动杰伊一根汗毛。不是吗？

31

麦克在侧室的旧婴儿房找到一张地图。

三个房间中已有两个装潢一新，目前他正清理书房。已近黄昏，他打算明天再开始大工程。书房里有一大箱发霉的旧书和空墨水瓶，麦克在箱子里翻了翻，看看哪些东西值得保留。地图整齐叠放在箱内的皮夹中。麦克打开仔细看了看。

是弗吉尼亚的地图。

他高兴得几乎要跳起来，然而看了半天又分不清头尾。

图上的名字让他摸不着头脑，好一阵子他才明白：这不是英文地图。也许是法文——弗吉尼亚不写作Virginia，而是Virginie；东北部地带标着"Partie de New Jersey"，山脉以西的地带没有任何标注，只写着Louisiane。

渐渐地，麦克摸出了规律：细线代表河流，微粗线画出殖民地边界，最粗的线条代表山脉。他仔细端详，入迷般观察着每一个图标。这张图就是他去往自由世界的通行证。

他发现，弗吉尼亚有诸多河流贯穿其间，它们自西向东由西部的山地流向东部的切萨皮克湾，拉帕汉诺克河只是其中一条。弗雷德里克斯堡位于拉帕汉诺克河南岸。图上看不出距离，但佩珀说过，从这里到山区有一百英里。如果地图准确无误，翻山过去也是同样的距离。然而图上并没有标出翻山的路线。

麦克既激动又沮丧。他终于知道自己身在何处，但地图上似乎也找不到出路。

山脉向南一路收紧，麦克仔细观察那一块，顺着河流的方向寻找通路。他在南部区域找到一处长得像山口的地方，坎伯兰河便在此发源。

他想起惠特尼说的坎伯兰山口。

有了！出口就在那儿。

路途遥远，少说也有四百英里，简直相当于从爱丁堡到伦敦的距离。从爱丁堡去伦敦，坐驿站马车走一程都要两个礼拜，一个人骑马就更花时间了。弗吉尼亚道路崎岖不平，恐怕更为耗时。

可到了山的另一边，人就自由了。

他小心折起地图放回夹子里，然后继续干活——图可以以后再看。

麦克一边扫地一边想：只要能找到佩哥，知道她平安无事，麦克就可以毫无牵挂地逃走了。如果她过得好，就让她安心过日子；如果买主让她受苦，麦克就带她一起走。

天色渐暗，他只能停下手里的活儿。

外面寒冷，麦克下了楼，从门后拿下旧斗篷披在身上。他正想出门，只见几个奴隶焦急地朝他跑过来。科比也在人群中，他怀里还抱着个女人。不一会儿，麦克认出了那个女人：她正是几个星期前昏倒在田里的贝丝。她双眼紧闭，衣服上沾满血污。这姑娘真是灾祸不断。

麦克敞着门让科比把人抱进屋。詹米森夫妇即将用完下午的正餐。麦克道:"把她放到客厅,我去叫詹米森夫人。"

"客厅?"科比不甚肯定。

除了餐厅,也就只有客厅还生着火。"相信我,詹米森夫人也会这么做的。"

科比点了点头。

麦克敲敲门进了餐厅。

莉茜同杰伊正坐在小圆桌前,烛火照亮了他们的脸孔。莉茜身着一条低胸长裙,丰满的她显得格外动人。那隆起的乳房呼之欲出,高高隆起的腹部仿佛掩藏在罗帐之下。莉茜正吃着葡萄干,而杰伊在敲坚果。高挑的米尔德里得正在为杰伊倒酒。壁炉火光闪耀,屋里一片温馨宁静。一时间,眼前的情景强烈地提醒着麦克:这两个人已是一对夫妇。

再仔细一看:杰伊在桌前斜着身子,身体几乎背对着莉茜——他望向窗外,观赏着河上初降的夜幕;而莉茜则转向另一边,看着米尔德里得倒酒。两个人都面无表情,如同酒馆里不得不拼桌的陌生人,全无了解彼此的欲望。

杰伊见麦克进门问:"你来干什么?"

麦克径直对莉茜道:"贝丝出了意外,科比把人抱到客厅了。"

"我马上来。"莉茜说着推开椅子。

杰伊道:"别把血沾在黄丝垫上!"

麦克为她开门,然后随莉茜出了餐厅。

科比正点亮蜡烛。莉茜俯身察看女孩的伤情。贝丝黑色的肌肤因失血而变得苍白,嘴唇也没了血色。她双眼紧闭,呼吸也很

350

浅。"怎么回事?"莉茜问。

"她不小心划着了,"科比依然喘着粗气,"她用弯刀砍绳子,一不小心刀子从绳上滑落,划了她肚皮。"

麦克脸部抽搐了一下。只见莉茜将贝丝的衣服扯开,观察下面的伤口。贝丝伤得不轻,刀口很深,她流了很多血。

"快派个人去厨房,找些干净的布条,再端盆温水。"

莉茜的果断令麦克钦佩不已,他道:"我去。"

他赶到外院的厨房。莎拉和米尔德里得正在洗盘子。莎拉满身大汗地问:"她怎么样了?"

"不知道。詹米森夫人要干净布条和温水。"

莎拉将一个大碗递给麦克:"接着点,这是火上刚烧的水。我给你找布条去。"

不一会儿,他带着所需用品返回客厅。莉茜已经剪去了伤口周围的衣料,用一块碎布蘸着温水清理伤口。伤口洗净了,看起来越发瘆人。麦克甚至担心她的内脏也受了损伤。

莉茜也有同样的忧虑。"这伤我处理不了,必须叫医生。"

这时杰伊走进来,只看了一眼便脸色煞白。

莉茜道:"我得叫芬奇医生来一趟。"

"随你。我要去'渡屋',今晚有斗鸡。"说着杰伊出了门。

他倒跑得挺快,麦克暗暗鄙视道。

莉茜看了看科比和麦克说:"你们两个谁跑趟夜路,去弗雷德里克斯堡。"

科比道:"麦克不太会骑马,我去。"

"他说得对,"麦克承认道,"我驾小马车也能走,但是太慢。"

"那就这么定了，"莉茜道，"科比，路上别跑得太急，但要尽快，这姑娘有生命危险。"

弗雷德里克斯堡远在十英里之外，但科比轻车熟路，两小时后便赶了回来。

回到客厅，科比的脸不断抽搐着，眼看就要大发雷霆。麦克从没见他如此愤怒过。

"医生人呢？"莉茜问。

科比的声音颤抖着："芬奇医生不想大晚上为个黑人姑娘出诊。"

"这个该死的混账！"莉茜怒骂道。

他们看了看贝丝。豆大的汗珠从她脸上掉下，她的呼吸变得快慢不均，时不时还会呻吟一两声，但就是睁不开眼。黄色的丝绸沙发已被她的鲜血浸透。她生命垂危。

"我们不能坐以待毙，"莉茜道，"还有机会救她！"

科比道："恐怕她活不长了。"

"如果大夫不来，咱们就去找他！"莉茜道，"用小马车载她去。"

麦克道："随便移动她会有危险。"

"如果现在不动，她也活不成！"莉茜大喊。

"好！好！我去套车。"

"科比，到我房间把床垫抬出来，放在车上让她躺。再拿几床毯子。"

麦克飞奔到马厩。马童们早已回家，但他仍麻利地把小马"斑斑"套好，又从厨房用细烛引火点着马车灯。回到前院时，科比已经等在那里。

科比忙着铺垫子，麦克进了屋。莉茜正在穿外套。"你也去？"麦克问。

"去。"

"这样的身子，出门是不是太危险了？"

"我怕如果不去，那该死的医生又不给她治伤。"

情况紧急，麦克知道与莉茜争论无济于事。他轻轻抱起贝丝来到屋外，小心翼翼地把她放在床垫上，科比为她盖上毯子。莉茜爬上马车坐在贝丝身边，将她的头揽在怀里。

麦克坐在前面拿起了缰绳。小马拉着三个人走起来有些费劲，科比从后面推了一把，助他们出发。麦克驾车上路，朝弗雷德里克斯堡驶去。

虽然没有月亮，但借着星光，他依然可以辨别方向。路上坑坑洼洼，马车一路颠簸不停。麦克生怕伤着贝丝，但莉茜不住地催促："快点儿！快点儿！"道路沿河岸蜿蜒向前，穿过树林，掠过田边。一路上他们没遇见任何人——天一黑，除非万不得已，很少有人上路。

在莉茜的催促之下，麦克驾车一路狂奔，晚饭时就赶到了弗雷德里克斯堡。街上仍有行人，家家灯火通明。他在芬奇医生家门外把车子停下。莉茜下车敲门，麦克用毯子把贝丝裹好，小心翼翼地抱起来。她不省人事，但一息尚存。

开门的是芬奇太太，一个四十多岁、乏味无趣的女人。她把莉茜领进起居室，麦克抱着贝丝跟在身后。芬奇医生是个专横的矮胖子，见到莉茜显得尤为心虚——身怀六甲的女人还得把病人送上门，他实在心中有愧。芬奇医生忙前忙后，忙着给妻子交代

353

指示，以此掩饰自己的尴尬。

看过贝丝的伤口后，芬奇请莉茜到另外一个房间休息。麦克陪着她，芬奇太太留下来协助丈夫。

吃了一半的晚饭还摆在桌上，莉茜小心翼翼在椅子上坐下。麦克问："怎么了？"

"这一路颠得我后背疼。你觉得贝丝还有救吗？"

"不知道，她平时身子就弱。"

一个女仆进屋为莉茜端上茶点。她上下打量麦克，看出他也是仆人。女仆道："你想喝茶可以来厨房。"

"我得先喂喂马。"麦克道。

他出门将马牵进芬奇家的马厩，让马喝点水，吃点谷子，然后进厨房等着。医生家并不大，麦克能听到医生夫妇施救时的对话。女仆是个中年黑人妇女，她收拾了餐桌，取回莉茜的茶杯。麦克想，何苦自己守在厨房，让莉茜一个人待在餐室？尽管女仆露出异样的目光，他还是决定回去陪她。莉茜脸色惨白，麦克决定赶紧送她回家。

芬奇医生终于出来了。他一边擦手一边道："伤得很重，但我已经尽了全力。血已经止住了，我缝合了伤口，还给她喝了点酒。她还年轻，会慢慢恢复的。"

"谢天谢地。"莉茜道。

医生点点头："我知道您很爱惜这个奴隶。她今晚不宜赶路，就让她睡在我家的仆人区，您明后天再来接她也不迟。等伤口愈合了我会给她拆线，在此之前不要让她干重活儿。"

"当然。"

"詹米森夫人，您吃晚饭了吗？要不要给您准备点什么？"

"不必了，谢谢。我只想赶紧回家休息。"

麦克道："我这就去备车。"

几分钟后，他们走在了回家的路上。在镇上时莉茜还坐在前面，一出镇子，她就倒在了车后的床垫上。

马车走得很慢，身后也没有焦急的催促声。约半个小时后，麦克问："睡着了？"

没人回应，看来是睡着了。

他时不时回过头看看莉茜：她睡得并不踏实，总是不断地改变姿势，嘴里喃喃念叨着什么。

马车行驶在一条空寂的小路上。离种植园还有两三英里，夜晚的宁静突然被身后的一声尖叫打破。

那是莉茜的声音。

"怎么了？怎么了？"麦克慌忙勒马激动地问道，不等牲口站稳便爬到车后。

"麦克，我肚子疼！"莉茜大叫。

麦克伸手搂住她肩膀，扶她微微坐起："怎么了？哪儿疼？"

"天哪，可能是孩子要出来了。"

"可应该还有……"

"还有两个月。"

麦克对生孩子的事一无所知，想必是救人的急切或路上的颠簸导致了早产。

"还能撑多久？"

莉茜大声呻吟着："没多久了。"

"生孩子不都得好几个小时吗？"

"我也不知道。想必之前的背痛其实是阵痛，可能早就有征兆了。"

"要继续走吗？再有一刻钟就到家了。"

"我等不及了。你就在这儿抱着我。"

麦克发觉身下的床垫已经浸湿，而且黏黏糊糊的。"是什么打湿了垫子？"

"应该是我的羊水破了。要是妈妈在就好了。"

麦克怀疑垫子上的是血而不是羊水，但他没出声。

莉茜又叫了一声。痛感过后，她浑身发抖。麦克用斗篷裹着她："斗篷现在还给你。"莉茜浅浅一笑，下一波阵痛很快来袭。

片刻喘息中莉茜嘱咐道："等孩子一出来，你得马上把它接住。"

"好吧。"然而他不太明白莉茜的意思。

"到我两腿中间。"

麦克屈膝跪在她脚跟前，撩起她的裙子。莉茜的底裤已经湿透。麦克只给两个女人脱过衣服，一是安妮，二是科拉。她们俩都没有底裤，所以麦克也不太确定如何把它解开。手忙脚乱中他还是成功了。莉茜抬起双腿，两脚踩着麦克肩膀当作支撑。

他注视着莉茜腿间浓密的毛发，心中不禁一阵畏惧：孩子怎么可能从那里生出来？他根本无法想象。麦克告诉自己要保持冷静：全世界每天有千百个孩子出生，别想太多，孩子自己会出来的。

"我害怕。"短暂的间歇中莉茜道。

"有我看着你呢。"说着他摸摸莉茜的双腿，这是他唯一能触及的地方。

孩子来得很快。

星光下麦克无法看得分明，但莉茜大叫一声，两腿间有团东西越变越大。他伸出颤抖的双手，一团暖烘烘、滑溜溜的东西正慢慢往外冲。不一会儿，孩子的头已经捧在麦克手里。莉茜休息片刻后再度发力。他一手支撑着孩子的头，另一只托在小小的肩膀下，看着它们一点点出来。又过了一会儿，其余的身体也从身下滑出。

他看着怀中的孩子，那紧闭的双眼，乌黑的头发，纤小的四肢。"是个女孩儿。"

莉茜急切地道："她得哭出声！"

麦克听说过出生的孩子要打两下，好让它呼吸。很难下手，可又不得不这么做。他转过孩子的身体，在她的屁股蛋儿上狠狠打了一下。

什么声音也没有。

他的大手正扶着孩子的前胸，好像什么地方非常不对劲——孩子没有心跳。

莉茜挣扎着坐起身："把孩子给我！"

麦克把孩子递给她。

她接过婴儿，紧盯着她的小脸。莉茜凑过嘴唇，亲吻一般往孩子嘴里吹气。

麦克盼望着孩子能大哭一声，然而什么也没听到。

"她死了。"莉茜把孩子搂在胸前，揪过斗篷裹住她赤裸的小身躯。她流下了眼泪："我的孩子死了。"

麦克伸出双臂抱着母女俩，任由莉茜放声大哭。

32

孩子死后，莉茜的世界变得一片灰暗，没有人声，只有雨雾作伴。她无心照管家中事务，任由家奴们自愿行事。好一阵子后她才隐约注意到：是麦克在照管一切。莉茜不再日日到田间巡视，烟草田也甩给了莱诺克斯。偶尔她会拜访桑姆森上校夫人或苏西·德拉哈耶，她们都愿意听她倾诉，但她不再参加派对或舞会。每逢周日，她都出现在弗雷德里克斯堡的教堂，礼拜过后还要在墓地停留一两个钟头，默默注视着那座小小的墓碑，假想着各种"如果"。

莉茜认为一切都是自己的错：怀孕四五个月，她还骑着马跑来跑去；她没有听从建议多加休息；胎死当晚，她还坐马车跑了十英里，路上还不断要麦克加速。

她埋怨杰伊当晚不在家，埋怨芬奇医生拒绝上门为贝丝治伤，埋怨麦克对她的愚蠢要求言听计从，但她最怨自己。她鄙视自己作为母亲的无能，痛恨自己的冲动、浮躁和自以为是。她不禁想：如果我不是这副德性，如果我能跟普通人一样理智谨慎，兴许女儿现在还健康地活着。

这些她都没办法和杰伊沟通。起初听说孩子死了，杰伊大发

358

雷霆。他冲莉茜发火儿，发誓要一枪打死芬奇医生，并将麦克狠抽一顿，然而一听说死婴是女孩，他的怒气立即烟消云散，仿佛莉茜从未怀孕一样。

有一段时间，莉茜还会跟麦克说说话。生育的经历让他们走得更近。他用斗篷裹住她，撑住她双腿帮她接生。丧女之初，麦克给了莉茜巨大的安慰，然而过了几个星期，她发现麦克越来越不耐烦。莉茜想，这毕竟不是麦卡什的孩子，他无法真正体会自己的悲伤——没人能体会。从此，莉茜对麦克也关闭了心扉。

三个月后，莉茜来到婴儿房独自坐下。新刷的油漆依旧闪着光亮，她想象着摇篮中女孩咯咯的笑声和饥饿时的哭闹，想象她穿着漂亮的小白裙和针织小鞋，想象她吮吸乳汁或在盆中洗澡。鲜活的景象令她泪如泉涌，而她却不发出一点声响。

麦克进屋时，莉茜正在独自伤心。一次暴风雨中，烟囱里有碎物掉下，麦克跪在壁炉前着手清理。见她流泪，麦克并没有多说。

"我太痛苦了。"莉茜道。

麦克并未停下手头的工作。"这对你没有好处。"他的声音里带着严厉。

"我还以为你会比其他人更有同情心。"莉茜伤心道。

"你不能一辈子坐在这里自怨自艾。人迟早都有一死。活着的人还得继续生活。"

"可我不想继续生活，以后还有什么指望？"

"莉茜，别这么可怜兮兮的！这可不是你的个性。"

莉茜哑口无言。自从发生了悲剧，没有一个人对她恶言相向。麦克凭什么在她伤口上撒盐？莉茜道："你不该这么跟我说话。"

想不到麦克并不迁就。他把刷子一撂，两手抓住她的胳膊把她从椅子上抓起。"别告诉我什么该做什么不该做！"

他怒不可遏，莉茜甚至害怕麦克会伤害她。"让我一个人静静！"

"你已经静了太长时间了。"他嘴上虽不依不饶，双手还是放开了她。

"我该怎么做？"

"你想做什么就做什么。坐船回家，去阿伯丁找你妈妈团聚，投向桑姆森上校的怀抱，跟个没出息的家伙一起逃走也可以。"他欲言又止地望着她，"要么就安下心好好跟杰伊过日子，再生个孩子。"

这让莉茜十分意外："我还以为……"

"以为什么？"

"没什么。"她早就察觉到麦卡什对她颇有好感。工人派对告吹后，他的温柔俨然是爱的表达。他吻掉了莉茜脸上的泪珠，那个拥抱里也不可能只有同情。

而莉茜的回应里不仅仅是渴望同情。她紧靠着麦克坚实的身躯，享受着那双唇的触感，这不单是因为她顾影自怜。

然而孩子死后，所有这些情感全都淡漠了。她心无所依，没有了热情，只有悔恨。

她为拥有这些念头而羞愧。欲火焚身的少妇色诱年轻力壮的男仆，这可是漫画小说的经典桥段。

麦克不光是个年轻力壮的男仆。莉茜渐渐发现，麦克是她见过的最了不起的人。她知道，麦克傲慢、固执，而且自以为是，为此捅了不少娄子。尽管如此，莉茜还是不禁佩服他：从苏格兰煤矿到弗吉尼亚种植园，他一直勇于挑战残暴的权威。而每次他惹上麻烦无不是因为替他人挺身而出。

然而，杰伊毕竟是她的丈夫。他懦弱愚蠢，甚至还欺骗过她，但莉茜毕竟是杰伊的妻子，她必须对他忠诚。

麦克依然望着她。莉茜好奇他在想什么。她还以为麦克所说的"没出息的家伙"就是他自己。

他试探着摸摸莉茜的脸颊。莉茜闭上眼睛。如果母亲看到这一幕，一定会说：你是杰伊的妻子，发誓要对他忠诚。你到底是女人还是孩子？身为女人，顺境中要坚持，逆境中更要信守诺言。这才是承诺的意义所在。

如今她却放任其他男人抚摸她的脸。莉茜睁开眼睛，许久地望着麦克。那碧绿的眼睛里燃烧着渴望。她狠下心，突然的冲动下，重重打了他一巴掌。

那感觉就像是往石头上扇巴掌。麦克身子没动，表情却发生了变化。他的脸没受伤，心却在流血。他既吃惊又伤心，莉茜甚至想立刻道歉并拥抱他。她拼尽全力克制着自己，并用颤抖的声音道："你别碰我！"

麦克一言不发地看着他，眼里充满着吃惊与哀伤。她再也无法承受，起身离开了房间。

麦克说"安下心好好跟杰伊过日子，再生个孩子"。莉茜琢磨了一整天。她越来越排斥与杰伊同床，可这是她作为妻子的责任。如果连这一点都做不到，她就失去了做妻子的资格。

那天下午，她洗了个澡。每一次洗澡都颇费周章：卧室里摆一只锡盆，五六个壮实的姑娘跑上跑下从厨房灌热水送上楼。洗完澡，莉茜换上干净衣服，下楼准备吃晚饭。

冬日清冷的夜晚，壁炉里火苗跳跃着。莉茜喝了几口葡萄酒，试着与杰伊聊些轻松的话题，就像他们结婚前一样。杰伊爱搭不理。这也不奇怪，她想，这么长时间我也对他不闻不问。

吃过晚饭她说："孩子的事也过去三个月了。我现在没事了。"

"什么意思？"

"我的身体已经恢复了。"对此她不想多说。死产之后数日，她乳房下垂，泌乳不断；她每日下体微微渗血，虽然持续了好一阵子，最终也停止了。"我是说，虽然肚子不像以前那么平，但其他地方都好得差不多了。"

杰伊依旧不解其意："你为何跟我说这些？"

莉茜耐着性子道："我的意思是，咱们又可以做爱了。"

他冷笑一声点燃了烟斗。

这可不是女人所期待的答复。

"今晚你会来我房间吗？"莉茜追问道。

杰伊显得有点恼火，不耐烦地说道："这种话应该由男人来说！"

莉茜站起身："我只是想让你知道，我已经可以了。"莉茜委屈地回了自己房间。

米尔德里得上楼帮她宽衣。解下衬裙时莉茜假装随意："詹米森先生就寝了吗？"

"应该还没。"

"他还在楼下？"

"应该是出门了。"

莉茜看着女仆俏丽的脸孔，她的表情似乎暗藏玄机。"米尔德里得，你是不是有事瞒着我？"

十八岁的米尔德里得还涉世未深，完全不知道如何欺瞒。她躲避着莉茜的目光："没有，詹米森夫人。"

莉茜肯定她在说谎。但原因何在？

米尔德里得开始帮莉茜梳头。莉茜思索着杰伊可能的去处：他总在晚饭后离开，有时说去打牌，有时又是看斗鸡，有时候所幸没个理由。她一直以为丈夫是和其他男人一起在酒馆喝酒。真若如此，米尔德里得也就不必隐瞒了。如今，莉茜开始考虑其他可能。

难道她丈夫有了别的女人？

一个星期过去，丈夫还是没来她的房间。

莉茜满脑子都是杰伊出轨的想法。唯一想到的可疑人物是苏西·德拉哈耶。她年轻漂亮，丈夫又经常不在家。同很多弗吉尼亚人一样，她丈夫也沉迷于赌马，有时为了一场比赛甚至不惜花两天时间赶去比赛地。难不成杰伊在晚饭后偷溜出去，骑马去德拉哈耶家跟她幽会？

莉茜告诉自己，这都是她的凭空想象，疑虑不久就会消失。

第七天晚上，她从卧室的窗子向外看去，发现黑暗的草地上有点点摇曳的烛火。

她决定跟上去。

夜里幽暗寒冷，但她顾不得换件厚衣。莉茜抓起披肩，一边下楼一边将披肩搭在肩头。

她溜出家门。两只睡在门廊的猎鹿犬好奇地看着她。"罗伊，雷克斯，来，来！"莉茜跑过草地追寻灯火，两只狗跟在身边。很快，灯火消失在林间，但莉茜依然能够分辨：杰伊——如果那个人真是他——正欲前往晾房和包工头住地。

也许莱诺克斯备好了马匹，好让杰伊骑去德拉哈耶家。莉茜想：莱诺克斯肯定知道原委——每次杰伊有出格举动，肯定都与莱诺克斯脱不了干系。

尽管不再有火光指引，莉茜还是轻松找到了小屋。包工头的木屋一共两间：莱诺克斯住一间，另一间之前住着索尔比，现在则空着。

然而里面却有人。

百叶窗将寒冷拒在门外，但缝隙中依然透出一丝丝光线。

莉茜停下来，希望心别跳得这么快。然而，令她紧张的是恐惧，而不是兴奋。她害怕面对即将看到的一切。一想到杰伊怀抱着苏西·德拉哈耶，就像他当初怀抱着自己，一想到他用亲吻自己的嘴唇亲吻别的女人，莉茜就觉得恶心。她甚至想转身回去，可未知比背叛更可怕。

她试着开门，门没锁。莉茜推门进屋。

室内一共两个房间：前面的厨房空无一人；她听到后面的卧室里传来低低的说话声。他们已经上床了？莉茜蹑手蹑脚来到屋门前，抓住门把手，深吸一口气霍然开门。

苏西·德拉哈耶不在屋里。

杰伊光脚躺在床上，衬衣和裤子还没脱。

床边站着个奴隶。

莉茜并不知道她的名字，只知道她是杰伊从威廉斯堡买回的四个奴隶之一。她与莉茜年纪相仿，既苗条又漂亮，有着一双柔美的棕色眼睛。她赤裸着身体，傲人的棕色乳房挺立胸前，腿间的毛发卷曲而浓密。

就在莉茜注视之时，那姑娘也看见了她，那眼神令她终生难忘——傲慢、轻蔑，得意扬扬，仿佛在说：你也许是这里的女主人，可你的丈夫每晚却在我的怀里。

杰伊的声音变得遥远飘忽："莉茜，老天爷！"

莉茜转过头，吓得杰伊一缩脖子。他的恐惧没给她带来丝毫的满足——她一直心知肚明：杰伊是个懦弱的人。

莉茜淡然道："杰伊，见你的鬼去吧。"说完转身离开。

她回到自己的房间，从抽屉里取出钥匙来到放枪的房间。

她的格里芬来复枪和杰伊的枪支都放在架子上，但莉茜没有拿，而是挑了两把装在皮匣里的手枪。枪袋里有个装得满满的火药桶，还有许多弹塞和燧石。她在房间里找了一圈，没找到子弹，只有一小把铅锭。莉茜拿了铅锭，又拿了一把长得像钳子一样的弹头铸模，回房把门锁上。

莎拉和米尔德里得瞪大眼睛，惊恐地看着女主人夹着手枪来到厨房。她二话不说，从橱柜取出短刀和一把带流嘴的平底铁锅，然后径直回了卧室。

她把火烧旺，直到烤得人无法靠近，然后将铅锭放在锅里架在火上。

莉茜的确记得丈夫从威廉斯堡买了四个年轻奴隶，自己也问过他为什么不买男丁。他说女的更便宜，也更听话。那时的她丝毫没有起疑，只顾着担心新马车开销太大。现在，她终于明白了。

敲门声响起，门外是杰伊的声音："莉茜？"他拧了拧把手想进门，见门上了锁，便道："莉茜，让我进去好吗？"

莉茜并不理会。他这会儿做贼心虚，相信不久后又会理直气壮，甚至恼羞成怒。但此时还不至于。

他敲门唤了几声，见无人理睬便走开了。

铅锭化成了铅水，莉茜迅速取下锅，通过管嘴将融化的铅水倒入铸模的球形空槽。她将铸模伸进脸盆的冷水中，让铅水冷却凝固。一捏手柄，圆滚滚的铅球从槽中滚出。莉茜拿起子弹。收尾的一滴铅水在原本圆滑的球面形成个尾巴一样的凸起，她用菜刀将凸起的地方削掉。

莉茜将铅锭全部铸成子弹装进手枪。她把枪放在床边，检查了门锁，这才安心睡觉。

33

　　莉茜那一巴掌令麦克耿耿于怀。每次想起，他就觉得窝火：是她让麦克有了不该有的想法，麦克坦然回应，却受到了惩罚。这个坏女人，麦克告诉自己，这个轻浮冷酷、玩弄感情的坏女人！

　　他知道这么说并不公平，心中的怨恨也慢慢消除。回头想想，莉茜挣扎在矛盾的情感之中。她被麦克所吸引，又无法摆脱杰伊妻子的身份。莉茜的责任心很强，心里害怕正是因为良心的谴责。她不知如何是好，慌乱中才想快刀斩乱麻。

　　麦克一直想告诉她：她对杰伊的忠诚只是白费心思。所有的奴隶都知道，这几个月杰伊都趁夜偷偷去木屋找菲莉亚——一个漂亮乖顺的塞内加尔女孩。麦克确信莉茜迟早会知道。两天前夜里发生的事也证实了他的猜测。她的反应还是那么激烈：反锁房间，备好枪支，严阵以待。

　　她还能撑多久？什么时候才是个头？他已告诉过她，"跟个没出息的家伙一起逃走也可以"，她没回应。当然，莉茜肯定没考虑过跟麦克携手余生。也难怪莉茜会喜欢他：对她来说，麦克不光是个仆人。他帮莉茜接生，他的怀抱令她安心。但这并不代表莉茜愿意抛家弃舍跟他远走高飞。

黎明将至，麦克在床上辗转反侧。突然，门外响起一声嘶鸣。

这种时候谁会来这儿？麦克皱着眉下床开门。

他身上只穿着马裤和衬衣，寒冷中不住打着哆嗦。晨雾弥漫，还下起了蒙蒙细雨。黎明已经到来，银色的晨光中，两个女人走进院子，其中一个还牵着匹小马。

麦克定睛一看，高个的女人正是科拉。大半夜的她怎么来了？想必是有坏消息。

接着，他认出了另一个来人。

"佩哥！"他高兴地大叫。

一见麦克，佩哥立马跑了过去。她长大了，麦克想，个子高了一大截，身形也变了，然而依旧是一张稚气的脸孔。佩哥扑倒在麦克怀里："麦克！哦，麦克！我都担心死了！"

"我还以为再也见不到你了，"麦克道，"出什么事了？"

科拉道："她惹麻烦了。佩哥的买主是个山区的农民，叫布尔古·马勒。他想强奸佩哥，被佩哥捅了一刀。"

"小可怜，"麦克说着抱了抱她，"他死了？"

佩哥点点头。

科拉道："《弗吉尼亚公报》已经登了，殖民地所有的治安官都在通缉她。"

麦克惊呆了。如果佩哥被抓，肯定会被绞死的。

说话声吵醒了其他的奴隶。一些犯人认出了科拉和佩哥，纷纷出来与她们打招呼。

麦克问佩哥："你怎么到的弗雷德里克斯堡？"

"走路。"佩哥长话短说，依旧是一副桀骜不驯的架势，

"我一路向西摸到拉帕汉诺克河边，每天只走夜路，见人就问——奴隶、逃奴、逃兵、印第安人什么的。"

科拉道："我丈夫在威廉斯堡做生意，我就在家藏了她几天。后来听说当地的治安官要搜查所有从'蔷薇蕾号'下来的人。"

"那他们也会来这儿！"

"没错，就在我们后面不远。"

"什么？"

"我出城的时候治安官正召集搜查队，他们肯定快来了。"

"那你干吗带她来这儿？"

科拉把脸一沉："她得由你来管！我现在嫁了有钱人，好房好日子，上教堂还有自己的专用厢席。我可不想让他们从我家马厩阁楼上搜出个杀人犯！"

周围的犯人都在小声表示不满，麦克沮丧地望着她，这就是他曾想共度一生的女人。"你的心肠可真硬！"他生气地说道。

"我救了她的命，也算够意思了吧？"科拉不服气道，"我也得自保啊。"

佩哥道："谢谢，科拉。是你救了我。"

科比冷眼在一旁看着。麦克下意识转身同他商量："可以把她藏在桑姆森那儿。"

科比道："可以，但愿治安官别搜到那儿去。"

"该死，我怎么就没想到？"该把她藏在哪儿呢？"他们不会放过任何一个角落，奴隶区，马厩，晾房……"

科拉问："你跟莉茜·詹米森勾搭上没？"

麦克吓了一跳："什么叫'勾搭上没'？根本没有的事。"

"别犯傻了，她也看上你了。"

麦克讨厌科拉的口无遮拦，但他也不想装傻："看上又怎样？"

"看在你的分上，她能不能把佩哥藏起来？"

麦克不敢确定。这种事怎么问得出口？见个孩子有难而见死不救，麦克不可能会爱上这种女人。但莉茜会答应吗？种种疑虑令他十分恼火。他索性道："出于好心她也会帮忙。"

"也许会吧。但是个人欲望也许是个更可靠的原因。"

屋外有狗叫声，貌似是主宅门前的那两条狗醒了。是什么吵醒了它们？不一会儿，河边也有狗吠声回应。

科比解释道："罗伊和雷克斯被附近的狗吵醒了。"

麦克一下子警觉起来："不会是搜查队已经来了吧？"

"有可能。"

"这倒好，连想办法的时间都没有！"

科拉转身上了马："我得赶紧走，不然会被人看见的。"她出了院子，说了一句"祝你们好运"，然后如幽灵信使般消失在晨雾弥漫的树林里。

麦克转头对佩哥道："没时间了。来，跟我进屋，也就只有这个法子了。"

佩哥一脸害怕："我听你的。"

科比道："我去看看来的是什么人。如果真碰上搜查队，我就想办法拖住他们。"

佩哥拉着麦克的手，在灰蒙蒙的晨光中一起穿过清冷的田地和湿漉漉的草坪。罗伊和雷克斯跑过来迎接他们。罗伊舔舔麦克的手，雷克斯好奇地嗅嗅佩哥，好在两条狗都没叫。

主宅的门从来不锁，麦克带着佩哥从后门进了屋。他们蹑手蹑脚上了楼梯。昏暗的黎明时分，楼梯的边窗外，五六个男人带着几只狗正从河边向他们逼近。他们分成两队：两个男人朝着主宅而来，剩下的人带着狗去了奴隶所住的区域。

麦克来到莉茜卧室门口。他暗暗祈祷，求你千万别让我失望。

他试着开门，门上了锁。

麦克轻轻敲了两下，生怕惊动隔壁的杰伊。

没动静。

麦克再用点力。

门内响起轻柔的脚步声，莉茜的声音清晰可辨："谁？"

"嘘！是我，麦克！"

"你这是干什么？"

"你别误会，拜托，快开门！"

钥匙拧动，门开了。他几乎看不清莉茜的脸。她转身回到屋内，麦克闪身把佩哥让进屋。房间里一片昏暗。

莉茜走到窗前拉起一扇百叶窗。惨淡的光线下，莉茜的轮廓逐渐清晰。她穿着睡衣，头发乱蓬蓬的。"赶紧解释清楚，你最好真有急事。"一见佩哥，她立刻改变了口吻，"有人跟你一起来的？"

"她叫佩吉·耐普。"

"我记得。你好，佩吉。"

"我又惹麻烦了。"佩哥道。

麦克解释道："她被卖给一个山里的农民，那人想强奸她。"

"老天爷。"

"她杀了那个人。"

"可怜的孩子，"莉茜说着将佩哥揽在怀里，"小可怜。"

"治安官在找她，他已经带人搜到了奴隶区。"看着佩哥瘦削的小脸，麦克想到了弗雷德里克斯堡的绞架，"咱们得救救她！"

莉茜道："治安官我来应付。"

"什么意思？"放手交给莉茜处理麦克并不放心。

"我会跟他解释，就说佩哥是出于防卫。"

莉茜一旦拿定主意，便以为自己所向无敌。这种性格实在要命。麦克赶紧摇摇头："不行，莉茜。治安官会说有没有罪要由法庭裁决，你说的不算。"

"审判之前她可以留在这儿。"

莉茜的想法太过不切实际，麦克只能耐着性子给她讲道理："有人告你谋杀，治安官铁定会来抓你，不管你清白不清白。"

"也许她应该接受审判。如果她真的没罪，他们也不能——"

"现实点吧，莉茜！"麦克急了，"弗吉尼亚的法庭怎么会赦免杀掉买主的流放犯呢？这些人最怕被奴隶攻击，即便信了佩哥的话，也会杀一儆百。"

莉茜越听越气，刚想出言反驳，佩哥却哭了起来。莉茜心一软，咬了咬嘴唇问："那你说我们怎么办？"

一条狗狂叫不止，麦克听到有人安抚的声音。"我想趁他们搜上来之前把佩哥藏在这儿，行吗？"

麦克注视着莉茜。如果你拒绝，麦克想，就算我爱错了人。

"当然。你拿我当什么人了？"

麦克会心一笑，心中一块巨石落了地。他爱得如此强烈，眼泪几乎夺眶而出。麦克喉咙发干，声音也变得沙哑："你真好！"

他们一直在低声交谈，麦克突然听到杰伊的卧室有了动静。为保证佩哥安全，麦克还有很多事要做。"我得走了，祝你们好运！"

他穿过楼梯平台，轻手轻脚下了楼。到了走廊，他似乎听到了杰伊卧室的开门声。麦克没有停留。

他站在走廊里，深吸一口气，告诉自己：我是这里的仆人，治安官为何到此我一无所知。他带着礼貌的笑容开了门。

门廊上站着两个男人，都是当地富裕人家的打扮：马靴、长背心、三角帽。两个人都挂着手枪，身上一股朗姆酒味——想必是为了御寒喝了不少。

麦克稳稳站在门口，想以气势震慑来人。"早上好，先生们！"他的心跳得厉害，但他极力压抑着紧张，尽量显得平静而放松，"看来是搜查队啊。"

个子较高的男人道："我是斯波特瑟尔韦尼亚郡的治安官，在找一个名叫佩吉·耐普的女孩。"

"刚才看见有狗。您把它们带去奴隶区了？"

"对。"

"您真厉害！这样就能趁黑人睡觉的时候下手，犯人想藏也藏不住。"

"多谢夸奖，"治安官带着一丝嘲讽道，"我们就进去看一眼。"

治安官下了命令，他这个流放犯只能照做。麦克侧身把两个人让进门。但愿他们没心思仔细搜。

"你怎么不睡觉？"治安官似乎带着一丝怀疑，"我们以为大家都睡着呢。"

"我起得早。"

治安官含糊地嘟囔了一声："主人在家吗？"

"在。"

"带我们去见他。"

麦克想阻止他们上楼——佩哥就在楼上。"詹米森先生那屋貌似有动静，要不我请他下来？"

"不必了，我不想劳烦他更衣。"

麦克心中暗骂。看来治安官是铁了心要出其不意，而他又不能质疑。"这边请。"麦克说着领他们上楼。

他敲了敲杰伊的房门。不一会儿，杰伊披着外衣开了门，不耐烦地说道："到底怎么回事？"

"抱歉打扰，詹米森先生，我是治安官亚伯拉罕·巴尔顿。我们正在寻找杀死布尔古·马勒的凶手。不知您是否听过佩吉·耐普这个名字？"

杰伊狠狠瞪了麦克一眼，说："当然听过。那丫头以前手脚就不干净，如今杀了人，我一点也不奇怪。你有没有问过这个麦卡什？"

巴尔顿意外地看看麦克："你就是麦卡什！怎么不早说？"

"您没问。"

巴尔顿并不满意："你早知道我会来？"

"不知道。"

杰伊怀疑道："那你怎么起这么早？"

"以前在你父亲矿上干活的时候，我两点就得上工。现在已经习惯了。"

"我都没注意。"

"你都睡着。"

"你少废话!"

巴尔顿问麦克:"上次见到佩吉·耐普是什么时候?"

"半年前,从'蔷薇蕾号'下来的时候。"

巴尔顿又对杰伊道:"可能被黑人们藏起来了。我们带了狗。"

杰伊一挥手:"你搜就是了。"

"房子里也要搜。"

麦克屏住呼吸,害怕的事情还是发生了。

杰伊一皱眉:"她也没藏在这儿啊。"

"稳妥起见,还是……"

杰伊迟疑了片刻,麦克真希望他能端起架子把治安官撵走。只见他耸耸肩道:"好吧。"

麦克心咯噔一下。

杰伊继续道:"这里只有我和我夫人住,其他房间都空着。但你们可以随便搜。那就交给您了。"说完他关上了卧室门。

巴尔顿问麦克:"詹米森夫人住哪个房间?"

麦克使劲咽了下口水:"就在隔壁。"他向前走了几步轻轻敲敲门,心已提到了嗓子眼。"詹米森夫人,您醒着吗?"

不一会儿,莉茜开了门。她佯装睡眼问:"这么早到底什么事?"

"治安官在抓捕逃犯。"

莉茜将门敞开:"我这儿可没有逃犯。"

麦克朝屋里看了看,不知佩哥藏在哪里。

巴尔顿道:"我们可否打扰片刻?"

一丝恐惧从莉茜眼中闪过，让人几乎无法察觉，不知巴尔顿有没有留意。莉茜耸了耸肩，仿佛漠不关心道："请便。"

两人略显尴尬地进了屋。莉茜的睡衣好像故意往胸下"掉"了一点。麦克情不自禁注视着睡衣下圆润的乳房。那两个男人也有着同样的反应。莉茜直勾勾望着治安官，他心虚地将目光避开。她故意想让他们俩不自在，也好匆匆搜完了事。

巴尔顿躺在地上察看床底，他的助手打开衣柜。莉茜坐在床上，抓起床单的一角迅速揽紧。麦克晃到一只脏兮兮的小脚。

佩哥就藏在床上。

她骨瘦如柴，用单子一遮不显山不露水。

巴尔顿打开卧具柜，手下瞅了瞅屏风后，屋子里能藏人的地方并不多。他们会掀被子吗？

莉茜一定也有着同样的担心。"你们要是已经搜完，我就继续睡了。"说着她往床上一趟。

巴尔顿盯着她看了好一阵。他敢让莉茜下来吗？他似乎并不怀疑种植园主夫妇藏匿杀人犯，搜查只是为彻底起见。他犹豫了片刻道："谢谢，詹米森夫人。抱歉打扰您休息。我们现在去奴隶的住所搜查。"

麦克几乎瘫坐在地。他镇定地为两个人开了门。

"祝你们好运，"莉茜道，"对了，先生，等搜查完，带你的人进屋来吃点早餐吧。"

34

治安官的人带狗在种植园四处搜寻，莉茜则留在房间里跟佩哥小声聊天。佩哥讲了自己的身世，莉茜感慨万分。佩哥只是个小姑娘，瘦小、俏丽还有点冒失。莉茜失去的也是个女儿。

她们聊到梦想。莉茜说她想体验外面的大千世界，想穿着男人衣服一天到晚骑马打枪。佩哥从衣服里掏出张折叠的破纸。那是一张手工上色的照片：一对父母带着个孩子站在乡间一栋惬意的小屋外。"以前我也想像这女孩儿一样，现在我想当妈妈。"

厨子莎拉准时端来莉茜的早餐。一听有人敲门，佩哥赶忙躲到被子底下，然而莎拉一进门便道："别担心，佩吉的事儿我早就知道了。"

佩哥再次探出头，莉茜问："有谁不知道？"

"詹米森先生和莱诺克斯先生。"

莉茜与佩哥分享早餐。佩哥狼吞虎咽，将烤火腿和炒鸡蛋一扫而光，仿佛一个月没吃饭。

早餐快吃完时，搜查队离开了种植园。莉茜和佩哥来到窗前，看着治安官的人马穿过草地往河边走。他们垂头丧气，耷拉着肩膀往前走，连狗也没精打采地跟在后面。

眼见他们走远，莉茜松了口气道："你现在安全了。"

她们欢喜地拥抱在一起。佩哥瘦得让人心疼，莉茜不由得萌生出一种母性的怜惜。

佩哥道："跟麦克在一起，我总能放心。"

"在杰伊和莱诺克斯离开之前，你必须待在这个房间。"

"你是不是怕詹米森先生进来？"

"不是，他从不来这屋。"

佩哥一脸疑惑，但什么都没问。"等长大了，我就嫁给麦克。"

莉茜有种奇怪的感觉：佩哥仿佛在警告她。

麦克坐在旧婴儿房，清点着自己的"救命包"。这屋没人打扰。他已经偷来一捆麻绳，铁匠卡斯还悄悄给他打了六个钩子，让他好捕鱼。他还弄来一套锡质的杯盘——奴隶用的那种，还有生火的火绒匣和做饭的铁锅。趁着工人们砍树扎桶的空隙，麦克还偷来一把斧子和一把砍刀。

帆布包的最底层有个麻布小包，里面藏着枪房的钥匙。离开之前的最后一件事就是从那里偷来复枪和弹药。

他的《鲁滨孙漂流记》和从苏格兰带来的铁项圈也装在包里。铁圈在手，麦克想起逃走当夜在铁匠铺挣脱束缚的情景，想起在月光下为自由而起舞。一年后的他仍然没实现自由，但他并未放弃。

如今佩哥回到他身边，出逃前的最后一丝顾虑也已消除。她已经搬到奴隶居住区躲避，跟未婚的女孩们睡在一处。奴隶们总是相互照应，没有人会出卖她。以前也有逃跑的奴隶藏匿在奴隶区。在弗吉尼亚，无论在哪个种植园，任何出逃的奴隶都能喝上一碗碴子粥，睡上一张硬板床。

白天，佩哥在林子里游荡，避人耳目；天黑了，她才返回奴隶区跟大家一起吃饭。麦克知道这不是长久之计。时间长了，她会渐渐掉以轻心，这样难保不被抓住。不过这种日子也所剩无几了。

一想到逃跑，麦克不由得一阵兴奋。科拉结了婚，佩哥已得救，地图已经指明了前路的方向。自由是他心之所向。一旦打定主意，他跟佩哥就趁夜动身，第二天一早就在三十英里之外了。两个人白天躲藏，夜晚赶路，像其他奴隶一样每日早晚在附近的种植园奴隶区求食。

与其他逃跑的奴隶不同，麦克不打算一跑远就马上找工作——其他人就是这样被捉住的。一百英里还不够，他要跑得更远，向着高山背面的荒野进发。那里才有真正的自由。

佩哥已经来了一个星期，而他尚未动身。

麦克望着地图、鱼钩和火绒匣。离自由只有一步之遥，但他就是迈不出这一步。

他爱上了莉茜，舍不得就此离她而去。

莉茜站在穿衣镜前，凝视着自己赤裸的身体。

她嘴上对杰伊说自己产后已经复原，然而事实上，她的身体已经发生了无法逆转的变化：乳房虽缩回了原来的大小，但已失去了往日的坚挺，而且似乎还略微下垂；小腹也失去了往日的平坦，取而代之的是无法消退的赘肉与松皮；一度撑开的皮肤上留下了白色的妊娠纹，虽随时间推移有所减退，但依然清晰可见——也许这辈子都不会消失。下体的变化更加明显。曾几何时，那里紧实得几乎伸不进一根指头，如今却松弛不堪。

也许正因如此杰伊才对她失去了兴致。死产之后，他再也没看过莉茜赤裸的身体。也许他知道——至少猜到——会是什么样子，也许他觉得倒胃口。那个奴隶女孩儿菲莉亚显然没生过孩子，她的身体依旧完美，但杰伊迟早会令她怀孕。到时他也许会抛弃她另觅新欢，就像他抛弃莉茜一样。难道这就是他想要的生活？她真想问问母亲：男人都这样吗？

莉茜感觉自己像个废旧品，如同穿破的鞋子或裂了缝的盘碟，被人用完即弃。她因此而愤怒。那个曾在她体内生长，胀大她肚皮，撑开她阴道的孩子明明是杰伊的亲骨肉。他没有权利嫌弃她。莉茜叹了口气：跟他斗气只能是徒增烦恼。是她鬼迷心窍，选了这样一个人做丈夫。

不知还会不会再有一个男人为她的身体而心动。莉茜怀念男人的大手在她身上流连，仿佛欲罢不能的感觉。她渴望有人轻吻她的双唇，挤捏她的乳房，将手指嵌入她的身体。很难想象，如果快感在余生都离她远去，她将如何是好。

莉茜深吸一口气，收起小腹，挺起胸膛。对了，这才是她以前的样子。她掂了掂自己的双乳，手伸进两腿之间，把玩着下体的刺激点。

房门忽然打开。

莉茜房间壁炉里的一块破砖需要修补。麦克问米尔德里得："詹米森夫人在楼上吗？"

"刚去马厩了。"麦克想，看来她错听成了詹米森先生。

然而下一秒钟，他的脑子里却只有莉茜。

她的美简直令人心疼。因为她站在镜前，麦克将她身前身后尽收眼中。莉茜背对着麦克，他迫切地想要伸出双手，抚摸那腰后的曲线。他看到镜中圆润的乳房与粉红色的乳头，腿间的那抹毛发与头顶有着相同的色调。

麦克一言不发呆立在原地。他应该道了歉扭头就走，然而脚下似乎生了根。

莉茜扭过头对着他。不知为何，她愁容满面。一丝不挂的她是那样脆弱，几乎陷入惊恐。

他终于轻声说了一句："你真美。"

她的脸由阴转晴，仿佛疑问得到了解答。

"把门关上。"莉茜道。

他转身关上门，几步来到莉茜近前。下一刻，莉茜便被麦克拥入怀中。麦克紧贴着莉茜赤裸的身体，胸口顶触着她柔软的乳房。四唇相接，莉茜立刻张大嘴巴。他的舌头与莉茜的纠缠在一起，在湿润与饥渴中享受狂喜。他的下身渐渐硬挺，莉茜将麦克的下体紧贴着自己，身体与身体轻柔摩擦。

麦克气喘吁吁将自己抽离开来，生怕高潮来得过早。莉茜扯开麦克的马甲与衬衣，急切地寻找着他的肌肤。他将马甲甩到一旁，脱下套头的衬衣。莉茜低下头，张嘴衔住麦克的一只乳头，先是轻轻一吻，然后用舌尖轻轻戏弄，最后用牙齿咬住。甜蜜的痛感伴随着一阵愉悦的喘息。

"你也来。"莉茜道。她向后弓起后背，将乳头送到他嘴边。他将那抹圆润捧在手中，亲吻那粉红的凸起，乳头因欲望而坚挺。麦克沉浸在此刻的欢愉中。

"使点劲儿。"莉茜轻声道。

麦克贪婪地吮吸，像莉茜一样轻轻地咬住。他能听到莉茜尖锐的喘息声，担心会伤害她柔弱的身体。然而莉茜却说："再大力点，我要那疼痛。"他的牙齿嵌得更深，"就这样。"莉茜将麦克的脸搂在胸前，让他的头在那里沦陷。

麦克停下，怕咬破了她。当他直起身，莉茜弯下身子，松开他腰上的系带脱下裤子。麦克的阴茎豁然直挺。莉茜双手握住在脸上轻轻抚弄，亲吻那坚实的肿胀。此刻的快乐令他几乎难以承受，麦克再次将自己抽离，他不想让美梦过早结束。

他看了看那张床。

"不去那儿，"莉茜道，"这儿。"说着，她躺倒在镜前的地毯上。

麦克俯身跪在她腿间，贪婪地享受着眼前的风景。

"快，就现在！"

麦克爬到莉茜身上，用胳膊肘支撑着身体的重量，随着莉茜的引导进入她的身体。他望着那张可爱的脸孔：莉茜脸颊通红，嘴巴微张，露出湿润的朱唇和秀气的牙齿。她睁大眼睛望着麦克，注视着他的律动。"麦克……哦，麦克……"她的身体与他一同往复，手指深深嵌入他后背的肌肉里。

他亲吻着放慢了速度，但她再次渴望着，想索要更多。莉茜将麦克的下唇衔在齿间用力咬住，他尝到微微的血味。"再快些！"莉茜在狂喜中呻吟着，他感受着她的迫切，抽插得更加激烈，甚至带着几分野蛮。"就这样！就这样！"莉茜紧闭双眼，在快感之中沦陷。她高叫了一声，麦克连忙伸手捂住她的嘴巴，她用力一咬。莉茜使尽全身力气拦腰将麦克拥紧在身前，在他身下轻轻扭动着。欢叫声在他手掌的掩护下变得低沉、模糊。她挺起下身一次次寻找着麦克的身体，直到筋疲力尽。

麦克轻吻莉茜的眼睛、鼻子、下巴，下身依然没有停歇。当她的呼吸逐渐平缓，双目睁开，莉茜道："快看镜子里。"

镜中，麦克看到另一个麦克和身下的另一个莉茜身体相接，看到他一次次进出莉茜的身体。"真好看。"莉茜轻声道。

他注视着莉茜，那深邃的眼睛近乎纯黑。"你爱我吗？"麦克问。

"哦，麦克，这还用问？"她眼里满是泪水，"我当然爱。我爱你，我爱你！"

高潮终于到来。

第一批烟草终于准备出售，莱诺克斯用平底船载了四桶运到弗雷德里克斯堡。杰伊迫不及待地等着他回来，想知道能卖个什么价钱。

现钱是拿不到了——烟草行的规矩本是如此。莱诺克斯要把烟草送到公共仓库，由官方的检验官签发许可，表明获准销售。这些许可——即所谓的"烟票"在弗吉尼亚境内可当作货币使用。需要时，上一个持有者可以将烟票转给船长以兑换金钱，而更多的人会兑换英国的商品。船长也可以凭烟票到公共仓库兑换烟草。

而杰伊则会以烟票偿还最为紧迫的债务。种植园的铁匠铺已经冷清了近一个月，家里已经没有多余的铁锻造工具和马掌。

幸好莉茜还没发现家中入不敷出。孩子死后，她在恍惚中度过了三个月，而在她发现他与菲莉亚的丑事后，她又以沉默宣泄不满。

今天的她又与以往不同，看起来更加高兴，甚至称得上和颜悦色。"有什么新闻？"晚饭时莉茜问。

"马萨诸塞州出了乱子，"他答道，"有一群自称'自由之子'的激进分子居然敢给伦敦那个叫约翰·威尔克斯的混账汇款。"

"没想到这些人居然还知道他。"

"他们以为威尔克斯是为自由而战。与此同时，海关税务司的人最近对波士顿都退避三舍，只能躲在HMS.罗姆尼号①上。"

"看来殖民地的人是准备反抗了。"

杰伊摇摇头："这些人就欠一剂猛药，跟那些矿工一样。放几轮枪，再吊死几个，就消停了。"

莉茜毛骨悚然，没再往下问。

两个人在沉默中用完餐。杰伊刚点着烟斗，莱诺克斯走进来。

杰伊一看就知道，莱诺克斯在弗雷德里克斯堡跑生意也没忘了喝酒。"莱诺克斯，一切都顺利吗？"

"不太顺利。"他还是老样子。

莉茜急迫地问道："怎么回事？"

莱诺克斯连看也不看她："怎么回事？我们的烟草被烧了。"

"烧了？"杰伊道。

"怎么烧的？"莉茜问。

"检验官下的令，说不能卖，一把火烧成了灰。"

---

① 英国皇家海军舰船名。

杰伊突然一阵眩晕，仿佛胃里翻了个儿："他们还能这么干？"

莉茜问："为什么不能卖？"

莱诺克斯显得异常窘迫，一时没有回答。

"快说啊！"莉茜怒道。

"他们说是'牛粪烟'。"

"我就知道！"

杰伊对二人的对话完全摸不着头脑："什么叫'牛粪烟'？"

莉茜冷冷道："就是在圈了牛的烟叶田里种出的烟草。土壤肥力过剩，种出来的烟有股刺鼻的怪味。"

杰伊怒道："这些检验官以为自己是谁？竟敢烧我的烟！"

"他们是下议院指派的。"莉茜道。

"太过分了！"

"人家要保证弗吉尼亚烟草的质量。"

"我非告他们不可！"

"杰伊，与其打官司，为什么不好好经营你的种植园？只要你用点心，这里完全可以种出好烟。"

"我不需要一个女流之辈教我做生意！"

莉茜看了看莱诺克斯："你更不需要一个蠢货。"

一个可怕的念头突然从杰伊脑中闪过："这样的烟叶有多少？"

莱诺克斯没搭话。

"说啊！"

莉茜答道："全部都是。"

杰伊这才明白：他已经完了。

种植园已经抵押，他自己债台高筑，如今种出来的烟草又一文不值。他像鱼一样大张着嘴巴，然而却无济于事。

他终于缓过一口气，如溺水之人终于将头探出水面。

杰伊把头埋在手里："愿上帝救我。"

那天夜里，他来敲莉茜的房门。

莉茜正思念着麦克。她一袭睡衣坐在火炉边，心中无限喜悦。她爱麦克，而麦克也爱着她。但他们该怎么办？莉茜望着火苗出神：她想做些实际打算，思绪却不时回到先前欢爱的情景。她的心中又燃起一丝渴望。

突然的敲门声吓了她一跳。她从椅子上一跃而起，警觉地望着上锁的房门。

门把手动了几下，但门没开。自从发现杰伊和菲莉亚的奸情，莉茜每晚都会把门反锁。门外响起杰伊的说话声："莉茜，开门！"

她没出声。

"我明天一大早要去威廉斯堡，看看能不能再借点钱。走之前我想见见你。"

她还是不答话。

"我知道你在里面，赶紧开门！"他的声音里带着醉意。

门上砰的一声，他似乎想用肩膀把门撞开。铰链用黄铜制成，况且门闩又重又结实，莉茜敢肯定他是白费力气。

脚步声渐渐远去，然而恐怕杰伊不会轻易罢休。她不幸言中——过了三四分钟，杰伊再次回到门前："你要是再不开门，我就把门拆了！"

只听一声巨响，仿佛有东西撞在门板上。看来他弄了把斧子。又是一声巨响，门板开裂，露出一星利刃。莉茜必须保护自己。

她颤抖着拿起床边桌上的手枪。

杰伊还不停手，劈门声震耳欲聋，木料碎裂参差，连墙板也震颤不停。莉茜检查了弹药，颤抖着往枪的击发槽里倒了点火药，然后打开保险栓上好膛。

她把心一横：豁出去了！一切听天由命。

杰伊破门而入。他面色通红，气喘吁吁，抄着斧子向莉茜逼近。

莉茜抬起左臂，冲着杰伊头顶就是一枪。

房间空间有限，一声枪响如同大炮轰鸣。杰伊吓得举起双手愣在原地。

"我枪法多准你最清楚，"莉茜道，"现在我还剩一颗子弹，你再往前，我就打烂你的心脏。"她简直不敢相信，面对曾经心爱的男人，她竟可以说出这种狠话。莉茜很想哭，但她紧咬牙关死死盯住杰伊。

"你这狠心的娘们儿！"

一句话戳中了她的心窝子。莉茜也这样责怪着自己。她的枪口慢慢下垂。面对杰伊，她当然不忍心开枪。"你想怎样？"

他扔下斧子说："走之前再跟你睡一夜。"

莉茜心中作呕，她想起了麦克。从现在开始，她的身体只属于麦克一个人。再次委身杰伊简直就是一场噩梦。

杰伊一把握住枪管，莉茜没有反抗。他给没开火的那把退了膛，将两把枪扔在地上。

她惊恐地望着杰伊，对眼前的一切毫无准备。

杰伊冲将上去，一拳头揍在莉茜的肚子上。

莉茜惨叫一声，疼痛让她瞬间直不起腰。

杰伊大吼："永远别拿枪指着我！"

莉茜脸上也挨了一拳，她应声倒地。

杰伊起脚狠踢莉茜的脑袋，她当即昏死过去。

35

次日清早，莉茜卧床不起。她头痛欲裂，连说话都困难。

莎拉端来了早餐，表情无限忧虑。莉茜抿了几口茶，再次闭上眼睛。

莎拉进屋端餐盘时莉茜问："詹米森先生走了吗？"

"走了，夫人。天一亮他就去了威廉斯堡，莱诺克斯先生也跟着去了。"

一句话让她突然好受了一点。

不一会儿，麦克兴冲冲进了屋。站在床边望着伤痕累累的莉茜，麦克气得浑身发抖。他用颤抖的手指摸摸莉茜的脸颊。她的伤口还很敏感，但麦克下手很轻，并没有弄疼她。麦克的触碰给了她莫大的安慰。莉茜捧着麦克的手，轻轻亲吻掌心。两个人许久没有说话。疼痛在慢慢缓解，莉茜不一会儿就进入了梦乡。再度醒来时，麦克已经离开了房间。

下午，米尔德里得进屋拉开百叶窗。莉茜坐起身，好让米尔德里得帮她梳头。这时，麦克再次出现，芬奇医生也一同进了屋。

"我没叫您来。"莉茜道。

麦克道："是我请他来的。"

莉茜莫名地感到丢脸，真希望麦克没有自作主张。"谁说我病了？"

"谁让你大白天躺在床上。"

"没准儿我只是犯懒呢？"

"没准儿我还是弗吉尼亚的总督呢！"

莉茜示弱地笑笑。麦克的关心让她备感幸福。"谢谢。"

医生道："听说您头疼。"

"可我没生病。"该死，她想，为什么不实话实说？"我丈夫踢我的脑袋，所以才头疼。"

"嗯……"芬奇医生有点不自在，"视线怎么样？看东西模糊吗？"

"不模糊。"

芬奇用手指轻轻按了按她的太阳穴："脑子糊涂吗？"

"爱情和婚姻让我糊里糊涂，但这点伤还不至于。哎哟！"

"踢在这儿了？"

"没错，该死！"

"幸亏你的头发又卷又多，能稍作缓冲。恶心吗？"

"想起我丈夫时才恶心，"莉茜察觉到了自己的火药味，"但这与您无关。"

"我给您开点止痛药，但别吃得太多，有药瘾。看东西觉得不对劲就马上通知我。"

医生一走，麦克在床边坐下握住莉茜的手。许久，他道："要是不想受欺负，你就离开他！"

莉茜努力寻找着留下的理由。她的丈夫不爱她，夫妻俩没了

390

孩子——以后也不太可能再有。不仅如此，连这个家也快要保不住了。这里已经没什么值得她留恋。

"可我没处可去。"

"我有，"麦克一脸深情，"反正我也要逃跑。"

莉茜的心几乎停止了跳动。她无法承受失去麦克的痛苦。

"佩哥也跟我一起走。"麦克又说道。

莉茜静静地望着他，什么也没说。

"跟我们一起走吧。"

他终于说出了口。麦克曾经暗示过："跟个没出息的家伙一起逃也可以。"如今他已不再拐弯抹角。莉茜很想说"好，我跟你走。今天就走——现在就走！"但她忍住了，她害怕。"你要逃到哪儿去？"

麦克从口袋里拿出个皮夹，从里面拿出一张地图展开。"从这里向西一百英里就是山脉——北起宾夕法尼亚，一路向南延伸。山很高，但听说有个坎伯兰山口可以通过。你看，就在坎伯兰河的源头。山的背面就是荒野。听说印第安苏族和切罗基族常年打仗，就为争那块地盘，可一直也没分出个胜负，所以那里连印第安人也没有。"

莉茜越听越兴奋："那么远，你怎么去呢？"

"佩哥跟我打算走路，从这里向西奔丘陵去。佩珀·琼斯说那边有条路通向西南方，与山脉大致平行。我沿路走到霍尔斯顿河——喏，在这儿——然后进山。"

"要是……一起走呢？"

"要是一起走，咱们就弄辆马车，这样还能多带些补给——工具、种子、干粮什么的。我也不用顶着逃跑的罪名了，跟着你，我是佣人，佩哥是你的女仆。咱们三个一路往南去里士满，然后向西到斯汤顿。这条路更长，但佩珀说路更好走。他说得也许不准，但我打听到的也就这么多。"

莉茜既害怕又兴奋："那进山以后呢？"

麦克笑道："咱们找个山谷，在河里捉鱼，在林中猎鹿，没准儿还能碰上栖息在高树上的老鹰。我们可以盖所房子。"

莉茜准备了毛毯、羊毛袜、剪刀和针线。她心中时不时打鼓，一会儿兴奋，一会儿害怕。一想到要跟麦克远走高飞，她就欣喜若狂。莉茜想象着与麦克并肩策马穿行在乡野林间，在树下相拥取暖。她也想到这一路的危险：每日靠打猎填饱肚子，自己动手建房、种玉米、照看马匹。印第安人也许容不下他们。也许还要四处流浪，亡命天涯。下雪被困怎么办？饿死怎么办？

透过卧室的窗子，莉茜看到弗雷德里克斯堡麦克雷恩酒馆的马车正向这里驶来。马车后面拖着行李，席上坐着一个人。车夫西敏斯是个老酒鬼，肯定是走错了路。莉茜下楼准备给他指路。

然而到门廊一看才发现：车上的人是个熟面孔。

来人正是杰伊的母亲阿丽西亚。

她一袭黑衣。"詹米森夫人！"莉茜惶恐道，"您不是在伦敦吗？"

"你好，莉茜。乔治爵士死了。"

几分钟后，阿丽西亚坐在客厅里，手里端着茶杯："心脏衰竭。他在打理生意的地方突然倒下，送到格洛夫纳广场的时候已经太迟了。"

阿丽西亚既不哽咽，也不掉泪，平铺直叙地讲述着丈夫的离世经过。

莉茜还记得阿丽西亚以前的样子：与其说漂亮，不如说俏丽。然而如今，曾经的美丽已经所剩无几，完全是一个刚刚结束失败婚姻的中年女人。莉茜同情她，但也对自己发誓：绝不重蹈覆辙。莉茜迟疑着问道："您想他吗？"

阿丽西亚冷冷地看着她："我为的是金钱和地位，这些我都得到了。他爱的女人只有奥利芙，对此他也从不掩饰。我并不需要同情。路是我自己选的，我心甘情愿地忍了二十四年。但你别指望我会为他伤心，我只觉得解脱。"

"那也太可悲了。"莉茜小声自言自语。一想到自己也可能面临同样的命运，莉茜就不寒而栗。但她绝不会听天由命，她要逃走，但必须提防阿丽西亚。

"杰伊去哪儿了？"阿丽西亚问。

"去威廉斯堡借款。"

"看来种植园的生意也不好。"

"我们的烟草不合格。"

阿丽西亚脸上闪过一丝哀伤。看来杰伊让母亲失望了，就像他让妻子失望一样。然而这一点阿丽西亚永远也不会承认。

"你一定很好奇乔治爵士的遗嘱吧？"

莉茜并没有考虑这个。"他留下很多遗产吗？我还以为生意亏本了呢。"

"多亏了格伦高地的煤矿，让他死时也富甲一方。"

也不知阿丽西亚有没有分到遗产。若是她两手空空，恐怕以后只能依靠儿子儿媳。"乔治爵士给您留赡养费了吗？"

"留了，我的那一份早在结婚时就定好了。谢天谢地。"

"剩下的肯定都留给罗伯特了吧？"

"我们都这么以为。然而，乔治爵士留出四分之一的家产，只要是他死后一年内出生的婚生孙辈，都可以分得其中一份。所以，你的孩子已经是有钱人了。是男是女？我什么时候能见到？"

显然，阿丽西亚还没收到杰伊的信就离开了伦敦。"是个女儿。"

"太好了。锦衣玉食的小姑娘。"

"是个死胎。"

阿丽西亚没显出一丝同情，而是发誓说道："见鬼。那你得赶紧再生一个。"

麦克把种子、工具、绳索、铁钉、玉米面和咸盐全部装上四轮马车。他利用莉茜的钥匙打开枪房，拿走了所有的枪支弹药。此外，他还带走个犁头，以后绑在马车上耕地用。

车上拴了四头母马，另外还有两匹种马跟着，以后好配种。要是杰伊得知自己的宝贝马被人偷走，肯定会火冒三丈——比失去莉茜还要心疼。

就在麦克绑行李时，莉茜从屋里走出来。

"谁来了？"麦克问。

"杰伊的母亲，阿丽西亚。"

"老天爷！真没想到她会来。"

"我也没想到。"

麦克一皱眉。阿丽西亚也许不会对他们逃跑造成威胁，她丈夫则不然。"乔治爵士也来了？"

"他死了。"

那就好了。"谢天谢地。没了他，这个世界还太平些。"

"咱们还走得了吗？"

"为什么走不了？阿丽西亚又拦不住咱们。"

"要是她给治安官报信，说我们偷了东西逃走呢？"说着，莉茜指了指车上的东西。

"你要记住之前编好的故事：你带着一车礼物去北卡罗来纳看望表亲，这位表亲在那里经营农场，生意刚刚起步。"

"我们破产了还有钱买礼物？"

"弗吉尼亚人以慷慨出名，就是自己饿着，也不会亏待他人。"

莉茜点点头："我会把'计划'告诉桑姆森夫人和苏西·德拉哈耶。"

"你就说婆婆不同意，所以想方设法阻拦。"

"好主意。治安官肯定不想插手家庭纠纷。"说到这里，莉茜突然停住。她的表情令麦克不由得紧张。莉茜怯生生问："什么时候……什么时候动身？"

麦克笑着说："天亮前就走。我今晚就让他们把车子拉到奴隶区，这样走时不会弄出太大动静。阿丽西亚醒来的时候，咱们早就走远了。"

她匆匆摸了摸麦克的胳膊，然后赶回屋里。

当晚，麦克与莉茜相拥而眠。

莉茜难以入睡。她既害怕又兴奋，想象着明早开始的冒险。这时麦克悄悄来到她的房间。他亲吻莉茜的双唇，脱下衣服躺在她身边。

欢爱过后，两个人小声聊了一阵，又再度甜蜜起来。黎明即将到来，麦克昏睡了一阵，莉茜还是睡不着。她借着壁炉的火光观察麦克的轮廓，回想着两人从格伦高地一路走来的艰辛历程。"

不久，麦克微微一动。他们再次深情拥吻，吻得长久而满足，然后一同起身。

麦克去了马厩，莉茜也打点行装。她的心怦怦直跳。她扎起头发，穿上马裤和马靴，上身是衬衣和马甲。她带了一条轻便的长裙——一旦情况紧急，她可以迅速穿上扮回窈窕贵妇。之后的旅程令她惴惴不安，但她对麦克却没有丝毫的怀疑。他们亲密无间，莉茜愿将生命托付给他。

当麦克再次返回，莉茜正穿戴整齐坐在窗前。她套着外衣，头戴三角帽。麦克笑了：这是莉茜最喜欢的打扮。两人手牵着手，蹑手蹑脚地下楼出门。

马车已经等在路边的隐蔽之处。佩哥裹着毯子在车上等候。马童吉米已经套好母马，两匹种马绑在车后。所有的奴隶都出来送行。莉茜亲吻了米尔德里得和莎拉，麦克跟科比与卡斯握了握手。莉茜临产当夜救活的女孩贝丝搂着莉茜痛哭流涕。星光下，所有人默默注视着麦克和莉茜攀上马车。

麦克一抖缰绳吆喝道："驾！快走！"

马一动，车一晃，三人上了路。

麦克赶着车朝弗雷德里克斯堡而去。莉茜转过身，工人们依旧默默地挥着手，不肯离去。

不久，所有人都消失在视线之中。

莉茜望望前路：就在远处，黎明已经到来。

36

　　杰伊与莱诺克斯到达威廉斯堡的当天，马修·莫克曼刚好不在。仆人说莫克曼明天才回来。杰伊留了字条，说还需要借钱，希望尽快与律师见面。他焦躁地离开律师的办公室。家里的生意一团糟，他可等不起。

　　第二天，为了打发时间，他去灰顶红墙的州议会大厦转了转。去年总督解散了议会，今年选举后又再次复会。议会厅朴素而昏暗，一排排长椅分列两边，中间设着个岗亭一样的东西，想必是发言席。杰伊和几个参观者站在边上的栏杆外。

　　他恍然大悟：殖民地政治如今已深陷动荡。弗吉尼亚是英国在美洲大陆最早的一块殖民地，如今也反对起自己的主人。

　　议员们正在讨论威斯敏斯特最近的施压举措：英国议会宣布，凡被控叛国者，可交回伦敦进行审判。其所依据的法令可以追溯回亨利八世的时代。

　　会议厅里，议员们正讨论得热火朝天。杰伊厌恶地看着那些体面的地主一个接一个站起来声讨英王。会议最终通过决议：叛国法令与臣民受同辈陪审团①审判的权利发生抵触。

接下来又是老生常谈：殖民地交了那么多税，在威斯敏斯特国会上却依然没有足够的发言权。议员们鹦鹉学舌，高喊着"无代表不纳税"②的口号。但这次，他们比往日更加离谱，居然号称有权与其他殖民地议会联合反对宗主。

杰伊料想总督一定不会让这种议案通过。他的猜测没有错。午餐前，议会成员正讨论一项次要的地方议题，一名警卫官突然打断会议进程，并宣布："议长先生，总督有令。"

警卫官将一张纸递给书记员，书记员读过后道："议长先生，总督要求您的议院成员立即到会议室。"

杰伊幸灾乐祸：这下他们倒霉了。

议员们纷纷上楼穿过走廊，杰伊也尾随其后。参观者站在会议室外的厅里，透过敞开的大门观察。只见波特多特——这位外表斯文但作风强硬的总督大人正坐在椭圆形会议桌的一头。他说话简洁明了："诸位的决定我已了解，职权所迫，我宣布议院解散，今日会议亦到此为止。"

在场的人目瞪口呆。

"就这样吧。"波特多特显出几分不耐烦。

杰伊掩藏起内心的得意，看着议员们陆续离开会议室，下楼整理好桌上的文件，悻悻来到院里。

杰伊回到罗利客栈，坐在吧台喝酒。他点了午餐，吧台的女侍已经对他神魂颠倒，杰伊跟她调了调情。等餐时，他意外地发

---

① 与被告有同等地位的公民组成的陪审团。

② 美国牧师乔纳森·梅休（Jonathan Mayhew, 1720—1766）于1750年布道文中率先使用这一说法。该口号最早出现于1763—1776年间。

现好几位议员都经过他身边，走到后面一个较大的房间。难道他们要继续谋反不成？

吃过饭，他准备查看个究竟。

正如他所料：议员们正在进行辩论。这些人根本无意遮掩。他们对自己所追求的目标盲目乐观，所体现出的自信近乎疯狂。杰伊纳闷儿：难道他们就不明白，他们对抗的可是世界上最厉害的君主？他们真以为最终能侥幸成功？难道他们没认识到，强大的英国军队迟早会将他们全部铲除吗？

显然，这些议员没有这种觉悟。他们目中无人，尽管其中有人认识杰伊，知道他效忠英王，但也没有反对他在后座旁听。

一个头脑发热的议员正在讲话，此人正是乔治·华盛顿。杰伊认识他。华盛顿以前当过军官，做土地投机生意赚了很多钱。他并不擅长演说，但举手投足间带着坚毅，让杰伊感受到一种巨大的冲击。

华盛顿有个想法：北部各个殖民地的领袖已经组成联盟，联合抵制英国进口商品。倘若弗吉尼亚真想向伦敦政府施压，他们也应该加入。

杰伊愤怒不已：什么叫叛国言论？这就叫叛国言论。

如果华盛顿得了逞，杰伊父亲的生意就会进一步遭到重创。除了运送犯人，乔治爵士的海运生意还兼顾货运——茶叶、家具、绳索、机器以及许多在殖民地无法生产的奢侈品和其他产品，可以说应有尽有。他在北方的生意已经大打折扣，这也是一年前家族生意出现危机的主要原因。

并非所有在场的人都同意华盛顿的看法。一些议员指出：北部的殖民地工业发达，必需品方面可以自给自足，而南方则主要依靠进口。他们问华盛顿：如果连针线布料都没了，以后该怎么办？

华盛顿回答可能有例外情况，议员们也开始讨论细节。一些人提议禁止宰杀羔羊，以增加当地的羊毛产量。华盛顿立即提议组成特别委员会，研究解决具体问题。这一提议获得通过，他们也选出了委员会成员。

杰伊实在坐不住了。经过大厅离开时，莱诺克斯上前送信：莫克曼回来了，他已经看到杰伊的留言，希望次日早九点詹米森先生能赏光做客。

当地的政治危机暂时转移了他的注意力，但现在，眼前的个人危机将杰伊拉回现实。他一夜没睡，一会儿埋怨父亲给了他一个没有油水的种植园，一会儿又抱怨莱诺克斯目光短浅，没有开垦新田。或许他的烟草完全符合标准，焚烧烟草是弗吉尼亚检验官对他效忠英王的报复？他在狭窄的床上辗转反侧，甚至怀疑莉茜是故意生下死胎，诚心不让他好过。

他早早来到莫克曼家。这是他唯一的机会。不管问题出在哪，利用种植园创造收益的计划已宣告失败。如果借不到钱，那些债权人就要取消赎回权。这样一来，他就会无家可归，而且身无分文。

莫克曼似乎有点紧张兮兮："我已经安排您的债权人来此与您会面。"

"债权人？你之前说是个财团。"

"啊，是啊——我玩了个小把戏，实在抱歉。这位债权人之前并不想透露身份。"

"现在怎么又决定露面了？"

"我……我不能说。"

"看来是打算把钱借给我咯——要不然为什么大费周章跑来见我？"

"应该是吧——他并没有向我言明。"

屋外有人敲门，继而响起一阵低沉的说话声。来人了。

"这人究竟是谁？"

"还是让他自己跟您介绍吧。"

屋门打开，来人正是罗伯特——杰伊的哥哥。

杰伊腾地一下站起："是你！你什么时候来的？"

"几天前。"

罗伯特敷衍地握了握杰伊伸出的手。一年不见，罗伯特的做派越来越像父亲——胖墩墩，目中无人，不苟言笑。"是你把钱借给我的？"

"是父亲。"罗伯特道。

"谢天谢地！我还以为又要跟陌生人借债呢。"

"但父亲已经不再是你的债权人。他死了。"

"死了？"杰伊一屁股坐在椅子上。难以置信，父亲还不到五十岁。"怎么……"

"心脏衰竭。"

杰伊感觉仿佛天塌了一般。乔治爵士虽一向苛刻，但杰伊总算有个父亲。他一直都在那里，仿佛坚不可摧。突然间，杰伊眼中的世界变得更加如狼似虎。他坐在那里，却觉得少了依靠。

杰伊抬头看了看罗伯特：他一脸得意，仿佛报了什么深仇大恨。他在高兴什么？"还有，"杰伊问，"你干吗一副得意的嘴脸？”

“我成了你的债权人。”

原来如此。杰伊仿佛肚子上挨了一脚：“你这个卑鄙小人！”

罗伯特点点头：“我要取消你的赎回权，这样种植园也是我的了。格伦高地也被我以这种先贷后收的方式收入囊中。”

杰伊气得连说话都困难：“你早就计划好了。”

罗伯特点点头。

杰伊强忍着泪水：“你和父亲合起伙来……”

“没错。”

“我居然毁在自己家人的手里。”

“是毁在你自己手里，谁让你只是个好吃懒做、懦弱无能的笨蛋。”

杰伊并不理会。他满脑子只想着父亲如何处心积虑将他引向深渊。还记得刚到弗吉尼亚没几天，杰伊就收到莫克曼的信。肯定是父亲提前写信，让律师主动提供借款。他一定早就料到种植园经营困难，所以用这个方法把种植园从杰伊手中夺走。没想到人都死了，他在棺材里还在嫌弃这个儿子。

杰伊强打精神，像个老头子一样慢慢起身。罗伯特傲慢地看着他，脸上充满鄙夷。莫克曼似乎还有些过意不去，他快走几步，一脸难堪地帮杰伊开门。杰伊恍惚地穿过走廊，踏上泥泞的街道。

还没吃晚饭，杰伊就已经喝得醉醺醺。

他一身酒气，连垂青于他的女侍曼迪也对他失去了兴趣。当晚，他醉倒在罗利的吧台前，第二天却在自己的房间里醒来——应该是莱诺克斯扶他回的房。

402

杰伊想过自杀。他生无可恋：没家，没孩子，没前程。如今破了产，想在弗吉尼亚发迹是没希望了，而他又没脸回英国。妻子恨他，连菲莉亚也成了他哥哥的财产。唯一的问题是怎么死：一枪爆头还是喝到吐血。

上午十一点，杰伊又喝起了白兰地。这时，母亲走了进来。

杰伊还以为自己发了疯。他站起身，一脸惊恐地望着她。阿丽西亚似乎看出了他的心思："我不是鬼魂。"说着，她吻了吻杰伊的脸俯身坐下。

"您怎么找到我的？"

"我去了弗雷德里克斯堡，他们说你在这儿。有个坏消息要告诉你：你父亲死了。"

"我知道。"

阿丽西亚十分意外："你怎么会知道？"

"罗伯特也来了。"

"来干什么？"

杰伊将罗伯特如何算计自己，如何夺走种植园和格伦高地的事情一五一十告诉母亲。

"我之前就担心他们父子俩要对你下手。"

"现在我算完了，真想一死了之。"

母亲瞪大眼睛："罗伯特没提遗嘱的事？"

杰伊突然看到一丝希望："他给我留遗产了？"

"不是给你，是给你的孩子。"

杰伊又泄了气："那孩子是个死胎。"

"你父亲死后一年之内出世的婚生孙辈能拿到你父亲四分之一的财产。如果没有，所有的财产才归罗伯特。"

"四分之一？那可是一大笔钱呢！"

"你只须让莉茜再生个孩子。"

杰伊一咧嘴："这个不难。"

"你也别得意得太早。她跟那个矿工跑了。"

"什么？"

"她跟麦卡什私奔了。"

"她丢下我，跟个罪犯跑了？"想想真是没面子，杰伊把头一扭，"老天爷！我怎么这么倒霉。"

"那个叫佩吉·耐普的小孩也跟着他们。三个人弄了辆马车，还偷了你六匹马，带走的东西都够开好几个农场了。"

"可恶的强盗！"他又气又无奈，"您就不能拦住他们吗？"

"我找过治安官，但莉茜早有预料。她放出风声，说要去北卡罗莱纳看表亲。邻居们告诉治安官，都说是我这个婆婆为难儿媳。"

"这些邻居看我不顺眼，就因为我效忠英王。"时而天堂，时而地狱的波动令杰伊身心俱疲，"没用的，命运诚心跟我作对。"

"先别放弃！"

曼迪打断对话，问阿丽西亚想点些什么。她要了茶。曼迪冲杰伊抛了个媚眼。

"我可以跟其他女人生！"他看着曼迪离开说道。

阿丽西亚鄙夷地看着搔首弄姿的曼迪道："没用。必须是婚生的孩子才行。"

"要是我跟莉茜离婚呢？"

"不行。离婚需要议会通过法令，要花一大笔钱，况且太耗时间。只要莉茜活着，就只能是她生的孩子。"

404

"可我不知道她的下落。"

"我知道。"

母亲的智慧总能带给杰伊惊喜："您怎么知道？"

"跟踪。"

杰伊钦佩地摇摇头："怎么办到的？"

"很简单。我打听是否有人见一男一女带着个孩子，乘四驾马车从附近经过。路上人少，人们肯定有印象。"

"他们去哪儿了？"

"向南去了里士满，然后沿'三峡径'往西面的山地走。我向东来这里找你。如果你今早出发，就跟他们只差三天路程。"

杰伊想了想：他不想像个傻子一样，跟在个女人屁股后面四处追。但这是他唯一的机会。四分之一的财产可不是个小数目。

可追上以后怎么办？"莉茜要是不回来呢？"

母亲把脸一沉："当然了，还有一种可能。"她看了看曼迪，然后冷眼望着杰伊，"你可以让别的女人怀孕，把她娶进家门，然后继承财产——但要在莉茜死后。"

杰伊望着母亲，良久没有说话。

"他们想去西部的荒野。那种地方不讲王法，没人问案，没人验尸，意外死亡稀松平常，根本没人过问。"

杰伊嗓子发干，伸手去端酒杯。母亲把手盖在杯子上："别喝了，你得马上行动。"

他不情不愿地把手缩回。

"把莱诺克斯也带上。如果莉茜抵死不从，莱诺克斯知道该怎么办。"

杰伊点点头："好，我听您的。"

37

三峡径自东向西绵延数英里，两侧山峦起伏。这里曾因水牛出没而深受猎手青睐。在地图上，三峡径与詹姆斯河几乎平行。沿路非山即谷，上百条溪流向南汇入詹姆斯河。起初，他们还路过几处规模庞大的种植园，与弗雷德里克斯堡的十分类似。越往西走，农田与宅院的规模渐渐缩小，荒凉原始的森林地带渐渐增多。

莉茜心情舒畅。尽管担惊受怕，尽管焦虑内疚，但她的脸上依然洋溢着笑容。如今的她置身户外，与所爱的男人并肩骑马，一同踏上冒险的旅程。理智告诉她要当心前路，内心却在纵情歌唱。

因为害怕追捕，他们赶着马没命地跑。阿丽西亚·詹米森绝不会在弗雷德里克斯堡的家中坐以待毙，死等杰伊回家。她肯定不是给威廉斯堡的儿子捎话，就是亲自出马给他报信。要不是阿丽西亚带来乔治爵士的死讯，杰伊可能也不会在乎。如今，他需要个后人来继承家产，一定不会放过莉茜。

他们已经领先了一步出发，但杰伊轻装上阵，所以脚程会更快。他会如何追赶？怕是要询问沿路的酒肆人家，希望有人曾经留意。路上平时旅客稀少，马车肯定十分惹眼。

走到第三天，乡野道路变得更加崎岖不平。牧场代替了农田，青色的山峦也渐渐清晰。马儿渐渐显出疲态，遇到坑洼的道路就慢慢吞吞，磕磕绊绊。上坡时，麦克、莉茜和佩哥一同下车，减轻车马的负重，但马还是耷拉着脑袋，步子更加缓慢，无论怎样抽打就是不动。

"它们这是怎么了？"麦克焦急地问。

"得给他们弄些好吃食，"莉茜道，"晚上吃多少，白天就跑多远。走这么远的路，又拉着这么重的车，一天不眠不休，得让马吃上燕麦。"

"我走时真该带着点儿，"麦克后悔道，"我对马没什么了解，所以没想到。"

当天下午，他们到达夏洛茨维尔。这座新兴城镇位于三峡径与南北走向的塞米诺尔小径。塞米诺尔小径很久以前就有印第安人出没。镇上的道路平行向山坡延伸，但农田稀少，房屋稀疏，也就十几户人家。莉茜看到郡政府大楼和门前的鞭笞柱，还有间挂着旅馆标志的店面，招牌上画着天鹅。莉茜道："可以在这儿买些燕麦。"

"还是往前走吧，"麦克道，"别惹人注意。"

莉茜能理解。如果碰上岔路，杰伊就必须作出选择——向南，还是继续向西？如果他们在客栈买东西引起别人的注意，那无疑是在给杰伊指路。只能让几头牲口再辛苦一段儿了。

夏洛茨维尔几英里外，他们在道路与小径的交会处停下。那条小径很浅，几乎难以辨认。麦克生火，佩哥煮玉米粥。河里有鱼，林中有鹿，但逃亡要紧，没有时间打猎捕鱼。三个人只能吃粥将就。玉米碴子寡淡无味，黏糊糊让莉茜反胃。她勉强喝了几口，剩下的只能倒掉。手下的工人每天吃这种东西，莉茜心中十分内疚。

麦克在溪边洗碗，莉茜在马腿间拴上绳子，防止马吃夜草时逃跑。三个人裹着毯子，紧挨着躺在车下休息。莉茜躺下时一皱眉，麦克问："怎么了？"

"我后背疼。"

"你睡软床睡惯了。"

"我宁愿跟你睡凉地，也不想一个人睡软床。"

佩哥睡在一旁，他们不便亲热。见她渐渐睡熟，两个人小声聊起了过往。

"还记得吗？我把你从河里拉出来，还用衬裙替你擦身。"

"当然，我怎么能忘呢？"

"我帮你擦干后背，你一转身……"莉茜突然有点害羞，"就……'性'奋了。"

"可不是？当时累得都快站不住了，可见了你还是把持不住。"

"我还是头一次见男人有这种反应，当时兴奋得要命，过后还时常梦见。说起来还真觉得害臊。"

"你变了很多。以前的你可真是目中无人。"

莉茜笑了："彼此彼此。"

"我目中无人？"

"当然咯！当着满教堂的人念信，跟权贵对着干。"

"也许是吧。"

"可能我们都变了。"

"变了好，"麦克摸摸她的脸颊，"你在教堂外冲我大喊大叫，可能我就在那时爱上了你。"

"我很久前就已爱上你，只是我自己没意识到。还记得当时看你下场搏击，拳头打在你身上，却疼在我心里。那么健美的身体被打得伤痕累累，真让人心疼。你不省人事的时候，我把手放在你的胸前。也许那时的我就已经被你吸引，只是我不肯承认。"

"在井下认出你时我就爱上你了。你摔倒在我怀里，我还不小心碰了你的前胸。"

莉茜咯咯笑道："是不是抱住就不撒手？"

火光映照下，麦克一脸腼腆："没，但过后就后悔了。"

"现在不同了，你想怎么抱都行。"

"是啊。"他把莉茜搂在怀里，良久的沉默后，他们相拥进入梦乡。

第二天，他们经山口到达山外的平原地带。马车沿山坡下行，莉茜和佩哥坐在车上，麦克骑马走在前面。睡在冰冷的地面上使得莉茜脊背酸痛，连肠胃也开始抗议。前路漫漫，她只能慢慢习惯。莉茜咬紧牙关，一心只想着未来。

莉茜看得出佩哥有心事。她很喜欢这个小姑娘，每次看到佩哥，莉茜就会想起死去的女儿。佩哥也曾嗷嗷待哺，也曾享受母亲的疼爱。就为这一点，莉茜也会竭尽所能关心她，照顾她。

"什么事这么烦心？"莉茜问。

"山上的农场让我想起布尔古·马勒那儿。"

被逼无奈杀了人，佩哥心里一定不好受。但莉茜怀疑另有隐情。不一会儿，佩哥问："为什么你也跟来了？"

一句两句恐怕也很难说清。莉茜想了想："也许是因为我丈夫不爱我了。"见佩哥表情不对劲，她又补充道，"你好像宁愿我留在种植园。"

"我们吃的你不爱吃，睡地上你也不舒坦。要是没有你，我们也不用带这么些东西，肯定一早跑远了！"

"我会慢慢习惯的。有了这车东西，以后在野外盖房子也更容易。"

佩哥还是一脸不高兴，好像还是不痛快。不一会儿她又问："你爱上麦克了，是不是？"

"当然。"

"可你刚刚离开你丈夫，这也太快了！"

莉茜迟疑了。心中有所动摇时，她自己也这么想，然而同样的话从个孩子嘴里说出来，听起来就很不是滋味。"我丈夫已经半年没碰过我了，你说我该等多久？"

"麦克爱的是我。"

问题复杂了。"我们两个他都爱，但爱的方式不尽相同。"

佩哥摇摇头："他爱的是我，我知道！"

"他一直像父亲一样照顾你。要是你愿意，我也能像妈妈一样关心你。"

"不要！"佩哥气呼呼道，"那样不行！"

一时间，莉茜不知该说些什么。前方是一条清浅的河流，河边有处低矮的木房子。道路与河流在这里的浅滩交汇，而木屋显然是供旅人休憩的酒馆。麦克把马匹拴在屋外的树上。

莉茜勒住马车，一个大老粗从屋里出来。他光着膀子，穿着鹿皮裤子，三角帽破破烂烂。麦克道："我们想买点燕麦喂马。"

那人反问道："诸位要不要进来歇歇，喝上一杯？"

那杯啤酒突然成了莉茜眼中的人间美味。离开莫杰府时莉茜也带了钱，虽然不多，但必要时也能应急。"好。"莉茜说着跳下马车。

"我叫巴尼·托波尔德，他们都叫我巴兹。"酒馆伙计说着打量打量莉茜：这个女人一身男人装扮，可装扮得也不全乎，那秀气样儿一看就是个女人。老板没多说，只是把三个人引进门。

室内光线昏暗，莉茜仔细一看：说是酒馆，其实不过是土地上支个柜台，外加两把长凳，架子上还放着几个木头酒杯。巴兹刚要在朗姆桶接酒，莉茜慌忙道："不要朗姆酒，啤酒就行。"

"我喝朗姆酒。"佩哥眼馋道。

"我买单就不可以，"莉茜道，"巴兹，请给她也来杯啤酒。"

巴兹从酒桶倒了两大杯。麦克拿着地图进屋问道："门外是哪条河？"

"我们叫它南河。"

"过了河沿路能到哪儿？"

"到斯汤顿，离这儿大概二十英里。过了斯汤顿就没什么了：几条小路，几个边界堡垒，然后就是大山，人根本过不去。你们几位这是去哪儿？"

麦克迟疑了一下，莉茜道："我要去看表亲。"

"去斯汤顿？"

莉茜略显慌乱："呃……那附近吧。"

"是吗？看哪位？"

她连忙胡诌了一个："安格斯……安格斯·詹姆斯。"

巴兹一皱眉："奇怪了。斯汤顿的人我都认识，这名字倒没听过。"

莉茜随口道："也许是他家农场离镇子远——其实我也没去过。"

门外传来马蹄声，莉茜怀疑是杰伊。难道这么快就追上来了？麦克也很紧张："要是想在天黑前到达斯汤顿……"

"就不能待太久。"莉茜将杯里的酒喝完。

"嗓子还没润过来呢，"巴兹道，"再喝一杯吧。"

"不用了，"莉茜说着拿出钱包，"结账。"

两个男人眯着眼进了屋。他们貌似都是当地人，鹿皮裤子，自制筒靴。莉茜瞥见佩哥打了个激灵，然后转过身背对来人，似乎不想让他们看到自己的模样。

其中一个丑八怪兴奋快活地道："各位好啊！"他睁着一只独眼，歪着鼻子，"我叫克里斯·多布斯，人称'死眼多伯'。幸会幸会。东边儿怎么样啊？那帮议员还拿着我们的税钱吃吃喝喝吗？我请大家一杯。巴兹，给大家上朗姆酒。"

"谢谢，"莉茜道，"我们要走了。"

多伯凑近瞧了瞧道："穿男人裤子的女人！"

莉茜并不理会，道："再见，巴兹，多谢帮忙。"

麦克出了门，莉茜和佩哥也往外走。多伯意外地看着佩哥："我认得你，在布尔古·马勒家见过——愿他安息。"

"没听说过。"佩哥大胆道，说完赶紧往外走。

多伯很快反应过来："老天爷，你就是那个杀了他的小贱人。"

"慢着。"莉茜道，她真希望麦克还没走出去，"多布斯先生，你怎么胡思乱想我不管，但珍妮十岁起就在我家当女仆，从来就不认识什么布尔古·马勒，更别说杀人了。"

然而多伯并不好糊弄。"什么珍妮！她的名儿跟这差不多：贝蒂？米莉？佩吉？对！就叫佩吉·耐普。"

莉茜吓得浑身发抖。

多布斯回头问同伴："你说是不是她？"

另一个人耸耸肩："我只见过那丫头一两回，而且她们长得都差不多。"

巴兹道："但她跟《弗吉尼亚公报》上说的一样。"说着，巴兹从柜台下摸出一把火枪。

莉茜的恐惧变成了愤怒："巴尼·托波尔德，你不是想要威胁我吧？"那份勇气连莉茜自己都大吃一惊。

"你们最好多待一会儿，我们去给斯汤顿的治安官送个信儿。没抓住布尔古的凶手，他一直过意不去。他肯定想找你问问话。"

"我可没工夫陪你们瞎忙活。"

巴兹把枪一端："这可由不得你。"

"我告诉你，现在我就带着这孩子出门。你只需要知道一点：如果你敢朝弗吉尼亚富有绅士的妻子开枪，你就等着上绞架吧。"她挡在佩哥与那把枪之间，推着她的肩膀往前走。

巴兹大声给枪上膛。

佩哥吓得一抖，莉茜用手紧紧抓着她肩头，怕她吓得跑掉。

离门口不过两三米的距离，但却显得如此漫长。

没人开枪。

莉茜感受着洒在脸上的阳光。

她再也忍不住，推着佩哥撒腿就跑。

麦克已经上了马。佩哥一下子蹿上马车，莉茜紧随其后。

"怎么了？"他问，"你俩怎么跟见了鬼一样？"

"快走！"莉茜说着一抖缰绳，"那个独眼龙认出了佩哥！"她掉头向东。如果去斯汤顿就得渡河。那样太浪费时间，而且是自投罗网。只能原路往回撤。

她看到身后那三个男人已经出了酒馆大门，巴兹毅然握着火枪。莉茜使劲挥动鞭子。

巴兹并没有开枪。

不一会儿，他们就逃出了射程范围。

"老天爷，"莉茜舒了一口气，"刚才可真够呛。"

路的前方拐入丛林，酒馆也消失在视线中。莉茜放慢了速度，麦克策马来到车边："咱们忘了买燕麦。"

虎口脱险让麦克庆幸万分，但他并不赞成莉茜返回的决定。他们应该过河继续向西。显然，布尔古·马勒的农场就在斯汤顿，但他们可以找条小路绕镇而行，或者趁夜悄悄通过。但麦克没有责备她——当机立断也是迫不得已。

他们回到前晚露营的地方，下了大路将马车藏在林子里——亡命天涯，必须避人耳目。

麦克看了看地图，决定退回到夏洛茨维尔，然后沿塞米诺尔径向南。一两天后他们可以再向西走，不必靠近斯汤顿。

然而第二天他改变了主意：多布斯也许也会前往夏洛茨维尔。兴许昨夜他刚好从他们身边经过，早一步到达那里。他把这

414

个想法告诉莉茜，打算独自骑马去夏洛茨维尔打探。莉茜也同意他的计划。

他一路快马加鞭，日出前便到达目的地。快到镇子边缘时麦克放慢脚步。四周寂静无声：路上空无一人，只有一条老狗在道路中间搔痒。天鹅旅馆的门开着，烟囱里也冒着青烟。麦克下了马，把牲口绑在矮树上，然后小心翼翼来到门口。

吧台空无一人。

也许多布斯跟他的伙计去了斯汤顿。

一阵香味飘来，引得麦克口水直流。他绕到屋后，一个中年女人正在煎火腿。"我想买点燕麦。"

女人头也不抬道："郡政府对面有间铺子。"

"谢谢。你见'死眼多布斯'了吗？"

"那是个什么人？"

"算了。"

"要不要先吃点早餐？"

"不了，谢谢。我赶时间。"

麦克没牵马，徒步上坡来到木质结构的郡政府大楼。广场对面的房子规模略小，用油漆草草写着"种子铺"。铺门锁着，但后门外屋有个光膀子男人正在剃须。麦克再次说道："我想买燕麦。"

"我想刮刮胡子。"

"我等不了。要么你马上卖我两袋，要么我去南河滩买。"

男人嘟嘟囔囔擦了擦脸，领麦克进了铺子。

"镇上来陌生人了吗？"麦克问。

"你。"

看来多布斯他们昨晚没来。

麦克付了钱，背起两袋燕麦出了门。马蹄声响起，麦克抬起头，只见三个人快马从东面奔来。

麦克的心几乎停止了跳动。

老板问："你朋友？"

"不是。"

他快步下山，只见那三队人马在天鹅旅馆停下。麦克放慢脚步，把帽檐压低遮住眼睛，趁着来人下马的工夫窥视他们的长相。

其中一个正是杰伊·詹米森。

麦克心中暗骂。昨天在南河遇险，耽搁了时间，如今都快被他撵上了。

幸好麦克一路小心，及时发现。现在他必须牵上他的马，趁还未被发现赶紧离开。

而"他"的马正是从杰伊那儿偷来的，而且现在就拴在离杰伊两三米的矮树上。

杰伊钟爱马匹，肯定能一眼认出自己的坐骑，立马知道目标就在附近。

麦克跨过破损的篱笆，钻进一片杂草丛生的野田，透过草丛的缝隙观察。莱诺克斯也跟来了，此外还有一张生面孔。莱诺克斯将马拴在麦克的马旁边，稍微遮挡了杰伊的视线。莱诺克斯对马没兴趣，近在咫尺也没认出来。杰伊把他的坐骑拴在莱诺克斯那匹旁边。快进屋，快进屋，麦克在心里催促着。然而杰伊转身跟莱诺克斯说了些什么，莱诺克斯答了话，那个陌生人瓮声瓮气地笑了笑。一滴汗珠顺着麦克的额头流进眼睛，他眨了眨眼。再次定睛一看，三个人正迈步朝旅馆里走去。

他从野地里出来，弓着身穿过大道，快速回到旅馆门前，将两袋燕麦驮在马背上。

他发觉身后有人。

麦克不敢回头。他一脚踩在马镫上，一个声音叫道："嘿——说你呢！"

他徐徐转身。说话的是个陌生人，麦克深吸一口气："怎么了？"

"我们要吃早餐。"

"找后院那个女人。"麦克说着上了马。

"嘿！"

"又怎么了？"

"见没见一辆四驾马车从这儿过？一男一女，还带个丫头。"

麦克假装想了想："最近没有。"说完他一踹马肚子，扬长而去。

他不敢回头，不一会儿便出了镇子。

麦克想赶紧与莉茜和佩哥会合。无奈马还驮着燕麦，回到岔路口时日头也越来越大，他想跑也跑不快。他下了主道，沿小径赶回昨晚的宿营处。一见到莉茜他赶紧道："杰伊追到夏洛茨维尔了！"

她脸色苍白："这么快？！"

"估计他会沿着三峡径翻山，一到南河滩肯定会发现咱们走了回头路。这样充其量能拉开一天半的脚程。咱们不能再带着马车了。"

"补给也都不要了？"

"多数得留下。咱们还多出三匹马，它们能驮多少，咱们就带多少。"麦克朝通往南面的窄路看看，"咱们不去夏洛茨维尔，可以沿这条路往南去。前方可能转向，在镇外几英里处与塞米诺尔径交叉。似乎马也能从那儿通过。"

莉茜依旧没有怨言。她一点头："好！我们马上拿东西！"

犁头是带不走了，还有莉茜那一箱子内衣和一部分玉米面。好在枪支、工具和种子还在。他们用绳子将驮运的马匹拴在一起，准备出发。

日上三竿之时，他们再次踏上逃亡之路。

38

接连三天，他们沿荒芜原始的塞米诺尔径向西南行进，穿行于苍翠的高山幽谷间。途中偶尔会经过一两处偏僻的农场，却鲜有人群村镇。三个人并驾齐驱，驮马在身后拉成一线。尽管骑马磨得下身酸痛，麦克还是兴高采烈。高山雄伟，阳光灿烂，而他也是自由自在。

第四天早上，他们奋力爬上一处高坡，发现就在下方的山谷里有一条棕色的宽阔河流，河心还有很多小岛。河流对岸有一簇木房子，码头边绑着一艘宽大的平底渡船。

麦克停下道："我猜这就是詹姆斯河，而河边停船的地方就是林奇渡口。"

莉茜已经猜到了他的想法："你又想往西走是不是？"

麦克点点头："过去这三天咱们几乎没碰见什么人，杰伊想打探我们的踪迹都难。要渡河就得跟船夫打交道，客栈老板、商店主人……闲杂人等恐怕也躲不开。"

"有道理，"莉茜道，"如果我们从这里下了主路，杰伊就猜不出我们的行踪了。"

麦克看了看地图："山谷朝西北方向延伸，前方有山口。过了山口就能到从斯汤顿朝西南方向延伸的那条路。"

"那太好了。"

麦克冲佩哥笑了笑。她一路默不作声，对什么都漠不关心。"你同意吗？"麦克问她，想让她也参与其中。

"都听你的。"

佩哥看起来无精打采。麦克还以为她是害怕被抓，况且她肯定也疲惫不堪。有时他也会忘记：佩哥还只是个小姑娘。"打起精神来，"麦克安慰道，"我们逃出来了！"佩哥扭过头去。麦克与莉茜对视一眼，莉茜也一脸无奈。

道路转向时他们从主路下来，穿过坡上的树林下到渡口上游约半英里处的河边。麦克想，他们应该没有被发现。

一条平坦的小道沿河岸向西延伸数英里，之后偏离河岸，顺应山脉走势。路况很差，他们时不时要下马徒步，牵着马匹走上碎石密布的坡道。尽管一路艰辛，麦克却总是沉浸在自由的愉悦之中。

当天，他们在一条水流湍急的山林小溪边停下脚步。莉茜射中了一了头在浅潭饮水的小鹿。麦克宰了鹿，又做了根烤肉扦烤鹿腿。他留下佩哥照看火堆，自己到河边把血手洗净。

他沿下游方向来到一处小瀑布边，跪在岩石上用手接住流下的溪水。麦克临时起意，决定洗个澡。他脱下衣服，一抬头又看到莉茜。

"每次我一脱衣服下……"

"我都看着！"

两人都笑了。

"来，跟我一起洗。"

看着莉茜宽衣解带，麦克心跳加快。他怜爱地注视着莉茜的身体。她赤裸着站在他面前，一脸毫不在乎。两人相拥亲吻。

喘息的间隙，麦克突然冒出个傻念头。他望了望脚下两三米处的深潭道："一起跳下去吧。"

她先是拒绝，然后又改口道："好吧！"

两人手握手站在石板边缘，欢笑着纵身一跃，入水时依然没有分开。麦克松开手潜入水中，再次浮出水面时发现她在离自己几英尺外的地方笑得前仰后合。他们双双游到岸边，一踩到脚下的河床便停下来休息。

麦克将莉茜拉到身边，触及她大腿时不由得一阵兴奋。他不想急着亲吻，而是想仔细端详那张面孔。麦克轻抚她的臀部，感受着她的双手环握自己硬挺的阴茎，看着她微笑着深情凝视。那快乐简直溢于言表。

莉茜用胳膊搂着麦克脖子，张开双腿紧紧环住他的腰身。麦克两脚稳稳扎在河床之中，承受着莉茜的重量，并将她轻轻抬起。她轻扭了几下，找准了位置。两人下体相接，仿佛相爱多年般默契。

浸过冷水之后，莉茜的身体如热油般灼烧着麦克的肌肤。一瞬间，他仿佛置身梦境一般。弗吉尼亚的瀑布之下，他与哈林姆夫人的千金尽情欢爱，这是真的吗？

莉茜的舌头伸进麦克口中，他贪婪地吸吮着。莉茜轻笑了两声，继而收敛起笑容，一脸专注。她搂着麦克的脖子，身子轻轻上下律动。她半睁着眼睛，发出低沉的呻吟。迷醉中麦克注视着她。

麦克用眼角的余光看到河岸上有人在移动。他转过头，一抹颜色瞬间闪过。有人一直在偷看。是佩哥误打误撞，还是另有其人？他应该多加警惕，但身下莉茜的呻吟声又将他拉回到眼前。她快乐地叫喊着，大腿越夹越紧，律动也越来越快。终于，她紧拥麦克尖叫着剧烈地摇晃，直到他筋疲力尽。

当他们回到营地时，佩哥却不见了踪影。

麦克预感不妙说："之前在水潭边，我好像看到有人。一个身影晃过，我甚至分不出是男是女，是大人还是小孩。"

"一定是佩哥。她应该是跑了。"

麦克眼睛一眯："你怎么知道？"

"她嫉妒你对我的爱。"

"什么？"

"麦克，她爱上你了。之前她告诉我，以后长大了一定要嫁给你。这当然只是姑娘家的幻想，但她还没意识到。最近几天她一直在煎熬中度过。一定是看到我们做爱，所以赌气跑了。"

麦克越听越觉得在理。设身处地想想，佩哥一定痛苦万分。如今，这可怜的孩子一个人置身夜间的山野。"老天爷，那我们该怎么办？"麦克问。

"去找她。"

"嗯，"麦克抖擞精神，"至少她没牵马，所以肯定没走远。咱们做两个火把，然后一起找。她可能沿路往回走了，没准儿在哪片树丛里睡着了呢。"

两个人找了一整晚。

他们顺着来时的路找了几个钟头——林中、路边找了个遍，然后回到营地点燃新的火把，逆流而上爬上高坡，不放过任何一块巨石。然而依旧不见佩哥的踪影。

黎明时，麦克和莉茜吃了几口鹿腿充饥，重新带好行李继续寻找。

佩哥可能去了西边，麦克满心希望能在路上碰上她。但当天早上仍一无所获。

中午时他们又遭遇一条新的岔路。眼前这条虽是土路，但比马车要宽，泥里还嵌着马蹄印。路是东北西南走向，远处连绵不绝的群山直冲天际。

这就是他们一直寻找的，通往坎伯兰山口的道路。

两个人心情沉重地掉转马头，朝西南方向骑去。

39

第二天一早，杰伊·詹米森牵马下山来到詹姆斯河边，遥望对岸的林奇渡口。

他筋疲力尽，浑身酸痛，灰心丧气。他对莱诺克斯在威廉斯堡雇的这个宾斯十分反感。一路风餐露宿，长途跋涉，杰伊身心俱疲。过去的几天里，内心的期望时高时低，如同沿路的地势起伏。

行至南河滩时听说莉茜和那个亡命徒不得不往回走，杰伊兴奋不已。然而他不明白：这两个人是如何从他眼皮子底下溜走的？

河边的酒馆里，"死眼多伯"拍着胸脯说："肯定从什么地方拐弯了。"多布斯前一天在这里见过那三个人，还认出佩哥就是杀害布尔古·马勒的凶手。

多伯说的一定没错。"他们往北走还是往南走了？"他忧虑地说道。

"你要是犯了法，那就得往南去——想法子躲着治安官、法庭和法官。"

杰伊心里没底。放眼十三个殖民地，很多地方一些貌似体面的人家——丈夫、妻子、男仆、女仆——都可能悄无声息地定居、消失。想必多伯的猜测更有道理。

杰伊逢人便说，他愿出五十英镑，奖励抓住那些逃犯的人。对多伯也不例外。五十英镑在这里足够买个小型农场，是阿丽西亚的资助。多布斯涉水过河，一路向西赶往斯汤顿。杰伊盼着他能把赏金的消息散布开来。那一对狗男女兴许会落在别人手里。

他回到夏洛茨维尔，以为莉茜会经那里向南。但当地没人再见过那辆马车。也许他们想方设法绕过了夏洛茨维尔，另找道路往南去。基于这一猜测，他带着两个伙计上了塞米诺尔小径。然而，乡野之地人烟稀少，遇上的人也没人见过带着个姑娘的男女经过。

然而在林奇渡口，他期待着能打探到更多的消息。

他们来到岸边，大声朝对岸呼喊。一个身影从木屋里出来上了船。两岸之间横着一条绳索，渡船就挂在绳索之上，巧妙利用水流的动力到达对岸。杰伊和他的人马纷纷上船，船夫调整绳索，船开始朝对岸驶去。

船夫身穿黑衣，一本正经，很像个贵格会[①]信徒。杰伊给了他一点钱，趁着渡河的机会问道："我们在找三个人：一个年轻女人，一个跟她年纪相仿的苏格兰人，还有个十四岁的小姑娘。他们有没有从这儿经过？"

船夫摇了摇头。

杰伊大失所望，怀疑自己是不是走错了路。"会不会有人从这儿过河，而你没看见？"

---

① 基督教新教派别之一，又名教友派、公谊会，17世纪中期兴起于英国及其美洲殖民地。

船夫好一阵子不吭声，最后道："那他的水性可了不得了。"

"有没有可能从别处过？"

船夫又沉默了一阵："那人家就没走这儿。"

宾斯窃笑了两声，莱诺克斯瞪眼让他闭嘴。

望着湍急的河面，杰伊不禁暗暗咒骂。已经六天没有莉茜的下落了，她居然能从他眼皮子底下溜走。莉茜有可能去任何地方——她也许在宾夕法尼亚；有可能回到东岸，坐船回伦敦。他没能把她看住。莉茜先发制人，让他失去了继承财产的权利。杰伊想，若再让我碰见她。我非打爆她的头不可！

事实上，他并不确定该如何处置莉茜。走在崎岖不平的道路上，他时时为此而忧虑。可以肯定，莉茜肯定不会跟他回去，杰伊必须捆住她手脚——即便如此，莉茜也不一定会乖乖顺从，他很可能得霸王硬上弓。想到这里他莫名地一阵兴奋。一路上，从前与莉茜如胶似漆的回忆令他心烦意乱：两人在教堂街空旷的阁楼上深情爱抚，而他们的母亲就在门外；莉茜赤身裸体，毫不羞涩地在床上蹦来弹去；她将杰伊压在身下扭动，呻吟。可到时莉茜怀了孕，杰伊又如何能挽留她？难道要把她软禁起来，直到孩子出生？

如果她一命呜呼，所有的事情就都好办了。这也不是不可能——她和麦卡什一定不会束手就擒。让杰伊狠心杀妻，他也许下不去手，但他也盼着莉茜能在乱斗中死于非命。这样一来，他可以娶个有钱的酒馆女侍，把她肚子搞大，然后坐船去伦敦领取他应得的财产。

如今这还只是痴人说梦。事实上，当面对莉茜时，他必须作出抉择：要么活捉了带回家，让她有可乘之机破坏自己的计划，要么马上杀掉。

问题是怎么杀？杰伊从未杀过人，唯一一次拔剑伤人还是煤场暴乱捉麦卡什的时候。即使杰伊对莉茜恨之入骨，也从未想过要置曾经深爱的她于死地。他曾将枪口对准自己的哥哥。如果要杀莉茜也许还是远距离射击比较好——就像猎鹿一样。即便如此，杰伊也不确定自己究竟下不下得了手。

渡船到达了对岸，沿岸一栋两层的木质建筑十分显眼，楼上还带着阁楼。陡坡之上，一栋栋结实的房屋整齐排列。这个小型的生意区似乎相当繁荣。就在三个人下船时，船夫随口说道："酒馆里有人等你们。"

"等我们？"杰伊意外地问，"怎么会有人知道我们来这儿？"

船夫并未理会他的问题："一个满脸横肉的独眼龙。"

"多布斯？他们怎么赶在我们前头了？"

莱诺克斯补充道："而且他想干吗？"

"你去问他呀。"船夫道。

这个消息让杰伊打起了精神，他迫不及待地想知道原因。他命令道："你们两个牵马，我去会会多布斯。"

酒馆是一栋两层的木房，就位于码头边上。一进门，杰伊就看到多布斯。他正坐在桌前就着碗吃炖菜。

"多布斯，你来这儿干什么？"

多布斯一抬独眼，满嘴吃食开口道："我来领赏啊，詹米森上尉。"

"你说什么？"

"看那儿。"说着，他头往墙角一歪。

佩吉·耐普正被绑在角落里的椅子上。

杰伊望着佩哥，这回可走运了！"你在哪儿找到她的？"

"斯汤顿南面的路上。"

杰伊一皱眉："奔哪个方向？"

"往北，朝镇子里去。我正好从镇上出来，奔米勒斯米尔河。"

"她怎么跑那儿去了？"

"我问了，她就是不说。"

杰伊又看了看佩哥，只见她脸上有多处瘀伤。看来多布斯还真是不客气。

"要我说啊，"多布斯道，"他们是来过这儿，没过河，而是一路往西。想必他们扔了马车，骑马逆流而上去了斯汤顿的大道。"

"发现的时候只有她一个？"

"没错。"

"你就把她抓住了？"

"没那么容易，"多布斯反驳道，"这丫头跑得飞快，每次刚一抓住她就挣脱。但毕竟我骑马，她走路，跑着跑着她就累了。"

一个贵格会教徒打扮的女人走过来，问杰伊要不要来点吃的。他不耐烦地挥挥手，只顾着打听消息。"你怎么会领先我们一步？"

多布斯嘴一咧："我坐筏子漂下来的。"

"他们肯定起了内讧，"杰伊兴奋地道，"这个心狠手辣的小贱人甩手走人，一个人往北去。由此看来，那两个人一定是往

428

南走。"他皱起了眉头，"他们这是要上哪儿去呢？"

"那条路往南就到其斯维尔堡，再往前就是大野地了。南边有个叫'狼丘'的地方。一过狼丘就是切洛基人的地盘。他们应该不会去那儿，我猜会从狼丘往西奔山里去。打猎的人都说从坎伯兰山口可以翻山，我可没去过。"

"山外是什么地方？"

"据说是荒野，打猎的好去处。切洛基族和苏族争抢的无人之地。人们都说那里是荒草乡。"

现在杰伊明白了。原来莉茜是想跑到荒郊野岭重新开始。想得美！我会把她抓回来——无论是死是活！

"光抓一个丫头没用，"杰伊道，"想要那五十英镑，就得帮我把另外两个也抓住。"

"要我做向导吗？"

"要。"

"他们的脚程快你们一两天，不坐马车就走得更快。要撵上怎么也得一个星期。"

"要真能抓着，你那五十英镑就到手了。"

"希望能赶在他们钻进荒野前追上。"

"但愿如此。"杰伊道。

40

佩哥离开后的第十天，麦克与莉茜骑马穿过一片广袤平原，到达了宽阔的霍尔斯顿河。

麦克兴奋不已。一路上经过无数河流小溪，眼前的这条才是他们要找寻的河流。它更加宽阔，河心地带呈狭长状。他告诉莉茜："就是这儿！这里就是文明世界的边缘。"

近几天的旅程颇有遗世独立的感觉。昨天他们遇到一个白人捕猎者和远山的三个印第安人，今天则只遇到几队印第安人。他们既不友好也没有敌意，只是保持着距离。

两个人已很久没再见过农田了。农田越来越少，猎物越来越多：野牛、野鹿、兔子，以及各种可以吃肉的鸟类——火鸡、野鸭、丘鹬还有鹌鹑。莉茜猎来的东西总是吃不完。

最近的气候十分宜人。前几日下了场雨，两个人一整天在泥泞中跋涉。他们浑身湿透，整晚都哆哆嗦嗦。但第二天阳光灿烂，衣服也干了。骑了太久的马，两个人都生了鞍疮，骨头也累得近乎散架。好在周围水草丰美，再加上麦克在夏洛茨维尔买来的燕麦，马儿们都精神抖擞。

这一路都没有发现杰伊的踪迹，但这也说明不了什么。麦克必须提高警惕——也许杰伊就在后面跟着他们。

他们在霍尔斯顿河边饮马后，在石岸边坐下来休息。平原渐渐向山地过渡，道路也逐渐消失。河流之外再也看不到一点路的痕迹。一路向北，地势逐渐增高。十英里以外高山陡然耸立。那就是他们要去的方向。

麦克道："前面肯定有山口。"

"我没看见。"

"我也没看见。"

"要是没有的话……"

"我们就另找一处。"麦克毅然道。

他嘴上虽然信心满满，心里却没有底。他们要去的地方在地图上没有任何标记。也许会遭遇狮子和熊的攻击，印第安人可能对他们萌生敌意。如今猎枪在手，他们不愁吃喝，可一旦入冬呢？

麦克拿出地图，发现上面的标注越来越与现实不符。

"要是能碰见熟悉地形的人就好了。"莉茜道。

"不是碰上好几个吗？"

"可每个人说的都不一样。"

"但他们描述的都是同一个地方：河谷东北高，西南低，跟地图上画得一样。咱们得往西北走，沿河流的垂直方向穿过一系列山谷。"

"问题是要找到山口通过。"

"咱们走之字线。一碰到向北的山口就过去，遇到翻不过的高山，就沿山谷向西，寻找下一个奔北的通路。山口也许跟图上标的有出入，但我相信一定存在。"

"如今也只能试试了。"莉茜道。

"如果行不通，我们大不了原路返回，再找其他的路。"

莉茜笑道："总比去博客里广场强。"

麦克也会心地笑了。他就喜欢莉茜的无所畏惧。"比挖煤也好受多了。"

莉茜的笑容突然消失："要是佩哥也在就好了。"

麦克也有同感。她一出走连一点下落也没有。第一天两人以为能撵上她，结果希望落了空。

佩哥一走，莉茜哭了整整一夜，仿佛又失去了一个孩子——第一个是女儿，第二个就是佩哥。她下落不明，生死未卜。麦克与莉茜尽全力寻找，但一直没有收获。麦克与佩哥一同经历了千辛万苦，最终还是没能保护她。一想到她，麦克的眼里就泛起泪光。

如今，他们可以每晚在星空下欢爱。时值春季，气候和暖。他们不久后就可以动手建起自己的房子，在屋内欢爱，以后还可以存些腌肉和熏鱼过冬。与此同时，麦克可以开垦田地，把带来的种子种上……

麦克站起身。

"才歇了一小会儿。"莉茜说着也站起身

"恐怕要等离开这条河我才能放心，"麦克道，"到这儿杰伊也许能猜到咱们的路线，之后就不一定了。"

两个人下意识地回过头，身后一个人也没有。但麦克敢肯定，杰伊肯定已经离此不远。

此时，他发现被人盯上了。

不久前，一个身影从他眼角闪过，如今，它再度出现。麦克神经紧绷，徐徐转过头来。

两个印第安人就站在几码之外。

这里是切洛基人领地的北部边缘地带，过去三天里他们不断与当地的印第安人遥相经过，但从未打过交道。

这两个男孩不过十六七岁，笔直的黑发，红润的古铜色面孔，是典型的印第安土著。他们身穿束腰长衣，鹿皮裤子——那样式也被新移民借鉴。

个高一点的男孩伸手捧出一条大鱼："我想要刀。"

看来他们之前下河抓了鱼。麦克问："你想交换？"

男孩笑了："我想要刀。"

莉茜道："我们不要鱼，但需要个向导。他一定知道山口在哪儿。"

这真是个绝妙的主意。摸清了方向就能减少很多麻烦。麦克迫切地问："你俩能给我们领路吗？"

男孩依旧笑笑，但显然并没听懂。他的同伴一声不吭地站着。

麦克又问："愿意给我们当向导吗？"

男孩的脸上泛起愁容："你不换。"

麦克叹了口气，对莉茜说："这孩子挺有头脑，但只会那么一两句英文，根本没法沟通。"若是因为无法与当地人沟通而迷失了方向，那就太可惜了。

莉茜道："让我试试。"

她走到一匹驮马跟前，打开皮包取出一把长刀。这把刀在莫杰府的铁匠坊锻造而成，木柄还烫着詹米森姓氏的首字母J。虽然这刀跟伦敦买到的没法比，但毫无疑问比切洛基人自制的要好得多。莉茜把刀拿到男孩面前。

男孩眉开眼笑："我买它。"说着伸手就要拿。

莉茜将刀收回。

男孩把那条鱼递给她，莉茜伸手推回去。他又皱起了眉头。

"听我说。"莉茜俯下身，在一块表面平坦的大石上用刀尖画画。她先画出一条锯齿线，指了指远处的山脉，又指了指线："这是山脊。"

麦克观察着男孩的表情，也不知他是否明白。

莉茜在山脊下画了两个小人儿，指指自己和麦克："这是我们。现在看好了。"她又画出一道山脊，在两道山脊间画出一个V字形状，"这是山口。"她在V字形里放了一根小木棍儿，"我们要找山口。"说完，她一脸期望地看着男孩。

麦克屏住了呼吸。

"我买它。"说着男孩又把鱼递过来。

麦克叹了口气。

"先别急！"莉茜毅然道。只见她又对印第安男孩道："这是山，这是我们，这是山口。我们想找山口。"说完她指指男孩，"你带我们去山口，这把刀就给你。"

他看了看山，又看了看莉茜画的画，再看看莉茜："山口。"

莉茜指指远山。

男孩用手指在空中比划了个V字形，然后朝中间一指："山口。"

"我买这个。"莉茜道。

男孩咧嘴笑了笑，狠命点点头。

麦克问："他听懂了吗？"

434

"不知道。"莉茜说着牵了马，朝男孩做了个邀请的手势，"咱们走吧？"

男孩与莉茜并肩同行。

"谢天谢地！"麦克道。

另一个男孩也跟了过来。

他们沿河向前，马儿也迈着稳健的步子。过去的二十二天里，这些马驮着他们走了五百多英里路。远处的山峦逐渐放大，然而麦克依旧看不到山口。

地势陡然上升，路却好走了一些，马儿也越走越快。原来男孩们所走的是只有他们自己才知道的路径。莉茜与麦克在印第安男孩的带领下朝山脉进发。

他们一路走到山脚下，然后突然向西。山口就在眼前，麦克深深舒了一口气，高兴地说道："卖鱼小伙儿，你真棒！"

他们涉水经过一条河流，沿山脚蜿蜒来到山的背面。夕阳西下，他们来到一处狭窄的谷地，一条湍急的溪流从此经过，水面宽约二十五英尺，向东北方向流去。前方又是一座高山。"今晚在这儿扎营吧，"麦克提议道，"明早起来再找其他山口。"

麦克心情舒畅。一路上没有明显的路线痕迹，河岸处也看不到山口的位置，杰伊根本没法追到这儿来。麦克甚至开始相信自己终于逃脱成功。

莉茜把刀交给高个儿男孩："谢谢你，卖鱼小伙儿！"

麦克希望那两个印第安人能与他们同行。要是能带着自己和莉茜走出大山，他们要多少刀都行。但两个男孩转身原路返回，高个男孩依旧拎着那条大鱼。

不一会儿，两个印第安人消失在暮霭之中。

41

杰伊强烈预感到：今天一定能抓到莉茜。他一路快马加鞭，不停地说："一定不远了，一定不远了。"

然而黄昏到达霍思顿河时，仍然没有目标的踪迹。他气急败坏，对饮马的伙计道："天黑就没法赶路了。还以为今天能抓住他们呢……"

"别上火，已经离得不远了。"莱诺克斯暴躁地说道。越是到了荒郊野岭，莱诺克斯就越发专横。

多布斯插话道："可从这儿就看不出他们奔哪头了。山里又没有路，所有人都只能摸着石头过河。"

几个人拴好马匹，把佩哥捆在树干上。莱诺克斯煮了点玉米粥。风餐露宿已有四天，杰伊已经受够了奴隶的吃食，然而天色太暗，根本没法打猎。

所有的人都筋疲力尽，脚底起泡。宾斯在其斯维尔堡撂了挑子，如今多布斯也垂头丧气。"我还是回去吧，"他道，"为五十英镑死在山里也太亏了。"

杰伊不想放他：多布斯是他们当中唯一知道些当地情况的人。"还没抓着我妻子！"

"我才不管你的妻子呢！"

"再坚持一天。人们都说从这儿往北就能翻山。咱们找找山口，兴许明天就能抓住她！"

"兴许还是白费力气呢！"

莱诺克斯用勺子把稠粥舀进碗里，多布斯给佩哥松了松绑，刚好够她伸手吃饭，随后又绑好，还丢给她一床毛毯。没人在乎佩哥的死活，但多布斯想带她去见斯汤顿的治安官，兴许是想受受表彰。

莱诺克斯拿出一瓶朗姆酒，三个人裹着毯子，你一口，我一口，漫不经心地聊着天。时间一分一秒地过去，月亮升上天空。杰伊时梦时醒，篝火的光晕中甚至一度看到一张奇怪的面孔。

他吓得大气儿不敢出。这张年轻的脸可真是怪异。好一阵子他才发现，原来是张印第安人的脸孔。

那张脸微笑着，却不是冲着杰伊。杰伊顺着笑脸看去，目光凝聚在佩哥身上。只见佩哥朝那个印第安人挤眉弄眼，看来是想让他帮自己松绑。

杰伊一动不动观察着。

视线中出现两个印第安人，年岁都不大。

其中一个蹑手蹑脚进了人群，手里还拎着一条大鱼。男孩把鱼放在地上，拿出一把刀，在佩哥面前弯下腰。

莱诺克斯比毒蛇蹿得还快。杰伊还在恍惚之时，莱诺克斯的手臂已将男孩死死钳住。刀掉在地上，佩哥绝望地大叫一声。

另一个印第安人早已没了踪影。

杰伊站起身："这是个什么人？"

多布斯揉揉眼睛："印第安小子，想偷东西。咱们应该吊死他，杀一儆百。"

"先等等，"莱诺克斯道，"没准儿他见过我们要找的人。"

杰伊怀着希望来到男孩面前："说句话啊，野人。"

莱诺克斯使劲反拧男孩的胳膊，疼得他一阵惨叫，并用自己的语言咒骂着。"讲英语！"莱诺克斯咆哮道。

"你给我听着，"杰伊大声道，"在这条路上有没有见过一对男女？"

"你不换。"男孩道。

"还真会说！"多布斯道。

"恐怕也说不出什么有用的东西。"杰伊气馁道。

"哦，那可不尽然，"莱诺克斯道，"多伯，帮我抓住他。"多伯接手抓住男孩，莱诺克斯抓起男孩掉下的长刀。"快瞅瞅，这还是咱家的呢，还有咱家的字母J呢。"

杰伊一看，果不其然。这把刀是他家种植园打造的！"看来他一定见过莉茜！"

"就是。"莱诺克斯道。

杰伊心中再次点燃希望。

莱诺克斯把刀横在男孩眼前："小子，他们从哪边走的？"

男孩拼命挣扎，但多伯丝毫没松手。惊恐中男孩重复道："你不换。"

莱诺克斯抓住他的左手，用刀尖从下顶住男孩食指的指甲："哪边？"他说着将指甲拽了出来。

男孩和佩哥同时惨叫一声。

"住手！"佩哥大喊，"放开他！"

莱诺克斯又拽出一枚，男孩号啕大哭。

"山口在哪边？"

"山口。"男孩说着用流血的手指指北面。

杰伊舒了口气："你来带路。"

42

　　睡梦中，麦克涉水过河，来到一个名为"自由"的地方。河水冰冷，水流湍急，河底坑洼不平。他奋力向前，对岸总是那么遥远，每迈出一步，河水就加深一点。尽管如此，麦克依然坚信只要他步履不停，终将到达对岸。河水越来越深，最终没过他头顶。

　　麦克气喘吁吁地从梦中惊醒。

　　他听到一声嘶鸣。

　　"它们察觉到了什么。"麦克道，然而没人回答。转过身才发现，莉茜已不在身边。

　　兴许她只是进草丛解手，但麦克仍然感觉不妙。他赶紧起身。

　　一道道灰迹划过天空，四匹母马、两匹公马一动不动，仿佛听到了远处的马蹄声。有人正策马而来。

　　麦克大喊："莉茜！"

　　杰伊端着枪从树后走出来，枪口对准了麦克的心脏。

　　麦克一动不动。

　　莱诺克斯双手各握一把手枪，不一会儿也出现在麦克面前。

　　麦克孤立无援地站在那里，绝望如梦中的河流一般将他吞噬。他终究没能逃出他们的魔爪。

莉茜呢？

南河滩那个独眼龙"死眼多布斯"举着枪骑在马上。他身旁的另一匹马上坐着佩哥。她双脚被绑在马肚子底下，以防她逃走。人貌似没有受伤，但看起来生不如死——她一定为眼前的一切而深深自责。卖鱼小伙儿走在多布斯坐骑的一侧，一定是他带的路。他双手鲜血淋漓，麦克一时摸不着头脑：他之前并没有受伤。不一会儿他恍然大悟：这些恶棍一定折磨了他。杰伊和莱诺克斯真不是人！

杰伊看了看地上的毯子，显然麦克与莉茜是相拥而眠。他怒不可遏："你这个畜生！我妻子在哪儿？"他调转枪口，喀嚓一枪托砸在麦克侧脸上。麦克踉踉跄跄摔倒在地。"快说，你这个死矿工，我妻子人在哪儿？！"

麦克嘴里泛起一阵血腥："不知道。"

"你要是再说不知道，我索性一枪打死你解气！"

看来他说到做到。麦克满头大汗，甚至想过跪地求饶，但他咬紧牙关。

佩哥尖叫着："别！别开枪！求你们行行好！"

杰伊的枪口再次对准麦克的脑袋。他歇斯底里地喊道："我让你再不服！"

杰伊与麦克四目相遇，眼里的杀气尽显无遗。

莉茜匍匐在巨石后的草丛中。她手扣扳机，静待时机。

河边出现了野鹿的足迹和粪便，莉茜前一晚就选好了埋伏的地点。天光渐亮，莉茜定睛仔细观察，等待着野鹿下河饮水。

看来以后还要依靠这使枪的本事过活。麦克可以建房，耕地，播种，然而要存够足以过冬的粮食，至少还要等一年以后。好在带了三大袋食盐。以前在高地庄园的时候，莉茜时常坐在厨房，看厨娘珍妮用大桶腌制火腿和鹿肉。她还学会了如何熏鱼。以她和麦克目前的火热劲儿，不出一年家里就要添新丁，所以必须多备食物。想到这里，她不禁会心一笑。

树丛中有了动静。不一会儿，一只小鹿走出树林，轻快地来到河边。它低下头，伸出舌头汲取着甘露。

莉茜轻轻顶上枪里的燧石。

还没等她瞄准，第二头又随后出现，不一会儿又迅速扩充为十几头。莉茜想，如果荒野都是这般富足，我们都得吃成胖子！

她并不想猎只大个子。所有的驮马都已经满荷，再说，小鹿的肉质也更加鲜嫩。莉茜锁定目标，瞄准小鹿心脏上方的肩头，调整呼吸，稳定身体……一切都按照她在苏格兰学到的方式。

一个美丽的生命即将因她而画上句号，莉茜一时间于心不忍。

然后，她扣动了扳机。

枪声是从山谷深处传来的，有两三百码的距离。

杰伊一愣，手中的枪仍然指着麦克。

马儿都受了惊，但枪声毕竟离得太远，还不至于上蹿下跳。

多布斯勒住自己的坐骑，慢吞吞道："詹米森，如果你现在开枪，肯定会惊动了她。她肯定会跑。"

杰伊迟疑着放低了枪口。

麦克长长出了口气。

杰伊道："我去追她。你们都留在这儿。"

442

如果麦克能给她个信号，莉茜还有逃跑的希望。他甚至希望杰伊能冲自己开枪——这也许能救莉茜的命。

杰伊离开林间的空地，端着枪朝上游走去。

麦克想，必须让他们其中一个人开枪。

最简单的方法就是逃跑。

要是被打中呢？

无所谓。我宁死也不愿再度被抓。

麦克毫不犹豫，撒腿就跑。

一时间四下无声，所有人都愣住了。

佩哥尖叫起来。

麦克朝树林跑去，他已经做好被命中倒下的准备。

只听"砰——"的一声，第二枪紧随其后。

麦克没有任何感觉，子弹没命中。

在枪林弹雨到来之前，他赶紧停下脚步举起了双手。

他成功给莉茜发出了警报。

麦克慢慢转回身，双手举过头顶。莉茜，现在就看你自己的了，麦克想，祝你好运，我的爱人。

一听枪响，杰伊停下了脚步。枪声从身后传来，说明开枪的不是莉茜，而是林子里的人。他静待了片刻，枪声没有再响。

这意味着什么？麦卡什一拿不着枪，二上不了子弹。再说了，那个家伙是个矿工，对枪支一窍不通。一定是莱诺克斯或着多布斯开枪打了麦卡什。

不管怎么样，最要紧是要捉住莉茜。

只可惜刚才的枪声给她提了醒。

杰伊了解自己的妻子：她会怎么做？

她一没耐心，二欠谨慎，从来都不懂得三思而后行。莉茜反应迅速果断，此时一定会朝这边赶。还不等放慢脚步，估计情势，计划对策，这女人就会一股脑儿跑回营地。

他找了个隐蔽地点，可以轻松观察沿岸三四十码范围内的情形。杰伊躲在灌木丛里，顶上火枪里的燧石。

心中的迟疑又在作祟。如果莉茜出现在视线内，他该怎么办？打死她，所有的麻烦都会消失。杰伊假装这是在猎鹿：只要瞄准心脏，即可一枪毙命。

莉茜果然出现。

她连走带跑，在高低不平的河岸上跌跌撞撞。现如今，她又是一身男装，但仍然掩藏不住颤动的前胸，胳膊下还夹了两把步枪。

杰伊瞄准莉茜的心脏，眼前却突然出现她裸身的画面：教堂街家中的床上，莉茜叉开双腿坐在他身上，那对双乳随着欢爱的律动而上下震颤。他扳不下扳机。

距离还剩十码左右时，杰伊从草丛中走出来。

莉茜霍然止步，大叫一声。

"你好，亲爱的！"杰伊道。

莉茜一脸憎恨："为什么你就是不放过我？你并不爱我！"

"的确，但我需要个后人。"

莉茜鄙夷道："我宁可死了痛快。"

"那也可以。"

莱诺克斯朝麦克开枪后，现场一时陷入了混乱。

近距离的枪声让马儿受到了惊吓。佩哥跑了。虽然脚还捆着，握缰绳的手也绑着，但她依旧马不停蹄地消失在深林中。多布斯的马炮蹶子，他好不容易才让它消停下来。莱诺克斯匆匆忙忙给枪上子弹。

就在此时，卖鱼小伙儿伺机行动。

他跑到多布斯的马跟前，从后面朝他猛扑，扭打中多布斯摔下马鞍。

麦克惊喜地发现：他还没有完全失败。

莱诺克斯丢下手枪，想跑过去支援多布斯。

麦克伸出一只脚，将莱诺克斯绊倒在地。

多布斯坠了马，但一只脚脖子却缠住了捆绑卖鱼小伙儿的绳子。惊恐的马儿四下狂奔。印第安男孩拼命抱住马脖子。马儿拖着摔倒在地的多布斯一路狂奔，消失在视线中。

麦克心中无尽痛快，他转身面对莱诺克斯——两个人当中只有一个能活下来。到最后还是要以拳头决定输赢。麦克心想，我非打死他不可。

莱诺克斯翻身一下，手上多了把刀。

他朝麦克猛刺，麦克左右躲避，踢中莱诺克斯的膝盖骨，闪出攻击范围。

莱诺克斯一瘸一拐再次发动攻击。这次他以刀锋虚晃，让麦克错判了方向，然后再度出手。麦克感到左侧一阵刺痛，他挥动右拳，给莱诺克斯的头侧一记重拳。莱诺克斯眨了眨眼，举起了刀子。

麦克向后倒退几步。比起莱诺克斯，他更年轻，更强壮，但莱诺克斯利器搏斗经验一定比他丰富。麦克一恍神，这才意识到：面对手持利刃的对手，近距离搏斗并非取胜的理想方法。他必须改变战术。

麦克转身跑到几码之外的地方寻找武器。他发现一块石头，跟他的拳头差不多大。他俯身将石头捡起，转身回头。

莱诺克斯冲了过来。

麦克使劲一扔，石头刚好命中莱诺克斯的脑门，麦克高兴地大吼一声。莱诺克斯左摇右晃，晕头转向。麦克必须乘胜追击。现在正是除掉他武器的机会。麦克抬起脚猛踹莱诺克斯的右手肘。

莱诺克斯惨叫一声，手一软刀落在地上。

麦克占了上风。

他抡起拳头，拼尽全力猛揍莱诺克斯下巴，虽然拳头火烧火燎，但他心中却无比畅快。莱诺克斯后退几步，眼里充满恐惧。麦克立即乘胜追击，冲着莱诺克斯的肚子、脑袋一阵拳打脚踢。莱诺克斯神情恍惚，惊恐万分，走一步晃三晃。他已无力还击，但麦克却无法停手。他想置莱诺克斯于死地。麦克揪住莱诺克斯的头发，将他的头猛磕在自己的膝盖上。莱诺克斯尖叫一声，鼻腔中血液喷薄而出。他跪倒在地，又是咳嗽又是干呕。麦克正想再度出手，杰伊在他身后道："住手，不然我杀了她。"

莉茜走进空地，杰伊端着枪从后面顶着她的头。

麦克吓得几乎动弹不得。杰伊的枪已经顶死，稍有闪失莉茜就会没命。麦克扔下莱诺克斯，朝杰伊走过去。心中的野性仍未消失。"你只有一次开枪的机会，如果打死莉茜，我让你也活不成。"

"也许我该打死的是你。"

"没错，"麦克仿佛发疯了一般朝杰伊走过去，"冲我来。"

杰伊将枪口一转。

麦克欣喜若狂：枪口已不再指着莉茜。他一步一步朝杰伊走去。

杰伊仔细瞄准麦克。突然响起一阵奇怪的噪音，一个狭窄的木头气缸紧贴在杰伊的脸颊上。

他惨叫一声，枪也脱了手。砰的一声，子弹从麦克头顶划过。

麦克感觉膝盖发软。

又是嗖的一声，第二支箭贯穿了杰伊的脖子。

杰伊摔倒在地。

赶来的正是卖鱼小伙儿、他的伙伴和佩哥，身后还跟着五六个带弓箭的印第安男人。

麦克累得浑身发抖。想必是杰伊抓住卖鱼小伙儿时，他的印第安同伴逃回部落求助。营救的人马一定是遇到了受惊逃跑的马匹。麦克并不知道多布斯的下场如何，但他的靴子已经穿在其中一个印第安人脚上。

莉茜望着杰伊，忍不住以手捂嘴。麦克走过来搂住她的肩膀。他看看地上那个人。鲜血从杰伊口中喷涌而出，箭头穿破了颈部的大动脉。

"他不行了。"莉茜颤抖着道。

麦克点点头。

卖鱼小伙儿指了指依然跪倒在地的莱诺克斯。其他几个人把他按倒在地。卖鱼小伙儿跟几个族人交谈了几句，小伙儿不断伸出手给大家看。那手上的指甲似乎被拔掉了——看来这就是莱诺克斯折磨他的方式。

一位年长的印第安人从腰间拽出一把小斧头，用力一挥拦腕剁下莱诺克斯的右手。

麦克吓了一跳："老天爷。"

鲜血从残肢喷出，莱诺克斯瞬间昏死过去。

那个印第安人抓起砍下的手，郑重其事地交给卖鱼小伙儿。

他庄严地接过来，转身扔出老远。断手飞到空中，从上方掉进了林子里。

族人们低声赞许着。

"一手换一手。"麦克静静道。

"愿上帝宽恕他们。"莉茜道。

然而印第安人并不罢休。他们架起血流如注的莱诺克斯，将他扔在树下，在他一只脚踝处绑上绳索，将绳索绕过头顶的一根粗枝，将莱诺克斯完全吊挂在空中。伤口涌出的鲜血在身下的土地上淋成一摊。印第安人将他围在中间，注视着这恐怖的场景。看样子是想亲眼看着莱诺克斯断气。这些人让麦克想起了伦敦绞刑架周围的人群。

佩哥走过来道："咱们应该帮那男孩弄弄伤口。"

莉茜将视线从将死的丈夫身上移开。

佩哥问："有没有什么东西能用来包扎？"

莉茜眨眨眼，点了点头。"我有药膏，还有手帕可以当绷带。我这就帮他。"

"不，"佩哥坚决道，"我来。"

"随你。"莉茜找出一罐药膏和一块丝绸手帕交给佩哥。

佩哥把卖鱼小伙儿叫到一边。她虽不说他们的语言，但似乎能够与他正常沟通。她领着男孩来到溪边，帮他清洗伤口。

"麦克。"莉茜道。

他转过身，莉茜泪眼蒙眬。

"杰伊死了。"她说道。

麦克一看，杰伊已没了半点血色。流血已经止住，他一动不动。麦克俯身摸摸他心脏，没有任何搏动。

"我爱过他。"

"我知道。"

"我想让他入土为安。"

麦克从包里取出铁锹。印第安人还在围观，麦克在一边挖出一处浅坟，与莉茜合力将杰伊的尸体放入坑里。莉茜俯下身子，小心把箭头拔出。麦克铲了土盖在尸体上，莉茜在坟墓上盖了石块。

突然间，麦克只想远离这血腥之地。

他把马匹围拢过来。如今马队变成了十匹：六匹是他们从种植园带来的，外加杰伊和他走狗的坐骑。麦克突然觉得自己很富有：那可是十匹马啊。他动手整理行装。

印第安人当中忽然一阵骚动。莱诺克斯似乎已经毙命。他们离开树下来到麦克面前。长者对麦克说了些什么，他一句没听懂，但对方的语气似乎很郑重，想必是正义已经伸张之类的话。

他们准备离开。

卖鱼小伙儿和佩哥从溪边结伴归来。麦克看看男孩的手：佩哥包扎得十分仔细。

小伙儿说了些什么，族人们小声讨论了一番，气氛似乎不大愉快。最终，所有的印第安人返回营地，除了卖鱼小伙儿。

麦克问佩哥："他会留下来？"

佩哥耸耸肩。

其他印第安人向东沿河谷朝日落的方向进发，不一会儿便消失在林子里。

麦克上了马。卖鱼小伙儿也松开一匹骑上去。小伙儿走在前面，佩哥追上去与他同行。麦克与莉茜跟在后面。

"你说他会给我们带路吗？"麦克问。

"貌似会。"

"但他也没开个价。"

"嗯。"

"那他想要什么？"

看着两个并肩同行的年轻人，莉茜道："这你还猜不出吗？"

"哦！"麦克恍然大悟，"你是说他爱上佩哥了？"

"至少想多跟她待在一块儿。"

"原来如此。"麦克若有所思。

他们一路向西，沿河谷进发。太阳在身后升起，将阴影投射在前路。

山谷很宽，虽然已经越过巅峰，但四周依旧有山峦。奔涌清冽的溪流沿谷底流动，鱼群时时闪现。山坡上幽林密布，野兽成群。峰峦之上，一对金雕来回往返，为雏鹰带回食物。

莉茜道："这让我想起家乡。"

"我们可以将这里叫作格伦高地。"麦克道。

他们在谷底最平坦的地方停下来。在这里，他们将建造自己的房子，开垦土地。大家在一棵郁郁葱葱的大树下扎营。

佩哥和卖鱼小伙儿在包里翻找着锯子，她摸到个铁项圈，拿在手里仔细研究着。看着上面的字迹，佩哥似乎大惑不解——她从没学过认字。佩哥问："干吗带这个？"

麦克与莉茜看了看彼此。两个人都记得当初在苏格兰格伦高地河边的场景。莉茜也问过麦克相同的问题。

如今佩哥再次问起，麦克的口气里已没有了怨恨，只有希望。"提醒我永远不能忘，"麦克笑道，"永远……"

致 谢

衷心感谢以下人士慷慨相助，促成本书出版：

编辑苏珊·巴伯诺、安·帕蒂

研究员尼古拉斯·考特尼、丹尼尔·斯塔勒

历史学家安妮·古尔德嘉儿、塔德·塔特

兰加奈特煤矿的拉姆齐·道、约翰·布朗-怀特

苏格兰采矿博物馆的劳伦斯·兰伯特

格兰利昂的戈登·格兰特、多萝西·格兰特

苏格兰国会议员戈登·布朗、马丁·奥尼尔、约翰·史密斯

安·邓库姆

科林·泰特

芭芭拉·弗莱特、埃玛努埃尔·弗莱特、卡嘉·弗莱特、金姆·特纳

以及阿尔·朱克曼，一如既往……

十二世纪英国。一个贫困的建筑匠，一心只想建造一座美丽的大教堂。

几经波折，他终于遇到了一个机会。但一座大教堂的建造过程是各方势力的角力：教会、贵族、王室、"巫女"……教堂的建造屡遭干涉。每一种声音都有可能成就他，也有可能毁灭他。

在那个风云诡谲的时代，一个普通建筑匠的信念能否改变世界……

世纪三部曲 各国读者平均3个通宵读完

《巨人的陨落》

　　从危险的煤矿到华丽的宫殿，从代表着权力的走廊到爱恨纠缠的卧室，五个家族迥然不同又纠葛不断的命运，将展现一个我们自认为了解，但从未如此真切感受过的20世纪。

《世界的凛冬》

　　时代的剧变，让一群处于人生黄金时代的少男少女困惑不已。父辈的命运因一战而变，如今世界再次破碎，但这就是他们的时代！在时间永恒的流动中，每个人都在创造历史。

《永恒的边缘》

　　如果说《巨人的陨落》是祖辈的传奇，《世界的凛冬》是父辈的人生，那么，《永恒的边缘》就是新一代的奋斗。世上只有一种英雄，就是在认清生活真相之后，依然热爱生活。

悬疑经典　各国读者平均1个通宵读完

《针眼》

获爱伦·坡优秀小说奖，美国《出版人周刊》
《时代杂志》等媒体强烈推荐的畅销小说。

《危险的财富》

一部维多利亚时代浮华糜烂的家族史诗，交织
着贪婪和仇恨、自私与残忍、冷血的谋杀和虚幻的
爱情。

《寒鸦行动》

一群代号为"寒鸦"的女人，在拼命抗击纳粹
的同时，却被出卖。一张天罗地网正等待着"寒
鸦"们……

《大黄蜂奇航》

一名少年无意间闯入了德军秘密基地，发现了
纳粹的秘密。翻看本书，直面二战的现场与真相。

《鹰翼行动》

奥斯卡获奖影片《逃离德黑兰》前传！没有任
何一个好莱坞编辑能像肯·福莱特一样完美地讲述
这场著名的冒险。

《突然亡命天涯》

　　致命的三角关系、危险的秘密任务、异国的场景、巧妙的情节……在这条亡命之路上，幸福与和平能否最终来临？

《燃烧的密码》

　　在尼罗河上的船屋里，充满了阴谋与血腥、欲望与爱情。紧张的局势就像不停收紧的绳索，每一个意想不到的反转都让人尖叫！

《飞剪号奇航》

　　33小时的致命旅程，19个人的绝境求生，紧张地让人头皮发麻！不要害怕改变，去折腾，去受伤，去热烈地生活！

《军方的怪物》

　　到底我是一个什么样的人？到底是什么决定了我是谁？一次突如其来的栽赃嫁祸，揭开了身世之谜背后的滔天阴谋。

《边缘人的战争》

　　为了守护自己生存的地方，以神甫为代表的一帮离群索居的老嬉皮士，向整个外部世界发起威胁，与FBI特工展开一场惊险刺激的较量。

激发个人成长

多年以来，千千万万有经验的读者，都会定期查看熊猫君家的最新书目，挑选满足自己成长需求的新书。

读客图书以"激发个人成长"为使命，在以下三个方面为您精选优质图书：

1. 精神成长

熊猫君家的精彩绝伦的小说文库和人文类图书，帮助你成为永远充满梦想、勇气和爱的人！

每个人的生命中，
都有最艰难的那一年，
将人生变得美好而辽阔。

2. 知识结构成长

熊猫君家的历史社科类、知识小说类图书，帮助你了解从宇宙诞生、文明演变直至今日世界之形成的方方面面。

其实是一本严谨的极简中国史
看半小时漫画，通三千年历史，
脉络无比清晰，看完就能倒背。

《无声告白》

《恋情的终结》

《丝绸之路》

《藏地密码》

《教父》

《沙丘》

《清明上河图密码》

《巨人的陨落》

3. 工作技能成长

熊猫君家的经管类、家教类图书，指引你更好地工作、更有效率地生活，减少人生中的烦恼。

提升领导力，你会拥有想拥有的工作，成为你想成为的人，做任何你想做的事。

《可口可乐传》

《别独自用餐》

《参与感》

《好妈妈胜过好老师2》

每一本读客图书都轻松好读，精彩绝伦，充满无穷阅读乐趣！

· ·

认准读客熊猫

读客所有图书，在书脊、腰封、封底和前后勒口都有"读客熊猫"标志。

两步帮你快速找到读客图书

1. 找读客熊猫

2. 找黑白格子

马上扫二维码，关注**"熊猫君"**

和千万读者一起成长吧！

图书在版编目（CIP）数据

自由之地 / (英) 肯·福莱特 (Ken Follett) 著；

刘洋译. -- 南京：江苏凤凰文艺出版社, 2018.9

书名原文: A Place Called Freedom

ISBN 978-7-5594-2404-4

Ⅰ. ①自… Ⅱ. ①肯… ②刘… Ⅲ. ①长篇历史小说

—英国—现代 Ⅳ. ①I561.45

中国版本图书馆CIP数据核字(2018)第137002号

书　　名	自由之地	
著　　者	（英）肯·福莱特	
译　　者	刘　洋	
责任编辑	丁小卉　姚　丽	
特邀编辑	闻　芳　姚红成	
责任监制	刘　巍　江伟明	
策　　划	读客文化	
版　　权	读客文化	
封面设计	读客文化　021-33608311	
出版发行	江苏凤凰文艺出版社	
出版社地址	南京市中央路165号，邮编：210009	
出版社网址	http://www.jswenyi.com	
印　　刷	三河市龙大印装有限公司	
开　　本	890mm x 1270mm　1/32	
印　　张	14.75	
字　　数	316千	
版　　次	2018年9月第1版　2018年11月第3次印刷	
标准书号	ISBN 978-7-5594-2404-4	
定　　价	59.90元	

如有印刷、装订质量问题，请致电010-87681002（免费更换，邮寄到付）